ro
ro
ro

Die Scheibenwischer tanzen über die Frontscheibe, wischen den Regen weg, kommen zurück, wischen wieder, kommen zurück. Ich versuche, mich von den Bewegungen hypnotisieren zu lassen, mich darin zu verlieren.

«Dad kommt nicht zurück, oder, Joey?»

«Natürlich kommt er zurück», sagt er, aber seine Worte klingen leer.

«Ich begreife das nicht», sage ich mit brüchiger Stimme. «Dad schiebt doch bloß Papiere hin und her. Warum sollte ihn jemand entführen wollen?»

Ein langes Schweigen. «Dein Dad», sagt Joey dann. «Was für einen Job hat er?»

«Er ist Staatsbeamter im Auswärtigen Amt, ein Diplomat.»

Er atmet langsam ein und aus. «Dein Dad arbeitet nicht für das Auswärtige Amt, Gwendolyn. Das nennt man ‹offizielle Tarnung›.» Er wartet einen Moment und starrt mich dabei an.

Wenn Dad nicht für das Auswärtige Amt arbeitet, dann gibt es nur noch eine Möglichkeit. Ich habe Schwierigkeiten, die Worte rauszubringen. «Er ist ein Spion», sage ich schließlich. «Er ist bei der CIA.»

Scott Bergstrom arbeitete jahrelang als Texter und Creative Director in einer der größten und renommiertesten Werbeagenturen in Manhattan und entwickelte Print-, Fernseh- und Onlinekampagnen für namhafte Firmen wie Ford, Boeing, Chase sowie für das Auswärtige Amt der USA. Er verfasste Essays und Artikel über Architektur und urbanes Leben. Sein Interesse gilt besonders den vernachlässigten Gegenden beliebter Touristenmetropolen – die er in «Ohne Gnade» düster und anschaulich beschreibt. Das Debüt wurde in 20 Sprachen übersetzt.

SCOTT BERGSTROM

OHNE GNADE

THRILLER | Aus dem Englischen von Christiane Steen

ROWOHLT TASCHENBUCH VERLAG

Die Originalausgabe erschien 2017 unter dem Titel «The Cruelty»
bei Feiwel & Friends/Macmillan Publishers, New York.

Veröffentlicht im Rowohlt Taschenbuch Verlag,
Reinbek bei Hamburg, März 2019

Redaktion Katharina Naumann
Umschlaggestaltung Hafen Werbeagentur, Hamburg,
Umschlagabbildung lortie/iStock
Satz aus der FF Scala bei Pinkuin Satz und Datentechnik, Berlin
Druck und Bindung CPI books GmbH, Leck, Germany
ISBN 978 3 499 27267 7

Für Jana,
die Furchtlose

«Ein Grund dafür, warum Erwachsene in den Augen von Kindern so hässlich sind, ist, dass das Kind normalerweise von unten zu ihnen aufsieht, und es gibt nur wenige Gesichter, die von unten betrachtet schön aussehen.»

GEORGE ORWELL

1. KAPITEL

Die Jungen warten jetzt gespannt auf die Hinrichtung. Sie sitzen ganz verzückt da, gierig wie Schakale, und warten darauf, dass das Beil fällt. Hätten sie sich die Mühe gemacht, das Buch zu lesen, dann wüssten sie, dass es keine Hinrichtung gibt. Das Buch bricht einfach ab. Wie ein Film, der vor der letzten Szene ausgeschaltet wird. Oder wie das Leben. Man sieht das Beil fast nie kommen – das Beil, das einen selbst erwischt. Unser Lehrer Mr. Lawrence liest die Worte langsam vor, streicht dabei über diesen scheußlichen kleinen Fleck von einem Bart unter seinem Mund und geht auf und ab, immer auf und ab. Das leise Klacken seiner Schritte auf dem Linoleum – Hacke, Spitze, Hacke, Spitze – klingt, als schliche er sich von hinten an die Worte heran. «Als hätte dieser große Zorn mich von allem Übel gereinigt und mir alle Hoffnung genommen, wurde ich angesichts dieser Nacht voller Zeichen und Sterne zum ersten Mal empfänglich für die zärtliche Gleichgültigkeit der Welt.»

Die Füße bleiben vor dem Tisch von Luke Bontemps stehen, und Mr. Lawrence klopft ihm mit dem Buchrücken auf den Kopf. Luke tippt gerade auf seinem Handy herum und versucht es jetzt, unter seiner Jacke zu verstecken.

«Legen Sie das Handy in Ihre Tasche, oder ich nehme es Ihnen weg», sagt Mr. Lawrence.

Das Handy verschwindet in Lukes Tasche.

«Worüber spricht Camus Ihrer Meinung nach hier?»

Luke lächelt dieses Lächeln, das ihn schon sein Leben lang aus jedem Schlamassel gerettet hat. Armer Luke, denke ich. Hübscher, nutzloser, dummer Luke. Ich habe gehört, sein Ururgroßvater hätte im Ersten Weltkrieg ein Vermögen damit gemacht, Öl an die Deutschen und Stahl an die Engländer zu verkaufen, und seitdem muss in seiner Familie keiner mehr arbeiten. Er wird es auch nicht tun müssen, warum sollte er also Camus lesen?

«Die zärtliche Gleichgültigkeit der Welt», wiederholt Mr. Lawrence. «Was, glauben Sie, ist damit gemeint?»

Luke atmet tief durch. Ich kann beinahe hören, wie sich in seinem Hirn unter den schönen Haaren quiekend das Mühlrad dreht.

«Zärtlich», sagt Luke. «Eine Mutter kann zärtlich sein. Vielleicht will Camus uns sagen, dass die Welt eine Mutter ist?»

Achtundzwanzig der neunundzwanzig Schüler in der Klasse lachen, auch Luke. Ich bin die Einzige, die nicht lacht. Ich habe «Der Fremde» schon mit vierzehn gelesen. Allerdings im Original, auf Französisch, und als Mr. Lawrence die englische Übersetzung davon auf die Literaturliste gesetzt hat, wollte ich es nicht noch mal lesen. Es handelt von einem Typen namens Meursault, dessen Mutter stirbt. Dann bringt er einen Araber um und wird zum Tode verurteilt. Sein Kopf soll ihm öffentlich abgeschlagen werden. Damit endet die Geschichte. Camus beschreibt die Hinrichtung nicht.

Ich schaue wieder aus dem Fenster, gegen das immer noch der Regen prasselt. Sein Rhythmus schläfert die Klasse langsam wieder ein. Hinter der Scheibe kann ich die Umrisse der Gebäude auf der 63. Straße sehen. Die Silhouetten wirken durch die Tropfen auf dem Glas unscharf und formlos, mehr wie eine Erinnerung an Gebäude.

Auch wenn wir gerade über das Ende von «Der Fremde» sprechen, sind es die ersten Sätze des Buches, die mir immer im Gedächtnis bleiben werden. Aujourd'hui, maman est mort.

Ou peut-être hier, je ne sais pas. Das bedeutet: Heute ist Mutter gestorben. Oder vielleicht gestern, ich weiß es nicht.

Aber ich weiß es. Ich weiß genau, wann Mom gestorben ist. Heute ist es genau zehn Jahre her. Ich war damals erst sieben, und ich war dabei, als es passierte. Die Erinnerung daran kommt hin und wieder in einzelnen Bildern zu mir zurück, aber immer nur in kurzen Schnappschüssen. Ich kann fast nie die gesamte Erinnerung daran von vorn bis hinten abspielen. Der Psychologe, zu dem ich gegangen bin, hat gesagt, das sei ganz normal, und mit der Zeit werde es leichter für mich. Aber das stimmt nicht.

«Wie lautet Ihre Einschätzung, Gwendolyn?», fragt Mr. Lawrence.

Ich höre seine Stimme. Ich verstehe sogar seine Frage. Aber ich bin in Gedanken zu weit weg, um ihm zu antworten. Ich sitze auf dem Rücksitz des alten Honda, die Augen halb geschlossen, den Kopf an die kühle Fensterscheibe gelehnt. Das Schwanken des Autos, das über den Feldweg durch die Vororte von Algier fährt, lullt mich in den Schlaf. Dann spüre ich, dass wir langsamer fahren, und ich höre meine Mutter aufkeuchen. Ich öffne die Augen, blicke aus dem Fenster und sehe Feuer.

«Gwendolyn Bloom! Erde an Gwendolyn Bloom!»

Ich kehre in die Gegenwart zurück. Mr. Lawrence hält die Hände wie ein Megaphon an seinen Mund. «Erde an Gwendolyn Bloom!», sagt er noch einmal. «Können Sie uns sagen, was Camus mit der ‹zärtlichen Gleichgültigkeit der Welt› meint?»

Auch wenn ein Teil von mir immer noch hinten im Honda sitzt, fange ich an zu reden. Es ist eine lange Antwort und, wie ich finde, eine gute. Doch Mr. Lawrence sieht mich mit leichtem Grinsen an, und erst nachdem ich ungefähr zwanzig Sekunden lang geredet habe, merke ich, dass alle lachen.

«Auf Englisch, bitte», sagt Mr. Lawrence und sieht sich mit hochgezogenen Augenbrauen in der Klasse um.

«Tut mir leid», sage ich leise, zupfe am Rock meiner Schuluniform und klemme mir eine Strähne meiner feuerroten Haare hinter das Ohr. «Wie bitte?»

«Sie haben Französisch geredet, Gwendolyn», sagt Mr. Lawrence.

«Sorry. Ich muss … an etwas anderes gedacht haben.»

«Sie sollen jetzt aber an die zärtliche Gleichgültigkeit der Welt denken», sagt er.

«Gott, was für eine überhebliche Angeberin», sagt eines der Mädchen hinter mir.

Ich drehe mich um und sehe Astrid Foogle, die jetzt auch noch effektvoll die Augen verdreht. Sie ist siebzehn wie ich, sieht aber aus wie einundzwanzig. Ihrem Vater gehört eine Fluglinie.

«Das reicht, Astrid», sagt Mr. Lawrence.

Aber ich starre sie weiter an, durchbohre sie mit meinen Blicken. Astrid Foogle, deren Ohrringe mehr kosten als die gesamte Einrichtung in unserer Wohnung, nennt mich eine überhebliche Angeberin?

Astrid lässt sich nicht bremsen. «Ich meine, die kommt Anfang des Jahres von wer-weiß-woher und glaubt, sie steht über allem, und jetzt, huch!, spricht sie auch noch Französisch, nicht so wie wir dummen Amerikaner. Seht doch mal, wie gebildet sie ist, die Königin der Wohnwagensiedlung!»

«Hören Sie sofort auf damit, Astrid», unterbricht sie Mr. Lawrence.

Ein paar der Schüler nicken Astrid zustimmend zu, ein paar andere lachen. Ich spüre, wie ich anfange zu zittern, und mein Gesicht wird heiß. Mit meiner ganzen Willenskraft versuche ich, diese Reaktion zu verhindern, aber es gelingt mir nicht. Warum muss Wut immer so aussehen wie Scham?

Der Typ neben Astrid, Connor Monroe, lehnt sich in seinem Stuhl zurück und grinst. «Check das mal, jetzt heult sie.»

Was nicht stimmt, aber jetzt, wo er es gesagt hat, ist es in den Köpfen der anderen schon so gut wie wahr. Lolololol gwenny bloom heult in Literatur #überheblicheangeberin #212justice

Die Schulglocke klingelt, und sofort drängeln sich alle wie die Pawlow'schen Hunde zur Tür. In dem erbärmlichen Versuch, die Ordnung wiederherzustellen, hält Mr. Lawrence sein Buch hoch und ruft: «Morgen gleiche Stelle, gleicher Ort!» Dann dreht er sich zu mir um. «Und Sie sind als Erste dran, Bloom. Sie haben die ganze Nacht Zeit, um über die zärtliche Gleichgültigkeit der Welt zu meditieren, also liefern Sie mir etwas Brauchbares. Und zwar auf Englisch, por favor.»

Ich nicke und sammle meine Sachen zusammen. Draußen vor dem Klassenzimmer steht Astrid Foogle an ihrem Schließfach, wie immer umringt von ihrem Hofstaat. Sie macht mich gerade nach, hält einen Monolog in fehlerhaftem Französisch, zieht die Schultern hoch und drückt dabei ihre Nase mit dem Zeigefinger in die Luft.

Ich senke den Blick und schlängle mich an ihr und ihren Freundinnen vorbei, um an mein eigenes Fach zu kommen. Aber offenbar hat Astrid mich gesehen, denn plötzlich schweigen alle, und ich höre, wie die Absätze ihrer Schuhe – das sind Prada-Pumps, du Kuh! – auf mich zuklackern, das Gefolge direkt hinter ihr.

«Hey, Gwenny», fängt sie an. «Ich hab mal eine Übersetzungsfrage an dich. Wie sagt man ‹Selbstmord ist keine Lösung› auf Französisch?»

Ich ignoriere sie und gehe weiter, hoffe auf einen plötzlichen Schlaganfall – der sie trifft oder mich, das ist mir egal. Die Hitze strahlt mir vom Gesicht, mein Ärger wird zu Wut und dann zu irgendwas, was noch stärker ist als Wut. Ich kann mir nur so ungefähr vorstellen, wie das aussieht. Ich verschränke meine zitternden Arme vor der Brust.

«Ernsthaft», redet Astrid weiter, «denn jemand wie du muss doch immer mal wieder an Selbstmord denken. Ich meine, das ist ja nur natürlich, stimmt's? Also, s'il vous plaît, wie sagt man das, Gwenny? En français?»

Ich wirble herum, und die Worte schießen aus meinem Mund. «Va te faire foutre.»

Astrid bleibt stehen, und eine halbe Sekunde lang – nein, weniger – huscht etwas wie Angst über ihr Gesicht. Doch dann erinnert sie sich wieder daran, wo sie ist, nämlich in ihrem Königreich, umgeben von ihrem Gefolge, und die alte Astrid ist wieder da. Sie zieht ihre hübsch gezupften Augenbrauen hoch.

Eine ihrer Freundinnen, Chelsea Buchman, lächelt. «Astrid, sie hat dir gerade gesagt, du sollst dich ficken gehen.»

Astrids Mund öffnet sich zu einem O, und ich höre sie aufkeuchen. «Du kleines Stück Dreck», zischt sie und macht einen Schritt auf mich zu.

Ich sehe den Schlag, noch während ihre Hand in der Luft ist. Ich sehe ihn, aber trotzdem tue ich nichts, um ihn aufzuhalten. Stattdessen ducke ich mich, ziehe den Kopf in den Hals und den Hals in die Schultern. Es ist ein harter Schlag – Astrid meint es ernst –, und mein Kopf fliegt unter seiner Wucht zur Seite. Einer ihrer Fingernägel kratzt mir über die Wange.

Eine Menschenmenge formiert sich. Ich sehe die grinsenden Gesichter von Luke Bontemps und Connor Monroe und vielleicht einem Dutzend anderer Schüler, die mit aufgerissenen Augen herstarren, weniger vor Schreck als vor Begeisterung. Das hier ist für sie willkommene Unterhaltung. Mir fällt auf, dass Astrid mich nicht geboxt, nicht getreten, nicht an den Haaren gerissen hat. Sie hat mir in aller Ruhe und zielgerichtet eine runtergehauen, wie die Upperclass-Lady ihrem Zimmermädchen.

Statt zurückzuschlagen – und wem will ich hier eigentlich was vormachen, Gwendolyn Bloom würde nie zurückschlagen –, schließe ich die Augen. Die Scham fühlt sich an wie der Wind, den ich aus der Sahara kenne, heiß und hart, und er wird tagelang anhalten. Die Stimme eines Erwachsenen fordert alle auf weiterzugehen, und als ich die Augen aufschlage, steht da ein Lehrer mittleren Alters, dessen Namen ich nicht kenne, die Hände in den Taschen seiner Khakis. Sein Blick wandert von Astrid zu mir und wieder zurück.

«Was ist passiert?», fragt er Astrid.

«Sie hat gesagt – ich kann das Wort nicht aussprechen. Es war ein Schimpfwort. Ich soll mich f-en gehen», erklärt sie mit sittsam verletztem Tonfall.

«Stimmt das?», will er wissen und sieht mich an.

Ich öffne den Mund und will sie wegen ihrer Ohrfeige verpetzen. «Ja, das stimmt», sage ich stattdessen.

—

«L'Etranger», der Titel des Buches, das wir im Kurs «Literatur der Welt» lesen, wird normalerweise mit «Der Fremde» übersetzt. Aber es könnte ebenso gut «Der Außenseiter» oder «Der Ausländer» heißen. Und all das bin ich – Fremde, Außenseiterin, Ausländerin. Offiziell bin ich Amerikanerin. Das steht jedenfalls in meinem Pass. Aber ich bin nicht hier geboren, und als ich Anfang September in die 11. Klasse kam, war ich insgesamt erst seit achtzehn Monaten in den USA gewesen, nachdem meine Mutter getötet worden war. Wir – mein Dad und ich – sind zuletzt nach New York gekommen, weil er eine Stelle bei der UN angenommen hat, was nicht weit von meiner Schule liegt, der Danton Academy.

Dad hätte sich nie im Leben eine Schule wie Danton leisten können. Aber er arbeitet als Diplomat im Auswärtigen Amt, und einer der Vorteile, die man als Diplomatenkind so hat, sind Privatschulen. Je nachdem, wo auf der Welt man gerade lebt, kann diese Privatschule die einzige gute Schule im Umkreis von Tausenden von Meilen sein, und dann sitzt man in einer Klasse mit dem Sohn oder der Tochter des Präsidenten oder Königs oder des miesen Diktators dieses Landes. Das ist mir schon mal passiert. Dieser Arschloch-Sohn von einem Arschloch-Präsidenten saß in Mathe direkt neben mir. Er trug Schuhe, die für ihn persönlich in Wien angefertigt worden waren und fünfhundert Dollar pro Paar kosteten, während die Kinder auf den Straßen direkt hinter den Stuckwänden der Schule verhungerten.

Nicht, dass es auf der Danton so viel besser wäre. Die Schüler hier sind ebenso die Kinder von Präsidenten oder Königen oder Diktatoren – allerdings von Firmen statt von Ländern. Die meisten in meiner Klasse waren schon immer reich und haben nur dann Kontakt zu armen Leuten, wenn irgendein ausländisches Kind ihnen die Einkäufe oder ihre Sachen aus der Reinigung bringt. Dad könnte überall auf der Welt ein anständiges Leben führen, aber in den Augen der Kids auf der Danton sind wir praktisch mittellos.

Ich sitze auf der Bank vor dem Büro der stellvertretenden Direktorin und zupfe an meinem Rock herum – Gott, wie ich Röcke hasse! –, zerre am Saum, damit er tiefer über meine schwarze Strumpfhose fällt, streiche kleine Falten glatt. Die Uniform soll uns gleichstellen, schätze ich, aber für Schuhe gibt es keine Vorschriften. Und so werden Reichtum und Stammeszugehörigkeiten über die Füße zur Schau gestellt: Prada-Pumps und Gucci-Slipper für altes Geld gegen Louboutin-Ballerinas und Miu-Miu-Sneaker für neues Geld. Ich gehöre dem unwichtigen Doc-Martens-Stamm an, der nur zwei Mitglieder hat. Meine Stiefel sind rot und ausgetreten, das andere Mitglied, ein schweigsamer Künstlersohn aus Downtown, der von den anderen deshalb toleriert wird, weil er eine zuverlässige Quelle für Adderall darstellt, trägt schwarz glänzende.

Nicht, dass es irgendeinen Unterschied machen würde, wenn ich plötzlich in Prada auftauchte. Ich sehe nicht aus wie eine Astrid Foogle. Ich bin zu groß und habe eine zu breite Taille, meine Nase ist zu rechteckig, mein Mund zu breit. Alles an mir ist zu irgendwas. Mein Dad und mein Arzt behaupten, ich sehe gut aus – sie sagen, das sind die Hormone oder die Muskeln von all den Jahren Kunstturnen. Jeder Mensch ist anders, übernimm nicht die Schönheitsdefinition von anderen, undsoweiter blabla. Es ist ihr Job, solche Dinge zu sagen. Also färbe ich mir die Haare mit der allerbesten Drogeriemarkt-Hausmarke, schnüre meine Doc Martens und tue so, als wäre mir das alles egal.

Als die stellvertretende Schulleiterin aus ihrem Büro kommt, lächelt sie mich sofort mit diesem aufgesetzt-besorgten Lächeln an. Sie heißt Mrs. Wasserman, und um sie herum wabert immer eine Wolke aus Parfüm und süßlichem Glück, als erwarte sie jede Sekunde, dass ein Disney-Rotkehlchen aus dem Himmel herunterflattert und auf ihrem Finger landet.

«Und, wie geht es uns heute?», fragt sie, während wir in ihr Büro gehen.

Ich zucke die Achseln und sinke in einen blutroten Ledersessel.

Mrs. Wasserman legt die Fingerspitzen vor sich aneinander und signalisiert mir damit, dass wir jetzt zum Geschäftlichen kommen. «Ich habe gehört, dass es ein unangemessenes Zusammentreffen zwischen Ihnen und einer Klassenkameradin gab.»

Ich muss mich zusammenreißen, um bei ihrem euphemistischen Schwachsinn nicht die Augen zu verdrehen. Tatsache ist, dass 95 Prozent der Schüler hier aus sehr reichen und sehr weißen Familien stammen. Die fünf Prozent, die es nicht tun, haben entweder ein Stipendium, oder ihre Eltern arbeiten bei der UN. Die anderen mögen uns Fünfprozenter nicht, wie man uns nennt, aber wir helfen Leuten wie Mrs. Wasserman, so zu tun, als wäre die Danton Academy keine Elite-Bitch-Fabrik.

Sie schlägt eine Akte auf. «Werden Sie Gwen oder Gwendolyn genannt, Liebes?»

«Gwendolyn», sage ich. «Nur mein Dad nennt mich Gwen.»

«Also, Gwendolyn», sagt Mrs. Wasserman mit einem kekssüßen Lächeln. «Sie sind eine gute Schülern. Und stimmt es, Gwendolyn – Sie haben die AP-Examen in, du meine Güte, fünf Sprachen abgelegt?»

«Wird wohl so sein. Wenn es da steht.»

«Ah, Ihr Stiefvater arbeitet für das Auswärtige Amt», redet sie weiter und liest wieder irgendwas in der Akte. «Es muss hart sein, alle paar Jahre umzuziehen. Immer wieder eine neue Stadt, ein neues Land.»

«Sie können einfach ‹Vater› sagen.»

«Wie bitte?»

«Er ist nicht mein Stiefvater. Er hat mich adoptiert, als er meine Mutter heiratete. Da war ich zwei Jahre alt.»

«Vater, ja. Wie Sie möchten.» Mrs. Wasserman schüttelt den Kopf und macht sich eine Notiz auf einen Zettel. «Nun, warum Sie hier sind: Danton ist ein sicherer Ort, Gwendolyn, und wir dulden kein beleidigendes Verhalten.»

«Genau. So steht es im Handbuch.»

«Das heißt, Beschimpfungen von Lehrern oder Schülern sind verboten. Indem Sie ein anderes Mädchen auf Französisch beleidigt haben, haben Sie gegen die Regeln verstoßen.»

«Astrid hat kein Wort davon verstanden, bis Chelsea Bunchman es ihr übersetzt hat.»

«Der Punkt ist, dass Sie etwas Verletzendes gesagt haben, Gwendolyn. Ob auf Französisch oder Suaheli, spielt keine Rolle.»

«Es spielt eine Rolle, wenn sie es nicht versteht.»

«Das ist bloß Semantik», sagt sie. «Kennen Sie dieses Wort, Semantik?»

«Das ist die Lehre von der Bedeutung des Wortes. Und genau darum geht es mir ja.»

Ich sehe, wie sich ihre Gesichtsmuskeln anspannen. Sie nimmt einen Stift und hält ihn so fest in der Hand, dass er bestimmt gleich bricht. «Ich sehe hier in der Akte, dass heute der Todestag Ihrer Mutter ist. Das tut mir sehr leid», sagt Mrs. Wasserman sanft. Ich merke, dass sie diese Tatsache verunsichert und sie nicht weiß, wie sie jetzt mit mir umgehen soll. Soll sie das Mädchen wegen des unangemessenen Zusammentreffens am Todestag seiner Mutter bestrafen?

Mrs. Wasserman hüstelt in ihre Hand, dann fährt sie fort. «Die übliche Strafe für die Beleidigung von Mitschülern ist der Schulverweis für einen Tag. Doch unter diesen Umständen bin ich gewillt, eine schriftliche Entschuldigung an Miss Foogle gelten zu lassen.»

«Sie wollen, dass ich mich bei Astrid entschuldige.»

«Ja, Liebes.»

Es ist eine einfache Wahl. Ich lehne mich in meinem Stuhl zurück und versuche zu lächeln. «Nein danke», sage ich. «Ich nehme den Verweis.»

—

Es regnet immer noch, kalter Regen, der später vielleicht in Schnee umschlägt. Der März in diesem Jahr ist mies – kein Sonnenschein und nicht mal eine Andeutung von Frühling. Der Himmel hat jeden Tag die Farbe von Stahl, und dazu kommt der Gestank von New Yorks Müllsuppe, die durch die Gullys läuft. Schwarze SUVs reihen sich am Bürgersteig – die Schulbus-Version der Danton Academy. Die reichen Kinder nehmen diese privaten Minibusse, die sie am Ende des Schultages abholen, damit sie nicht den unwürdigen Heimweg zu Fuß oder mit der U-Bahn ertragen müssen.

Ich gehe die paar Blocks zum Bahnhof. Ich habe keinen Schirm dabei, also ziehe ich mir die Kapuze meiner alten Armeejacke über den Kopf. Die Jacke hat mal meiner Mom gehört, als sie noch Leutnantin war – lange, bevor ich geboren wurde. Als Dad und ich vor ein paar Jahren umgezogen sind – vielleicht von Dubai nach Moskau, wo wir zuletzt waren –, habe ich sie in einer Umzugskiste gefunden. Dad hatte Tränen in den Augen, als ich sie anzog, also zog ich sie wieder aus. Aber dann meinte er, die Jacke würde mir gut stehen und ich könnte sie haben, wenn ich wollte.

Meine Mom. Den ganzen Tag habe ich versucht, dieses Thema zu vermeiden, und es ist mir auch ziemlich gut gelungen, bis zum Literaturkurs. Es ist schwer, nicht daran zu denken, wenn man eine Stunde lang über die algerische Justiz spricht.

Der Regen klatscht mir ins Gesicht und beruhigt mich. Vor dem Bahnhof auf der Lexington sucht ein Typ mit einer schwarzgrünen Kufiya um den Hals Schutz unter dem Vordach seines Gyroswagens. Ich bestelle mir auf Arabisch etwas zu essen – ein Gyros mit allem Drum und Dran, sage ich zu ihm, und nicht am Lammfleisch sparen.

Er sieht mich mit überraschtem Lächeln an, und ich überlege schon, ob er mich verstanden hat. Mein Arabisch ist total eingerostet und eher formell, so redet man eigentlich nur im Fernsehen.

«Bist du Ägypterin?», fragt er, während er eine Zange nimmt und anfängt, das Lammfleisch auf ein Pitabrot zu häufen.

«Nein», antworte ich. «Ich bin – von hier.»

Ich bekomme oft diese «Bist du ...?»-Fragen gestellt. Meine Augen sind erdbraun, meine Haut dagegen ist wie eine helle, durchsichtige Hülle, die sich über etwas anderes spannt – wie Pauspapier über Messing, hat ein bekiffter Junge in der Moskauer U-Bahn mal gesagt, als er meinen nackten Arm im flimmernden Neonlicht betrachtete. Was ich genau bin, weiß ich selbst nicht. Meine Mom kann ich nicht mehr fragen, und der Vater, den ich Dad nenne, weil er das nach dem Gesetz und in jeder anderen Hinsicht auch ist, sagt, er weiß es nicht. Der Name meines biologischen Vaters steht nicht mal auf meiner Geburtsurkunde aus Landstuhl, dem amerikanischen Militärkrankenhaus in Deutschland, in dem ich geboren bin.

«Hier, meine Spezialportion für Kleopatra», sagt der Mann, wirft noch ein paar Zwiebeln auf das Gyros und begießt das Ganze mit der bitteren weißen Soße, die ich so liebe, dass ich sie literweise trinken könnte.

Auf dem Bahnsteig stopfe ich mir das Gyros rein. Ich hatte gar nicht gemerkt, wie hungrig ich bin. Vielleicht ist das meine Reaktion darauf, wie eine Bedienstete geohrfeigt zu werden. Ich warte auf die Linie N oder Q nach Queens. Hoffentlich kommt die Bahn jetzt gleich. Hoffentlich kommt sie, damit ich einen physischen Abstand zwischen mich und diese Insel und die Erinnerungen bringen kann, die Camus in mir geweckt hat.

In diesem Moment bleibt die Linie Q quietschend neben mir stehen. Ich werfe das durchweichte Einwickelpapier vom Gyros in einen Mülleimer und steige ein.

Die meisten Leute hassen die U-Bahn, aber ich nicht. Es ist seltsam und wundervoll, allein unter Hunderten von Menschen zu sein. Ich hole ein Buch aus meinem Rucksack und lehne mich gegen die Türen, und der Zug schießt durch den Tunnel unter dem Fluss in Richtung Queens. Es ist ein Roman mit einer Teenager-Heldin, der in einer dystopischen Zukunft spielt. Welcher Roman genau, spielt keine Rolle, denn sie sind alle gleich. Die arme Heldin muss in den Krieg ziehen, obwohl sie eigentlich viel lieber mit diesem wunderhübschen Jungen davonlaufen und von wilden Beeren und Liebe leben würde. Eine Papierwelt eben, in der es noch echte Helden gibt.

Der Zug rattert durch die Dunkelheit und quietscht und ruckelt hin und her, als würde er jeden Moment aus den Gleisen fliegen. Auf einmal kann ich der Geschichte nicht mehr folgen oder auch nur die Zeichen auf der Seite in Worte übertragen. Diesmal lässt mich die Erinnerung nicht los. Sie verlangt nach Aufmerksamkeit, genau wie die Ohrfeige von Astrid.

Heute ist Dads Geburtstag. Der schlimmste Tag für einen Geburtstag. Der schlimmste Tag, weil es sein Geburtstag ist. Denn deswegen ist es passiert, heute vor zehn Jahren. Weil wir vom Abendessen gekommen sind, das seine Arbeitskollegen für ihn in einem Restaurant in Algier gegeben hatten.

Ich muss doch daran denken, oder? Man wird krank davon, wenn man es immer nur unterdrückt, stimmt's? Okay. Ich kämpfe nicht mehr dagegen an. Dann geh zurück. Durchleb es noch einmal, sage ich mir. Sei einmal mutig. Heute vor zehn Jahren.

Meine Mutter keucht auf, als wir um die Ecke biegen; das Geräusch weckt mein siebenjähriges Ich aus dem Schlaf. Ich gucke aus dem Fenster und sehe Feuer. Ich erkenne Gesichter im Feuerschein eines brennenden Polizeitransporters. Es sind Männer, ein Dutzend, zwanzig. Die meisten tragen Bärte, die meisten sind jung, ihre Haut leuchtet orange in den Flammen. Wir sind in irgendwas reingeraten, das uns nichts angeht. Ein Streit mit der Militärpolizei, den der Mob gewonnen hat. Doch die Männer mustern uns Neuankömmlinge neugierig, und sie spähen in die Fenster unseres Autos, versuchen, unsere Nationalität in unseren Gesichtern zu lesen.

Meine Mutter schreit Dad an, dass er zurücksetzen soll. Er drückt den Gang rein und schaut über seine Schulter und lässt den Motor aufheulen. Eine Sekunde lang schießt der Honda zurück, aber dann hält er wieder an. Da sind Leute, schreit Dad. Fahr sie um, schreit meine Mutter zurück.

Aber das tut er nicht. Oder vielleicht würde er es tun, aber er hat keine Gelegenheit mehr dazu, weil eine Glasflasche auf dem Autodach zerplatzt und auf der Fahrerseite flüssiges Feuer am Fenster herunterläuft. Das nennt sich Molotowcocktail, eine Flasche mit Benzin, in deren Hals ein brennender Lappen steckt. Die Handgranate des armen Mannes.

Wenn ein Molotowcocktail auf dem Autodach landet, muss man weiterfahren, so weit und schnell wie möglich, bis man aus der Gefahrenzone ist, so wird es Diplomaten beigebracht. Ein Auto brennt nicht so wie in den Filmen. Es explodiert nicht sofort. Das dauert seine Zeit. Und Zeit ist genau das, was man braucht, wenn man weiterleben will.

Doch die Menschenmenge kommt näher, und irgendwas passiert, irgendwas, weswegen der Motor absäuft. Dad versucht, das Auto wieder zu starten, aber es klappt nicht, der Motor springt einfach nicht an. Die Beifahrertür wird aufgerissen, und meine Mutter brüllt den Mann an, der sie geöffnet hat. Sie schreit nicht, sie brüllt, als ob es fürchterlich unhöflich wäre, ihr Auto in Brand zu setzen und die Tür aufzureißen, und bei Gott, sie würde gern den Anführer sprechen.

Ich sehe nicht, was als Nächstes passiert, weil Dad nach hinten greift und meinen Sicherheitsgurt löst. Er zieht mich wie eine Lumpenpuppe zu sich nach vorn. Ich erinnere mich daran, wie grob er ist, wie weh es tut, als er mich zwischen die Vordersitze zerrt. Er presst mich an seine Brust, als würde er mich ganz fest umarmen, und klettert durch dieselbe Tür wie meine Mom, durch die Tür, die nicht brennt.

Die Schläge der Knüppel und Stöcke regnen auf ihn herab. Ich spüre die Kraft der Schläge durch seinen ganzen Körper vibrieren. Er fängt sie für mich ab, jedenfalls die meisten. Drei oder vier Schläge landen auf meinen Beinen, die unter dem Arm meines Dads herausgucken. Ich will schreien, aber ich kann nicht, weil Dad mich so fest an seine Brust presst.

Er hört nicht auf zu rennen, bis er weit weg vom Mob ist. Ich baumle über seiner Schulter. Aus irgendeinem Grund dreht er sich um und rennt zurück. Dann höre ich nichts mehr, denn die Pistole, die er abfeuert, ist so laut. Es klingt, als wäre das Ende der Welt nur einen halben Meter von meinem Kopf entfernt. Meine Sicht verengt sich zu einem engen Tunnel, dann falle ich in Ohnmacht.

Vierzehn Stichwunden in Brust und Hals. Das ist die offizielle Todesursache meiner Mutter. So steht es im Autopsiebericht, und so hat Dad es mir gesagt, als ich alt genug war, ihn zu fragen. Da war ich neun, vielleicht zehn. Aber natürlich war da noch mehr. Was sie mit ihr machten, nachdem sie sie aus dem Auto gezerrt hatten, bevor sie sie ermordeten. Dinge, die Dad mir erzählen wird, wie er sagt, wenn ich älter bin. Ich habe ihn nie danach gefragt, und von selbst spricht er nicht darüber. Es ist vermutlich leichter für ihn, wenn er es nicht auszusprechen braucht, und für mich ist es vermutlich leichter, wenn ich es nicht hören muss.

Jetzt sind wir in Queens, und die U-Bahn schießt aus dem Tunnel hinaus ins Freie. Sie schlingert um eine Kurve, die Räder kreischen wie Dämonen, so laut, dass ich kaum einen Gedanken fassen kann. Ich klammere mich an die Stange über meinem Kopf, damit ich nicht umfalle. Die Bewegungen des Zuges rütteln mich hin und her. Dann wird er langsamer, die Räder kreischen auf den nassen Gleisen, und wir fahren in Queensboro Plaza ein. Wohin man auch sieht, überall stehen graue Industriegebäude und neue Apartment-Hochhäuser und hellerleuchtete Shops, in deren Fenstern Lottoscheine und Zigaretten und Bier angepriesen werden.

Als der Zug anhält, schultere ich meinen Rucksack und springe auf den Bahnsteig, lasse die Erinnerungen hinter mir herhumpeln. Auf der Treppe nehme ich zwei Stufen auf einmal, dann drei. Unten angekommen, schlängele ich mich an den Trödlern und alten Leuten vorbei, die einfach ewig brauchen, bis ich endlich durch das Drehkreuz durch bin. Auf dem Bürgersteig vor den Läden sitzen Typen, die mir hinterherpfeifen. Das gefällt ihnen: siebzehnjährige Beine unter einer Schuluniform.

Ich fange an zu laufen und höre gar nicht mehr damit auf. Ich schieße über eine Straße, ein gelbes Taxi muss mir ausweichen und hupt. Ich laufe, bis meine Lungen brennen und ich von Regen und Schweiß völlig durchweicht bin. Ich renne, bis die blinde Wut mich reingewaschen und von aller Hoffnung befreit hat. Und an diesem Nachmittag voller Neonschilder und Sterne bin ich zum ersten Mal empfänglich für die zärtliche Gleichgültigkeit der Welt.

2. KAPITEL

Für den Bruchteil einer Sekunde wölbe ich mich in der Luft, schwerelos wie ein Pfeil, der nicht mehr im Bogen und noch nicht in seinem Ziel steckt. Ich wünschte, ich könnte immer so bleiben, losgelöst von der Erde, schwebend.

Doch die Schwerkraft lässt mich nicht. Sie zieht mich schonungslos und grob wie der dicke, dumme Magnet, der sie nun mal ist, aus meinem Handstandüberschlag rückwärts hinab. Aber ich bin zu schnell für sie, lasse nicht zu, dass sie es mir verdirbt. Meine Hände stoßen sich nur kurz am Schwebebalken ab. Das Holz ist mit einer dünnen Lederschicht bezogen, und wenn man nicht aufpasst, bricht man sich den Hals. Dann schnellen meine Beine wieder nach oben über meinen Körper, eins, zwei.

Wenn man auf den Händen steht, dreht sich alles um das Zentrum der Schwerkraft. Der Schwebebalken ist zehn Zentimeter breit, also hat man nicht wirklich viel Spielraum. Schon ein oder zwei verrutschte Zentimeter sind zu viel. Ein oder zwei Zentimeter entscheiden darüber, ob man bei den Olympischen Spielen die Goldmedaille gewinnt oder sich die Wirbelsäule wie einen Wurfspeer mit der gesamten Körperkraft in den Boden rammt. Der Schwerkraft ist das egal. Die Schwerkraft zeigt ihre zärtliche Gleichgültigkeit.

Ich schlage ein Rad, komme wieder auf die Füße und stehe gerade lange genug, um einmal Luft zu holen. Dann kippe ich wieder nach vorn, lege die Hände um den Rand des Balkens, drücke mich in den Handstand hoch. Ich schwanke einen Moment, mein linkes Bein schlägt aus, weil ich glaube, dass ich falle, aber dann finde ich mein Gleichgewicht wieder, alles ist gut.

Doch eine Welle der Unsicherheit, die in meinen Armen beginnt, rollt nach oben in meine Brust und schiebt mich zu weit nach vorn. Ich knicke in den Hüften ein, um auszugleichen, aber zu viel, und jetzt sind meine Beine schon zu weit unten. Mein rechter Arm zittert, und ich sehe, wie die Welt um mich herum kippt. Ich versuche, den Sturz mit den Beinen aufzuhalten, aber es ist zu spät. Ich knalle mit der Brust voran auf die Matte, und alle Luft entweicht aus meiner Lunge.

Ein Junge, der an den Ringen trainiert – ein Ukrainer aus Brooklyn, den ich schon ein paar Mal hier gesehen habe –, lässt sich fallen und läuft zu mir rüber. «Du verletzt? Handstand vielleicht war zu schnell.» Er hilft mir auf die Beine, reicht mir ein Handtuch. Ich schließe die Augen und atme tief in die Brust hinein. «Ist okay», sagt er und legt eine Hand auf meine zitternde Schulter.

Ich danke ihm und torkele davon wie eine Betrunkene. Mein Körper ist ausgepowert, es fühlt sich an, als hätte mir jemand Rohrreiniger in die Muskeln gespritzt. In der Umkleide werfe ich mir ein Handtuch über den Kopf und falle auf eine Bank, stütze die Ellenbogen auf die Knie und atme so heftig, dass es beim Ein- und Ausatmen pfeift und ich einen schwachen Blutgeschmack auf der Zunge spüre. Das erinnert mich daran, dass ich einen Körper habe, dass ich ein Körper bin. Dass ich nicht nur aus den Gedanken in meinem Kopf bestehe.

Ich lasse das Handtuch auf den Boden fallen und ziehe meinen Gymnastikanzug aus. Es dauert eine Minute, bis das Wasser der Dusche heiß wird, aber ich stelle mich trotzdem schon unter den kalten Regen. Das Wasser ist hart und riecht nach Chlor und Rost. Es pikst auf meiner Haut wie Millionen winziger Nadeln.

—

Mit dem Kunstturnen habe ich nach dem Mord an meiner Mutter angefangen. Ich war sieben. Einen oder zwei Monate lang lag ich nur zusammengekrümmt in meinem Bett, in mich selbst zusammengerollt, und schrie in das von Tränen und Schnodder durchweichte Kissen. Dad nahm mich natürlich immer wieder in den Arm, aber dann weinte er auch. So steckten wir uns immer wieder gegenseitig an, bis wir beide keine Tränen mehr hatten. Das war kurz nachdem wir von Algier nach Washington gezogen waren.

Eines Samstags fuhren wir zu einem Elektromarkt, weil Dad das Handy beim Rasieren aufs Waschbecken gefallen war und er ein neues brauchte. Neben dem Laden war eine Turnhalle. Wir standen eine Weile am Fenster und sahen einem Jungen zu, der auf einem Seitpferd herumschwang, als gelte das Gesetz der Schwerkraft für ihn nicht, als wäre er von der Regel befreit, dass alles auf die Erde fallen muss. Eine asiatisch aussehende Trainerin trat aus der Tür. Ich dachte schon, sie wolle uns wegschicken, aber stattdessen fragte sie, ob wir nicht reinkommen und uns umschauen wollten.

Damit war meine Sucht geboren, und als wir das nächste Mal umzogen, fand ich heraus, dass es in den Hauptstädten der meisten Länder olympische Trainingszentren gibt, und genau in diese Städte wurde Dad von der Botschaft hingeschickt. Die Trainer waren immer bereit, eine neue amerikanische Schülerin aufzunehmen, besonders wenn die neue amerikanische Schülerin in Dollar bezahlte.

Niemand hat mir je vorgemacht, dass ich Chancen für Olympia hätte. Zu groß, zu schwer, sagten immer alle, und zu wenig Anmut. Ich bestehe vor allem aus Kraft, ich bin eher eine dicke Eisenkette als eine schlanke Gerte. Aber Wettkämpfe sind nicht der Grund, aus dem ich mit diesem Sport begonnen habe, und sie sind auch nicht der Grund, aus dem ich weitermache. Ich bin süchtig nach diesen Sekundenbruchteilen in der Luft, diesen Momenten, die der Schwerkraft widersprechen, nach der Droge namens Freiheit. Es macht nichts, dass das Hochgefühl, einmal an nichts anderes denken zu müssen, nur eine Zehntelsekunde andauert. Es ist egal, dass die Schultyrannen und die Einsamkeit und die Erinnerungen auf dem Boden auf mich warten. Ich kann immer wieder auf den Balken klettern.

—

Als ich zurück in der Stadt bin, hat der Regen aufgehört, und in der Dunkelheit des frühen Abends wirken die Straßen ganz blank. Der Asphalt glänzt, und Manhattan riecht zum ersten Mal seit Monaten nach kaltem, sauberem Wasser statt nach Müll und Benzin. Ich gehe über die Third Avenue und runter zur Second, wende mich dann nach links. Mein erster Stopp ist die Bäckerei an der Ecke, wo ich zehn Minuten brauche, um zwei Muffins auszusuchen: einen Schokoladenmuffin mit roter Glasur und einen Zitronenmuffin mit rosa Guss. Der Verkäufer packt sie in einen kleinen Karton.

Ein paar Türen weiter brennt noch Licht in Atzmons Schreibwarenladen. Ich drücke auf die Türklingel und sehe eine Person am Ende des Ladens herüberschlurfen. Dann geht der Türsummer und lässt mich rein.

«Guten Abend, Rotschühchen!», ruft Bela Atzmon auf Deutsch von hinten aus dem Laden. So begrüßt er mich immer wegen meiner roten Stiefel. Er ist von Geburt Ungar, aber in der Schule hat er Deutsch gelernt.

Ich gehe an den dunklen Holzregalen vorbei, die mit Schreibpapier in jeder möglichen Farbe und Struktur gefüllt sind. Messinglampen mit grünen Schirmen tauchen alles in ein warmes, altmodisches Licht, als gäbe es diesen Laden schon seit hundert

Jahren. Ich hoffe, er muss niemals schließen, aber wer schreibt heute schon noch Briefe?

Vorn im Laden steht eine Glasvitrine mit Stiften, und hier wartet Bela auf mich und sieht mich über den Rand seiner Brille hinweg an.

Er ist über achtzig, vielleicht sogar schon neunzig, aber er ist immer noch dick und kräftig. Er ist ein Bauernsohn, hat er mir mal erzählt, und stammt aus einem kleinen Dorf, fern von jeder Stadt. «Ist heute der Tag der Tage, Rotschühchen?», fragt er. Sein Akzent ist so stark wie ungarischer Schnaps.

Neben dem Schreibwarenladen gehören Bela und seiner Frau Lili noch die Wohnungen darüber. Dad und ich leben im vierten Stock, die Atzmons im fünften. Wir haben uns gleich nach dem Umzug miteinander angefreundet, und mindestens zweimal die Woche sind wir bei ihnen zum Abendessen eingeladen. Nach dem Essen zwingt Bela meinem Dad immer einen ungarischen Obstbrand namens Pálinka auf, und dann sitzen wir alle vier da und reden. Über Politik, Religion, über ihr früheres Leben – in Ungarn, später in Israel, wo sie dreißig Jahre gelebt haben, bevor sie in die Staaten kamen. Bela schwingt dann immer seine Hand, die den vierten oder fünften oder sechsten Obstbrand des Abends hält, wie ein Dirigent seinen Stock, je finsterer die Geschichten werden. Dann schimpft Lili mit ihm, und er hört damit auf. Nach einer Weile gehe ich meistens runter, um Hausaufgaben zu machen, und wenn ich gehe, drücken mir Bela und Lili die Hand und geben mir einen kleinen Kuss auf die Wange, wie Großeltern es wohl tun würden. Jedenfalls stelle ich es mir so vor. Sie sehen mich immer an wie einen kostbaren Schatz.

Ich brauche eine Minute, um in den Taschen meiner Jacke den Umschlag zu finden, den ich heute Morgen reingesteckt habe. Ich nehme seinen Inhalt heraus – zehn Zwanzigdollarscheine – und breite ihn auf dem Tresen aus.

Bela schnalzt mit der Zunge und schüttelt den Kopf. «Zu viel, Kleines. Hast du nicht das Schild im Fenster gesehen? Nur heute: fünfzig Prozent Ermäßigung für jede junge Frau mit roten Schuhen.»

«Das ist dir gegenüber nicht fair.»

Bela sammelt das Geld auf und gibt mir die Hälfte zurück. «Wenn die Welt mir gegenüber fair wäre, dann würde ich jetzt in einem Bentley in meine Villa in Beverly Hills fahren.» Aus einer Schublade unter dem Tresen holt er eine schlanke Schachtel hervor. «Aber dann wäre ich in Kalifornien, und du müsstest den vollen Preis bezahlen.»

Er stellt die Schachtel auf eine kleine Samtdecke und öffnet sie. Der Füller – lackschwarz mit einer Gravur Für Dad, deine G in Schreibschrift – glänzt wie nass. Ich nehme ihn, ziehe die Kappe ab, drehe ihn in meinen Fingern und betrachte das Licht, das sich in der silbernen Feder fängt wie in der Klinge eines Skalpells.

—

Ich steige die vier Stockwerke zu unserer Wohnung hinauf. Es gibt nur eine Wohnung pro Stockwerk, und jede zieht sich von der Vorderseite des Gebäudes bis ganz nach hinten. Beim Eintreten höre ich leise Musik von Miles Davis – es ist ein elegantes, melancholisches Stück, eine einsame Trompete in einem dunklen Zimmer, die zu sich selbst Ist nicht so schlimm, nein, nicht so schlimm sagt. Dad sagt, es muntert ihn auf, jemand mit solcher Anmut trauern zu hören.

Ich ziehe meine Stiefel aus und gehe durch die Küche. Auf dem kleinen Tisch in der Ecke stehen einige Take-away-Kartons von dem indischen Restaurant, das wir so mögen.

«Dad?», rufe ich. «Was soll das indische Essen hier? Heute gibt es Spaghetti alla Gwendolyn, schon vergessen?» Seit ich acht bin, koche ich ihm jedes Jahr zum Geburtstag Spaghetti. Im ersten Jahr nach dem Tod meiner Mutter war er zu traurig, um auszugehen, und danach ist es irgendwie zur Tradition geworden.

Er hat sich auf dem Sofa ausgestreckt, nur sein Kopf liegt ein bisschen höher, damit er in den Bildschirm seines Laptops auf seiner Brust sehen kann. Das macht er meistens, wenn er von der Arbeit nach Hause kommt: ausgepowert, erschöpft nach einem Kampftag gegen Memos und Berichte. Sein Job nennt sich Politoffizier, was interessant klingt, aber er sagt, er schiebt nur Papiere hin und her und sitzt in Meetings. Es sind streng geheime Papiere, meint er, und manchmal muss er wegen der Meetings von einem Tag auf den anderen nach Nairobi oder Singapur reisen. Aber trotzdem sind es bloß Papiere und Meetings, wie interessant kann das also schon sein?

«Hey, Mäuschen.» Er lächelt, und der Bildschirm spiegelt sich in seinen Brillengläsern. Er hat in letzter Zeit Gewicht verloren, sein Gesicht sieht lang und schmal aus. Stress, hat er letzte Woche geantwortet, als ich meinte, ich würde mir langsam Sorgen um ihn machen. Stress ist die beste Diät.

Ich lasse mich neben dem Sofa auf den Boden fallen. «Happy Birthday, alter Mann.»

Er sieht mich verwirrt über seine Brille hinweg an, als hätte er keine Ahnung, dass heute sein Geburtstag ist, aber das macht er jedes Mal so. Er streckt den Arm aus und wuschelt mir durchs Haar. «Tut mir leid mit dem indischen Essen. Ich hatte bloß keine Lust mehr auf Spaghetti. Ich dachte, wir probieren heute mal was Neues aus.»

«Indisch ist aber nicht neu.»

«Also – dann lieber Algensuppe von diesem veganen Hipster-Restaurant? Mir auch recht.»

Ich lächle und nehme seine Hand von meinem Kopf. Auf dem Laptop-Bildschirm steht eine kleine Schrift, die ich nicht entziffern kann, sowie das Bild eines fetten Mannes mit rasiertem Schädel, die Augen geöffnet, ein schwarzer Fleck von der Größe eines 10-Cent-Stücks in der Mitte seiner Stirn. Ich brauche eine Weile um zu kapieren, dass der schwarze Fleck ein Einschussloch ist. «Iiih», sage ich. «Was ist das denn?»

Dad klappt den Laptop zu. «Viktor Zorić. Ist vor zwei Tagen in seiner Wohnung in Belgrad erschossen worden», sagt er und erhebt sich. «Steht morgen in der Zeitung. Serbischer Verbrecherboss während seiner Verhaftung erschossen.»

«Was hat er denn gemacht?»

«Schlimme Dinge», sagt er und schlurft in die Küche.

Ich stehe auf und gehe ihm nach. «Was für schlimme Dinge?»

«Die schlimmsten», sagt er.

«Das habe ich nicht gefragt.»

Er öffnet den Drehverschluss einer Flasche billigen Rotweins, schnüffelt am Flaschenhals, dann gießt er sich ein Glas ein. «Ist egal. Genieß dein Teenagerleben, Gwen.»

Ich nehme ihm das Glas aus der Hand und trinke einen Schluck. Unser Deal ist, dass ich ein Glas Wein zum Essen trinken darf, wenn die Erwachsenen auch etwas trinken.

«Warst du auch an der Verhaftung von diesem Viktor Zorić beteiligt?», frage ich.

Dad holt zwei Teller aus dem Schrank und reicht sie mir. «Ich habe ein paar Papiere hin und her geschoben und einen kleinen Bericht geschrieben. Diesmal hat ihn tatsächlich jemand gelesen.»

Ich stelle die Teller auf den Tisch. «War er ein Mörder? Ein Drogendealer? Was?»

«Es reicht, Gwen.»

«Ich lese Nachrichten. Es ist mir durchaus bewusst, dass die Welt nicht nur aus Regenbogen und Schmetterlingen besteht.»

«Du willst es wirklich wissen? Na gut.» Er reicht mir noch ein

Weinglas. «Mord, Drogen, all das. Aber noch wichtiger waren ihm Waffengeschäfte und Menschenhandel. Zwangsprostitution von Frauen und Kindern.»

Ich rümpfe die Nase. «Okay. Ich verstehe.»

«Die meisten wurden nach Europa geschickt, aber manche auch nach Abu Dhabi, nach Shanghai und nach Los Angeles. Er hat sie in einem Schiffscontainer nach L. A. geschafft.»

«Danke für das Bild in meinem Kopf.» Ich schaufle Reis und Vindaloo auf die Teller.

«Sie saßen in einer Metallkiste mit ein bisschen Essen und Wasser und einem Eimer als Toilette», redet Dad weiter. «Als der Zoll sie gefunden hat, waren alle tot. Vierzehn Mädchen aus Russland und der Ukraine.»

«Herrje, jetzt hör aber auf», sage ich. «Das ist wirklich kein Partythema.»

«Du hast mich gefragt, ich habe geantwortet.» Er deutet auf meinen Stuhl. «Warte damit so lange wie möglich, Gwen. Zu erkennen, wie schrecklich die Welt ist.»

Ich setze mich, und Dad schenkt mir Wein ins Glas wie ein Kellner in einem schicken Restaurant. «Votre vin, Mademoiselle», sagt er.

«Na dann, merci», antworte ich und mache mich über das Vindaloo her.

Wir essen schweigend, und in der Küche ist es still, abgesehen von unserem Kauen und dem Brummen des Kühlschranks und dem Summen der Stadt vor unseren Fenstern. Die Stadt ist immer da, sie erinnert einen mit ihrem Hupen und ihren Sirenen und ihrem Geschrei daran, dass man nie ganz allein ist, sondern nur allein inmitten eines Bienenstocks mit einer Million Bienen.

«Also, heute ist was passiert. In der Schule», sage ich. «Du musst was unterschreiben.»

Er zieht die Augenbrauen hoch und wischt sich mit der Serviette Soße vom Kinn. Ich greife nach meiner Jacke, die neben der Tür an einem Haken hängt, und hole das Schulverweis-Formular von Mrs. Wasserman heraus.

Dad faltet den Zettel auf und liest ihn kurz. «Was soll der Mist, Gwen?»

«Ist doch bloß ein Schulverweis für einen Tag.»

«Bloß ein Schulverweis? Das ist keine Kleinigkeit.»

Ich atme tief ein. «Ich weiß. Tut mir leid.»

«Was ist passiert?»

«Astrid Foogle hat ein paar Sachen gesagt. Also habe ich sie auf Französisch beschimpft, und ein Lehrer hat es gehört und – jetzt bin ich für morgen suspendiert. Kannst du bitte einfach unterschreiben?»

«Was hat Astrid Foogle denn genau gesagt?»

«Dad, es war bescheuert, okay?»

«Was mir Sorgen macht, Gwen, ist, dass du es eigentlich besser wissen müsstest, als auf so was reinzufallen. Lass dich nicht provozieren, dann gibt es auch kein Problem.»

Eine Art Elektrosmog legt sich über mich. Ich sehe weg und umklammere den Sitz meines Stuhls. Ich würde ihm zu gern davon erzählen, wie Astrid mich geohrfeigt hat, aber dann wäre er nur enttäuscht, weil ich mich nicht gewehrt habe oder sie zumindest verpfiffen.

«Ich meine, Gwen, das ist ja nicht das erste Mal. Da war dieser Typ in Dubai, erinnerst du dich? Wie war noch sein Name? Und das Mädchen in Moskau. Sveta. Genau dasselbe.»

«Verdammt, jetzt unterschreib einfach!» Die Worte platzen aus mir heraus, bevor ich es verhindern kann. Meine Kehle ist wie zugeschnürt, ich kann kaum noch atmen. Ich springe auf und renne in mein Zimmer. Dad kommt hinter mir her, ruft mich, aber ich knalle ihm die Tür vor der Nase zu.

Er klopft höflich an und fragt, ob es mir gut geht. Klar, sage ich. Toll. – Was ist los?, fragt er. Diesmal antworte ich nicht. Ich sehe den Schatten seiner Füße im schmalen Spalt unter der Tür. Er wartet, hadert mit sich, ob er mich in Ruhe lassen soll oder weiter fragen. Am Ende geht er.

Was ist bloß los?, fragt er sich. Los ist, dass ich diesen Ort hasse. Ich hasse Danton und alle, die da hingehen. Ich hasse seinen Job und alles, was damit zu tun hat. Es gibt Leute in meinem Alter, die ihr gesamtes Leben in demselben Haus verbracht haben. Es gibt Leute in meinem Alter, die seit dem Kindergarten dieselben Freunde haben. Die haben einen Hund und einen Garten und einen Tennisball auf dem Dach, den sie schon mit zehn Jahren da raufgeschossen haben.

Ich krame in meiner Nachttischschublade nach einer Flasche Lorazepam, schiebe mir die Öffnung in den Mund und schlucke eine der winzigen Pillen. Es ist ein Beruhigungsmittel gegen Angstzustände, das ich seit ein paar Jahren nehme. Bei Bedarf, steht auf dem Etikett. Aber ich habe nicht mehr viel davon, denn mein Bedarf ist deutlich höher geworden, seit wir in New York sind. Die Wirkung setzt nach zwanzig Minuten ein, legt mir eine warme Decke um die Schultern und redet mir ein, dass Astrid Foogle und ihre Ohrfeige und die Erniedrigung gar nicht so schlimm sind, wie ich glaube. Es ist, als hätte man eine beste Freundin in Pillenform.

Neben der Pillenflasche liegt mein anderes Beruhigungsmittel, ein Kartenspiel. Ich schüttle es aus der abgegriffenen Packung und fange an zu mischen. Der gleichmäßige Rhythmus, mit dem das beschichtete Papier durch meine Finger und Handflächen gleitet, beruhigt mich auf eine seltsam zwanghafte Weise. Ich habe einmal Straßenkünstlern in Venezuela dabei zugesehen, wie sie Touristen mit ihren «Spielen» ausnahmen, die eigentlich bloß miese Tricks waren. Seitdem habe ich damit angefangen. Über die Jahre habe ich mir selbst alle möglichen Tricks beigebracht, und jetzt sind die Karten wie eine kleine Therapie für mich, die mir die Wartezeit verkürzt, bis das Lorazepam anfängt zu wirken.

Durch meine Fenster höre ich die Sirenen – laute, tiefe Sirenen, wie von der Feuerwehr. Irgendwo brennt es. Ich sammle die Karten auf und mische sie wieder und höre das Zischen von Busbremsen und das Hupen eines Taxis. Ich höre einen Betrunkenen auf der Straße herumschreien, dass ihm jemand sein Geld geklaut hat und dass Jesus bald zurückkommt. Verdammt, ich muss hier weg. Aber ich schiebe diesen Gedanken zur Seite und beschäftige mich weiter mit den Karten. Meine Finger erschaffen wieder und wieder eine geordnete Plastikwelt aus scheinbaren Chancen und Möglichkeiten, jedes Mal ein neues Universum aus Gewinnern und Verlierern.

—

Es ist 23.36, als ich aufwache – scheiß Lorazepam –, und jetzt ist sein Geburtstag fast vorbei. Ich klettere aus dem Bett und öffne die Tür.

Er sitzt auf dem Sofa, die Brille auf der Nase, den Laptop aufgeklappt. Ich schleiche in die Küche und hole den Karton aus der Bäckerei aus dem Kühlschrank. Der Muffin mit der roten Glasur ist zur Seite gekippt und sieht ziemlich ramponiert aus. Den nehme ich. Ich wühle in den Schubladen, finde Streichhölzer und eine Geburtstagskerze – sie hat die Form einer Fünf. Wir haben sie aus irgendeinem Grund aus Moskau mit hergebracht, wo ich fünfzehn geworden bin. Schon komisch, dass Dad in diesen kleinen Dingen so sentimental sein kann.

Ich stehe in der Tür, den Teller mit den beiden Muffins in der Hand, bis er aufsieht und mich bemerkt. Er klappt seinen Laptop zu und schiebt sich die Brille in seine Brusttasche.

«Sorry für den vermurksten Geburtstag», sage ich und setze mich neben ihn auf den Rand des Sofas.

«Willst du nicht singen?»

«Ganz sicher nicht. Wünsch dir was.»

Er überlegt eine Sekunde, dann bläst er die Kerze aus. Mit vorsichtigen Fingern nimmt er den Muffin vom Teller und beißt hinein. «Zitrone», sagt er. «Du hast es nicht vergessen.»

Ich bemerke das Taschenbuch, das auf dem Sofa liegt, halb verdeckt von seinem Laptop. «Was liest du da?»

Mit seiner freien Hand zieht er es hervor und zeigt es mir. 1984 von George Orwell, eine alte Ausgabe, ziemlich zerlesen und zerfleddert. «Ich habe es nicht gelesen. Ich will es einem Freund leihen», antwortet er. «Hast du es je gelesen?»

«Nein.»

«Solltest du mal. Orwell hat uns damit eine der ersten Dystopien geschenkt.»

Das Geschenk. Ich hebe meinen Rucksack vom Boden auf und krame darin herum, bis ich die kleine Schachtel finde. «Ich habe dir diesmal was gekauft.»

Er nimmt die Schachtel, betrachtet sie, rümpft die Nase. «Ist das – ein Angelhaken?»

«Hör auf.»

«Also nein. Ein neues Auto?»

«Stopp!», sage ich. «Mach einfach auf.»

Dad hebt den Deckel ein Stück an und späht hinein, als könnte ihn der Inhalt beißen. Dann wird er ernst. «Gwendolyn Bloom, was hast du getan?», sagt er in einem Ton, als wäre er ärgerlich. Er lässt den Karton auf seinen Schoß fallen und hält den Füller zwischen den Fingern, als wäre er so zart wie ein Küken. Ich hole ein Heft aus meinem Rucksack. «Hier», sage ich. «Schreib mal damit.»

Er setzt den Füller auf das Papier und schreibt etwas wie

eine Unterschrift, doch zuerst kommt keine Tinte, nur trockene Abdrücke seiner Schrift. Aber dann fließt die Tinte in elegantem Blau, Königsblau. Ich liebe ihn!, schreibt er.

«Wirklich? Ganz sicher?»

«Ganz, ganz sicher. Ich bin total begeistert. Damit fühle ich mich – like a real aristocrat», sagt er mit miesem englischen Akzent.

Ich lache, und er legt die Arme um mich. Ich lege den Kopf auf seine Schulter und höre sein Herz langsam und gleichmäßig schlagen. Okay, wir besitzen kein Wochenendhaus in den Vororten, und ich habe keine Freunde, die sich sowieso irgendwann gegen mich wenden – was soll's? Eine zweiköpfige Familie ist immer noch eine Familie. Es ist vollkommen genug. Ich will es ihm gerade sagen, auch wenn das total kitschig klingt, ich will es laut aussprechen, aber er unterbricht mich.

«Den nehme ich morgen mit auf Reisen», sagt er. «Dann bin ich der schickste Typ im Meeting.»

Morgen? Ich richte mich auf. «Wo fährst du denn hin?»

Er verzieht das Gesicht, wie er es immer tut, wenn er etwas vergessen hat. «Ich wollte es dir vorhin schon sagen, aber dann bist du eingeschlafen. Ich muss morgen nach Paris.»

Meine Schultern sinken.

«Nur für zwei Tage», sagt er. «Ich fliege morgen früh, habe morgen Abend das Meeting und bin übermorgen Abend wieder zu Hause.»

3. KAPITEL

Es ist dieselbe Nachricht, die er mir immer schreibt – Iss nicht bloß Junkfood. Hier sind vierzig Dollar für den Notfall. Wenn du etwas brauchst, geh zu Bela und Lili –, aber diesmal hat er sie mit seinem neuen Füller in eleganter königsblauer Tinte geschrieben. Ich lehne mich in der Linie 6 nach Downtown in meinem Sitz zurück und drehe den Zettel um, weil ich hintendrauf die Adresse des Plattenladens am St. Mark's Place notiert habe.

Dad und ich haben praktisch nie dieselbe Meinung, wenn es um Musik geht. Jazz ist die Ausnahme. Er hat mich in Übersee manchmal mit in Clubs genommen, wo ich mir wegen des Zigarettenqualms die Nase zuhielt und mir dann begeistert zwei Auftritte hintereinander ansah. In all den fremden Städten, die wir besuchten, haben wir eine Art Sport draus gemacht, die kleinsten, schrägsten Gigs und die obskursten Aufnahmen zu entdecken. Zu schade, dass sein Plattenspieler kaputt in New York angekommen ist. Irgendwann, wenn ich reich bin, kaufe ich ihm einen neuen.

Es ist kurz vor Mittag, und ich habe meinen Vormittag bereits damit verdaddelt, vor dem Fernseher zu sitzen und die kalten Reste des Vindaloo zu essen. Aber den Rest dieses seltenen schulfreien Wochentages werde ich genießen. Also steige ich beim Astor Place aus und gehe in Richtung St. Mark's. Kleine Hipsterbars, Tattoo-Geschäfte, eine Taqueria mit einer Schaufensterpuppe, die einen Sombrero trägt. Vielleicht sollte ich mir ein Tattoo stechen lassen.

Dad hat mir erzählt, dass seine Familie vor über hundert Jahren hier in kleinen Wohnkasernen gelebt hat, ein Dutzend Leute in einem Zimmer oder so. So haben die meisten Juden gewohnt, als sie in New York landeten, hat Dad mir erklärt. Seine Familie stammt aus Litauen, und der Name Blumenthal wurde auf Ellis Island erst zu Blum und irgendwann später zu Bloom. Rein technisch gesehen sind es gar nicht meine Vorfahren, aber ich finde, sie zählen trotzdem.

Dad ist Einzelkind, und seine Eltern sind beide gestorben, bevor ich auf die Welt kam. Ein Autounfall in San Diego, wo er aufgewachsen ist. Die einzigen genetischen Verwandten, die ich habe, sind die Schwester meiner Mutter und ihre Tochter. Meine Tante ist in Texas mit einem Rabbi verheiratet. Ich habe sie und ihren Mann einmal getroffen, gleich nachdem meine Mom getötet wurde, aber ich kann mich nicht mehr daran erinnern, wie sie aussahen.

Als ich in den Plattenladen komme, läutet eine kleine Glocke über der Tür. Ein Typ mit rasiertem Schädel und Gauge-Ohrschmuck sieht vom Tresen auf. Es riecht gut hier, nach Staub und Vinyl und Ozon. Lange Reihen niedriger Tische mit Plattenkisten darauf ziehen sich durch den Laden.

Ich nehme ein paar Platten heraus: Bitches Brew von Miles Davis, Ellington at Newport von Duke Ellington. Dann sehe ich Hände in der Kiste neben mir kramen und lasse meinen Blick den dazugehörigen Körper hinauf bis zum Gesicht gleiten.

Ich kenne ihn nur in der Schuluniform von Danton, mit weißem Hemd und gestreiftem Schlips. Seine Klamotten heute werfen mich völlig aus der Bahn: Er trägt einen roten Rollkragenpulli und Khakis mit einer scharfen Bügelfalte, als wäre er gerade einem Werbefoto für Ralph Lauren entsprungen. Seine Haut ist glatt und dunkelbraun und hat einen warmen Glanz, so als hätte er eine Laterne in der Brust. In Danton bleibt er immer für sich, isst allein, spricht mit fast niemandem. Sein echter Name ist Terrance, aber die anderen nennen ihn immer nur Stipendium, weil er offenbar ein Vollstipendium für Informatik bekommen hat.

«Hey», sage ich.

Terrance sieht auf. «Hey», gibt er zurück.

«Terrance, oder?»

«Yeah.»

«Ich bin Gwendolyn.»

«Ich weiß.»

Einen Moment lang herrscht peinliches Schweigen zwischen uns. Es ist so peinlich, dass ich mich wieder an den Grund erinnere, warum ich niemals mit Jungs rede. Dann grinst Terrance. «Solltest du nicht in der Schule sein?»

«Und du?»

«Drei Tage Schulverweis, weil ich die Anwesenheitsliste manipuliert habe», sagt er. «Diese Leute haben echt keinen Sinn für Ironie. Und was ist mit dir?»

«Einen Tag Schulverweis», sage ich. «Weil ich Astrid Foogle gesagt habe, sie soll sich selbst ficken.»

Er zieht eine Augenbraue hoch, als wäre er wirklich beeindruckt. «Gut gemacht», sagt er. «Was kaufst du?»

Ich gucke dümmlich auf das Album in meinen Händen und merke, dass sie zittern. «Sonny Rollins. Aber ich stöbere nur rum», sage ich.

«Sonny ist cool», meint er. «Aber Charlie Parker ist besser.»

«Klar ist er das», sage ich. «Das gilt nicht. Versuch's noch mal.»

Er zuckt die Achseln. «Ich war schon immer ein Coltrane-Mann.»

Ich muss unfreiwillig lächeln. «Ich bin auch ein Coltrane-Mann.»

Er lacht, und mein Gesicht wird so rot wie sein Pulli.

«Sorry, ich wollte nicht ...» Er unterbricht sich. «Du magst also Jazz. Da sind wir wohl die Einzigen.»

Ich deute in den Laden.

«Auf der Danton, meine ich.» Terrance senkt den Blick und richtet seinen Rucksack. «Ich – ich hänge hier bloß ab», sagt er. «Also, wenn du Lust hast – ich weiß ja nicht, was du noch vorh...»

«Ich hab Lust», sage ich, ohne nachzudenken.

—

Draußen stellen wir fest, dass die Sonne verschwunden ist. Stattdessen kriechen tiefrote Wolken über die Gebäude der Stadt. Keiner von uns muss irgendwo hin, und das ist gut so, denn wir sind ganz zufrieden. Wir gehen die St. Mark's zwei Blocks entlang. Ist die Stadt heute wirklich so leer, oder nehme ich bloß niemand anderen wahr?

Wir reden über die Musik, die wir mögen, über Bücher, die wir mögen, über Schüler auf der Danton, die wir hassen. Er sagt, er hätte gedacht, ich wäre «Griechin oder so was». Nein, sage ich, dem Pass nach bin ich Amerikanerin, aber eigentlich bloß Diplomatenkind, genau wie die anderen. Cool, sagt er.

Irgendwann kreuzen wir die Avenue A und landen im Tompkins Square Park. Wir schlendern einen gepflasterten Weg unter einem Dach aus kahlen Bäumen entlang. Auf der einen Seite schläft ein Obdachloser zwischen Pappen. Seine schmutzigen Hände und Schuhe und Klamottenbündel ragen seitlich hervor wie aus einem überladenen Sandwich.

«Und – du hast also ein Stipendium für die Danton?», frage ich.

Er kneift die Augen zusammen. «Was?»

«Dein Spitzname. Die anderen nennen dich doch Stipendium.»

«Die nennen mich Stipendium, weil ich schwarz bin. Ergo ...»

«Ergo was?»

«Ergo, wie sollte ich sonst auf der Danton sein?» Er schüttelt den Kopf. Über sie. Vielleicht auch über mich. «Für die habe ich nur ein einziges Mal existiert, nämlich als die Gras brauchten. Aber nix da. Den Gefallen tue ich denen nicht. Mein Leben ist nicht deren Film.»

Meine Hand stößt aus Versehen gegen seine. «Mach dir deinen eigenen Film. Dann kannst du dir die Rolle aussuchen.»

Er grinst kurz, als würde ihm die Idee gefallen. «Welche spielst du denn in deinem?»

«In meinem Film?» Ich zucke die Schultern. «Ich glaube, ich habe gar keinen. Das sind bloß – wahllose Szenen, die zusammengeschnitten werden.»

«Trotzdem», sagt er, «du bist die Heldin.»

«Die Heldin?»

«Du weißt schon. Du trittst ihnen in den Arsch, rettest die Welt, siehst toll dabei aus.» Er boxt vor sich in die Luft.

Es ist irgendwie ein Kompliment: ich, die die Welt rettet. Gwendolyn Bloom, die gut dabei aussieht. Ich lächle ihn zaghaft an. «Klar», sage ich.

Aber Terrance ist stehen geblieben und sieht zu zwei Jungs rüber, die neben dem Hundeauslaufplatz stehen. Sie haben einen Pappkarton aufgestellt und spielen Kümmelblättchen. Das ist ein Kartenspiel, das nicht wirklich ein Kartenspiel ist, sondern Betrug, so wie Hütchenspiele. Eines der Kids schiebt drei Spielkarten hin und her und ruft den vorbeilaufenden Joggern und Büromenschen in ihrer Mittagspause zu: «Finden Sie die Königin, wer findet die Herz-Königin?»

Das Spiel war früher überall in New York verbreitet, hat mir

Dad erzählt, aber ich schätze, heutzutage ist das anders, denn Terrance meint, er hat es noch nie gesehen. Mir ist es schon oft begegnet, auf der ganzen Welt, und ich habe immer gern zugesehen, wie die Spieler die Touristen ausnehmen. Mit Hilfe von ein paar YouTube-Videos habe ich es mir dann selbst beigebracht und an meinem Dad für Monopoly-Geld geübt.

Während einer der Jungs spielt, zieht der andere eine große Show ab, so als hätte er gewonnen. Er hat ein dickes Bündel Geldscheine in der Hand und scheint gerade gehen zu wollen.

«Willst du's mal versuchen?», fragt Terrance.

«Das ist Betrug», sage ich. «Man kann nicht gewinnen.»

«Der Typ da hat gerade gewonnen.»

«Weil das sein Job ist», sage ich. «Er ist der Lockvogel. Die beiden arbeiten zusammen.»

Aber Terrance lässt sich nicht überzeugen und geht zu den beiden rüber. Er zieht einen Zwanziger raus und legt ihn auf den Karton. Der Spieler nimmt ihn und zeigt ihm die Karten, eine Herz-Königin und zwei Buben, Pik und Kreuz, leicht geknickt an der langen Seite, damit sie einfacher aufzunehmen sind. Dann schiebt er die Karten hin und her und verändert ihre Position, schiebt die Königin nach links, nach rechts, in die Mitte.

Am Anfang ist es leicht, und das ist natürlich Absicht. Aber der Trick, der Schlüssel, das Herz des Betruges liegt darin, die Königin und eine der anderen Karten mit einer Hand aufzunehmen, dann die zweite Karte wieder hinzulegen, sodass der Betrogene glaubt, man hätte gerade die Königin gelegt. Der Geber ist so schnell, dass man es einfach nicht mitkriegt. Und schon folgen Terrances Augen der falschen Karte.

Als der Geber aufhört, die Karten zu verschieben, tippt Terrance auf die Karte links. Mit einem kleinen Lächeln dreht der Geber sie um. Kreuz-Bube.

Weitere zwanzig Dollar kommen aus Terrances Tasche, doch

diesmal sagt der Geber, verdoppeln oder nichts. Also zahlt Terrance vierzig und eine Runde später achtzig.

«Woher wusstest du das?», fragte er, als wir endlich weitergehen.

«YouTube, ein Kartenspiel und viel Zeit. Nach zehntausend Versuchen bin ich so gut wie diese Typen da.»

«Dann sollten wir unseren eigenen Karton aufstellen», meint er. «Du und ich.»

—

Wir gehen tiefer in den Tompkins Park, an den bevölkerten Basketballplätzen vorbei und an einem Zettel an einem Pfeiler, auf dem nach einem vermissten Meerschweinchen namens Otto gesucht wird. Wir finden eine halbwegs saubere Bank unter einem kahlen Baum und setzen uns.

«Arbeitet dein Dad für das Auswärtige Amt oder deine Mom?», fragt Terrance.

«Mein Dad», sage ich.

«Was macht deine Mom?», fragt er.

Ich überlege, ob ich ihn anlügen soll. Meistens wird es krampfig, wenn ich die Wahrheit erzähle. Aber diesmal lüge ich aus irgendeinem Grund nicht. «Sie ist tot», sage ich. «Seit zehn Jahren.»

«Meine auch», sagt Terrance. «Seit acht Jahren. Segelunfall.»

Ich öffne den Mund, um meinen Teil beizutragen, aber er unterbricht mich, indem er seine Hand auf meine legt.

«Ist okay, wenn du nicht erzählen willst», sagt er.

«Danke», sage ich.

Dann sitzt die Tatsache, dass unsere beiden Moms schon tot sind, eine Weile ganz zufrieden bei uns. Kein Tamtam. Kein Drama.

«Wo willst du danach hin?», fragt er.

«Ich bin hier gerade ganz zufrieden», sage ich.

«Nein, ich meine, nach der Schule. Welches College.»

«Darüber habe ich noch nicht nachgedacht», sage ich. «Irgendwohin, wo es warm ist. Was ist mit dir?»

«Harvard. Mein Dad hat da einen Stuhl, darum ...»

«Einen Stuhl?»

«Einen Lehrstuhl. So eine Art Fachbereich. Den Mutai-Fachbereich für das Studium der Wirtschaft Blabla. Ich weiß den ganzen Namen nicht.»

Irgendwo tief in meiner Tasche klingelt mein Telefon. Ich spähe kurz aufs Display und sehe, dass es Dad ist. Aber statt ranzugehen, stelle ich den Ton ab. Ich werde ihn später anrufen, jetzt will ich diesen Moment hier nicht unterbrechen. Die Uhr auf dem Handy zeigt 14.42. Wo ist die Zeit geblieben? Der Wind pfeift durch die Schlitze der Holzbank. Ich ziehe den Kragen meiner Armeejacke hoch und verschränke die Arme fest vor meiner Brust.

«Was ist los?», fragt Terrance.

«Mir ist kalt», sage ich.

«Willst du gehen?»

«Nein.»

Und dann legt er den Arm um mich und zieht mich fest an sich heran. Meine Muskeln verspannen sich. Ich spüre, wie die Wärme seines Körpers seine Jacke und meine durchdringt. Soll ich jetzt irgendwas sagen? Nein, antworte ich mir selbst, halt einfach die Klappe und lass die Dinge geschehen. Ich lege meinen Kopf auf die Schulter seiner Lederjacke. Er riecht nach der teuren Seife, die es in Luxushotels gibt.

«Und nach dem College?», frage ich. «Was dann?»

«Mein Dad sagt, ich kann alles machen, solange ich mich nicht mit Hedge-Fonds beschäftige, so wie er», sagt Terrance und lässt seine Hand über meinen Arm wandern. «Aber vermutlich – ich weiß nicht. Ich schreibe gern Programme, ich liebe diese mentale Präzision. Mathe ist Kunst. Ist es irgendwie seltsam, wenn man Mathe als Kunst betrachtet?»

Ich lache ein bisschen. «Mathematische Musik.»

«Was?»

«Mathematische Musik. Das hört sich komisch an, aber so nenne ich das, zum Beispiel, wenn man Dizzy und Charlie Parker zusammentut, oder Coltrane und irgendwen. Es klingt nach Chaos, ist es aber nicht. Es ist Mathematik.»

«Mathematische Musik», antwortet er. «Das gefällt mir.»

Dann legt sich sein Arm fester um mich, und ich rutsche ein Stück näher an ihn heran, dann noch ein Stück.

Ein fetter Regentropfen landet auf meinem Knie, ein zweiter auf meiner Hand. Sie explodieren und platzen um mich herum, verdunkeln den Bürgersteig in braunen Farbklecksen. Wir wissen beide, dass wir aufstehen und uns irgendwo unterstellen sollten – gleich wird es richtig losprasseln –, aber keiner von uns rührt sich. Ein leises Donnergrollen verwandelt sich in ein scharfes Krachen. Eine dunkelrote Wolke über den Gebäuden in der Ferne blitzt hell auf, als würde sie von innen erleuchtet.

«Die Götter haben sich gegen uns verschworen», sage ich.

«Wir gehen lieber», sagt Terrance.

—

Wir rennen durch den Park, während sich der Himmel über uns öffnet und Regenschleier auf uns herabschickt, die aussehen wie wütende Geister. Würde ich an Gott glauben, könnte ich mir einreden, dass dies die Strafe dafür ist, dass ich mir ein paar schöne Stunden mit einem fremden, interessanten Jungen gegönnt habe. Wir laufen über die Avenue A und finden Schutz im Eingang eines Wohnhauses. Es ist nicht viel Platz, und wir drücken uns an die schwarze Stahltür, um den abprallenden Regentropfen zu entkommen.

«Du zitterst ja», sagt er. «Komm her.»

Ich habe es gar nicht gemerkt, und ich friere auch nicht mehr, aber ich dränge mich trotzdem an ihn. Er drückt seine Brust an mich und schlingt die Arme um meinen Rücken.

«Also, nur damit ich das richtig verstehe», sage ich. «Dein Vater hat einen Lehrstuhl namens Mutai für irgendwas blabla mit Wirtschaft ...»

Er lacht, und ich spüre, wie sich seine Brust an meiner Wange bewegt. «Ganz korrekt heißt es der Terrance-Mutai-der-Dritte-Lehrstuhl.»

«Der dritte Lehrstuhl?»

«Nein, mein Dad heißt Terrance Mutai der Dritte. Was mich zu Terrance dem Vierten macht.»

Jetzt muss ich lachen. Hoffentlich hält er mich nicht für gemein. «Du hast eine Zahl in deinem Namen? Stammst du aus einer Königsfamilie oder so?»

«Nein», sagt er. «Ich bin bloß ein überheblicher Angeber.»

«Das ist okay», sage ich. «Bin ich auch.»

Und dann hält tragischerweise und gegen alle Wahrscheinlichkeiten mitten in einem Unwetter in New York ein Taxi am Bürgersteig, und eine Frau steigt aus. Ich hätte hier den ganzen Tag stehen bleiben können, vielleicht sogar die ganze Woche, aber bevor ich protestieren kann, zieht mich Terrance hinter sich her auf den Rücksitz.

—

Er dirigiert den Fahrer in Richtung Norden über die First Avenue zu meiner Adresse. «Und danach fahren wir zur Zweiundsiebzigsten, Ecke Fünfte, das Madisonian.» Ich bin noch nicht so lange in der Stadt, aber ich kenne diesen Block, einen der schicksten Wohnblocks auf der gesamten Insel von Manhattan. In dieser Stadt wohnen sogar die Reichen in Wohnblocks wie meinem, in zu kleinen Wohnungen mit Ausblick auf viel zu belebte Straßen. Terrances Nachbarn gehören zu den astronomisch Reichen. Selbst die Snobs auf der Danton würden ihn um seine Adresse beneiden.

Das Taxi huscht davon, und die Straßen glänzen schwarz im Regen. Terrance und ich kauern uns in den Rücksitz, die Heizlüfter dröhnen. Meine Finger sind vor Kälte ganz rot und taub. Er nimmt meine Hände in seine und reibt sie.

Wir biegen in meine Straße ein, und ich sage dem Fahrer, wo er mich rauslassen soll. Ich greife in meine Tasche und will mein Geld rausziehen, aber Terrance sagt, ich soll das lassen, er lädt mich ein. Ich drehe mich zu ihm um und will mich bedanken, und da ist er schon da, nur Zentimeter von meinem Gesicht entfernt. Es ist vorbei, bevor ich es mitkriege, ein schneller, flüchtiger Kuss auf die Lippen. Ich muss ein komisches Gesicht machen, denn er lacht. «Bis bald», sagt er.

—

Ich steige die Treppen in meinem Haus hoch und analysiere im Geist jede Sekunde der letzten paar Stunden. Zweiter Stock, dritter Stock, vierter Stock, Terrance der Vierte.

Ich verriegle die Tür hinter mir mit zwei Riegeln und einer Kette. Hat sich Terrance wirklich gerade vorgebeugt und mich geküsst? Mein Gott, was bedeutet das?

Ein paar Stunden lang kämpfe ich mit meinen Hausaufgaben.

Morgen schreiben wir den üblichen Mathetest, und auch wenn ich nur einen Tag nicht da war, hinke ich schon mit dem Stoff hinterher. Es ist schwierig, und es wird nicht leichter dadurch, dass meine Gedanken immer wieder zu Terrances Händen zurückfliegen, die meine auf dem Rücksitz des Taxis reiben, diese Hände mit den langen, schlanken Fingern, Hände, die zu einem Aristokraten mit einer Zahl im Namen passen. Das war der wichtige Teil, oder? Nicht der Kuss. Sondern wie er meine Hände gerieben hat. Gott, er ist buchstäblich das Einzige in dieser Stadt, das mir nicht weh tut.

Irgendwie schaffe ich es doch noch, meine Hausaufgaben fertigzukriegen, und um elf Uhr mache ich mir ein Sandwich, gieße mir den Rest vom Wein in einen Plastikbecher und schalte die mexikanischen Seifenopern ein, die ich mir immer ansehe, um mein Spanisch aufzufrischen.

Zwei heimliche Liebende auf einer großen Party – sie im Abendkleid, er im Frack – wollen sich im cobertizo treffen. In der Hütte? Im Schuppen? Nein, nicht in dieser anspruchsvollen Welt. Es ist ein elegantes Bootshaus, reich ausgestattet mit Messinguhren und gemütlichen Ledersesseln und einem ausgestopften Falken auf einem Regal. Es ist gefährlich, sich zu treffen, das wissen beide, wo doch die anderen Partygäste ganz in der Nähe sind, man kann sie sogar noch hören. Liebst du mich, fragt er. Sí, Emilio, sagt sie, siempre, siempre.

Der Wein wärmt mir den Bauch, mein Hirn fühlt sich pelzig an. Ich rutsche tiefer ins Sofa, mein Kopf sinkt auf ein Kissen, und ich denke zum achttausendsten Mal an den Tompkins Square Park und wie der Regen auf dem Fußweg aussah. Er ist reich, denke ich – muss er sein, wenn er da wohnt, wo er wohnt. Aber ist das wichtig? Wie viel war es wert, als er mich im Hauseingang im Arm gehalten hat, während wir vor dem Regen Schutz suchten? Ich weiß es nicht, aber es ist nicht mit Geld zu bezahlen.

Und daran denke ich, als sich meine Augen schließen und ich spüre, wie ich rückwärts falle, einfach rückwärts durch den warmen Weinrausch und einschlafe. Die Seifenoper läuft weiter, jetzt streiten sie sich. Emilio und irgendwer – ihr Vater? Und jemand klopft an der Tür, aber Emilio und der andere Typ reden einfach weiter. Mein Gott, jetzt macht schon auf.

Dann schrecke ich hoch. Das Klopfen kommt nicht vom Fernseher; es kommt von der Tür zu meiner Wohnung. Es klopft fest und dringend. Jetzt komm schon, will es sagen. Ich gehe benommen, aber vorsichtig zur Tür und spähe durch den Spion. Bela steht im Bademantel davor. Hinter ihm sind zwei Personen in billig wirkenden Anzügen. Das eine ist eine Frau, die ihr straßenköterblondes Haar zum Pferdeschwanz gebunden trägt. Sie ist hübsch, denke ich, sportlich, vielleicht vierzig. Der andere ist ein Mann Ende zwanzig. Er hat ein grobes, gerötetes Gesicht, und seine schwarzen Haare trägt er so kurz, als wäre er in der Armee.

Ich schiebe die beiden Riegel zurück und öffne die Tür, so weit die Kette es zulässt.

Bela wringt die Hände. Es ist keine Nervosität, sondern irgendwas anderes. «Diese Leute hier – sie müssen mit dir reden.»

«Kannst du bitte die Tür aufmachen, Gwendolyn?», sagt die Frau.

Ich schließe die Tür, hake die Kette aus und öffne sie wieder. Die Frau tritt vor und öffnet eine Brieftasche mit einer Marke und einem Ausweis.

«Hallo, Gwendolyn, ich bin Special Agent Kavanaugh, und das hier ist Special Agent Mazlow. Wir arbeiten für den Diplomatischen Sicherheitsdienst.»

Jetzt hält mir der Mann seine Marke und seinen Ausweis hin, aber ich brauche nicht draufzusehen. Ich kenne sie bereits – nicht genau diese beiden, aber ich kenne Leute wie sie, weiß, was sie tun und was es bedeutet, wenn sie auftauchen. Ich weiß, was sie als Nächstes sagen werden.

«Mein Dad», sage ich mit leiser Stimme, fast flüsternd. «Was ist mit meinem Dad passiert?»

Agent Kavanaugh legt mir sanft die Hand auf die Schulter. «Wir möchten, dass du mit uns kommst, okay? Kannst du das machen, Gwendolyn?»

Ich schiebe ihre Hand weg. «Was ist mit meinem Dad passiert?», wiederhole ich jetzt lauter. Ich schreie beinahe. «Geht es ihm gut?»

«Gwendolyn», sagt Agent Kavanaugh, «dein Vater wird vermisst.»

4. KAPITEL

Im Fahrstuhl, in dem es nach Desinfektionsmittel riecht, stehen Kavanaugh und Mazlow rechts und links neben mir. Der Knopf für den sechsten Stock leuchtet. DIPLOMATISCHER SICHERHEITSDIENST steht daneben.

Als ich meinen Dad mal in diesem trostlosen Betongebäude in Downtown besucht habe, wo das Außenministerium seine Büros hat, gab es am Haupteingang Metalldetektoren, und ich musste eine rote Marke mit der Aufschrift BESUCHER tragen. Jetzt ist davon keine Rede. Kavanaugh und Mazlow haben mich mit Blaulicht und Sirenen in einem großen SUV hergebracht, und die Sicherheitsleute winken uns bloß durch.

Ich werde in einen kleinen Konferenzraum gebracht, in dem unterschiedliche Tische zusammengeschoben wurden. An der Wand reihen sich schäbige Stühle. «Rühr dich nicht vom Fleck», sagt Kavanaugh. «Mazlow steht direkt vor der Tür, falls du irgendwas brauchst.»

Sie verschwindet, und jetzt bin ich allein. Ich wünschte, sie hätten Bela mitkommen lassen. Das Neonlicht über mir summt und flackert und taucht alles in ein krankes Licht. Vor dem einzigen Fenster des Raumes hängt eine Jalousie. Ich hebe eine der Metalllamellen an und stelle fest, dass das Fenster auf einen Flur hinausgeht und dass ich von hier in das gegenüberliegende Zimmer sehen kann. Kavanaugh ist drin, gemeinsam mit sechs oder sieben anderen. Sie stehen vor einem Whiteboard, worauf sie eine Art Zeitablauf geschrieben haben:

20:37 SMS Bloom aus Café Durbin an Station Paris, Entwarnung
20:42 Anruf Bloom – Tochter, keine Antwort / Nachricht
20:55 Anruf Bloom – Feras / Bestätigung
21:22 Ende Treffen mit Feras im Café Durbin / SMS an Station Paris, Entwarnung
21:32 Telefon offline / tot

Kavanaugh redet mit zwei Männern, die ich kenne. Der eine ist Joey Diaz, ein Staatsbeamter, genau wie Dad. Er ist ein gutaussehender, stämmiger Schwarzer, der seit Jahren mit meinem Dad befreundet ist. Sie waren zusammen in Dubai stationiert, und Joey hat die letzten zwei Thanksgivings und Weihnachten mit seiner Frau und den beiden Kindern bei uns gefeiert. Den anderen Typ habe ich auch schon mal gesehen. Er heißt Chase Carlisle und ist der Boss von meinem Dad. Ich weiß nicht viel über ihn, Dad hat mir nur erzählt, dass er aus einer alten Südstaatenfamilie stammt und jeden in Washington kennt.

Carlisle ist ungefähr fünfzig oder fünfundfünfzig, schätze ich, hat rosige Haut und trägt den üblichen Langweiler-Anzug, der über seinem Altersbauch spannt. Seine Haare sind wie immer streng zur Seite gekämmt und perfekt braun gefärbt. Als Kavanaugh mit den beiden redet, sieht Carlisle in meine Richtung, und ich weiche instinktiv zurück und lasse die Jalousielamelle wieder an ihren Platz fallen.

Einen Augenblick später kommen Diaz und Carlisle durch die Tür ins Konferenzzimmer. Joey nimmt mich in die Arme. «Alles wird wieder gut, Gwendolyn», sagt er. «Alles wird wieder gut.»

«Setz dich doch, Gwendolyn», sagt Carlisle mit seinem angenehm weichen Virginia-Akzent.

«Ich bleibe lieber stehen, danke», sage ich und bemühe mich um eine ruhige Stimme.

«Gwendolyn», sagt Joey. Seine Hände liegen auf meinen Schultern. Er sieht mich direkt an. «Dein Vater ist kurz nach einem Treffen mit einem Kollegen in Paris verschwunden, nach einem Treffen mit jemandem, den wir –»

«Das ist sehr irreführend, Joey», schneidet Carlisle ihm das Wort ab. «Damit unterstellen Sie, dass es hier um eine Entführung geht, und dafür gibt es keine Hinweise.»

Ich lasse mich jetzt doch in einen Stuhl sinken und umklammere die Armlehnen.

Carlisle beobachtet mich genau, als versuche er, sich meine Reaktion zu merken. «Wir wissen bisher nur, dass er verschwunden ist. Das ist alles, was wir haben. Könnte er entführt worden sein? Das ist eine Möglichkeit. Aber es gibt andere Gründe, weshalb er aus dem Raster gefallen sein könnte.»

Ich spüre, dass sich mein Gesicht wie eine Faust zusammenballt; ich kneife die Augen zusammen, mein Mund öffnet sich, bleckt die Zähne. Ich verberge mein Gesicht hinter den Händen. Im Laufe meines Lebens habe ich mich auf die Möglichkeit vorbereitet, dass Dad wegen seines Jobs im Krankenhaus landet oder sogar stirbt, aber das hier – in meinem Kopf tauchen schlimme Bilder von Folterungen auf. Zwei Tränen lösen sich aus meinen Augen, laufen meine Nase entlang. Ich zwinge mich hochzusehen. «Erzählen Sie mir genau, was Sie tun werden, um ihn zu finden.»

Carlisles Gesicht bleibt professionell ungerührt. «Du kannst sicher sein, dass das Ministerium alles tut, was es kann. Die Außenstelle des FBI in Paris untersucht bereits die Gegend. Ebenso wie die französische Polizei, und zwar die örtliche wie die Bundespolizei –»

«Sie müssen annehmen, dass er entführt wurde, stimmt's?», unterbreche ich ihn. «Ich meine, so behandeln Sie den Fall, ja? Als wäre er entführt worden.»

«Natürlich», sagt Carlisle. «Ja. Absolut. In diesem Moment sucht SIGINT nach sogenanntem ‹Chatter› – nach abgefangenen Gesprächen – über einen vermissten amerikanischen Diplomaten. Aber bisher haben wir nichts. Was ein gutes Zeichen ist.»

«Was ist SIGINT?», frage ich und tupfe mir die Augen mit einem Taschentuch ab.

«Die Signalaufklärung, Signals Intelligence. Die beschäftigen sich mit Handygesprächen und jeder anderen Art von elektronischer Kommunikation.» Carlisle setzt sich hin und wirft einen Blick auf seinen Notizblock. «Gwendolyn, hat dein Vater je mit dir über seine Arbeit gesprochen? Was er tut? Vielleicht hat er dir von irgendwelchen Problemen im Büro erzählt?»

«Nein», antworte ich. «Ich meine, der übliche Stress. Und er war in den letzten Tagen ziemlich traurig. Es war der Todestag meiner Mutter. Aber er hat nie viel über seinen Job geredet. Nur dass er viel Papierkram erledigen muss und Berichte schreibt.»

Carlisle nickt und notiert sich etwas. «Hat dein Vater jemals den Wunsch geäußert, sich – ich weiß nicht – zur Ruhe zu setzen? Das Außenministerium zu verlassen und ins Ausland zu gehen?»

Joeys Hand landet krachend auf dem Tisch. «Das reicht, Chase.»

Carlisle funkelt Joey kurz an, dann wendet er sich wieder an mich. «Gwendolyn, wir wissen, dass dein Vater dich gestern Nachmittag angerufen, aber keine Nachricht hinterlassen hat. Hast du seitdem irgendeinen Kontakt zu ihm gehabt? Zum Beispiel E-Mail? Facebook oder so was?»

«Nein», sage ich. «Nichts.»

«Danke. Das hilft mir schon.» Chase legt seinen Stift hin und faltet die Hände vor sich auf dem Tisch. «Ich weiß, dass das hier sehr hart für dich sein muss. Hast du irgendwelche Verwandten, bei denen du erst mal bleiben kannst?»

«Ich habe eine Tante und einen Onkel in Texas. Georgina und Robert Kaplan. Er ist ein Rabbi in ... ich weiß nicht, wo. Irgendein Vorort von Dallas, glaube ich.»

«Niemanden hier in der Stadt?»

«Ich kann bestimmt bei Bela und Lili bleiben. Den Atzmons. Das sind Freunde von uns, die in unserem Haus wohnen. Im fünften Stock.»

«Die Atzmons werden erst mal reichen», sagt Carlisle und steht auf. «Es ist vermutlich am besten, wenn du heute Nacht da schläfst. Wenn es irgendwas Neues gibt, holen wir dich.»

Ich öffne den Mund, um etwas zu erwidern, aber Carlisle ist bereits durch die Tür verschwunden.

—

Die Scheibenwischer tanzen über die Frontscheibe, wischen den Regen weg, kommen zurück, wischen wieder, kommen zurück. Ich versuche, mich von den Bewegungen hypnotisieren zu lassen, mich darin zu verlieren. Der SUV, den Joey sich aus dem Fuhrpark geliehen hat, fährt durch den Morgenverkehr die Third Avenue hinauf. Er stellt keine Sirene und kein Blaulicht an, als ob er weiß, dass ich dankbar für die Minuten bin, die ich mit dem vielleicht einzigen Freund meines Vaters verbringen kann, der vielleicht wirklich etwas tun wird.

«Wie geht es den Kindern?», frage ich. «Christina ist die Älteste, stimmt's?»

«Ja», sagt Joey. «Sie wird nächsten Monat zwölf. Und Oscar ist gerade neun geworden.»

«Oscar. Den Namen mochte ich immer gern.»

Es klingt vielleicht wie Smalltalk, ist aber ein Test. Ich betrachte Joeys Gesicht sehr genau, als ich sage: «Wir müssen uns alle mal wieder treffen, wenn Dad zurück ist.»

Sein Kopf bewegt sich ein Stück zurück, und ich sehe, wie er langsam einatmet. «Klar», sagt er mit künstlichem Lächeln.

«Dad kommt nicht zurück, oder, Joey?»

«Natürlich kommt er zurück», sagt er, aber seine Worte klingen so hoffnungslos und leer, wie wenn man einem Krebspatienten sagt, dass er bestimmt bald gesund wird.

Ich spüre, wie sich mein Gesicht wieder zusammenkrampft. Ich wende mich ab und lehne mich an das kühle Fensterglas, an dem das Regenwasser in kleinen Bächen herabströmt. «Was ist wirklich mit ihm passiert, Joey? Sag es mir bitte. Ohne Scheiß. Ich glaube, ich habe das Recht, es zu erfahren.»

Joey trommelt mit den Fingern auf dem Steuerrad herum. «Dein Dad hat sich mit einer Kontaktperson getroffen, mit jemandem, mit dem wir zusammenarbeiten. Sie haben sich in einem Café getroffen. Als die beiden gegangen sind, hat er unserem Büro in Paris geschrieben, dass es ihm gut geht. Aber kurze Zeit später wurde sein Telefon entweder ausgestellt, oder es ist kaputtgegangen. Es gibt keine polizeilichen Meldungen aus diesem Gebiet, keinen Hinweis auf irgendwelche Gewalt. Das ist alles, was wir mit Sicherheit wissen.»

Ich denke an die Aufzeichnungen aus dem gegenüberliegenden Zimmer. «Hat er sich mit einem Feras getroffen? Den Namen habe ich auf dem Whiteboard gesehen.»

«Ja», antwortet Joey. «Wir haben jetzt jemanden hingeschickt, der mit ihm redet. Aber wir wissen nicht, welche Rolle er dabei spielt, falls er überhaupt eine spielt.»

«Da war so ein Typ, ein Russe oder Serbe, ich weiß nicht mehr genau. Ich habe neulich ein Foto im Computer von Dad gesehen. Ein Viktor Zorić. Hat der was mit diesem Feras zu tun?»

«Unwahrscheinlich. Aber du kannst sicher sein, dass man das überprüfen wird.»

Ich presse die Handflächen gegen die Augen, und Joey greift rüber und drückt sanft meine Schulter.

«Ich begreife das nicht, Joey», sage ich mit brüchiger Stimme. «Dad schiebt doch bloß Papiere hin und her. Warum sollte ihn jemand entführen wollen?»

Ein langes Schweigen. «Ich brauche einen Kaffee», sagt Joey schließlich. «Komm, ich kaufe dir eine Cola oder so was.»

Er schwenkt den SUV plötzlich nach rechts und fährt quer über zwei befahrene Spuren. Autos hupen wütend hinter uns her. Er hält vor einer kleinen Bodega, stellt den Motor ab und bedeutet mir, ihm zu folgen.

Der Regen prasselt in fetten, kalten Tropfen auf meinen Kopf und läuft mir über Gesicht und Hals in den Hemdkragen hinein. Ich ziehe meine Kapuze hoch, und Joey führt mich am Oberarm mit sich, als wäre ich ein Gefangener. «Im Auto können wir nicht reden», sagt er. «Wegen des Radios. Das ist nie wirklich aus, verstehst du?»

Wir bleiben unter der Markise eines Ladens stehen, der 24 Stunden geöffnet hat, und stellen uns vor die Aufbauten mit Bananen, Orangen, Äpfeln und Eimern mit billigen Blumen in Plastikfolie. Es ist niemand in der Nähe, nicht um diese Uhrzeit, und Joey fasst mich an beiden Schultern.

«Dein Dad», sagt er. «Was für einen Job hat er?»

«Er ist Staatsbeamter im Auswärtigen Amt, ein Diplomat.»

«Jetzt komm, Gwendolyn», sagt Joey. «Was tut er wirklich? Womit verdient er sein Geld?»

«Verdammt, Joey, was meinst du damit?»

Er atmet langsam ein und aus. «Dein Dad arbeitet nicht für das Auswärtige Amt, Gwendolyn. Das hat er nie getan. Das nennt man ‹offizielle Tarnung›.»

Er wartet einen Moment und starrt mich dabei an, bis seine Worte in mein Hirn gesickert sind. Wenn Dad nicht für das Auswärtige Amt arbeitet, dann gibt es nur noch eine Möglichkeit. Ich öffne den Mund, aber ich habe Schwierigkeiten, die Worte rauszubringen. «Er ist ein Spion», sage ich schließlich. «Er ist bei der CIA.»

Joey lächelt mich traurig an. «Denk dran, du bist ganz von allein draufgekommen, okay? Ich habe dir das nie gesagt.»

Was mich am meisten schockiert, ist die Tatsache, dass ich nicht schockiert bin. Es ist wie die Antwort auf ein Rätsel, das ich schon mal gehört, aber dann vergessen habe, eine Pointe, die ich schon seit langem habe kommen sehen. Ein Teil von mir wusste es immer, zumindest seit wir in Ägypten waren, oder vielleicht noch früher, vielleicht seit Venezuela. Mit zehn oder elf Jahren hatte ich keine Ahnung, wofür die Buchstaben CIA standen, aber ich wusste, dass das, was mein Vater tat, anders war. Keiner von den anderen Eltern brauchte eine Stunde, um sein Kind zur Schule zu fahren, und niemand nahm dafür jeden Tag eine andere Route. Keiner von den anderen Eltern hatte Meetings um drei Uhr nachts.

«Und du?», frage ich. «Bist du auch Spion? Und was ist mit Chase Carlisle?»

«Was wir sind, spielt keine Rolle.»

«Also ja.»

«Du kannst glauben, was du willst», sagt er. «Aber behalt deine Schlussfolgerungen für dich.»

Ich wende mich ab, ich kann ihn nicht ansehen. Ein altes Pärchen schlurft unter seinem Schirm aneinandergedrängt an uns vorbei. «Also bei all seinen Jobs im Ausland hat Dad immer spioniert?»

«Er war Staatsbeamter im Auswärtigen Amt, ein Diplomat, der einen Bürojob macht. Offiziell hat er nie etwas anderes getan.»

«Und inoffiziell?», frage ich.

«Inoffiziell war er Patriot und der beste Mann, mit dem ich je gearbeitet habe», sagt Joey.

—

Bela und Lili Atzmon haben das schon mal gemacht. Oder zumindest wirkt es so, als Joey ihnen die offizielle Version erzählt – Verschwinden in Paris, Umstände unbekannt. Sie stehen nebeneinander und nicken ungerührt zu den Neuigkeiten wie Ärzte, die zu einer Besprechung gebeten worden sind, nur dass sie Bademäntel tragen statt Kittel.

Als Joey geht, erfahre ich, dass es ein Ritual gibt, das vollzogen werden muss, wenn ein Vater als vermisst gilt. Lili baut mir ein Nest – einen Ring aus Decken und Kissen – auf dem Sofa in ihrem Wohnzimmer, und ich sitze in der Mitte wie ein hervorgewürgtes Vogelbaby. Es gibt Tee, einen milden Kräutertee.

Nach einer Stunde habe ich mich ausgeweint, meine Brunnen sind leer. Mit schmerzenden Augen und wunder, roter Nase starre ich ausdruckslos vor mich hin, webe meine Finger durch die kleinen Löcher einer Häkeldecke, bis sie wie in einem Netz gefangen sind. Bela sitzt in seinem Lehnstuhl, ein Glas Pálinka in der Hand, und Lili hockt neben mir auf dem Rand des Sofas.

«Ihr seid gut im Trösten», sage ich.

Lili lächelt und zupft an der Decke herum, die über meiner Schulter liegt. «Wo wir herkommen, verschwinden die Väter auch manchmal», sagt sie.

Mein Dad hat mich angelogen. Eigentlich hat Dad nichts anderes getan, als mich die ganze Zeit anzulügen, solange ich denken kann – all die Male, wenn er von Khartoum oder Islamabad nach Hause kam – oder war er vielleicht ganz woanders? – und ich ihn fragte, wie sein Meeting gewesen war oder sein offizielles Dinner oder wie sie die Präsentation fanden, die er gehalten hatte. «Todesursache: Langeweile», sagte er dann immer nur und verdrehte albern die Augen. Scheiß auf ihn, denke ich. Scheiß auf ihn und die siebzehn Jahre Lügen. Die siebzehn Jahre, die er eine einzige Person auf der Welt nicht hätte anlügen dürfen und es doch getan hat.

Meine Gedanken kommen zurück zu den Notizen auf dem Whiteboard in Dads Büro, dann zu der Unterhaltung mit Joey draußen auf der Straße. Ich weiß, ich darf nichts darüber sagen. Ich weiß, es muss ein Geheimnis bleiben. Aber Bela und Lili kennen die Welt, und sie sind jetzt alles, was ich habe. Mein Mund öffnet sich wie von selbst, als könnte ich es nicht verhindern. «Er ist gar kein Diplomat», sage ich.

Bela hebt abwehrend die Hand. «Natürlich, Kind. Das brauchst du uns nicht zu sagen.»

Ich starre ihn an. «Er hat es euch erzählt?»

Bela zuckt die Schultern. «Er brauchte es mir nicht zu sagen, genauso wenig wie ich ihm. Spione können sich am Geruch erkennen, so wie Hunde.»

In seinen Augen liegt ein seltsamer Ausdruck, als er mich mit einer Mischung aus Reue und Schalk ansieht.

«Du – du hast auch für die CIA gearbeitet?», frage ich.

Bela lacht. «Gott sei Dank nicht. Für jemand anderen.»

Und mehr muss er gar nicht sagen. Er hat dreißig Jahre in Israel verbracht. «Für den Mossad», sage ich leise.

Keine Antwort von Bela.

Der freundliche alte Ladenbesitzer hat also einmal zum besten und brutalsten Geheimdienst der Welt gehört. Klar, warum auch nicht? Heute werden einfach alle Geheimnisse gelüftet.

Bela räuspert sich. «Dein Vater hat ein Abkommen mit Lili und mir getroffen. Dass wir dir helfen.»

«Ich weiß. Ihr passt auf mich auf, während er weg ist.»

«Nein. Ein anderes Abkommen.» Er beugt sich vor und umklammert mit den Händen seine Knie. «Die Geheimdienste, seiner und meiner, sind manchmal ziemlich grausam zu den Familien ihrer Mitarbeiter. Also falls etwas ... wie das hier passiert, dann sollen wir dafür sorgen, dass deine Interessen gewahrt werden.»

«Was bedeutet das?»

«Dass du nicht nur Fastfood isst.»

Mein Gesicht verkrampft sich wieder, aber ich unterdrücke die Tränen. Ich will nur eine Frage stellen. «Ich möchte, dass du ehrlich zu mir bist, Bela. Sag mir die Wahrheit.»

«Du willst wissen, ob er tot ist.»

Ich nicke.

«Wenn es ihre Absicht – ihre augenblickliche Absicht gewesen ist, ihn zu töten, dann wüsstest du es. Dann hätte man seine Leiche schon auf der Straße gefunden. Tut mir leid, wenn ich so deutlich werde.»

«Glaubst du, wer immer ihn hat, lässt ihn wieder frei?»

«Wenn, wer immer ihn hat, Geld dafür bekommt oder irgendeinen Gefallen oder was sie eben wollen, dann vielleicht», sagt Bela.

Ich sehe ihn an. «Und wenn nicht?»

Er schüttelt den Kopf.

Auf dem Foto ist Bela als junger Mann zu sehen, dünn wie eine Bohnenstange, aber gutaussehend, trotz seines unförmigen Anzugs. Darauf ist er gerade aus dem Gefängnis gekommen, erzählt Lili, und er hatte Glück, dass man ihn nicht erschossen hat. Erschossen?, frage ich. Sie erzählt mir von der Revolution von 1956, von den Sowjettruppen und den Massakern in den

Straßen von Budapest. Lili studierte Biologie, und Bela war ein junger Professor für Chemie und selbst gerade erst fertig mit der Uni. Er wurde zwei Jahre später ins Gefängnis gesteckt, erzählt sie mir, und wäre beinahe an Tuberkulose gestorben.

Ich bin wirklich dankbar für diese Ablenkung. Und die beiden machen das so geschickt. Ablenkung ist eine Kunst, und sie wissen, dass ein Kartenspiel oder ein alberner Film niemals meine Gedanken von der Tragödie in meinem Kopf ablenken könnte. Aber hier geht es um die Tragödie eines anderen, um die schweren Zeiten eines anderen, und sie ist meiner eigenen nahe, aber doch weit genug davon entfernt, dass ich mich ohne Schuldgefühle darin verlieren kann.

Lili schenkt mir Tee nach, Bela gähnt und schlägt ein weiteres Fotoalbum auf. Leute um einen Swimmingpool, Männer mit freiem Oberkörper und haariger Brust, Frauen in unmodischen Badeanzügen prosten der Kamera mit Bierflaschen zu. «Tel Aviv», sagt Bela. «1973.» Er tippt auf einen Mann und eine Frau. «Das sind wir, natürlich.» Dann tippt er auf einen stämmigen Mann mit schütterem Haar und verschlagenem Lächeln, der eine Zigarette zwischen Daumen und Zeigefinger hält. «Dieser hier war wie ein Bruder zu mir. Er wurde später mein Vorgesetzter.»

«Das sind deine Spionagefreunde?», frage ich.

«Alle», sagt Bela.

Lili klappt das Album zu. «Es reicht», sagt sie. «Heute Abend keine Kriegsgeschichten, Belačik. Das Mädchen muss sich ausruhen.»

«Ich glaube nicht, dass ich schlafen kann», sage ich.

«Natürlich nicht», sagt Lili und breitet die Decken und Kissen auf dem Sofa zu einem Bett aus. «Aber du musst es versuchen.»

—

Sie gehen zu Bett, und ein paar Minuten später kommen die Tränen wieder, ein langsamer, stetiger Strom, den ich zuerst selbst kaum bemerke. Ich weiß, wenn ich hier einfach sitzen bleibe, wird es nur schlimmer, also greife ich nach meinem Rucksack und ziehe das Buch raus, das ich gerade lese.

Ich schlage es an der Stelle auf, wo ich aufgehört habe, merke aber gleich, dass es keinen Zweck hat. Heute kann es für mich keine erfundenen Geschichten geben. Die Buchstaben auf der Seite purzeln wie Kakerlaken durcheinander und formieren sich selbst zur Wahrheit, bedecken die gesamte Seite mit dem Einzigen, was heute gesagt werden muss: Er ist schon längst tot und du bist allein er ist schon längst tot und du bist allein er ist schon längst tot und du bist allein.

Ich schlage das Buch zu, kneife die Augen zusammen, und verdammt, wenn ich eine Waffe hätte, dann würde ich mir den Lauf jetzt sofort in den Mund schieben und mir die Schädeldecke wegpusten. Es ist nicht zu ertragen. Einfach nicht auszuhalten. Die Zimmerdecke über mir stürzt ein. Und zum ersten Mal, seit ich sieben war, falte ich die Hände und bete zu einem Gott, von dem ich weiß, dass er nicht existiert.

5. KAPITEL

Zum zweiten Mal in zwölf Stunden weckt mich ein dringendes Komm-endlich-Klopfen an der Tür. Ich springe von der Couch und falle fast vornüber in den Sofatisch, weil mein Fuß sich in einer von Lilis Decken verhakt hat. Dieses drängende Klopfen kann nur zwei Dinge bedeuten: Entweder er ist tot, oder er lebt.

Bela schlurft ärgerlich herbei, bindet sich den Bademantel zu und öffnet die Tür. Der Mann vor der Tür ist sehr jung, hat rote Haare und bleiche, sommersprossige Haut. Er stellt sich als Special Agent Fowler vor und zeigt seine Marke und seinen Ausweis. Bei guten oder schlechten Neuigkeiten wären Joey oder Carlisle gekommen. Also warum jetzt dieser Agent Fowler?

Er entfaltet ein dickes, dicht beschriebenes Dokument vor meiner Nase. «Das hier ist ein Durchsuchungsbefehl für die Wohnung von William und Gwendolyn Bloom», sagt er.

Ich dränge mich an ihm vorbei und höre, wie Bela und Fowler noch hinter mir diskutieren, während ich schon die Treppe runterlaufe. Als ich in meine Wohnung will, hält mir ein anderer Agent von hinten die Arme fest.

Durch die offene Tür sehe ich vier Typen in Anoraks, auf deren Rücken «Diplomatischer Sicherheitsdienst» steht. Sie ziehen Schubladen aus den Schränken und stapeln Papiere in Kartons.

Von drinnen höre ich eine Stimme mit elegantem Südstaatenakzent: «Nehmt auch die Fotos mit. Alles heißt alles.» Carlisle taucht, die Händen in den Taschen, mit Joey Diaz im Flur auf.

Er nickt, als er mich sieht. «Ist in Ordnung, Mike», sagt er zum Agenten an der Tür. «Lass sie rein.»

Der Agent lässt meine Arme los, und ich stürme rein, erstarre aber beim Anblick eines Kartons, der auf dem Küchentisch steht. Darin liegen meine Schulhefte und mein Tagebuch. «Dazu haben Sie kein Recht!», schreie ich Carlisle an und reiße das Tagebuch an mich.

Carlisle taucht neben mir auf und nimmt mir das Tagebuch wieder ab. «Es tut mir sehr leid, Gwendolyn. Ich weiß, wie traumatisch das für dich sein muss, aber ich fürchte, es ist notwendig.»

«Wonach suchen Sie eigentlich? Mein Dad ist hier das Opfer!»

«Nun, das würden wir eben gern bestätigt wissen», sagt Carlisle. «Du sollst wissen, dass dein Vater ein Freund von mir ist, ein enger Freund. Darum fällt mir diese Aktion hier auch nicht leicht.»

«Warum machen Sie es dann?»

Er führt mich am Arm in die Wohnung und deutet mit dem Kopf zum Sofa. Wir setzen uns beide hin. «Gwendolyn, ich muss dich jetzt etwas fragen: Kannst du dir irgendwelche Umstände vorstellen, unter denen dein Vater uns freiwillig verlassen hätte?»

«Uns verlassen?»

«Hat er je mit dir darüber gesprochen überzulaufen? In ein anderes Land?»

Mir klappt die Kinnlade herunter. «Lecken Sie mich doch, Chase.»

«Es gibt Leute, die sich um deinen Vater Gedanken machen. Nicht ich oder Joey. Sondern Leute in Washington.» Er sieht mich streng an. «Also beantworte bitte die Frage. Hat dein Vater je mit dir darüber gesprochen überzulaufen?»

Ich stehe auf und gehe raus vor die Wohnung und direkt in Belas Arme. Er bringt mich zurück nach oben. «Faschisten», flüstert er.

—

Zwei Stunden später stehe ich allein in meiner Wohnung und sehe nach, was sie mitgenommen haben und was nicht. Es fehlen alle seine Papiere und eine Menge von meinen, sämtliche Fotos, alle Computer und sogar der TV- und Wi-Fi-Router. Meine Kleider scheinen alle noch da zu sein, auch wenn ich sehen kann, dass die Kommode durchsucht wurde. Meine Bücher sind zum Großteil noch da, wurden aber aus den Regalen genommen und liegen in wackeligen Stapeln auf dem Fußboden. Die Wut kocht mir in den Adern. Auch wenn die Typen Gummihandschuhe getragen haben, ist jetzt alles verseucht, als hätten sie ihre Beschuldigungen – Überläufer, Hochverrat – über alles verteilt, was sie berührt haben.

Die Wut, die in meinen Adern brodelt, ist vollkommen sinnlos. Ich weiß das. Die Typen vom Diplomatischen Sicherheitsdienst haben Durchsuchungsbefehle und Pistolenhalfter und können ihre Autorität über mein Leben mit den Buchstaben auf ihren offiziellen Anoraks bestimmen, während ich bloß ein quengeliges Kind bin, das seine Wut in gleichgültige Ohren schreit. Wie können sie es sich erlauben, meinen Dad zu beschuldigen? Wie können sie es sich erlauben, meine Sachen mit ihren gummibezogenen Fingern anzufassen? Aber die Macht braucht keine Erlaubnis, sie tut es einfach.

Trotzdem will ich wieder zurechtrücken, was sie durcheinandergebracht haben, will wieder etwas Ordnung in meine Welt bringen. Ich werde hier anfangen, in meinem Zimmer, mit meinen Büchern. Meine Hände zittern so heftig, als ich den ersten Stapel aufnehme, dass ich sie kaum zurück ins Regal stellen kann. Auf den Covern sind die Heldinnen der Phantasiewelten abgebildet, die mir in Paris, Dubai, Moskau und New York Gesellschaft geleistet haben. Wären diese mutigen Mädchen echt, dann würden sie mich jetzt mit Mitleid und Abscheu ansehen.

Aber es gibt keine Helden. Es gibt keinen Anstand. Bloß Diplomaten, die Berichte schreiben. Bloß fette Chase Carlisles, die mir sagen, dass mein Vater ein Verräter ist. Bloß Security Agents, die mit Durchsuchungsbefehlen herumwedeln und sich durch meine Sachen wühlen. Bloß mich, ein kleines wütendes Mädchen, das versucht, seine Wut mit Aufräumen abzubauen, wie es sich für ein kleines Mädchen gehört.

Als die Wohnung wieder ordentlich ist – die Kissen liegen wieder auf dem Sofa, der Staubring dort, wo der Fernseher stand, ist weggewischt, die Schuhabdrücke auf dem IKEA-Läufer sind weggescheuert mit Natron und Papiertüchern, die sich in meinen Händen auflösen –, gehe ich zur Toilette, beuge mich über die Schüssel und übergebe mich. Eine Weile sitze ich auf dem Badezimmerfußboden, an die Wand gelehnt und mit vibrierender Haut, während mein Geist die einzige Wahrheit wiederholt, die zählt: Er ist schon längst tot und du bist allein.

—

Jedes Mal, wenn das Telefon klingelt, fühlt es sich an wie ein Stromschlag. Also geht Lili für mich ran, und ich starre in ihr Gesicht und suche nach Zeichen. Doch es endet immer damit, dass sie auflegt, den Kopf schüttelt und sagt: «Nichts Neues.» Man würde denken, diese Statusmeldungen wären nach drei Tagen leichter zu ertragen, aber sie sind es nicht.

Was ich brauche, ist Schlaf, sagt Lili. Und sie hat recht. Ich habe seit der Nacht, als Dad gekidnappt wurde, nicht mehr als ein paar Stunden geschlafen. Die Erschöpfung löst langsam Halluzinationen aus – rote und pinkfarbene Wirbel füllen die Welt wie Geister. Lili bringt mich in meine Wohnung und legt mich tatsächlich in mein eigenes Bett. Die Trauer, der Schock, all das verschwindet in ihrem Streicheln und dem betäubenden Nebel einer dreifachen Dosis Beruhigungsmittel.

Nach sechzehn Stunden wache ich auf und bin immer noch erschöpft. Aber es ist beinahe Mittag, also stehe ich trotzdem auf, dusche und nehme noch eine Tablette. Ich ziehe einen Stuhl zum Fenster und starre hinaus auf die Welt, versuche, weder zu denken noch zu fühlen. Lass heute einen ruhigen Tag sein. Lass heute einen stillen Tag sein. Aber nein.

Die Gegensprechanlage erschreckt mich mit ihrem elektrischen Knarzen. Jemand ist unten auf der Straße und will, dass ich meinen Arsch hochkriege. Ich muss tatsächlich laut lachen. Was für eine kuriose Idee, um Erlaubnis zu fragen, in mein Leben zu platzen. Warum drängt er sich nicht einfach rein wie alle anderen auch?

Ich schlurfe zur Sprechanlage und drücke auf den Knopf. «Ja?»

«Ich – ich suche nach Gwendolyn Bloom. Bist du das?» Es ist eine Frauenstimme, die mir nicht bekannt vorkommt.

«Ich bin Gwendolyn», sage ich. «Und wer sind Sie?»

Eine Pause, nur die Geräusche der Straße dringen durch den Lautsprecher. «Ich bin Georgina Kaplan», sagt die Stimme. «Deine Tante.»

Ich brauche ein paar Sekunden, um zu verstehen, was diese Worte bedeuten. Meine Tante. Die Schwester meiner Mutter. Ich drücke auf den Knopf, um sie reinzulassen, dann warte ich in der offenen Wohnungstür. Ich habe meine Tante nicht mehr gesehen, seit ich sieben war, gleich nachdem meine Mutter getötet wurde.

Ich höre sie zögernd die Treppe heraufkommen, die Absätze

klappern auf den harten Stufen, dann taucht sie auf dem Treppenabsatz vor mir auf. Sie ist eine sportliche, hübsche Frau von vielleicht fünfzig Jahren. Ihre Haare bilden einen kastanienbraunen Helm, der perfekt zu ihrer französischen Maniküre passt. Sie lächelt mich mit sehr weißen Zähnen an. «Wow, Gwenny. Es ist so lange her.»

Als sie mich umarmt, spüre ich die Härte ihrer Fünf-Workouts-pro-Woche-Muskeln. An ihren Kleidern hängt der Duft von gestern aufgetragenem Parfüm, außerdem der Geruch einer Flugzeugkabine, von Plastik und Kaffee.

«Gwen, Gwenny, es tut mir so leid wegen deines Vaters», sagt sie, und ihr texanischer Akzent ist so rund und süß wie eine Aprikose. «So leid.»

Sie hält mich lange Zeit fest, dann fasst sie mich an den Schultern und betrachtet mein Gesicht, während ich ihres betrachte. Dünne Falten bilden Deltas in den Winkeln von Augen und Mund, die einzigen Makel in ihrer in geschmackvollen Erdtönen aufgetragenen Maske.

«Du bist sehr hübsch, Gwenny, genau wie deine Mutter», sagt sie. «Oh, tut mir leid, darf ich dich so nennen, oder möchtest du lieber Gwendolyn genannt werden?»

«Gwendolyn.»

«Dann also Gwendolyn», sagt sie. «Der Mann, der mich angerufen hat, Mr. Carlisle, hat gesagt, dass deine Nachbarn sich um dich kümmern.»

«Ja. Bela und Lili.»

«Und ich bin sicher, sie machen das großartig, ganz großartig, aber Mr. Carlisle hat gemeint, es wäre vielleicht besser für dich, wenn du bei deiner Familie wärst. Falls die Situation mit deinem Vater länger als ein paar Tage dauert.» Georgina wickelt eine Strähne meines Haars um ihren Finger. «Also, wenn das kein schönes Rot ist.»

«Hör mal, ich finde es wirklich nett von dir, dass du extra gekommen bist», sage ich, während ich mich von ihr löse. «Aber du hast doch bestimmt in Texas genug zu tun. Du brauchst wirklich nicht –»

«Oh, das macht mir nichts aus. Wirklich», sagt sie und schürzt die Lippen zu einer Mischung aus Schmollen und Lächeln. «Robert nimmt die Jugendgruppe der Synagoge mit auf einen Reitausflug, und Amber geht mit. Ich selbst kann Pferde ja nicht ausstehen.»

«Das ist wirklich nicht nötig», sage ich. «Mein Dad kann ja jederzeit zurückkommen.»

Sie zieht mich in ihre Arme, Arme voller Mitleid und Trauer, wie man sie für Begräbnisse bereithält. «Natürlich kann er das, Liebes.»

—

Den Rest des Tages weichen wir uns aus. Genauer, ich weiche ihr aus, indem ich mich in meinem Zimmer verkrieche, während sie geduldig und respektvoll Abstand hält. Es liegt nicht an ihr. Sie ist nicht die Böse. Aber das hier ist meine Wohnung, wo ich mich um meinen Kram kümmere, der momentan, wie du vielleicht schon gehört hast, Georgina, aus einem riesigen Haufen Scheiße besteht. Ich hasse es, dass sie hier ist. Es ist peinlich, wenn eine Fremde einen weinen hört. Am nächsten Morgen versuche ich, ihr wieder auszuweichen, aber kaum komme ich aus meinem Zimmer, ist sie schon da.

«Setz dich mal eine Minute», sagt sie und klopft mit der Hand neben sich aufs Sofa.

Ich will schon nein sagen, aber ich habe keinen wirklichen Grund, unfreundlich zu ihr zu sein. Sie hat meinetwegen die ganze Reise auf sich genommen. Damit verdient sie zumindest ein Gespräch. Ich ziehe meine Jacke wieder aus und setze mich ihr gegenüber auf einen Stuhl.

«Schule», sagt sie.

«Was ist damit?»

«Das könnte eine gute Ablenkung für dich sein. Wann, meinst du, möchtest du wieder hingehen?»

Ich gebe es nur ungern zu, aber sie hat recht. «In ein paar Tagen», sage ich. «Ende der Woche, vielleicht.»

«Ich bin so froh, dass du das sagst.» Dann holt Georgina tief Luft, als wollte sie noch etwas anderes sagen. «Sieh mal, Gwendolyn», bringt sie schließlich heraus. «Wenn das voreilig klingt, dann tut es mir leid. Aber wenn diese Situation – die Situation mit deinem Vater – länger andauern sollte als – ich weiß nicht, ein paar Wochen ...»

Ich unterbreche sie. «Du kannst nach Texas zurückfahren, wann immer du willst.»

«Das ist es ja gerade», sagt sie. «Ich überlege, ob du nicht mitkommen solltest. Übergangsweise. Bis er wieder da ist.»

Ich starre sie an und widerstehe dem dringenden Bedürfnis, ihr zu sagen, dass sie sich verpissen soll. «Hör zu, ich bin dir wirklich dankbar dafür, dass du gekommen bist. Ehrlich. Aber was willst du mit einer Fremden im Haus? Ich meine, ehrlich, was bin ich denn für dich?»

«Du bist doch keine Fremde, Gwendolyn», sagt sie. «Du bist Familie. Es tut mir leid, aber was auch immer du uns gegenüber empfindest, das sind Gottes Tatsachen.»

«Ich will niemandem zur Last fallen.»

Georgina räuspert sich und legt die Hände auf ihre Knie. «Zur Last? Schatz, du könntest uns niemals zur Last fallen. Ich weiß, es ist nicht New York City oder Paris, aber wenn du es zulässt, dann bin ich sicher, dass es dir da gefällt. Und es wäre ja auch nur für eine Weile.»

Sie kommt zu mir rüber und setzt sich im Schneidersitz auf den Boden zu meinen Füßen. Dann nimmt sie ihre Louis-Vuitton-Tasche auf den Schoß – eine echte, kein Chinatown-Fake – und holt ihr Handy raus. Sie öffnet die Fotos und dreht das Handy um, damit ich das Bild sehen kann. Auf dem Display sieht man eine große Vorstadtvilla mitten auf einem beinahe unwirklich grünen Rasen. Ein weißer Cadillac SUV von der Größe eines Lasters steht in der Auffahrt. «Du hättest natürlich dein eigenes Zimmer – wir haben viel Platz. Du würdest dir ein Badezimmer mit Amber teilen, aber sie ist sehr ordentlich, keine Sorge.»

Sie scrollt zum nächsten Bild. Ein hübsches Mädchen mit lockigen schwarzen Haaren und in Cheerleader-Outfit steht an der Spitze einer Pyramide aus anderen Mädchen. «Und da ist sie», sagt Georgina. «Amber ist Captain des Cheerleading-Teams, aber sie ist auch eine sehr gute Schülerin. Sie leitet eine Tora-Lerngruppe an der Schule. Du könntest mitmachen, wenn du wolltest.»

«Ich bin nicht religiös.»

«Nur, um Freunde zu finden. Wir sind Reformisten, ganz locker mit allem. Du müsstest nicht mal mit in den Tempel kommen, wenn du nicht willst.» Sie legt das Handy weg und wühlt in ihrer Tasche nach etwas anderem. «Du könntest ganz du selbst sein. Wer immer du sein willst.»

Ich muss gestehen, dass ihre Verkaufsstrategie wirkt, zumindest ein bisschen. Das Leben hört sich so leicht bei ihr an. Warmes Wetter und freundliche Leute und Platz.

Sie zieht etwas anderes aus der Tasche und legt es auf mein Knie. Es ist ein altes, ausgefranstes Schwarz-Weiß-Foto von einer alten Frau mit ihrer großen Familie, die auf der Veranda eines heruntergekommenen Hauses steht. Es müssen etwa ein Dutzend Kinder und Enkel sein. Manche sitzen, manche stehen, niemand lächelt. Das Datum unten auf dem Foto lautet 1940.

Georgina tippt mit ihrem perfekt manikürten Fingernagel auf die alte Frau. «Alona Feingold – deine Ururgroßmutter. Himmel, stimmt das auch? Ich habe sie online recherchiert. Sie wurde 1882 in Odessa geboren. Das ist in der Ukraine, oder vielleicht ist es heute Russland, das kann ich mir nie merken. Jedenfalls ist sie 1913 mit ihrem Mann und fünf Kindern nach Amerika gekommen. Dies ist Alona als alte Dame mit ihren Kindern und Enkeln zu Hause in Fenton, Missouri. Bestimmt lebten in der Stadt nur Juden.»

Auf dem Schoß eines jungen Mannes sitzt ein kleines Mädchen, das mich vage an ein Foto von mir in dem Alter erinnert. Es ist ungefähr zwei oder drei und trägt ein sauberes weißes Kleidchen. «Das ist deine Großmutter Sarah. Du hast sie nie kennengelernt, weil sie gestorben ist, als du noch klein warst. Wunderschöne Frau. Mit starkem Willen.»

Mein Atem zittert. Ich bemühe mich, es vor Georgina zu verbergen. Mir war immer nur theoretisch klar, dass ich eine Tante und eine Großmutter und eine Cousine und Familie besitze. Aber jetzt sind sie hier, lebendige Menschen in all ihren Einzelheiten. Ich klemme mir die Haare hinters Ohr. «Ich habe noch nie Fotos von ihnen gesehen», sage ich.

«Deine Mutter war nicht sehr sentimental mit Familiendingen», sagt Georgina. «Es war vielleicht unser Fehler, meiner und der von deiner Großmutter. Wir waren ihr zu konventionell. Also ist sie mit achtzehn ausgezogen und zur Armee gegangen. Was für ein Skandal für deine Großmutter – ein nettes jüdisches Mädchen geht zur Armee! Aber sie war schon immer mutig, deine Mom. Immer die furchtlose Abenteurerin.» Georgina hebt die Hand und berührt meine Wange. «Ich wette, du bist genauso, stimmt's? Furchtlos. Suchst auch immer nach Abenteuern.»

Sie hat ja keine Ahnung, wie falsch sie damit liegt. «Das Gen muss wohl eine Generation übersprungen haben», sage ich.

—

Mrs. Wasserman sieht Georgina und mich über ihren Schreibtisch hinweg an, und man merkt, wie ihr zuckersüßes Mitleid zur Hochform aufläuft. Sie benimmt sich, als stünde sie auf der Bühne und müsste ihren tragischen Blick bis hinauf in den obersten Rang schicken. Das Kollegium, sagt sie, wurde darüber informiert, dass Gwendolyns Dad auf einer Geschäftsreise in Europa verschwunden ist. Doch in ihrer Stimme schwingt ein wichtigtuerisches Fragezeichen mit, eine Bitte nach Details, seien sie noch so banal oder schlüpfrig. Doch weder Georgina noch ich geben ihr welche, und ich spüre Mrs. Wassermans Enttäuschung. Trotzdem schürzt sie die Lippen nach japanischer Kabuki-Manier, legt ihre Hände auf meine und sagt, dass Danton wie immer für mich ein sicherer Ort in dieser Zeit emotionaler Herausforderungen sein wird.

Als ich aus Mrs. Wassermans Büro komme und zu meinem Spind gehe, wird mir klar, dass sich die Nachricht vom Verschwinden meines Vaters über das Kollegium hinaus verbreitet haben muss. Die Leute unterbrechen schlagartig ihre Gespräche, wenn ich vorbeikomme, und alle Blicke folgen mir. Erst hinter meinem Rücken fängt das Geflüster wieder an. Intrigen und Mord? Vielleicht hat sich mein Status dadurch sogar verbessert. Vielleicht bin ich jetzt zumindest interessant.

Terrance kommt zu mir an meinen Spind. In seinem Blick liegen Sorge und Mitgefühl, als wäre jemand verletzt worden, für den er viel empfindet. Ich will ihn schon fragen, was los ist, dann kapiere ich, dass dieser Ausdruck mir gilt.

«Hey», sagt er, als ich vor meinem offenen Spind stehe. «Ich habe das von deinem Dad gehört. Dass er gekidnappt wurde oder so was. Ich meine, heilige Scheiße, Gwen, geht es dir gut?»

Etwas Schönes und Warmes pulsiert beim Klang seiner Stimme durch meinen Körper, aber sofort fühle ich mich schuldig und schiebe das Gefühl weg.

«Er wurde nicht gekidnappt. Er ist nur verschwunden.» Meine Stimme klingt flach und kalt. Ich will gar nicht, dass sie so klingt, aber sie tut es.

«Brauchst du irgendwas? Kann ich was tun?»

«Mir geht's gut», sage ich und schließe meinen Spind. «Sorry, ich muss los.»

Ich gehe in die Klasse und frage mich, ob sich die Dinge anders entwickelt hätten, wenn ich ans Telefon gegangen wäre, als ich mit Terrance im Park saß. Vermutlich nicht. Aber vielleicht doch. Es ist alles deine Schuld, Gwen.

Aber ich bin vor allem in der Schule, um solche Gedanken zu vermeiden, und meistens funktioniert das auch. Es sind jetzt acht Tage vergangen ohne Neuigkeiten, acht Tage nichts außer quälender Gedanken, was es wohl bedeutet, dass es keine Neuigkeiten gibt. Glücklicherweise schert sich Mathe keinen Deut um meine Sorgen, ebenso wenig wie die Zivilisation des Alten China. Sich mit harten Fakten und historischen Ereignissen zu beschäftigen, ist für mich beinahe ein Vergnügen.

Nach der Schule nehme ich den Zug nach Downtown und fahre in Dads Büro, wo mich dieselbe Scheiße wie all die Tage zuvor erwartet. Der einzige Unterschied ist, dass ich zwischen den Befragungen in einem Konferenzraum Hausaufgaben machen kann. Warum hast du am 23. April in deinem Tagebuch über syrische Flüchtlinge geschrieben? Warum hat dein Vater am 12. Juni in einem Blumenladen 79 Dollar ausgegeben?

Und jeden Tag wird mir klarer, mit jeder sinnlosen Frage mehr, dass sie keine Ahnung haben, was sie da tun oder wonach sie suchen. Es ist offensichtlich, dass ihnen nichts Besseres einfällt, als im Tagebuch eines Schulmädchens und in der Kreditkartenabrechnung meines Vaters nach Hinweisen zu suchen.

Joey Diaz sehe ich nur selten, und wenn, dann klopft er mir bloß auf die Schulter und sagt Sachen wie «Das ist ein Marathon, kein Sprint». Carlisle sehe ich noch seltener. Er hat immer nur irgendeine Variante von «Nichts Neues heute» parat, die er in einem brüsken, arschigen Ton von sich gibt, während er seinen Kaffee mit einem Stift umrührt.

—

So vergeht noch eine weitere Woche. Von Montag bis Freitag gehe ich zur Schule, danach ins Büro in Downtown. Mittlerweile stellen sie mir nicht mal mehr Fragen. Ich mache im Konferenzraum Hausaufgaben, die rote BESUCHER-Plakette um den Hals, und rede nur, wenn einer der Agents hereinschaut und fragt, ob ich einen Kaffee möchte. So langsam kapiere ich, dass ich die Plakette völlig zu Recht trage. Ich bin bloß ein Besucher, der zufällig hier ist, nicht das Objekt einer Untersuchung, noch nicht mal von Interesse. Die mitleidigen Blicke der Angestellten hier haben sich in höfliche Gleichgültigkeit verwandelt. Und eines Tages, als ich Carlisle im Flur treffe und ihn frage, ob er was Neues gehört hätte, fragt er zurück: «Worüber?»

Jeden Abend kehre ich nach Hause und zu Georgina zurück. Das Abendessen und eine Zusammenfassung ihrer täglichen Abenteuer in der Stadt warten auf mich. Jeden Abend suche ich nach einem Grund, sie zu hassen, diesen Eindringling, diese Fremde. Aber ich finde keinen.

Die Wahrheit ist, dass sie mehr als nett zu mir ist. Sie ist immer lieb, immer großzügig. Und genau das ist das Seltsamste: Sie ist so großzügig mit ihrer Liebe. Wir teilen nichts miteinander als ein Stück DNA, aber Georgina sieht das anders. Sie hilft mir in Mathe. Es stellt sich raus, dass sie Mathe sogar studiert hat. Sie erzählt mir schmutzige Witze, die sie beim Friseur gehört hat, und kichert mit mir darüber. Sie hält mich im Arm, wenn ich zusammenbreche, und flüstert mir «Ist okay ist okay ist okay» ins Ohr, bis ich mich ausgeweint habe. Und wenn sie mich festhält, stelle ich fest, dass ich meine Überzeugung von der ersten Nacht auf Belas und Lilis Sofa revidieren muss – diese Wahrheit, die ich mir eine Million Mal am Tag wie ein Mantra aufgesagt habe: Er ist schon längst tot und ich bin allein.

Denn der letzte Teil stimmt nicht ganz.

—

Ich spiele gerade an meinem BESUCHER-Anhänger herum und arbeite mich durch ein Kapitel über die Zhou-Dynastie in meinem Geschichtsbuch, als Chase Carlisle den Konferenzraum betritt. Er ist anders als sonst. Er trägt heute nicht den Fuck-off-Gesichtsausdruck wie sonst, wenn er mich sieht. Schlägt auch nicht seinen unhöflichen Scheißton an. Stattdessen lächelt er warmherzig, wie ein echter Mensch, und erkundigt sich nach meiner Gesundheit und der von Georgina. Als ich ihm sage, dass es uns gut geht, lächelt er wieder herzlich, als ob ihn die Antwort wirklich freuen würde. Dann setzt er sich hin.

«Gwendolyn, ich muss jetzt mit dir über deinen Vater sprechen», sagt er.

Ich balle meine Hände unter dem Tisch zu Fäusten. «Sie haben Neuigkeiten», sage ich. Es ist eine Feststellung, keine Frage.

Carlisle atmet tief durch die Nase ein und legt die Hände auf den Tisch. «Haben wir nicht», sagt er.

«Was haben Sie nicht?»

«Neuigkeiten.»

Ich blinzle ihn an. «Also dann ...»

«Gwendolyn, die NSA hat seit zwanzig Tagen jede Kommunikation der verschiedensten Quellen überwacht – Terroristen, mögliche Terroristen, Kriminelle, mögliche Kriminelle, jeden. Dein Vater wurde nicht erwähnt, gar nichts, was mit deinem Vater zusammenhängt.»

Meine Lippen zittern. «Dann strengen Sie sich mehr an.»

«Der französische Geheimdienst, die französische Polizei, unser eigenes FBI – sie haben jeden Zentimeter von Paris abgesucht. Sie haben den Mann verhört, den dein Vater getroffen hat. Sie haben alle Leute verhört, die dieser Mann kennt, von seinem Bruder bis hin zu seinem Postboten.»

«Und?»

Carlisle dreht seine Hände um. «Nichts.»

«Nichts», hauche ich.

«Es gibt keinen Hinweis darauf, Gwendolyn – keinen einzigen –, dass dein Vater gekidnappt wurde. Wenn das so wäre, dann würden wir bis ans Ende der Welt fliegen, um ihn zu finden. Aber im Moment deutet alles darauf hin, dass er – dass er weggegangen ist.»

Das Summen des Neonlichts über uns ist ohrenbetäubend. Ich beiße mir auf die Unterlippe und spüre, wie sich mein Gesicht in diese gequälte Form verzieht, die mir schon so vertraut ist. Ich zwinge mich dazu, langsam zu atmen. Ich zähle stumm bis zehn, dann öffne ich die Augen. «Aber auch dafür haben Sie keinen Hinweis», sage ich. «Dass er einfach weggegangen ist. Sie wissen es nicht. Sie haben keinen Beweis dafür.»

«Nein», sagt Carlisle. Seine Augen sind jetzt ganz groß und sorgenvoll. «Aber in solchen Fällen – in solchen Situationen, wenn Leute einfach gehen – hinterlassen sie selten Beweise.»

Die Worte platzen voller Wut aus mir heraus. «Dann suchen Sie weiter!»

Er nickt langsam. «Das werden wir. Versprochen.» Er faltet die Hände wie zum Gebet. «Aber auf anderer Ebene.»

«Was heißt das, ‹auf anderer Ebene›?»

«Interpol – das ist ein weltweites Polizeinetzwerk ...»

«Ich weiß, was Scheißinterpol ist.»

«Interpol hat Alarm gegeben. Seine Passnummern – die seines diplomatischen und seines zivilen Passes – sind international an alle Grenzstellen übermittelt worden. Und die Grenzbeamten haben sein Foto und seine Biometrie, falls er sich als jemand anderes ausgibt.»

Ich starre auf meine Hände, die vor Ohnmachtsgefühlen heftig zittern. «Also – eine Vermisstenmeldung an einem Telefonmast. Das ist das, was Sie tun. Das ist das Beste, was Ihnen einfällt.»

«Eine Frage der Ressourcen, ehrlich gesagt. Der Manpower. Es gibt heutzutage so viele Bedrohungen. Wir können es uns einfach nicht leisten ...»

«Sie können es sich nicht leisten, Ihren eigenen Agenten zu retten?», fauche ich und stoße mich vom Tisch ab.

Carlisle zieht eine Grimasse, als schmerzten ihn meine Worte. «Da kein Verbrechen vorliegt, ist leider unsere einzige Hoffnung, dass er von allein wiederauftaucht. Was eine Weile dauern kann.»

Er beugt sich vor und wartet, dass ich ihn wieder ansehe. «In der Zwischenzeit ...»

«Fahren Sie zur Hölle.» Ich verschränke fest die Arme vor der Brust.

«In der Zwischenzeit ist deine Tante Georgina da. Ich habe sie heute angerufen, ihr die Situation erklärt. Wir sind beide der Meinung, dass du mit ihr nach Texas gehen solltest. Ist das ideal? Nein. Aber für eine begrenzte Zeit – Gwendolyn, es ist die beste

Lösung.» Er zieht einen dicken Stapel Papiere heraus, die zweimal gefaltet sind, und entfaltet sie vor mir auf dem Tisch.

«Was ist das?»

«Eine richterliche Anordnung. Sie gibt deiner Tante und ihrem Mann das vorübergehende Sorgerecht. Bis du achtzehn bist oder dein Vater zurückkommt.» Carlisle hustet und runzelt die Stirn. «Oder für tot erklärt ist. Juristisch, meine ich.»

Ich stehe auf. Ich gehe. Scheiß auf ihn. Scheiß auf Georgina. Scheiß auf juristisch tot. «Ich kenne meine Rechte. Sie können das nicht einfach tun. Es gibt – richterliche Anhörungen. Anwälte. Apropos ...»

Er fängt mich an der Tür ab, packt den Türgriff, bevor ich es kann. «Es ist eine Notfallanordnung. Die Staatsanwälte haben sich heute Morgen mit der Richterin getroffen.» Er sieht mich traurig an. «Deine Anwesenheit war nicht notwendig.»

«Gehen Sie mir aus dem Weg.»

«Du kannst deinem Vater hier in New York nicht helfen.» Carlisle verlegt sich jetzt aufs Bitten. «Du bist immer noch ein Kind, Gwendolyn. Ein kluges, ganz sicher, aber per Gesetz immer noch ein Kind.»

Ich dränge mich an ihm vorbei durch die Tür, schlage auf den Fahrstuhlknopf, schlage noch einmal drauf, weil er nicht schnell genug kommt. Ich drehe mich um und erwarte, dass Carlisle mir hinterherkommt, aber das tut er nicht. Er steht einfach in der Tür zum Konferenzraum, die Hände in den Taschen, und sieht mich mit einem Ausdruck an, der tatsächlich so etwas wie Mitleid sein könnte.

—

In meiner Wohnung sitzt Georgina neben einem leeren Koffer auf dem Sofa. «Es ist ja nur übergangsweise», sagt sie und tut so, als glaubte sie es selbst. «Bis er wieder nach Hause kommt.»

«Wie konntest du das nur tun?», schäume ich. «Deine beschissene Unterschrift unter diese Anordnung setzen. Während ich in der Schule war.»

«Es tut mir leid, Gwendolyn. Wirklich.» Sie sieht aus, als würde sie gleich losheulen, als wäre sie hier die verdammte Geschädigte. «Es ist – es ist nur zu deinem Besten. Es war die einzige Möglichkeit. Das weißt du auch. Tief in deinem Herzen.»

Ich breche wieder zusammen. Und wieder ist sie da, hält mich fest, als ob das ihr Recht wäre. Aber es stimmt. Sie hat recht. Und ich weiß es. Oder ich glaube es. Vielleicht.

«Wann?», frage ich in ihre Schulter.

«Am Wochenende», sagt sie sanft. «Sonntagmorgen.»

Als ich mich endlich leer geweint und ausgeschnupft habe, legt sie mir die Hände auf meine Schultern. «Ich habe eine Idee», sagt sie. «Lass uns essen gehen. Ich lade dich ein, und – weißt du, dass ich noch nie in einer Broadwayshow gewesen bin?»

«Die Tickets kosten bestimmt zweihundert Dollar oder so.»

«Dann Essen und Kino. Mädelsabend!»

Ihr Lächeln ist so verdammt strahlend.

—

In dem schicken Thai-Restaurant ein paar Blocks weiter, das Georgina ausgesucht hat, bestelle ich Suppe und eine Sprite, während sie Krabben-Käse-Wan-Tan und irgendwas anderes Gefülltes sowie einen Cosmopolitan bestellt.

«Alle Ladys in New York trinken Cosmos», sagt sie.

Vielleicht 1997, will ich erwidern. Aber das wäre gemein. Sie ist süß und bemüht sich wirklich. Also sage ich «Oh ja, ständig» und berühre ihre Hand. «Ich möchte – ich möchte dir sagen, dass ich das alles zu schätzen weiß. Was du hier machst.»

Sie setzt ihren Drink ab und blinzelt mich an. Ihre Augen werden feucht. Sie möchte, dass ich mit ihr komme, vielleicht nur für kurze Zeit, aber vielleicht für immer. Und es macht ihr nichts aus. Ihr und Amber und dem guten Rabbi macht es nichts aus. Ich staune darüber, wie großherzig sie alle sind.

Nach dem Essen gehen wir ins Kino. Eine Komödie. Teil zwei von einem Teil eins, den keine von uns gesehen hat, aber der Film hat gerade angefangen, und es gab noch Karten, und wir wissen beide, dass es gar nicht wirklich um den Film geht. Das Popcorn ist warm, und die Leute quatschen zum Glück nicht zu viel. Wir lachen ein bisschen, und es gelingt mir sogar, mich hier und da in der Geschichte zu verlieren. Das hässliche Mädchen ist gar nicht hässlich. Was eine andere Garderobe und ein schicker schwuler Freund so alles bewirken können. Diesmal wird sie die Beförderung und den Mann bekommen. Ich weiß es einfach.

Um zehn Uhr sind wir wieder in der Wohnung, und Georgina trinkt ein Glas Weißwein und liest die New York Post, schnalzt mit der Zunge und schüttelt den Kopf über Dinge, die, wie sie sagt, in Texas niemals passieren würden.

Ich sage ihr, dass ich in meinem Zimmer noch lesen will, und küsse sie zum Abschied auf die Wange. Sie zuckt dabei ein bisschen zusammen und lächelt dann. Ich schließe meine Zimmertür hinter mir und vergrabe mein Gesicht im Kissen. Fick dich, Dad. Fick dich dafür, dass du mir das antust. Fick dich dafür, einen Job zu machen, bei dem du gekidnappt wirst. Fick dich dafür, dass du die einzige Familie, die ich habe, von mir ferngehalten hast, sodass sie jetzt nichts anderes sind als Fremde und Leute auf Fotos. Fick dich dafür, dass ich wählen muss.

Aber er hatte seine Gründe. Er muss sie gehabt haben. Stimmt's, Dad? Ich suche nach einem Foto, das ich immer in meiner Kommode aufbewahre – von meinem Dad, meiner Mom und mir, als ich etwa fünf war. Wir waren irgendwo im Urlaub, vielleicht auf Kreta, kurz bevor wir nach Algerien gingen. Meine Mom trägt einen Bikini und einen breiten Strohhut, Dad eine weite Badehose, und seine Haut ist von der Sonne gerötet. Aber auch dieses Foto ist weg, noch etwas, das Carlisles Raubzug zum Opfer gefallen ist. Wo bist du, Dad, du Arsch?

6. KAPITEL

Bela legt den Finger auf die Lippen, als er mir die Tür öffnet. «Lili schläft», flüstert er und lässt mich herein. Die Wohnung ist zu warm, und der Geruch der Gewürze von ihrem Abendessen hängt immer noch in der Luft. «Weiß deine Tante Georgina, dass du hier bist?», fragt Bela.

«Die ist im Bett», sage ich. «Hat wahrscheinlich zu viel getrunken.»

Bela dreht sich zu einem Messingwagen um, der an der Wand geparkt ist, und gießt etwas aus einer Flasche in zwei Gläser. «Dann bist du jetzt dran», sagt er. «Und erzähl mir nicht, dass du zu jung bist. Ich habe schon mit neun angefangen, Pálinka zu trinken.»

Ich nehme ihm ein Glas ab, und er stößt mit mir an. «Auf deinen Vater», sagt Bela.

«Auf meinen Vater», wiederhole ich und nehme einen kleinen Schluck. Ranziges Obst brennt eine Spur von meiner Kehle bis in den Magen, und ich verschlucke mich beinahe.

Bela setzt sich in seinen Sessel. «Und?»

Ich sehe ihn an. «Und?»

«Du bist heute Abend beunruhigt. Noch mehr als sonst. Erzähl.»

Ich lasse mich auf dem Sofa nieder, ziehe die Beine an die Brust. «Sie haben aufgehört, nach ihm zu suchen, Bela. Zumindest offiziell. Sie sagen, er wäre einfach – weggegangen. Er hätte alles verlassen und wäre gegangen.»

Bela nimmt einen Schluck und denkt einen Moment nach. «Das ist der Blödsinn, vor dem ich dich beschützen soll.»

«Es gibt keine Hinweise. Keine Kommunikation. Das haben sie mir gesagt.»

Bela beugt sich vor und berührt mein Knie. «Und glaubst du das?»

Die Frage ist schwieriger zu beantworten, als ich mir eingestehen will. «Nein», sage ich.

«Ich auch nicht», sagt Bela. «Sie sind es, die von ihm weggegangen sind, Rotschühchen. Die CIA ist kaltherzig, vor allem zu ihren eigenen Leuten. Ich habe mit ihnen gearbeitet, und ich habe gegen sie gearbeitet, und ich habe ihre Grausamkeit mit eigenen Augen gesehen.»

Meine Kehle ist geschwollen. «Warum? Warum machen sie so was?»

«Keine Ahnung», sagt er. «Aber sie sind bekannt dafür, ihre eigenen Leute im Stich zu lassen, wenn eine Operation schiefgeht. Tut mir leid, aber das ist die Wahrheit.»

Ich stehe auf und gehe im Zimmer herum, sehe mir den ganzen Nippes auf den Regalen an, die Spitzendeckchen, die kleinen Schätze aus Belas und Lilis Welt, die sie verlassen haben.

Ich nehme noch einen Schluck Pálinka. Diesmal geht er schon leichter runter. «Chase Carlisle hat einen Gerichtsbeschluss bekommen. Georgina hat das Sorgerecht, bis ich achtzehn bin.»

«Na und? Texas wird dir gefallen», sagt Bela. «Du kannst Rap-Musik hören und in die Schule gehen. Dir einen netten Freund aus dem Football-Team angeln.»

Ich bringe ein kleines Lächeln zustande.

«Oder was Teenager so machen», fügt Bela hinzu, grinst mich an und füllt sein Glas neu. «Ich kenne mich damit nicht so aus. Als ich in deinem Alter war, war der Krieg in vollem Gange.»

«Ich fühle mich, als wäre ich auch im Krieg.»

Bela nickt. «Das bist du auch. Und ich schätze, du hast Angst und glaubst, du könntest gar nichts machen.»

«Was soll ich denn tun? Ich bin siebzehn, Bela. Technisch gesehen noch ein Kind.»

Er kommt zu mir rüber und legt mir großväterlich die Hand auf die Schulter. «Ich kenne das Gefühl, ich weiß, wie dein Herz schmerzt. Die Angst. Ich habe das auch durchgemacht. Mein persönlicher Krieg fing an, als ich dreizehn war.»

«Dreizehn?»

«Soll ich dir von meinem Krieg erzählen, von meinem winzigen Anteil am großen Krieg?» Dieser Gesichtsausdruck – die angehobenen Augenbrauen, das kleine Lächeln; da ist etwas, das er mir erzählen will, etwas, das ich lernen soll.

«Ja», antworte ich.

Er geht wieder zu seinem Sessel und deutet auf das Sofa. Ich setze mich ihm gegenüber.

«Mein Bruder und ich waren im Wald und sammelten Feuerholz», sagt er. «Von dort konnten wir die kleine Hütte sehen, in der unsere Familie sich versteckte. Meine Eltern und meine beiden Schwestern waren draußen in dem Garten, den wir angelegt hatten. Karotten, Kartoffeln ... es muss Herbst gewesen sein.»

Bela schluckt, atmet lange aus. Es fällt ihm schwer, die Erinnerung zu ertragen. Ich gebe ihm Raum, indem ich in den Rest Pálinka in meinem Glas starre. Der Geruch steigt mir süß und giftig in die Nase.

«Dann kam der deutsche Lastwagen. Mit acht Soldaten. Nein, sechs. Und einem Offizier in einem feinen Ledermantel, gut aussehend wie ein Filmstar.» Er unterbricht sich wieder, schaut einen Augenblick zur Seite, bevor er fortfährt. «Meine Eltern und Schwestern sind gerannt, aber – dieser Offizier war ein wahrer Meisterschütze. Vier Patronen aus seiner Pistole. Mehr brauchte er nicht.»

Ich spüre, wie mir die Tränen kommen, diesmal seinetwegen und nicht meinetwegen. Ich blinzle sie fort. «Das tut mir leid, Bela. Ich hatte keine Ahnung», sage ich. «Was ist dann mit dir passiert?»

Er schenkt mir ein Lächeln, dünn wie Draht, und darin liegen Trauer und Bedauern und Stolz. «Mit mir? Was für eine Wahl hatte ich schon, Rotschühchen? Mein Bruder und ich haben uns Waffen besorgt und sind in den Krieg gezogen.»

«Du warst doch noch ein Kind», sage ich.

«Danach nicht mehr», sagt er. Er deutet auf seinen Bauch. «Die Angst, die du hast, hier in deinem Bauch ...»

«Ja?»

«Das ist nur ein Gefühl. Nichts weiter. Man muss dieses Gefühl nur ignorieren, dann hat man Mut.» Er schluckt den Rest seines Pálinka und steht auf. «Komm mit.»

Ich folge ihm hinüber zu einer Glasvitrine, in der staubige alte Bücher stehen, die meisten auf Hebräisch und ein paar in einer anderen Sprache, vermutlich Ungarisch.

«Dein Vater hat mir etwas gegeben», sagt Bela und öffnet die Vitrine weit. «An dem Morgen, an dem er nach Paris gereist ist. Er hat mir gesagt, ich soll darauf aufpassen, bis er wiederkommt.»

«Warum?»

«Vermutlich für den Fall, dass seine Wohnung durchsucht wird.» Er nimmt ein Buch aus dem Regal und reicht es mir.

Es ist das Exemplar von 1984, das Dad mir am Abend seines Geburtstages gezeigt hat. Ich besehe es von allen Seiten. «Warum hast du mir das nicht schon früher gesagt?»

«Oh, es war sicher nicht für dich, Rotschühchen.»

«Für wen?»

Bela zuckt die Schultern. «Was auch immer dein Vater da vorhatte, es sollte von einem Erwachsenen geregelt werden.»

Ich blättere das Buch durch, aber es ist bloß ein altes Taschenbuch mit verwittertem, rissigem Cover und vergilbten Seiten. In blauer Tinte stehen ein Name und eine 718-Telefonnummer auf der Innenseite des Covers. «Kennst du einen Peter Kagan?»

«Das ist vielleicht der vorige Besitzer dieses Buches.» Er geht wieder zu dem Getränkewagen und gießt sich ein weiteres Glas ein.

Ich starre das Buch an. «Kann ich das mitnehmen?»

«Wie ich schon sagte, ich glaube nicht, dass es für dich bestimmt war.» Er stürzt den Inhalt seines Glases mit einem Schluck herunter. «Nun, es war schön, mit dir zu reden, aber Bela muss jetzt ins Bett. Tust du mir einen Gefallen, Rotschühchen?»

Ich starre ihn an. «Ja?»

«Wenn du gehst, zieh die Tür gut hinter dir zu.»

—

Ich bleibe auf dem Treppenabsatz vor meiner Wohnung stehen, gehe aber nicht rein. Stattdessen setze ich mich auf die Treppe, die nach unten in den dritten Stock führt, und ziehe das Buch aus meiner Jackentasche. Es ist bloß ein altes Buch voller Eselsohren und verblassender Schrift. Ich blättere wieder durch die Seiten, diesmal aufmerksamer, aber es gibt keine Notizen am Rand oder irgendwelche unterstrichenen Worte. Erst auf der letzten Seite, auf der leeren Seite ganz am Ende, finde ich überhaupt etwas. Da hat jemand mit Bleistift 14.12.95 geschrieben. Ein Datum, aber keines, das ich kenne.

Nur ein Datum, ein Name und eine Telefonnummer. Ich blättere wieder zur ersten Seite und betrachte den Namen. Die Schrift selbst besteht aus Druckbuchstaben in blauer Tinte. Keine Schrift, die ich wiedererkennen würde. Dann sehe ich genauer hin, und diesmal erkenne ich es. Wie frisch und tief und elegant die blaue Tinte ist. Oh, Dad. Dir hat der Füller wirklich gefallen.

Ich muss gegen meinen Willen lächeln. Einen Augenblick lange krame ich in meinem Gedächtnis nach dem Namen Peter Kagan, aber ich habe nie gehört, dass Dad ihn erwähnt hätte. Ich hole mein Telefon raus und wähle die 718er-Nummer, die unter dem Namen steht.

Es klingelt, einmal, zweimal, dann höre ich eine männliche Stimme sagen: «Eleventh Street Diner.»

Ich zögere. Im Hintergrund höre ich Mariachi-Musik aus einem Radio und Küchengeräusche. «Hallo», sage ich. «Ist – ist Peter Kagan da?»

«Peter wer?», fragt der Mann.

«Peter Kagan», sage ich langsam.

«Noch nie gehört. Bestimmt verwählt.»

«Warten Sie», sage ich aus einem Impuls heraus. «Wo genau liegt Ihr Diner?»

Er nennt mir eine Kreuzung in Queens, und ich lege auf.

Wenn die Nummer zu jemandem mit Namen Peter Kagan gehört hat, dann tut sie es jetzt nicht mehr. Ich klopfe mir mit dem Telefon leicht gegen die Lippen. Außer, sie hat nie zu Peter Kagan gehört. Außer, diese beiden Informationen, der Name und die Telefonnummer, sollten nur so wirken, als gehörten sie zusammen. Ich schaue auf die Uhr auf dem Handy. 23.20 Uhr. Nicht so spät. Nicht zu spät.

Ich renne die Treppe runter, immer drei Stufen auf einmal.

—

Linie 6 Downtown zur Grand Central, dann umsteigen in die 1 nach Queens. Ich brauche nur zwanzig Minuten von meiner Wohnung zu der Station, die dem Laden am nächsten liegt.

Ich steige die Bahnhofstreppe runter zur Straße und gehe nur ein paar Blocks weiter in Richtung Eleventh Street Diner.

Inmitten der meist flachen Autowerkstätten und Gewerbeläden, die schon geschlossen haben, ist der Diner leicht auszumachen. Er hat eine helle Markise und ist offenbar das einzige Zeichen von Leben in dieser Gegend. Drinnen ist es warm, und es riecht nach Frittierfett.

«Kaffee», sage ich zu dem Typ am Tresen. «Zum Mitnehmen. Weiß und süß.» Er wischt sich die Hände an der Schürze ab und gießt einen Becher voll, belädt ihn mit Sahne und massenweise Zucker. Ich setze mich in eine der vier Sitzecken und starre aus dem einzigen Fenster.

Soweit ich das beurteilen kann, gibt es hier nichts von Interesse. Aber Dad hat sich diesen Ort aus einem bestimmten Grund ausgesucht. Mir kommt die Idee, dass dieser Hinweis ihn vielleicht nicht an diesen bestimmten Ort erinnern, sondern jemand anderem helfen sollte, etwas zu finden – vielleicht sogar genau von diesem Fenster aus.

Ich spaziere in Gedanken draußen vor dem Diner hin und her, vorbei an einer geschlossenen Taxi-Werkstatt, einem geschlossenen Import-Export-Laden, einem Mietlager, einem Laden, der gebrauchte Maschinen verkauft.

Mein Blick kehrt zu dem Mietlager zurück – einem Ort, wo man Dinge aufbewahrt, für die man keinen Platz hat oder die man nicht zu Hause haben will. Aber man braucht einen Schlüssel, um reinzukommen. Einen Schlüssel, um das Schloss zu öffnen. Ich ziehe das Buch raus und schlage die letzte Seite auf: 14. 12. 95. Das ist kein Datum, sondern die Kombination für ein Schloss.

Die Glocke über der Tür klingelt leise, als ich hinaus in die Kälte gehe und rüber zum Lagerhaus. Das Gebäude liegt im Dunkeln, aber in dem kleinen Büro vorn brennt Licht. Ich steige die Stufen hinauf und betrete den Raum.

Ein dürrer Mann in einem Tanktop, dessen Arme von den Fingerspitzen bis zu den Schultern tätowiert sind, legt sein Magazin beiseite und sieht hinter dem Tresen hoch. «Kann ich dir helfen?»

«Haben Sie – haben Sie hier ein Lager für William Bloom?», frage ich.

Der Stuhl des Mannes quietscht, während er sich zu einem Computer herumdreht und den Namen gemächlich eintippt. «Nichts für William Bloom», sagt er.

«Okay», sage ich. «Danke.» Ich will schon gehen und greife nach der Klinke. Aber natürlich hätte Dad nicht seinen richtigen Namen genannt, wenn er etwas hätte geheim halten wollen. Und jetzt, da ich weiß, welchen Job er wirklich hatte, ist es ihm sicher nicht schwergefallen, sich einen falschen Führerschein oder sogar einen Pass zu besorgen, um damit einen Lagerplatz zu mieten.

«Versuchen Sie es mal mit Peter Kagan», sage ich.

«Was?»

«Peter Kagan.»

Wieder tippt er die Buchstaben langsam in die Tastatur. «Nachname Kagan, Vorname Peter, Lagerplatz 213», sagt er.

Mein Magen macht einen Satz. «Kann ich – kann ich ihn mal sehen?», sage ich. «Ich bin seine Tochter. Ich habe die Kombination.»

«Das kann nur der eigentliche Mieter, und Peter Kagan ist der einzige Name, den ich habe.»

Ich ziehe einen Zwanzigdollarschein aus der Tasche, aber ich lege ihn nicht auf den Tresen. Ich habe noch nie jemanden bestochen. Ich weiß aber, dass man es auf eine bestimmte Weise tun muss, dass man das Geld irgendwie so rüberreichen muss, dass man die Bestechung nicht als solche erkennt.

«Vielleicht – vielleicht kann ich ja eine kleine Gebühr dafür entrichten», sage ich leise. Diesen Satz habe ich meinen Dad mal zu einem Verkehrspolizisten in Moskau sagen hören. Ich falte den Zwanziger und halte ihn hoch.

Der Mann steht auf und stützt die Arme auf den Tresen. «Raus!»

—

Ich überquere die Straße, gehe aber nur ein paar Schritte in Richtung Bahn, bevor ich stehen bleibe. Die Antwort, oder zumindest meine beste Chance auf eine Antwort, wartet in Lagerplatz 213 in diesem Gebäude hinter mir. Also warum gehe ich zum Zug? Wenn das hier eine Art Krieg ist – und das ist es –, warum lasse ich mich dann schon von einem Nachtwächter besiegen?

Die Angst in deinem Bauch ist nur ein Gefühl. Nichts weiter.

Also lege ich den Kopf schief und lausche. Die einzigen Geräusche, die ich höre, sind ferne Sirenen, die zu einem fernen Notfall gehören. Und wenn ich mich so umsehe, dann kann sich ein Mädchen in den Schatten einer New Yorker Nacht ganz gut verstecken. Es gibt Türfluchten, geparkte Autos, Kistenstapel. Überall Verstecke. Das kann diese Stadt wirklich. Vielleicht ist es sogar ihr größtes Talent. Also laufe ich zurück und sehe mich um. Ich will mich nur umsehen.

Das Lager liegt an der Ecke einer breiten, befahrenen Straße und einer Nebenstraße, die offenbar so ruhig ist, dass es noch nicht mal eine Ampel gibt, nur ein Stoppschild. Ein Müllcontainer steht schief an der Wand. Er ist zerbeult und neigt sich zur Seite, wie ein angeschlagenes Schiff kurz vor dem Untergang. Darüber führt eine Regenrinne, die mit Klammern an der Hauswand befestigt ist, nach oben. Und da ist ein Fenster. Von der anderen Seite der Straße sieht es ziemlich einfach aus, aber als ich rübergehe und mir die Lage genauer ansehe, scheint der

Aufstieg praktisch unmöglich zu sein. Die Klammern der Regenrinne sind rostig, und die Mauer selbst bröckelt an den Stellen, an denen die Schrauben die Klammern festhalten. Und wie das Fenster aufgeht, kann ich überhaupt nicht erkennen.

Man kann mich hier leicht erwischen, aber noch wahrscheinlicher ist es, dass ich herunterfalle und mir den Hals breche. Aber ich ignoriere die Angst, das Gefühl der Angst. Ich stelle mir den dreizehnjährigen Bela mit seiner Waffe vor und die mutigen Mädchen, die auf meinem Bücherregal leben.

Ich klettere oben auf den Container, ruckle ein wenig an der Regenrinne und hänge mich dann mit meinem ganzen Gewicht daran. Sie bleibt fest an der Wand. Ich bitte die Götter der Schwerkraft um Gnade, dieselben, die beim Geräteturnen über mein Schicksal bestimmen.

Die Regenrinne hat etwa dieselbe Breite wie der Schwebebalken, und auch wenn sie vertikal verläuft, ist sie mir deshalb vertraut. Ich ziehe mich hoch und stemme die Füße gegen die Mauersteine, aber als ich etwa drei Meter über dem Container hänge, spüre ich Bewegung in den Halterungen, als würden sie sich gleich lösen. Ich stelle die Füße mit auf die Regenrinne, klemme sie zwischen meinen Stiefeln fest. Sich hochzuziehen ist schwieriger, als hochzuklettern, aber in weniger als dreißig Sekunden bin ich am Fenster.

Ich halte mich an der Regenrinne fest, schwinge die Füße hoch zum Fensterbrett und trete gegen das Glas, aber nichts passiert. Ich trete noch mal zu, fester, und mein Stiefel verschwindet durch das Glas. Einen Augenblick lang hänge ich ganz still da und warte darauf, dass der Alarm angeht und der Nachtwächter angerannt kommt – aber alles, was ich höre, ist der Verkehr auf der Hauptstraße.

Es ist anstrengender, als ich dachte, den Rest des Fensterglases wegzutreten und meine Beine nach drinnen zu schwingen.

Ein paar Scherben, die immer noch im Fensterrahmen stecken, schneiden mir durch den Jeansstoff ins Fleisch. Ich halte mir vorsichtig die Arme vor das Gesicht, als ich den Rest meines Körpers durch das Fenster schiebe. Die dicken Ärmel der Armeejacke schützen mich. Als meine Füße knirschend auf dem Boden auftreffen, spüre ich, wie mir etwas Nasses von der Stirn über den Nasenrücken läuft. Ich verreibe den Tropfen zwischen meinen Fingern und spüre an seiner Zähflüssigkeit, dass es Blut ist.

Meine Hände zittern. Meine Arme auch. Selbst meine Knie scheinen gleich nachgeben zu wollen, also lehne ich mich einen Augenblick lang gegen die Wand. Beruhige dich, sage ich zu mir. Reiß dich zusammen. Es ist bloß ein bisschen Blut. Es ist bloß ein bisschen Angst.

Aber es ist keine Angst. Es ist sogar das Gegenteil von Angst. Es ist der Schwindel, den ich gefühlt habe, als ich in Moskau zum ersten Mal eine Zigarette geraucht habe und sie mir schmeckte. Es ist das Hochgefühl, nachdem Terrance mich geküsst hatte. Es ist der Champagnerschwips auf den Cocktailpartys der Botschaft. Es ist all das zusammen und so viel mehr. Es ist, als ob etwas Neues in mir aufgestiegen ist und sich in mein Inneres gebohrt hat, wo es sich in meinem Bauch ein kleines Nest baut und meine Glieder anprobiert, ob sie ihm passen.

—

Dieses neue Ich, was immer es ist, muss beschlossen haben, dass ich ihm hervorragend passe, denn auf einmal sind Zittern und Übelkeit vollkommen verschwunden. Plötzlich hat es Besitz von mir ergriffen und steuert mich durch den Gang. Es ist sehr dunkel, hier gibt es fast überhaupt kein Licht, aber irgendein Instinkt – nicht meiner, sondern einer, der zu diesem neuen Ich gehört, das meinen Körper mit Beschlag belegt hat – weiß, dass es die kleine Taschenlampe nicht benutzen sollte, die ich am Schlüsselanhänger trage. In die Dunkelheit gehörst du. Darin kann man am besten arbeiten, sagt es. Innerhalb kürzester Zeit sehe ich mit meinen Fingern wie ein Blinder. In den Schlackenwänden reihen sich glatte Metalltüren aneinander, und jede Tür ist mit einem Plastikstreifen markiert, auf dem absteigende Zahlen stehen.

Ich entziffere die Nummer 217, dann 215, dann 213. Ich taste nach dem Schloss und finde es. Es ist aus dickem Stahl und fühlt sich sehr kalt an. Ich schalte meine Taschenlampe an, schirme das Licht mit der Hand zu einem winzigen Strahl ab. Mit dem Daumen meiner anderen Hand drehe ich die sechs Räder des Zahlenschlosses, bis sie 141295 zeigen. Ein kurzes Ziehen, und das Schloss gleitet auseinander.

Ich warte, lausche und achte darauf, kein Geräusch zu machen, als ich die Tür entriegle und sie öffne. Der Geruch von drinnen dringt zu mir. Er ist mir vertraut, wie der Geruch jeder unserer Wohnungen, eine seltsame Kombination aus Gerüchen, die jede Familie besitzt und die an all ihren Dingen haften bleibt.

Ich schließe die Tür hinter mir, und da ich nun sicher bin, dass mich niemand sehen kann, der hier im Gebäude sein könnte, lasse ich den Strahl der Taschenlampe über die Dinge gleiten, die einmal mein Leben waren: eine alte Kommode, die ich als Kind hatte, der dazu passende Bettrahmen und ein Kleiderschrank aus dem Schlafzimmer meiner Eltern. Es ist seltsam, in ein fremdes Gebäude einzubrechen und die eigenen Erinnerungen darin vorzufinden.

Aber was wollte Dad mich hier finden lassen? Das Licht tanzt um eine Kiste mit der Aufschrift SPIELSACHEN in verblasster Eddingschrift. Ich öffne sie und spähe hinein. Darin liegt eine Barbie aus der Sammleredition, deren Haare ich mit fünf abgeschnitten habe. Eine blondhaarige, blauäugige Puppe, die auf Arabisch «Hallo, Freund!» sagt, wenn man an ihrer Strippe zieht.

Vereinzelte Legosteine und Spielzeugautos und eine Hanukkah-Karte mit Glitzer, die ich mal für meine Eltern gebastelt habe. Sie hinterlässt silberne Glitzerspuren an meinen Fingern.

Ich schließe die Kiste wieder und mache mich an eine andere, aber alles, was ich darin finde, sind alte Steuererklärungen und VHS-Kassetten und Aquariumszubehör für die Guppys, die nur eine Woche überlebt haben. In der nächsten Kiste liegt zwischen meinen alten Ballettschuhen und Schulunterlagen ein Fotoalbum.

Tu es nicht, sage ich mir. Tu es nicht. Aber ich tue es trotzdem. Ich setze mich auf eine andere Kiste und schlage es auf. Ein Polaroidfoto von meiner Mom im Kampfanzug und mit derselben Jacke, die ich jetzt gerade trage, lächelt mich aus einer Zeit an, bevor ich geboren wurde. Unten auf dem Polaroid steht Bosnien. In der nächsten kleinen Plastikhülle steckt ein Foto von mir als Baby, das in den Armen meiner Mutter eingewickelt liegt wie ein Burrito. Hier trägt sie ein Krankenhaushemd, lächelt aber genauso in die Kamera. Wer hat dieses Foto gemacht? Dad war da noch nicht in ihrem Leben. Also mein biologischer Vater, dessen Name noch nicht mal auf meiner Geburtsurkunde steht? Unwahrscheinlich. Ich lege den Daumen neben das Gesicht meiner Mutter, streichle ihre Wange, berühre ihre Haare. Meine Kehle zieht sich zusammen, und das Fotoalbum gleitet mir von den Knien und fällt zu Boden.

Die weiße Ecke eines der Fotos rutscht durch den Aufprall aus dem Album hervor. Ich ziehe daran und stelle fest, dass es gar kein Foto ist. Es ist ein verschlossener Umschlag, weiß und frisch und neu. Ich setze mich ruckartig auf, schiebe einen Finger unter die Klappe und öffne den Umschlag.

Darin liegt ein einzelnes Blatt Papier. Ich betrachte es im Licht meiner Taschenlampe. Es stehen keine Worte darauf, kein «Liebe Gwen, wenn du das hier liest, dann wurde ich gekidnappt, und du musst jetzt Folgendes tun». Es sind nur Zahlengruppen, die mit Leerstellen voneinander getrennt sind. 0130513 1192381 3271822 und immer so weiter, dicht aneinandergereiht, über die gesamte Vorder- und Rückseite. Wieso zum Teufel konnte Dad es mir nicht einfacher machen? Wieso konnte er sich nicht ein bisschen klarer ausdrücken? Für all die Schwierigkeiten, in die er mich gebracht hat, ist ein bisschen mehr Deutlichkeit ja wohl nicht zu viel verlangt. Und woher soll ich wissen, dass das hier überhaupt etwas ist, das ich finden soll? Weil es zwischen den Dingen steckt, die ihm am meisten bedeuten? Warum nicht, das ist zumindest ein guter Grund.

All das hier, alles, fühlt sich langsam an wie ein Spiel, wie eine dieser Detektiv-Partys, bei der sich die Leute als Gangster und Detektive verkleiden und anhand von Hinweisen herauszufinden versuchen, wer der Mörder ist. Ich streiche den Zettel auf meinem Schoß glatt und betrachte die Zahlen genauer. Sie wirken alle so wahllos, wie eine Art Code. Wie ein Code. Weil es ein Code ist.

Ich schließe die Augen. Bela hatte recht; das hier war sicher nicht für mich bestimmt. Aber für wen dann? Ich weiß nicht, was die Zahlen bedeuten und wofür sie sind, aber Dad hat sie hier versteckt. Das muss das Richtige sein. Bitte, lass es das Richtige sein. Ich falte den Zettel zusammen und schiebe ihn tief in die Innentasche meiner Jacke.

Ich höre das Surren eines Fahrstuhlmotors und das Klingeln, als sich die Türen in einem anderen Stockwerk öffnen. Ich krabble hastig aus dem Lagerraum, schließe ihn wieder ab und taste mich in Richtung Notausgang-Schild. Gerade als ich die Tür zum Treppenhaus erreicht habe, öffnet sich der Fahrstuhl wieder, und der Typ mit den Tattoos aus dem Büro unten kommt raus. In seiner Hand hält er einen Baseballschläger.

Ich schlüpfe durch die Tür, renne die Treppe runter und

komme im Erdgeschoss raus. Einen Augenblick kann ich mich nicht orientieren, dann sehe ich, dass ich in der Nähe des vorderen Büros bin. Ich nähere mich vorsichtig, falls jetzt jemand anderes darin sitzt – aber ich kann keine Bewegungen hören. Also trete ich ein, dränge mich durch die Vordertür und renne durch die Nacht zum Zug.

7. KAPITEL

Der Aufzug zu Terrances Apartment sieht aus wie ein Fabergé-Ei mit all dem Messing und den Spiegeln. An der Rückseite steht sogar eine kleine, samtgepolsterte Bank. Als der Fahrstuhl bei Penthouse B ankommt, öffnen sich die Türen nicht zu einem Flur, sondern zu einem holzgetäfelten Foyer mit blauen Marmorfliesen auf dem Boden. Es gibt nur zwei Türen – eine sehr schöne und eine schlichte mit der Aufschrift SERVICE.

Die schöne Tür öffnet sich, und ein schläfriger Terrance steht in Boxershorts und Unterhemd da. «Hey», sagt er.

«Hey», sage ich. «Euer Wachmann ist echt ein Arsch.»

Terrance blinzelt mich an. «Um zwei Uhr morgens – ja.»

Er winkt mich herein, und ich folge ihm einen dunklen Flur hinunter. Das Erste, was mir an der Wohnung auffällt, ist die fast vollkommene Stille. Irgendwo tickt eine Uhr, aber das ist auch alles. Ich kann mich an keinen einzigen Moment erinnern, seit wir nach New York gezogen sind, in dem ich keine Sirene oder Autohupen oder Schreie gehört hätte.

«Ist dein Dad zu Hause?», frage ich leise.

«Nein. In Dubai.» Er reibt sich mit dem Handrücken über das Auge. «Oder Shanghai. Jedenfalls brauchst du nicht zu flüstern.»

Ich gehe auf die Fenster zu, die beinahe von der Decke bis zum Fußboden reichen. Dahinter sehe ich die nächtliche Schlucht des Central Parks, von der Stadt umschlossen, ferne Fenster mit goldenem Licht darin, die in der Luft hängen wie sorgfältig angeordnete Sterne.

Dann verschwindet all das, weil Terrance eine Lampe anschaltet. «Setz dich», sagt er und deutet auf ein cremefarbenes Ledersofa. «Kann ich dir was bringen – Wasser? Kaffee?»

«Nein danke», sage ich.

«Haben sie deinen Dad gefunden?», sagt er. «Geht es ihm gut?»

Ich lasse mich auf dem Sofa nieder, hole das Blatt mit den Zahlen aus meiner Tasche und gebe es ihm. «Ich bin in einen Lagerraum eingebrochen, und dieses Blatt steckte hinten in einem Fotoalbum. Es ist ein Code, Terrance.»

Er blinzelt mich mit müden Augen an. «Warte. Noch mal: Du bist in ein Lager eingebrochen?»

«In den Lagerraum von meinem Dad, also ist er eigentlich auch meiner. Nicht wichtig.» Ich tippe auf das Blatt. «Dies hier ist doch ein Code, oder? Ein Geheimcode?»

Terrance betrachtet das Blatt genau und beißt sich dabei auf die Unterlippe. Dann lacht er leise auf. «Das ist – ich weiß nicht. Vielleicht ...», sagt er nach einem Augenblick. «Komm mal mit.»

Ich folge ihm in ein Zimmer am Ende eines langen Flurs. Es ist sein Zimmer, und es ist größer als meine gesamte Wohnung. Eine alte Kommode darin sieht so aus, als hätte man sie direkt aus Versailles gestohlen. Und unter ein paar japanischen Anime-Postern, die provisorisch mit Stecknadeln an die Wand geheftet wurden, breitet sich ein King-Size-Bett mit einem blau gepolsterten Kopfteil aus. Doch der Mittelpunkt des Zimmers ist ein wunderschöner, zarter Glasschreibtisch, über dem ein paar riesige Monitore zu schweben scheinen.

Ich setze mich auf den Rand des Bettes. Terrance marschiert durchs Zimmer und starrt dabei das Blatt an. «Alle Zahlen haben sieben Ziffern.»

«Das habe ich auch gesehen», sage ich. «Und ich habe es mir auf der Fahrt hierher noch mal genau angeschaut. Die erste

Zahl jeder Gruppe liegt immer nur zwischen 0 und 3. Niemals höher.»

Plötzlich bleibt er stehen. «Eine Buchchiffre», sagt er. «Das könnte sein. Ist möglich.»

«Eine was?»

«Eine Buchchiffre.» Er nimmt einen Science-Fiction-Roman vom Schreibtisch und setzt sich neben mich. «Solche Codes gibt es schon seit – na ja, vermutlich, seit es Bücher gibt. Das Ding ist, dass so eine Buchchiffre trotz der ganzen NSA-Technologie immer noch ziemlich sicher ist, wenn man es richtig macht.»

Er schlägt das Buch wahllos an einer Stelle auf.

«Sagen wir mal, du willst jemandem eine Nachricht schreiben, und der erste Buchstabe vom ersten Wort ist M. Dann suchst du dir ein M auf der Seite, und dann – schreib mal auf.»

Ich nehme einen Stift und einen Notizblock von seinem Schreibtisch.

Er fährt mit dem Finger die Seite entlang, dann noch einmal quer, und zählt dabei leise vor sich hin. «Seite zweihundertelf, vierzehnte Zeile von oben, siebenundzwanzigster Buchstabe von links.» Er sieht mich an. «Hast du das?»

«Ja», sage ich und starre auf das, was ich geschrieben habe. Ich brauche nur ein paar Sekunden, um es zu verstehen. «Also – wäre die Zahlengruppe 211.14.27.»

«Genau.» Terrance schlägt das Buch zu und steht auf. Auf seinem Gesicht liegt ein aufgeregtes Lächeln. Das Nerd-Lächeln. Das Lächeln des Denkers, der gerade etwas zu denken hat. «Das muss man für jeden einzelnen Buchstaben tun. Dauert ewig lange.»

«Aber es ist sicher», sage ich.

«Ja. Wenn es richtig beliebig ist», sagt er. «Das Ding ist, der Empfänger der Nachricht muss nicht nur dasselbe Buch dahaben, sondern es muss auch dieselbe Ausgabe sein, dieselbe Auflage, alles. Sonst beziehen sich die Zahlen nicht auf dieselben Buchstaben.»

Mir ist alles sofort vollkommen klar. Ich ziehe die Ausgabe von 1984 aus meiner Jackentasche. Er nimmt sie mir aus den Händen, als wäre sie eine Art Relikt, und balanciert sie vorsichtig auf seinen Handflächen.

Wir arbeiten uns durch jede Zahlengruppe – ich lese sie laut vor, und Terrance schreibt die Ergebnisse auf seinen Notizblock. Es ist mitten in der Nacht, und es ist eine mühsame Arbeit, aber wir sind beide wie unter Strom vor Aufregung.

Als wir zwei Stunden später fertig sind, starren wir auf die sauberen Buchstabenreihen, können aber nichts daraus lesen. Die Buchstaben scheinen wahllos und enthalten nicht mehr Logik als die Zahlen. Ein paar Minuten lang schweigen wir, hören nur den Atem des anderen.

«Es ist fast fünf Uhr», sagt Terrance.

Ich sehe auf mein Handydisplay. «Jesus», sage ich.

Er setzt sich vor seinen Computer und sieht mich an. «Du solltest jetzt gehen», meint er. «Ich werde noch ein bisschen daran arbeiten.»

«Terrance – ich kann dir gar nicht sagen, wie viel mir das bedeutet.»

«Bist du morgen in der Schule?»

Schule. Mein letzter Tag auf der Danton. Soll ich es ihm jetzt sagen? «Denke schon.»

«Dann treffen wir uns zum Mittagessen. Im Diner mit der orangefarbenen Markise.» Er sieht mir zu, wie ich meine Jacke anziehe. «Was immer das hier ist, ich kriege es raus.»

Ich beuge mich über den Schreibtisch und küsse ihn über das Ohr. «Danke.»

Georgina wartet auf mich, außer sich vor Aufregung. Ich kann es ihr nicht verübeln. Als ich durch die Tür komme, stößt sie eine Mischung aus Keuchen und Schrei aus. «Hast du eine Ahnung, Gwendolyn, irgendeine Vorstellung, was ich durchgemacht habe, was für Sorge ich um dich hatte?», schreit sie. Ihre Augen sind rot vor Müdigkeit und Tränen. «Ich hätte beinahe die Polizei angerufen, aber stattdessen habe ich Bela geweckt, und er hat mich davon abgehalten. Dass du ein großes Mädchen bist, das weiß, was es tut, hat er gesagt. Aber was in Gottes Namen hast du getan?»

«Tut mir leid», sage ich. «Ich war bei einem Freund.»

«Oh, bei einem Freund. Einem Freund. Also einem Jungen.»

«Genau.»

Sie wirft die Arme in die Luft. «So etwas wird sich nicht wiederholen. Hast du mich verstanden?»

«Wir reisen am Sonntag ab. Also wird es sich wohl kaum wiederholen können. Ich wollte – ich musste ihn einfach sehen.»

Sie kocht eine Weile vor sich hin, dann beruhigt sie sich und wischt sich über die Augen. «Komm her», sagt sie leise.

Sie hält mich, und ich halte sie. Es fühlt sich gut an, wie mit einer Mom. Es fühlt sich richtig an. Aber mein Geist ist ganz woanders. Was mache ich jetzt nur? Mit meiner Schulmädchen-Spionage habe ich den Code gefunden. Den Schlüssel zu dieser ganzen Hölle.

«Warum gehst du nicht ins Bett», sagt Georgina. «Ich rufe später in der Schule an und sage, du bist krank.»

«Nein», sage ich. «Mir geht's gut.»

—

Irgendwie gehen die Schulstunden bis zur Mittagspause vorbei. Dann renne ich aus der Tür und um die Ecke zum Diner mit der orangefarbenen Markise. Drinnen ist es voll. Die Kids von der Danton drehen sich um und sehen mir hinterher. Ich gehe direkt zu dem Tisch, an dem Terrance schon sitzt, und setze mich ihm gegenüber. Ich erwarte beinahe ein kollektives Aufkeuchen und dann das Klicken von Hunderten Handys. #datevonüberheblicher-angeberin.

Er schiebt mir einen Aktenordner über den Tisch, und ich öffne ihn vorsichtig, spähe nur kurz unter den Deckel. Drei Blatt Papier: eins mit den Original-Zahlengruppen, die Seite aus dem Notizblock und ein neues Blatt mit sieben Zeilen, jede 21 Zeichen lang.

«Auf den ersten Blick wirken die Buchstaben wahllos», sagt Terrance leise. «Aber hier – sieh mal.» Er deutet auf das zweite Blatt. «Die ersten zwei Zahlen bedeuten CH. Wenn du zweiundzwanzig Zeichen vorspringst, hast du hier wieder ein CH. Und zweiundzwanzig Zeichen weiter LI.»

Ich sehe ihn an. «Kapier ich nicht. Und?»

«Wenn man die Gruppen in Reihen von einundzwanzig Zeichen aufbricht, dann fängt jede Gruppe mit einem CH oder LI an. Und was bedeuten diese Buchstaben?»

Ich denke einen Moment nach, betrachte die Buchstaben für sich. Irgendwo unter der Oberfläche meiner Erinnerung steigt etwas auf. Nummernschilder. Europäische Nummernschilder. «Schweiz und Liechtenstein», sage ich.

«Und was passiert in diesen beiden Ländern?»

«Bankgeschäfte», erwidere ich. «Geldwäsche.»

Er schenkt mir ein stolzes Grinsen, dann tippt er auf den Aktenordner. «Das sind Kontonummern, Gwen», flüstert er. «Übertrage die Buchstaben neben CH und LI in Zahlen, A wird 1, B wird 2 und so weiter – dann sind es scheißverdammte Kontonummern.»

Mir wird ganz kalt. «Bist du ganz sicher?»

«Ja. Kein Zweifel.» Er sieht sich um, ob uns jemand belauscht. «Also, die fünf Schweizer Konten gehören zu einer Privatbank in Zürich. Gegründet etwa vor dreihundert Jahren. Und immer noch von derselben Familie geführt. Und die beiden in Liechtenstein genauso.»

«Aber wem gehören die Konten?»

«Kann ich dir nicht sagen.» Er zuckt die Schultern. «Das ist alles, was ich rausgefunden habe.»

«Du bist ein Genie, Terrance», sage ich. «Mein Gott, das – ich kann dir gar nicht genug danken.»

Sein Gesicht wird ganz ernst. «Ich muss das wissen, Gwen: Was hast du damit jetzt vor?»

Die Kellnerin kommt mit ihrer fettigen Schürze, einem kleinen Notizblock und einem Bleistiftstummel.

«Für mich nichts, danke.» Ich sehe Terrance an, öffne den Mund und weiß nicht, was ich sagen soll. «Terrance, ich – es tut mir leid», ist alles, was ich herausbringe.

Ich verlasse den Diner und atme geräuschvoll und erleichtert aus. Keine Schule mehr, jedenfalls nicht für mich, nicht heute, ich habe genug gelernt. Also gehe ich in Richtung Wohnung und berühre dabei immer wieder meine Tasche, in die ich die Papiere gesteckt habe. Das hier, scheint mir, ist kein Puzzleteil mehr, sondern vielleicht das ganze Puzzle. Das ist der Grund, weshalb Dad verschwunden ist. Und danach hat Carlisle in unserer Wohnung gesucht.

Terrance und ich sind die einzigen Personen, die diese Informationen haben. Wir sind die einzigen zwei Menschen, die etwas tun können. Es wäre logisch, vielleicht auch vernünftig, die Papiere Carlisle zu übergeben und sich dann rauszuhalten. Nach Texas zu fahren und das Beste zu hoffen und so zu tun, als gäbe es diese Informationen nicht. Aber das wird nicht geschehen.

Kann es nicht. Er ist mein Vater. Er ist mein einziger Vater. Das wirft man nicht so einfach weg.

Ich erreiche unser Haus und ziehe die Schlüssel aus der Tasche, um nach oben zu gehen. Aber ich weiß, dass Georgina dort auf mich wartet, mit ihren weißen Zähnen und ihren ernsten Umarmungen. Ein warmer, bodenloser Schmortopf aus Sympathie.

Also drücke ich stattdessen auf die Klingel vom Schreibwarenladen.

—

Bela lehnt sich in seinem Stuhl zurück. Er sitzt hinter einem Schreibtisch voller Papiere vor einem altmodischen Kontobuch mit grünen Seiten, auf denen handgeschriebene Zahlenreihen stehen. Aber jetzt studiert er die Zahlen, die Terrance mir gegeben hat, blickt von einem Blatt Papier zum anderen und wieder zurück. «Ich hätte dir das Buch niemals geben dürfen.»

«Aber du hast es getan», sage ich. «Also, was denkst du?»

«Sehr schlau, dein Freund Terrance», sagt Bela. «Er sollte das beruflich machen.»

«Nein, ich meine die Kontonummern. Das ist der Grund für Dads Verschwinden, stimmt's? Er ist nicht einfach gegangen. Jemand hat ihn gekidnappt, weil er die hier haben wollte.»

«Das ist natürlich alles möglich», sagt er.

«Also glaubst du, dass er gekidnappt wurde?»

«Ich sagte, es ist möglich.»

Ich stehe von meinem Stuhl auf und gehe durch den vollen Lagerraum. «Ich kann ihn finden, Bela. Ich weiß, von wo er verschwunden ist. Wen er getroffen hat. Ich kann ihn aufspüren. In den Krieg ziehen, so wie du.»

«Hm», sagt er und lässt die Seiten auf den Schreibtisch fallen. «Ganz einfach so.»

«Nein. Aber ich muss es versuchen. Ich muss.»

Er hüstelt. «Kennst du dich mit Gewalt aus, Rotschühchen?»

Ich starre ihn an. «Gewalt hat meine Mutter umgebracht. Ich war dabei.»

«Aber kannst du selbst Gewalt ausüben?» Er betrachtet mich genau, während er das sagt. Jetzt ist er nicht mehr der freundliche alte Ladenbesitzer Bela. Jetzt ist er Bela, der Spion. Bela, der Soldat. Bela, der Überlebende. «Nachdem meine Familie getötet worden war, habe ich mir eine Waffe besorgt», sagt er. «Einen alten, schmutzigen russischen Revolver. Ein paar Tage später bin ich im Dorf einem deutschen Offizier in einer Gasse begegnet. Er trug einen schönen Ledermantel und sah gut aus, wie ein Filmstar.»

Genauso hat er den Offizier beschrieben, der seine Eltern und Schwestern umgebracht hat. Ich bleibe stehen und warte.

«Dieser Deutsche war mit der Dorfhure beschäftigt, er fickte sie im Stehen an der Wand. Es war dunkel genug, dass ich nah herankommen konnte.» Er hebt seinen mit Leberflecken übersäten Arm, hält den Zeigefinger an seinen Kopf, direkt hinter dem Ohr. «Ich habe auf ihn geschossen. Genau hierhin. Aus nicht mal zehn Zentimeter Entfernung. Sie sind beide gefallen, der Offizier und die Hure. Die Kugel ist durch ihn durchgegangen und hat auch sie getroffen.»

«Das war – das war der Offizier, der deine Familie getötet hatte?»

Bela fährt mit der Hand über sein Gesicht und zieht eine Grimasse. «Oh, wer weiß. Sein halber Kopf flog dabei ab. Aber an die Prostituierte denke ich immer noch. Bis heute.»

Danach schweigt er, sieht mich aber immer noch prüfend an, bewertet meine Reaktion. An der Oberfläche ist es eine Horrorgeschichte, die mich erschrecken soll. Aber wenn man darüber nachdenkt, sieht es ganz anders aus: Es gibt nun mal diese grausamen Dinge, die wir manchmal tun müssen.

«Und so was wird passieren, verstehst du? Wenn du deinen Vater suchst», sagt Bela. Er beugt sich vor und legt die Hand auf meine Schulter. «Das heißt Krieg. Kugeln und Fehler, mit denen man leben muss.»

Ich nicke. «Danke», sage ich.

«Wofür?», fragt Bela.

«Dass du es mir erzählt hast. Für deinen Rat.»

«Rat?» Bela lacht leise und lehnt sich zurück. «Und ich dachte, ich hätte dir gerade erklärt, warum Texas besser ist.»

Die Welt, die er mir beschrieben hat, ist erschreckend. Aber es wird niemand anders für mich tun, und ich habe nur die Wahl, ein Kind zu bleiben und nichts zu tun oder erwachsen zu werden und es selbst zu erledigen. Das scheint mir der Unterschied zwischen einem Kind und einem Erwachsenen zu sein, der Unterschied zwischen dem Mädchen, das von Wölfen gejagt wird, und der Frau, die sie jagt.

Wir sehen uns einen Moment lang in die Augen. «Natürlich haben sich die Zeiten geändert», sagt er. «Du hast eine Alternative. Aber theoretisch ...»

«Ja?», flüstere ich.

«Theoretisch wäre es Selbstmord, allein zu gehen. Das wäre verrückt. Du bräuchtest Hilfe.»

Ich warte gespannt, dann hake ich nach: «Ja?»

«Wenn man einen Freund hätte – sagen wir mal, jemanden mit Verbindungen zur Welt des Geheimdienstes. Jemand, der ein paar Anrufe erledigen könnte. Und dir Hilfe besorgen würde ...» Er seufzt und wedelt dann mit der Hand durch die Luft, als wäre dieser Gedanke eine Fliege, die er verscheuen muss. «Aber selbst wenn, geh lieber nach Texas und vergiss das alles hier. Bela ist nur ein alter Narr.»

Ich sehe zu Boden. «Ich werde gehen, Bela. Ich muss. Ich muss es versuchen.»

Bela atmet tief durch und schließt die Augen. «Ist das deine endgültige Entscheidung?»

«Ja.» Ich stopfe die Papiere und 1984 in meine Jacke. «Übernimmst du diese Anrufe?»

«Das tue ich», sagt er. «Es gibt viele, die Bela etwas schulden. Und in Israel nimmt man solche Schulden ernst.» Er steht auf und wirkt auf einmal viel jünger und größer als vorher. Er bedeutet mir aufzustehen, und ich folge ihm.

Wir umarmen uns. Es ist keine sentimentale, liebevolle Umarmung, sondern die Umarmung zweier Kameraden.

—

Zwanzig schreckliche Minuten lang warte ich im Computerraum der öffentlichen Bibliothek auf eine fettige Tastatur und eine Internetverbindung. Ich verbringe die zwanzig Minuten damit, meine völlig wahnsinnige Idee vor mir zu rechtfertigen. Doch es klappt nicht so richtig. Der Mut, den ich nicht habe, plus das Versprechen eines alten Mannes, mir Hilfe zu besorgen, ergeben nicht Erfolg. Sondern Null.

Doch ich setze mich trotzdem an den Computer, logge mich in die Air-France-Seite ein, und zwar mit Fingern, die sich anfühlen, als gehörten sie zu jemand anderem. Dann habe ich es: JFK-CDG 20.37 h. Weil ich jahrelang so viel gereist bin, habe ich über 120 000 Meilen angespart, die ich jetzt verbraten kann, deutlich mehr, als ich für ein Ticket nach Paris brauche. Der Cursor über dem JETZT BUCHEN-Button vibriert im gleichen Rhythmus wie meine zitternden Hände. Ich klicke mit der Maus. Drei Sekunden später gibt mein Handy irgendwo in meiner Jacke einen leisen Ton von sich. Der Boarding Pass ist angekommen.

Ich haste aus der Bibliothek und komme zur selben Zeit nach Hause wie sonst. Georgina umarmt mich und fragt, wie mein letzter Tag in der Danton war. «Gut», sage ich ihr. Ein bisschen traurig, weil ich gehen muss.

«Du wirst ganz schnell neue Freunde finden», sagt Georgina und drückt mich fest.

Ich winde mich aus ihrer Umarmung und setze mich an den Küchentisch, wo ich mit dem Finger Kreise auf das abgenutzte Holz male. «Apropos Freunde», sage ich. «Ein paar meiner Freundinnen möchten heute Abend gern für mich eine Abschiedsfeier veranstalten. Mit Übernachten.»

Sie setzt sich mir gegenüber hin. «Aber du warst doch gestern Abend schon aus.»

«Es ist das letzte Mal, dass ich sie sehe», sage ich.

Sie blinzelt, kneift die Lippen zusammen. «Und wo ist das?»

«Im Stadthaus von Margaret Saperstein.»

«Und sind Margarets Eltern auch da?»

Ich verdrehe die Augen. «Leider ja. Ihre Mutter ist total streng.»

Georgina stellt noch ein paar weitere Fragen, aber ich versichere ihr, dass es keinen Alkohol geben wird, keine Drogen und keine Jungs. Ich merke, dass es ihr immer noch nicht gefällt, aber schließlich gibt sie nach. Wie soll sie mich auch von meiner eigenen Abschiedsfeier abhalten?

Ich ziehe mich in mein Zimmer zurück und packe das, was ich brauche, in meinen Rucksack. Nicht die Sachen, die ich einpacken möchte, nur das, was ich brauche. Ich bin so sparsam wie ein Soldat, nehme nur einmal Unterwäsche zum Wechseln mit, die Liste der Kontonummern, meinen Pass und ein Paket Spielkarten. Mit den Klamotten, die ich trage, und den Stiefeln an meinen Füßen bin ich bereit.

Georgina wartet mit zusammengepressten Händen und misstrauischem Blick im Wohnzimmer auf mich. «Sei aber bis morgen Mittag zurück, Gwendolyn.»

«Okay», sage ich. «Und danke.»

«Für?»

«Für alles. Danke.»

Sie schließt die Augen. «Gern, Gwendolyn. Viel Spaß.»

—

Das Ding in mir drin – das Ding, das sich zum ersten Mal im Gang des Lagerhauses in Queens bemerkbar gemacht hat – wächst mit jedem Schritt, den ich in Richtung Norden die Straße hinaufgehe. Ich biege links auf die Zweiundsiebzigste Straße ab. Das Ding dehnt sich in mir aus, strafft meine Haut und meinen Körper wie ein Neoprenanzug. Es treibt mich voran. Du bist die Heldin dieser Geschichte, sagt es.

Mein erster Stopp ist eine kleine Bankfiliale, wo ich meine gesamten Ersparnisse abhebe, etwas mehr als 500 Dollar. Ich stecke das Geld in meine Tasche und gehe weiter auf der Zweiundsiebzigsten zum schönen Eingang vom Madisonian. Der Concierge ruft Terrance für mich an, und einen Augenblick später stehe ich vor der Tür seines Penthouses. Er wartet schon auf mich, als sich die Fahrstuhltüren öffnen.

«Willst du reinkommen?», sagt er.

«Nein», antworte ich. «Ich brauche bloß – hör mal, kannst du mir was versprechen?»

Er neigt den Kopf und sieht mich prüfend an. «Alles okay mit dir?»

«Versprich es mir einfach.»

«Fein, versprochen. Was zum Teufel ist denn los, Gwendolyn?»

Ich erzähle ihm von meinem Plan und füge hinzu, dass irgendeiner mir vielleicht oder auch nicht Hilfe in Paris organisiert. Als ich fertig bin, bemerke ich, wie absurd weit nach oben Terrance seine Augenbrauen gezogen hat. Unter anderen Umständen hätte ich laut losgelacht. Ich gebe ihm das Exemplar von 1984 und den Originalzettel mit den Zahlen. «Bewahr das hier für mich auf. Versteck es.»

«Gwendolyn – tu das nicht!» Das ist alles, was ihm einfällt. Dann versucht er, mir meinen Plan auszureden. Eine lange Zeit drehen wir uns im Kreis. Er führt Vernunft und Tatsachen ins Feld, ein ganzes Orchester. Doch am Ende prallen sie an meiner Rüstung aus Sturheit ab.

«Ich kann dich sowieso nicht aufhalten, oder?», fragt er.

«Nein», sage ich. «Und da ist noch was. Ich brauche Geld, Terrance. Bargeld.»

Er schweigt eine Weile, dann zieht er eine silberne Geldscheinklammer heraus. Es ist nicht viel Geld, vielleicht hundert Dollar, aber er steckt sie mir in die Tasche meiner Jacke.

«Nein. Ich brauche mehr.» Ich hasse mich dafür, dass ich das sage, und ich sehe, wie er sein Gesicht kurz verzieht, als wollte er eine fiese Bemerkung machen. Ich lache beschämt und wende mich zum Gehen. «Sorry, ich hätte das nicht ...»

Terrances Hand packt mich am Arm. «Nein. Warte.» Er geht in die Wohnung und bleibt über eine Minute verschwunden. Dann kehrt er mit einer Kaffeedose in der Hand zurück. «Es sind ungefähr zweitausend, glaube ich. Das ist alles, was ich habe. Mein Dad hat mehr, aber das liegt im Safe.»

Ich spähe unter den Plastikdeckel. Die Dose ist voll mit Scheinen, Zwanzigern, Fünfzigern, Hundertern.

«Mein Geheimvorrat.»

Ich schließe die Augen, und mein Atem zittert vor Dankbarkeit. «Du rettest mir das Leben, weißt du das?»

«Oder helfe dir dabei, es zu verlieren», sagt er und umfasst meine Schultern mit seinen Händen. Er sieht mir tief in die Augen, mit angespannter Miene, mit bittendem Blick. Er ist der ernsthafteste Junge, den ich je gesehen habe. «Ich kann dich begleiten», sagt er.

Einen Augenblick glaube ich, dass er das wirklich ernst meint, aber es ist eine alberne Idee. Er ist ein verwöhntes reiches amerikanisches Kind, das nur fünf Sekunden lang überleben würde. Wenn ich so darüber nachdenke, bin ich das auch, nur dass ich nicht reich bin. «Du bist süß.»

«Ich meine es ernst. Ich kann dir helfen.»

Ich lege meine Hände auf seine Brust. Jeder Psychologe würde sagen, ich wollte ihn unterbewusst von mir wegschieben, aber die Wahrheit ist, dass ich ihn einfach berühren will. «Nein, ich brauche dich hier», sage ich. «Wenn ich einen Computernerd brauche oder einfach jemanden, der normal ist und an den ich gern denke.»

Ich lache ein bisschen. Ich muss, sonst fange ich an zu weinen. Warum kann die Welt sich nicht einfach allein weiterdrehen und mich hier mit ihm allein sein lassen? Ich lege meinen Kopf auf seine Brust. Seit wir uns vor dem Regen in diesem Hauseingang versteckt haben, waren wir uns nicht so nah.

«Ich muss jetzt gehen, Terrance.»

«Ich weiß», sagt er.

Aber keiner von uns bewegt sich. Als ich mich endlich von ihm löse, ist sein Hemd dort, wo mein Gesicht war, nass. Er beugt sich zu mir und küsst mich auf die Wange, doch ich drehe den Kopf und küsse seine Lippen. Es ist ein trockener Kuss, leise und sanft, mit geschlossenem Mund. Aber ich glaube, er zählt.

—

Als ich wieder auf die Straße komme, hat der Wind zugenommen und schiebt mich die Fifth Avenue hinunter. Ich stopfe meine Jackentaschen mit dem Inhalt von Terrances Kaffeedose voll und werfe die Dose in den Müll. Insgesamt habe ich jetzt zweitausendsechshundertundsechsundfünfzig Dollar.

Ich halte ein Taxi an und sage dem Fahrer, er soll mich zum Flughafen JFK fahren. Während ich tiefer in den Rücksitz sinke, ziehe ich meinen zivilen und den diplomatischen Pass heraus, die ich als Kind eines Politoffiziers besitze. Es ist gefährlich, den diplomatischen zu benutzen. Er kann genauso auf der Liste der gesuchten Personen stehen wie der von meinem Dad. Aber wie stehen die Chancen, dass Carlisle auch meinen zivilen Pass gemeldet hat? Carlisle denkt immerhin, dass ich nach Texas fliege. Er würde mich wohl nicht daran hindern wollen, mit meiner neuen Familie nach Cabo zu reisen, oder?

Als ich am JFK ankomme, sind es noch eineinhalb Stunden bis zu meinem Flug. Ich kaufe mir eine Mütze in einem Laden, so eine altmodische Mütze, wie sie Taxifahrer und Zeitungsjungen früher getragen haben, und schiebe meine roten Haare darunter.

Am Gate liegt plötzlich eine seltsame Ruhe über allem. Ich höre die Unterhaltungen der Passagiere kaum noch, ebenso wenig wie die Lautsprecheransagen der Stewardess, die erst die Business Class, dann Gruppe eins, Gruppe zwei, Gruppe drei aufruft.

Die Menge brandet um mich herum wie Flutwasser und strömt zum Flugzeug. Aber ich bleibe zurück. Diese Reise hat praktisch null Chancen auf Erfolg, und meine einzige Hoffnung ist die unbekannte, unwahrscheinliche Hilfe, die Bela vielleicht arrangieren kann. Doch er ist auch nur ein verrückter alter Mann. Hat er selbst gesagt. Und ich bin bloß ein verrücktes kleines Mädchen. Was ich jetzt gerade tue, ist der Beweis.

Der Stewardess am Gate ruft nun alle restlichen Passagiere auf, und zehn Minuten später ist der Boardingraum leer, mit Ausnahme von uns beiden.

Sie sieht mich erwartungsvoll an und zieht die Augenbrauen hoch: Ja oder nein?

PARIS

8. KAPITEL

Der Flughafen ist steril und eisig und riecht nach chemischen Reinigungsmitteln. Die anderen Passagiere und ich marschieren wie eine Schlange von Flüchtlingen durch den Gang zu den Einreiseschaltern. Ich zittere, so arktisch fühlt sich die Luft an. Vielleicht ist es auch meine Erschöpfung oder einfach Angst. Die Schlange kriecht langsam vorwärts, und ich versuche zu schätzen, welchen Beamten ich wohl bekomme – den jungen Gründlichen, den alten Freundlichen oder die Frau, die ihren Job hasst und deswegen auch den Rest der Welt? Davon hängt alles ab. Er wird das amerikanische Mädchen mit den roten Haaren vielleicht anlächeln und durchwinken, sie wird vielleicht entscheiden, dass sie amerikanische Mädchen hasst und rote Haare sowieso, also wollen wir ihren Pass doch noch mal ein bisschen genauer unter die Lupe nehmen, nicht wahr?

Ich werde zu einem mürrischen, abgespannten Beamten geschickt, der mich gelangweilt ansieht, weil er diesen Job schon seit fünfzig Jahren macht. Ich schiebe meinen blauen zivilen Ausweis über den Tisch und begrüße ihn auf Französisch. Er antwortet mir auf Englisch und sagt, ich soll die Mütze absetzen, damit er mich besser sehen kann.

«Was ist der Grund für Ihren Besuch in Frankreich, Miss?», fragt der Beamte mit gepressten französischen Vokalen, die erfolglos auf englischen Boden verpflanzt wurden.

«Ferien.»

«Wie lange?»

«Eine Woche.»

«Und wo werden Sie wohnen?»

«In einem Hostel namens Hotel Colette.» Ich erinnere mich an diesen Namen aus der Zeit, als Dad und ich hier gewohnt haben. Es sah aus wie eine Müllkippe.

«Was möchten Sie sich ansehen?»

«Den Louvre, den Eiffelturm, das Centre Pompidou.»

Aber irgendwas gefällt ihm nicht, meine Antwort ist ihm zu glatt, und er starrt mich ein paar Sekunden lang an. Ich versuche, nicht zu auffällig zu schlucken oder ihn zu nervös anzusehen.

Er blättert durch meinen Pass und betrachtet jeden Stempel. «Ich sehe, dass Sie schon drei Mal in Frankreich gewesen sind», sagt er.

«Ja», sage ich.

«Und dann haben Sie sich den Louvre oder den Eiffelturm noch nicht angesehen?»

Ich lächle, spüre aber, dass meine Mundwinkel unangenehm zucken. «Davon kann man doch nie genug bekommen, oder?»

Er hebt die Hand, und der Stempel fällt wie ein Hammer auf meinen Pass.

«Stimmt», sagt er. «Bienvenue en France.»

Eine elektronische Tür gleitet auf, entlässt die Passagiere hinaus in den Empfangsbereich des Terminals. Aufgeregte Familien und gelangweilte Chauffeure mit hochgehaltenen Schildern scannen die herauskommenden Reisenden. Ein französischer Soldat in Uniform – jung, trainiert und gutaussehend – rennt an mir vorbei in die Arme seiner Mutter, der das Make-up über die verweinten Wangen läuft. Ein Vater in verknittertem Anzug nimmt ein Kleinkind auf den Arm und küsst es, dann funkelt er seine Frau an, die ihn ebenfalls böse anstarrt. Doch die meisten Passagiere gehen direkt durch die Menge zur Metro oder zu den Taxis. Ich halte mich an sie und hoffe, dass ich in der Masse untertauchen kann.

Aus dem Augenwinkel bemerke ich eine Frau in Lederjacke mit einem orangefarbenen Seidenschal, den sie locker um den Hals geschlungen hat. Sie ist etwa Ende dreißig, schätze ich, und sehr hübsch mit ihren wilden schwarzen Haaren, die sie oben am Kopf zusammengesteckt hat. Sie scannt die Menge, geht schnell an der Seite entlang und lächelt erwartungsvoll, als ob die Person, nach der sie sucht, irgendwo unter uns ist. Ich sehe hinauf zu den Schildern, versuche, den Weg zur Metro zu finden, doch als ich wieder zu ihr sehe, bleibt ihr Blick an meinem hängen.

Vermutlich verwechselt sie mich mit jemandem. Vermutlich sehe ich so aus wie jemand, den sie kennt. Keine große Sache. Weitergehen. Doch dann liegt ihre Hand auf einmal auf meiner Schulter, und sie zwingt mich, sie anzusehen. Anstatt zu erschrecken und sich zu entschuldigen, dass ich nicht diejenige bin, für die sie mich gehalten hat, strahlt sie mich an und küsst mich rechts und links auf die Wange, bevor sie mich in ihre Arme zieht.

Unter ihrer eleganten Lederjacke spüre ich eine Menge Muskeln. Sie hält mich fest, und ich rieche eine Spur von sehr teurem, sehr französischem Parfüm. Sie hält den Mund dicht an mein Ohr und flüstert mir auf Englisch zu: «Ich bin eine Freundin von Bela Atzmon, verstehst du?»

Dann schiebt sie mich weg, als wollte sie mich genauer in Augenschein nehmen, hält mich aber immer noch fest an den Schultern. «Comme tu as grandi! Je n'en reviens pas! Tu es presque une adulte!», ruft sie laut genug, dass die Menschen in unserer Nähe sie hören könnten. Sie zieht mich wieder an sich und flüstert weiter auf Englisch: «Da stehen zwei Männer am Zeitungsstand, das sind Kriminalbeamte. Sieh nicht hin. Lächle einfach wie ich, als wären wir Verwandte, die sich ewig nicht gesehen haben.»

«Sind die meinetwegen hier?», flüstere ich.

«Das wollen wir gar nicht wissen», sagt sie.

Wir gehen los, und sie hält mich fest am Arm, als wäre sie wirklich meine lang vermisste Tante. «Keine Koffer?», fragt sie leise.

«Nein, ich bin einfach mit dem geflogen, was ich dabeihatte.»

«Dann lass uns gehen.»

Sie steuert mich durch die Tür und über den Abholbereich bis zu einem Parkhaus. Die Morgensonne wird von schnell aufziehenden, dicken Regenwolken verdeckt, aber für meine übernächtigten Augen ist es immer noch viel zu hell, und ich muss die Augen zusammenkneifen. Was ist das hier, und warum gehe ich mit ihr zum Auto?

Das Parkhaus ist voll, jedes Deck voller kleiner Citroëns und Fiats, aber es sind nur wenig Leute da. «Woher wusstest du, wer ich bin?», frage ich.

«Die roten Haare sind ein bisschen auffällig.» Sie entriegelt die Beifahrertür eines alten VW-Kombis. «Steig ein», sagt sie. «Schnell.»

«Warte», sage ich. «Ich – ich kenne noch nicht mal deinen Namen.»

«Ich werde Yael genannt», sagt sie und setzt sich auf den Fahrersitz.

Die Worte sind mit Bedacht gewählt. Ich werde Yael genannt. Nicht «Ich bin Yael». Nicht «Ich heiße Yael». Ich setze mich trotzdem auf den Beifahrersitz, entgegen jeder Vernunft. Sie will den Schlüssel ins Motorschloss schieben, aber ich halte sie auf. «Eine Sekunde. Können wir, na ja, erst mal kurz reden?»

Sie lässt den Arm sinken und mustert mich kühl. «Was willst du wissen?»

«Erst mal – wer du bist?», sage ich.

«Yael, wie schon gesagt.»

«Und was bist du? Privatdetektivin? Spionin?»

Ihr Blick huscht über mein Gesicht, während sie überlegt, was sie antworten soll. «Ich bin jemand, den man hin und wieder um einen Gefallen bittet.»

«Das ist ziemlich vage.»

«Ja», sagt sie. «Das ist es.»

«Yael, ist das – ein israelischer Name?»

«Ist das ein Problem?»

«Nein», sage ich. «Natürlich nicht.»

Die Frau, die Yael genannt wird, macht den Motor an, und wir schlängeln uns durch das Parkhaus hindurch zur Straße. Sie steuert das Auto rasant, aber sicher, fährt dicht an einen großen Sattelzug mit fetten Metallrohren auf, schaltet runter und überholt ihn schnell wie ein Kaninchen.

Ich merke, dass ihr Blick immer wieder zum Rückspiegel gleitet. Es wirkt nicht nervös, sondern wie eine Gewohnheit. Dad hat das auch immer getan. Unter ihren schicken Pariser Klamotten und dem makellosen Pariser Französisch lauert etwas Hartes, das sie im Laufe der Jahre auf den Straßen anderer, brutalerer Städte angenommen hat. Sie besitzt zu viel kühle Kontrolle, zu viel Können für jemanden, der nur hin und wieder «um einen Gefallen gebeten wird», wie sie es ausdrückt. Die Frau, die sich selbst Yael nennt, ist kein Bote. Irgendwo in ihrer Jacke, da bin ich mir ziemlich sicher, steckt eine Pistole.

«Also – warum machst du das?», frage ich. «Ich meine, was interessiert es Israel, was mit irgendeiner Amerikanerin passiert?»

Yael schweigt so lange, dass ich mich schon frage, ob sie meine Frage überhaupt gehört hat. Ich will sie gerade noch mal stellen, als sie antwortet. «Dieser Mann, dein Vater – seine und meine

Geschäftsstelle arbeiten hin und wieder zusammen. Er hat Informationen, von denen wir möchten, dass er sie nicht weitergibt. Für meine Regierung ist er offenbar von größerer Bedeutung als für deine.»

Das ist sehr deutlich und sehr unsentimental. Das hat nichts damit zu tun, Bela irgendwelche Schulden zurückzuzahlen. «Es geht also nur ums Geschäft», sage ich.

«Geht es immer.»

Sie fährt um eine Kurve, und ich sehe, dass wir in die Vororte von Paris fahren, die in den Touristenführern nicht aufgeführt werden. Hier gibt es nur Wohnblöcke aus Beton, nur Sozialwohnungen. Die Gebäude ragen rechts und links von uns auf wie Bergwände.

«Du musst mir alles erzählen», sagt Yael. «Dann werden unsere Leute an die Arbeit gehen. Hauptsächlich heißt das Datenverarbeitung, bei der wir ein Puzzlestück nach dem anderen zusammensetzen. In der Zwischenzeit bringe ich dir bei, wie du es schaffst, dich nicht umbringen zu lassen.»

«Diese Datenverarbeitung – wie lange wird die dauern?»

«Vielleicht einen Monat, vielleicht nur bis morgen.»

«Einen Monat – Yael, das ist zu lange», sage ich. «Wir können nicht so lange warten.»

«Neunzig Prozent meines Jobs bestehen aus Warten.»

«Und die anderen zehn?», frage ich.

Yael wirft mir einen Blick zu und grinst. «Der blanke Terror.»

—

Der Wagen wird vom dichten Morgenverkehr abgebremst und kriecht schließlich eine Seitenstraße entlang. Yael schlägt mit der Hand auf die Hupe und flucht. Diese Straße ist nicht das Paris, von dem die Leute träumen, das Paris der Akkordeonspieler und der Kupferdächer, die vom Alter grün angelaufen sind. Dies ist das Paris der Gemüseläden und billigen Sushi-Restaurants und Reinigungen. Das Alltagsparis. Das Paris der bequemen Schuhe. Die Bürgersteige sind voll mit Geschäftsleuten und Müttern mit Kinderwagen. Yael findet einen Parkplatz, und ich folge ihr zu Fuß einen weiteren Block hinauf, bevor sie unter einer grünen Markise mit der Aufschrift STUDIO MARIE, ACADEMIE DE DANSE stehen bleibt.

«Wer ist Marie?»

«Das bin dann wohl ich», sagt Yael.

«Du bist Tanzlehrerin?»

Sie zieht die Tür auf. «Manchmal.»

Drinnen riecht es angenehm nach Schweiß und Anstrengung, genau wie in einer Turnhalle. An den Wänden reihen sich deckenhohe Spiegel und Ballettstangen. Ich wandere durch das Zimmer und schlage das eingestrichene C auf einem ramponierten Klavier an, das in der Ecke steht.

«Lass das Klavier in Ruhe», sagt sie.

Yael geht mit der kraftvollen Anmut einer Katze quer durch den Raum und öffnet eine weitere Tür. «Komm mit.»

Wir steigen eine schmale Treppe in den ersten Stock hinauf. Er besteht ebenfalls aus einem großen Raum von der gleichen Größe und Form wie das Studio unten, aber mit höheren Decken und Fenstern, die mit Rollos verhängt sind. Yael schiebt einen Vorhang zur Seite, der den Raum in zwei Teile teilt, und dahinter kommen ein Bereich mit dicken Matten zum Vorschein sowie eine unheimliche Trainingspuppe mit grobem Gesicht und eingefrorenem, knurrigem Grinsen, die in der Ecke steht.

«Was ist das hier?», frage ich.

«Mein Zuhause», sagt sie. «Und momentan auch deins.»

«Nein, dieser Teil hier. Das sieht aus wie ein Kampfsportstudio.»

Yael nimmt sich eine Flasche Wasser aus einem der Metallschränke, die an der Wand stehen, und öffnet sie. «Das unterrichte ich ebenfalls. Krav Maga. Schon mal gehört?»

Ich schüttle den Kopf.

«Auf Hebräisch bedeutet es ‹Kontaktkampf›. Und du wirst es von der besten Lehrerin in Paris lernen.»

«Du – du bringst mir Kämpfen bei?»

«Ich werde es versuchen.» Yael trinkt langsam ihr Wasser und betrachtet mich dabei, als wolle sie abwägen, zu was ich fähig bin. «Bela hat seinem Kontakt erzählt, du wärst Turnerin.»

«Na ja – das ist bloß ein Hobby.»

«Trotzdem. Es bedeutet, dass du Gleichgewichtssinn hast und Kraft. Du kennst deinen Körper und weißt, was er kann.»

«Hör mal, tut mir leid. Ich weiß nicht, was dir irgendjemand erzählt hat, aber ich bin keine Kämpferin. Als Bela meinte, dass mir jemand helfen würde ...»

«Du dachtest, jemand würde alles für dich erledigen?», versetzt Yael wütend. «Ich bin hier die einzige Bodentruppe, die du bekommst, und das wird keine Solovorstellung. Wir werden das gemeinsam tun.»

«Aber meinen Vater zu finden hat Priorität. Das hast du selbst gesagt.»

«Ja. Und es ist so wichtig, dass sie eine Tanzlehrerin auf den Fall angesetzt haben.» Sie schüttelt den Kopf. «Irgendjemand aus meiner Regierung hat zu jemand anderem gesagt: ‹Wozu bezahlen wir diese Yael in Paris eigentlich?› Darum sind wir hier.»

—

Ich versuche, auf einer Liege in der Ecke eines winzigen und ansonsten leeren Zimmers zu schlafen. Und vielleicht schlafe ich auch, aber auf diese sehr leichte Art, bei der man nicht genau weiß, was real ist und was nicht. Ich höre New York vor dem Fenster, nein, ich höre Paris – kleine Motoren, hohe Sirenen. Hinter meiner Zimmertür spricht Georgina am Telefon Französisch.

Ich reiße die Augen auf. Gwendolyn Bloom, du grässliches Mädchen, was hast du getan?

Als ich ins Flugzeug gestiegen bin, habe ich mein Telefon ausgestellt und es gleich nach dem Start unter nassen Papierhandtüchern im Mülleimer der Toilette vergraben. Wie viele Voicemails von Georgina wohl jetzt darauf gespeichert sind, eine panischer als die andere? Sie spricht sicher schon mit der Polizei und gibt sich selbst die Schuld. Hätte sie mich doch bloß ein paar Tage länger in New York gelassen. Hätte sie sich mir doch nur ein bisschen mehr geöffnet. Die arme Georgina. Ich habe ihre Liebe damit belohnt, dass ich sie umbringe. Mein kleiner Krieg hat bereits sein erstes Opfer gekostet.

Ich schiebe die Gedanken an sie beiseite und verbanne die Selbstzweifel und den Selbsthass in eine staubige Ecke meines Kopfes. Ich werde jetzt hart sein. Ich werde angstfrei sein. Ich zwinge mich, aufzustehen, aus dem Studio zu gehen.

Yael hat unerklärlicherweise eine große Plastikplane auf dem Boden ausgebreitet und einen Stuhl daraufgestellt.

«Wie lange war ich weggetreten?», frage ich.

«Neunzig Minuten», sagt sie.

«Was wird das hier?»

Sie deutet mit dem Kopf zum Stuhl. «Setz dich.»

Es erinnert mich an eine Verhörszene im Fernsehen. «Wofür ist das ganze Plastik? Damit kein Blut auf den Boden kleckert?»

«Deine Haare. Du kannst nicht weiter so rumlaufen.»

«Ich laufe so rum, wie ich will.»

«Wie viele Leute werden sich wohl an das Mädchen mit den hellroten Haaren erinnern, das sie im Zug oder in einem Café dabei beobachtet haben, wie es komische Fragen über ihren Vater gestellt hat?» Sie zieht sich ein Paar Gummihandschuhe über. «Die Antwort ist: alle. Also setz dich hin.»

Ich gehorche, und Yael macht sich an die Arbeit. Sie steckt einen Pinsel in die Plastikschüssel neben sich und bemalt damit Strähne für Strähne. Ihre Finger ziehen und drücken und drehen meinen Kopf hin und her, wie sie es braucht. Ich höre, wie sie etwas auf Hebräisch flüstert. Es klingt wie ein langer, komplizierter Fluch.

«Hast du das schon mal gemacht?», frage ich.

«Ich habe mal drei Monate lang undercover in einem Friseursalon in Beirut gearbeitet», erwidert sie.

Ich versuche, mir vorzustellen, wie Yael mit der Frau von irgendeinem Hisbollah-Anführer plaudert, während sie ihr die Spitzen schneidet und dabei versucht, irgendeinen Klatsch über die Freunde ihres Ehemanns herauszufinden, die gerade zu Besuch aus Damaskus sind. Wo wohnen Sie noch mal, sagten Sie?

«Trotzdem sollten wir vielleicht zu einem echten Friseur gehen», sage ich. «Zu jemandem, der das schon öfter gemacht hat.»

«Und wenn die Bullen dich suchen? ‹Haben Sie in letzter Zeit eine Kundin mit hellroten Haaren bedient?› Wir müssten sie erschießen», sagt Yael und drückt meinen Kopf nach vorn, um die Haare in meinem Nacken zu erreichen.

«Wen erschießen?»

«Die Friseuse.»

«Du machst Witze.»

Sie schweigt eine Sekunde zu lang. «Natürlich», sagt Yael.

Ein altmodischer Küchenwecker tickt die Minuten. Ich rieche die Haarfarbe und spüre, wie sie sich in meine Kopfhaut brennt. Ich frage Yael, ob sie sicher ist, dass sie alles richtig gemacht hat. Sie sagt mir, sie hätte keine Ahnung und ich solle die Klappe halten und abwarten. Als der Wecker endlich klingelt, spült sie meine Haare im Küchenwaschbecken aus. Aber es stellt sich heraus, dass Yael noch nicht fertig ist. Sie steuert mich zurück zum Stuhl und nimmt die Schere zur Hand. Ich sehe lange Strähnen zu Boden fallen. Sie sind jetzt dunkelbraun mit einem Stich ins Rote.

Endlich darf ich ins Badezimmer gehen, um mir ihr Werk im Spiegel anzusehen. Zuerst bin ich von meinem Anblick schockiert. Die Haare sind kürzer, stylish, erwachsener, pariserisch. Verdammt, Yael ist nicht schlecht.

Der Anblick meines Gesichts schockiert mich am meisten. Durch den neuen Haarschnitt sehe ich es in einem neuen Rahmen, wie ein Fremder mich ansehen würde. Meine Güte, was haben die letzten Wochen mit mir gemacht? Kann eine Siebzehnjährige wirklich so alt aussehen? Mein Gesicht ist schmaler, als ich es in Erinnerung habe, härter und kantiger um die Wangenknochen. Alle Rundungen haben sich in gerade Linien verwandelt.

Es macht seltsame Dinge mit dem menschlichen Körper, wenn man kaum noch isst.

Als ich wieder aus dem Bad komme, sagt Yael, ich solle mich vor eine weiße Wand stellen. Sie hält eine kleine Kompaktkamera hoch und richtet sie auf mich.

«Du bekommst eine neue Identität», sagt sie. «Nicht lächeln, einfach nur in die Kamera sehen.»

Es blitzt einmal, zweimal und dann noch ein drittes Mal. Sie legt die Kamera weg und setzt sich am Schreibtisch an einen Computer. Meine Porträts fliegen wie Grimassen über den Bildschirm.

«Man hat mir gesagt, du sprichst mehrere Sprachen. Welche am besten?»

«Englisch», antworte ich.

«Das ist klar.»

«Und dann Spanisch und Russisch», sage ich.

«Fließend? Würdest du als Muttersprachlerin durchgehen?»

«So hat man es mir gesagt.»

«Du musst dir sicher sein. Vielleicht hängt dein Leben davon ab.»

«Ich bin mir sicher», sage ich, auch wenn ich mir überhaupt nicht sicher bin.

—

Am Nachmittag setze ich mich in der Küche an den Tisch. Yael setzt den Wasserkessel auf. Sie macht Tee, stellt mir eine Tasse hin und setzt sich neben mich. So nah, dass ich ihre Körperwärme spüre.

Der Tee schmeckt nach der Minze, die man überall im Mittleren Osten trinkt, und sie erinnert mich an meinen Dad und unsere Zeit in Kairo. Vielleicht ist das Yaels Absicht, vielleicht soll ich mich sicher und entspannt fühlen – ein Trick, damit ich mich öffne. Aber vielleicht trinkt sie auch einfach nur gern Pfefferminztee.

«Erzähl von Anfang an, von dem Tag, als dein Vater verschwunden ist», sagt sie mit der sanften Stimme einer Therapeutin, mit diesem Ton, den alle Ärzte mir gegenüber angeschlagen haben, seit meine Mutter getötet wurde. «Lass nichts aus. Ganz egal, wie unwichtig es dir auch scheinen mag.»

Weil sie so nah sitzt, brauche ich nur zu flüstern. Ich fange mit dem Geburtstag meines Vaters an, als er mir erzählte, er müsse nach Paris fahren. Ich erzähle ihr von Agent Kavanaugh und Mazlow und von dem Zeitverlauf auf dem Whiteboard, das ich durch das Fenster sehen konnte. Feras. Café Durbin. Chase Carlisle und Joey Diaz.

Yael verzieht die meiste Zeit keine Miene, unterbricht mich nur hin und wieder, um mir eine Frage zu stellen oder etwas zu wiederholen. In welches Stockwerk man mich gebracht hat. Carlisles Jobbezeichnung. Was noch so im Zimmer herumlag. Bei meiner Antwort schließt Yael die Augen – sie hört sich nicht bloß meine Geschichte an, sie lernt sie auswendig.

Ich rede weiter. Die Geschichte strömt aus mir heraus wie Schmutzwasser aus dem Badewannenabfluss. Es ist eine Erleichterung, dieses Gewicht loszuwerden. Erst als ich es getan habe, erst als ich ihr davon erzählt habe, wie wir den Code und die Bankkonten geknackt haben, erst als Yael aufsteht, um noch einen Tee zu kochen, begreife ich den Fehler, den ich begangen habe.

Mein Vater wollte, dass der Code geheim bleibt. Jetzt habe ich darüber schon mit Terrance und mit dieser Frau namens Yael, die Yael genannt wird, gesprochen, die ich gerade erst vor ein paar Stunden kennengelernt habe. Ihr Gesichtsausdruck hat sich nicht verändert, als ich ihr von den Konten erzählt habe, als ob diese neuen Fakten nicht mehr Bedeutung hätten als alles andere, was ich gesagt habe. Aber das würde sie auch nicht zulassen. Sie ist professionell.

Sie gießt mir frischen Tee nach und pustet in ihren eigenen Becher, sodass kleine Dampfschwaden aufsteigen. «Das Buch, das du benutzt hast, um den Code zu knacken», sagt sie. «War das eine ganz normale Ausgabe, eine, die man immer noch kaufen kann? Eine, die sich jeder leicht besorgen könnte?»

«Es war ein billiges Taschenbuch. Aus den Siebzigern, glaube ich. Ich habe es einem Freund zur Aufbewahrung gegeben, zusammen mit dem Nummernzettel, den ich gefunden habe.»

«Gib mir den Namen deines Freundes.»

«Ist nicht wichtig», sage ich. «Ich will nicht, dass er da mit reingezogen wird.»

«Er ist bereits mit reingezogen. Sein Name, Gwendolyn.»

Ich blicke beschämt zu Boden, als ich ihn ihr sage.

«Und die Kontonummern», sagt sie. «Wer hat die?»

«Bloß ich.»

«Da bist du sicher?»

«Ja. Ich habe sie in meinem Rucksack.»

Sie nickt und schlürft nachdenklich ihren Tee. «Gib sie mir.»

Sie hat den Ton einer Befehlshaberin, die sich ihrer Macht über mich bewusst ist, als wäre es noch nicht einmal denkbar, dass ich mich weigere. Welche Bedeutung können diese Kontonummern haben? Aber das ist eine idiotische Frage, die Antwort ist offensichtlich: Die Kontonummern sind das, wonach sie sucht.

Ich öffne den Mund, um zu antworten, doch die Stimme, die herauskommt, ist nicht meine. Es ist die Stimme eines kleinen Mädchens, hoch, schwach, dümmlich. «Warum – warum willst du die sehen?»

«Gwendolyn», sagt sie und lehnt sich vor, durchbohrt mich mit ihrem Blick, «das ist keine höfliche Bitte.»

Und wenn ich mich weigere? Wenn ich einfach weglaufe? Dann bringt sie mich um, bevor ich auf der Straße bin. Also gehe ich wie ein sklavischer kleiner Roboter ohne eigenen Willen in das kleine Zimmer mit meiner Liege und hole das zusammengefaltete Papier aus dem Notizbuch, in das ich es gesteckt habe. Geld. Immer geht es um Geld. Immer und überall. Na schön, sie kann den Zettel haben. Ich werde allein nach meinem Dad suchen.

Yael erscheint in der Tür, stark, bedrohlich, und streckt die Hand aus. «Und dieser Terrance, den du erwähnt hast – dem vertraust du vollkommen?»

«Ja.»

«Sicher?»

«Verdammt, ja.»

Sie nimmt mir den Zettel ab, faltet ihn auf und sieht nur ein paar Sekunden darauf. Dann zieht sie ein Feuerzeug aus ihrer Tasche und hält die Flamme an den Rand. Das Feuer brennt einen Augenblick nur schwach, und Yael dreht den Zettel herum, bis die Flamme hochsteigt.

«Was zum Teufel tust du da?!», schreie ich.

«Dein Vater hat sich nicht die Mühe gemacht, das hier zu verstecken, damit du es seinen Kidnappern überreichst.» Die Flammen steigen jetzt in die Höhe, und Yael lässt den Zettel in einen Mülleimer fallen, wo er noch kurz brennt und dann zu Asche zerfällt. «Was du da hast, kann dich nur verletzen, Gwendolyn.»

Die Worte kommen wie eine Anschuldigung aus meinem Mund gestolpert: «Das war es also gar nicht, was du wolltest?»

«Was, die Kontonummern?»

«Ja, ich dachte, du ...»

«Nein, Gwendolyn», sagt sie. «Das Geld ist mir scheißegal.»

Erleichterung durchströmt mich. In den letzten Monaten ist mein Vertrauen in die Welt bis in die Grundfesten erschüttert worden, aber hier ist der Beweis, dass es richtig war, ihr zu vertrauen.

«Also», sagt sie, «wessen Kontonummern sind das?»

«Ich weiß es nicht.»

Yael schüttelt den Mülleimer ein bisschen, um sicherzugehen, dass das Feuer erloschen ist, dann sieht sie mich an. «Schade. Das wäre eine nützliche Information, vor allem, weil sie mit Sicherheit hinter dir her sind.»

«Mein Dad – er hat das nicht gestohlen», sage ich. «Er würde niemals etwas stehlen.»

«Okay», sagt sie, als ob das völlig irrelevant ist. Dann kommt sie näher, legt eine Hand auf mein Handgelenk, die andere auf meine Schulter. «Gwendolyn, hör mir gut zu. Und vergiss es niemals: Jeder, der dich nach diesen Kontonummern fragt, ist dein Feind.»

9. KAPITEL

Auf Yaels Befehl ziehe ich mir eine Yogahose von ihr an und ein Unterhemd. Dann gehe ich barfuß in die Mitte der Matte, wo sie schon auf mich wartet. Sie hat sich ebenfalls umgezogen, trägt Sporthose und Tanktop. An ihrem Körper scheint kein Gramm Fett zu sein, bloß feste, sehnige Muskeln.

Sie fängt mit ein paar Stretchübungen an, beugt sich vor und legt ihre Hände flach auf den Boden. Ich mache es ihr nach.

«Anders als bei Karate oder Kung-Fu gibt es keinen Ehrenkodex bei Krav Maga, jedenfalls nicht in der Version, die ich unterrichte», sagt Yael. «Es ist der pure Straßenkampf. Wir gebrauchen unsere Zähne, unsere Fingernägel, alles, was wir haben. Es gibt keine Grenzen und Regeln.»

Sie lässt sich auf die Matte fallen, die Beine weit auseinander, und senkt die Stirn auf den Boden vor sich. Ich tue dasselbe und spüre, wie sich die Anspannung des langen Fluges langsam in mir löst.

«Die meisten deiner Feinde sind erfahrene Kämpfer, aber sie sind untrainiert. Darum bist du hier bei mir.» Yael springt auf die Füße und geht zu einem der Metallschränke hinüber. «Während wir auf die Ergebnisse der Schreibtischhocker warten, nutzen wir die Zeit, um dich vorzubereiten. Dir die Basics beizubringen. Um dich zur Expertin zu machen, reicht die Zeit nicht.»

Ich nicke. «Ich muss einfach besser sein als mein Gegner.»

«Nicht dein Gegner. Dein Feind.» Sie dreht sich um, ein gelbes Gummimesser in der Hand. «Das hier ist kein Sport. Du wirst auch keine Holzbretter mit der Stirn durchschlagen. Was du hier lernst, ist genau das, was wir in Israel machen, um die zartbesaitete Tochter eines Zahnarztes in eine Geheimagentin zu verwandeln, die einen Mann mit ihren nackten Daumen töten kann.»

Sie reicht mir das Messer mit dem Griff zuerst. Ich weiß, dass es bloß aus Gummi ist, nicht tödlich, aber es fühlt sich seltsam an. Ich habe noch nie irgendeine Art von Waffe benutzt, noch nicht mal eine angefasst. Yael macht einen Schritt zurück und sagt: «Jetzt stich mich nieder.»

Ich blinzle sie an. «Ich soll dich niederstechen?»

«Dafür sind Messer da», bellt sie mich an. «Stich zu!»

Ich stoße das Messer halbherzig nach ihr.

Yael schlägt es mit dem Unterarm weg. «Noch mal.»

Ich stoße wieder, diesmal etwas entschlossener, aber sie schlägt es mit dem anderen Handgelenk weg.

«Noch mal!»

Ein dritter Stoß, kräftiger als die vorigen, denn diesmal spielen meine Muskeln mit. Doch statt das Messer wegzuschlagen, packt Yael mein Handgelenk und dreht mir den Arm herum, sodass die Spitze des Messers auf einmal gegen meine eigene Brust gerichtet ist. Ich keuche beim Schmerz in meiner Schulter und meinem Handgelenk, versuche mich aber zu wehren. Da schießt Yaels Fuß nach vorn und tritt mir die Beine weg. Im Bruchteil einer Sekunde liege ich auf dem Boden und starre zu ihr hoch, während sie auf mich herabsieht. Das Messer, das ich eben noch gehalten habe, ist jetzt in ihrer Hand.

Ich fasse mir an die rechte Schulter und versuche, den abstrahlenden Schmerz wegzumassieren. «Das hat richtig weh getan», sage ich.

«Sollte es auch.»

Ich erwarte, dass Yael mir aufhilft und irgendwas Aufmunterndes sagt, so was wie «Guter Versuch» oder «Nächstes Mal klappt es besser». Stattdessen umkreist sie mich mit ihren lautlosen Tänzerfüßen. «Willst du da liegen bleiben wie ein Kind oder aufstehen und was lernen?»

Ich komme umständlich auf die Beine. «Ich bin bereit. Zeig es mir.»

«Wirklich? Denn in meinen Augen bist du nur ein faules amerikanisches Gör», sagt sie, bewegt sich nach links, dann nach rechts und bereitet anmutig ihren nächsten brutalen Angriff auf mich vor. «Ich habe dir ein Messer gegeben, und fünf Sekunden später liegst du jammernd auf dem Fußboden.»

«Ich bin bereit», sage ich.

«Was?», bellt sie mich an.

«Bring es mir bei!», schreie ich.

Ich sehe ihre Faust von links oben auf mich zufliegen. Doch meine Turnerreflexe sind erwacht, und ich hebe den Arm, um den Schlag abzuwehren. Aber in diesem Moment kracht mir ihre andere Faust in die rechte Seite, und die Welt verwandelt sich in einen hellen, ruhigen Ort. Nichts existiert außer dem stumpfen Schmerz in meiner Niere, direkt unter meinem Brustkorb.

Als ich die Augen wieder öffne, steht Yael am Rand der Matte. In ihrem Gesicht spiegelt sich das blaue Licht ihres Handydisplays. Sie checkt ihre E-Mails. «Total erbärmlich», sagt sie, die Augen auf das Display gerichtet. «Aber ich habe nichts anderes von dir erwartet.»

Der Schmerz in meiner Niere wird von einer glühenden Wut verdrängt, die mich beinahe blendet. Regardez la Alpha Bitch – wie sie mir den Rücken zudreht, als wäre ich überhaupt keine Bedrohung für sie. Ich schätze die Entfernung zwischen uns ab, schätze die Höhe der Decke, dann mache ich ein, zwei, drei Sätze nach vorn. Ein sauberer Sprung, ein schöner langer Bogen. Meine Handflächen treffen genau dort auf die Matte, wo ich sie haben will, und meine Schultern federn mich mit aller Kraft, die ich noch besitze, in die Luft. Meine Beine klappen zusammen, und dies könnte wirklich der beste Handstandüberschlag sein, den ich je gemacht habe.

Ich spüre Yaels Bein durch die Luft fahren, dort, wo mein Körper in der nächsten Zehntelsekunde sein wird. Aber sie ist zu früh. Ich drehe mich wie ein wirbelnder Speer zur Seite, und meine Füße treffen auf Yaels Brust. Wir stürzen beide zu Boden, ich über ihr.

Es ist ein dämlicher, angeberischer Angriff, aber er hat verdammt noch mal gewirkt. Ich habe ihr die Luft aus der Lunge gejagt und ihre Arroganz vielleicht gleich mit.

Yael braucht ein paar Sekunden, um wieder Luft zu kriegen, und krabbelt dann unter mir hervor. Sie richtet sich auf und legt die Hand an ihre Schläfe. Ich erhebe mich ebenfalls. Sie kocht vor Wut. Ihre Wangen haben die Farbe von Fruchtpunsch.

Mein ganzer Körper schmerzt von meinem kleinen Stunt, aber das werde ich ihr nicht zeigen. «Immer noch erbärmlich?», frage ich.

«Du bist so subtil wie ein Lastwagen», zischt sie und funkelt mich an.

Es ist das erste Mal, dass ich so was wie ein Kompliment von ihr höre, und in ihrem Blick erkenne ich, dass sie mich noch einmal neu bewertet – das Mädchen, das sie erst für eine bloße Belastung gehalten hat.

«Gern geschehen», sagt sie.

Ich sehe sie mit einem wütenden Lächeln an. «Was?»

«Für deine erste Einheit Krav Maga», sagt sie. «Wie man geschlagen wird und wieder aufsteht. War gar nicht so schlimm, wie du gedacht hast, oder?»

In gewisser Hinsicht hat sie recht. Yaels Treffer tut noch weh, aber das ist auch alles. In ein paar Minuten werde ich mich erholt haben. Es tut sehr viel weniger weh als die Schmach, die ich gefühlt hätte, wenn ich aufgegeben hätte. Ich denke an Astrid Foogle im Flur von Danton und an ihre Ohrfeige. Sie war nicht ansatzweise so fest oder so gekonnt platziert wie Yaels Schläge, und doch tat sie sehr viel mehr weh. Der Schmerz von Astrids Ohrfeige lag nicht im Schlag selbst, sondern in seiner Bedeutung – dass sie die Macht hatte und ich nicht. Der Schmerz, der von Yaels Schlägen übrig bleibt, fühlt sich ganz anders an, irgendwie bedeutungsloser, weil ich aufgestanden bin und zurückgeschlagen habe und damit das Gift der Beschämung vertreiben konnte.

«Bist du stolz auf dich?», fragt Yael und wirft mir eine Wasserflasche zu.

Ich trinke zwischen zwei erschöpften Atemzügen und nicke.

Ein hinterhältiger Ausdruck blitzt in ihren Augen auf. «Ich leihe dir ein paar Schuhe, und dann gehen wir laufen. Wir fangen mit zehn Kilometern an.»

—

Wir rennen durch die nassen Straßen, flitzen durch den kriechenden Verkehr hindurch, schieben uns an Fußgängern vorbei, die stehen bleiben und den beiden bescheuerten Irren hinterhersehen, die da bis auf die Haut durchnässt durch den Regen laufen. Sie hält sich immer vor mir. Immer. Ich kann sie nie ganz einholen. Bei Yael gibt es kein freundliches Trainingsprogramm, keine Worte der Ermutigung, bloß gebrüllte Befehle, dass ich mich beeilen soll, und übel klingende Flüche, die ich nicht verstehe.

Sie läuft mit langen, gleichmäßigen Schritten, und auch wenn sie doppelt so alt ist wie ich, bin ich jetzt schon mindestens zehn Schritte hinter ihr. Zwei Geschäftsmänner in Anzügen gehen nebeneinander auf dem Bürgersteig. Yael bremst nicht ab, wird nicht langsamer, sondern schießt direkt durch sie hindurch.

«Putain!», ruft einer der Männer, während der andere ihr

einen großen gelbweißen Schleimball hinterherspuckt, der sie nur knapp verpasst.

«Je t'emmerde!», ruft Yael zurück.

Ich wähle den Weg des geringsten Widerstandes und laufe am Bürgersteigrand an den Männern vorbei, wobei ich mir die Hüfte am Seitenspiegel eines geparkten Toyotas stoße.

Yael läuft jetzt rückwärts und sucht nach mir. «C'est inacceptable!», bellt sie. «Allez bouge-toi!»

Ich grunze und grabe tief nach meinen Energiereserven oder danach, was davon übrig ist. Ich arbeite nur noch mit saurer Entschlossenheit.

Sie steuert links auf einen Park zu und setzt mit Hilfe einer Bank über den hüfthohen Eisenzaun. Ich folge ihr, aber mein Schuh rutscht auf dem feuchten Holz der Sitzfläche ab, und mein Sprung über den Zaun gelingt nicht sauber. Mein Fuß trifft auf der anderen Seite schief auf den Boden auf, und ich knalle hart auf den Weg. Ich versuche, mich wieder aufzuraffen, aber aus meinem Knöchel schießt der Schmerz, ich kann nicht auftreten. Irgendwie kann ich mich auf den anderen Fuß stellen, hüpfte herüber zu einem dürren Bäumchen und halte mich an seinem Stamm fest.

Yael taucht neben mir auf. «Knöchel?», fragt sie.

Ich nicke, und sie kniet sich auf den Boden, um meinen Fuß zu untersuchen. Ihre Finger sind eiskalt, als sie mir die Socke runterzieht und vorsichtig auf der Haut herumdrückt.

«Ich glaub, ich habe ihn mir verstaucht», sage ich.

«Bloß gedehnt», sagt sie ohne jedes Mitgefühl. «Komm, du musst weitergehen.»

Sie schiebt ihren Arm unter meinen und über meinen Rücken, sodass mein schmerzender Knöchel zwischen uns ist. Ich trete vorsichtig auf, aber es fühlt sich an, als würde mir jemand eine Stricknadel durch den Knochen jagen.

«Das geht schon», sagt sie. «Reiß dich zusammen.»

Aber ich schiebe sie von mir. «Würde es dich umbringen, mal ein bisschen nett zu sein?», fauche ich.

«Nett?» Yael sieht mich erbarmungslos an. «Glaubst du, deine Angreifer werden ‹ein bisschen nett› zu dir sein? Glaubst du, die sagen: ‹Das arme Herzchen, sie soll sich erst mal ein bisschen ausruhen›?»

Ich hüpfe zu einem rostigen Klettergerüst am Rand des Parks und packe die Metallstangen. Ich keuche durch die zusammengepressten Zähne und versuche, die Welle an Tränen zurückzudrängen, die mir aus Erschöpfung und aus Schreck vor der Grube aufsteigen, die ich mir selbst gegraben habe, indem ich hierhergekommen bin.

Yael stellt sich neben mich. Es fühlt sich bedrohlich an, als wollte sie mein gutes Bein wegtreten und mir sagen, dass ich mich zusammenreißen soll. Stattdessen legt sie mir sanft die Hand auf die Schulter.

«Komm», sagt sie.

Sie schiebt wieder den Arm unter meinen, und ich muss mich auf sie stützen, damit ich nicht hinfalle. An der Straße hält Yael ein Taxi an. In seinem abgeschlossenen Raum überdeckt der Gestank unseres Schweißes alles andere.

—

Ich schlafe um sechs Uhr abends zum *«un, deux, trois, un, deux, trois»*-Gebrüll von Yael ein, die ihre trampelnden Ballettschüler auf Trab bringt. Nach elf Stunden und einem Schlafrhythmus, der irgendwo zwischen New York und Paris festhängt, setze ich mich auf den Rand der Liege und stelle den Fuß vorsichtig auf den Boden, falls er doch verstaucht sein sollte. Doch der scharfe Stricknadel-Schmerz von gestern ist verschwunden, stattdessen pulsiert es warm und gedämpft wie ein Metronom unter den Gelpacks, die Yael mir mit einem Verband um den Knöchel gewickelt hat. Ich wickle den Verband ab und stelle fest, dass die Schwellung abgeklungen ist. Yael hatte recht. Keine Verstauchung. Nur gedehnt. Sie wird sich diebisch freuen und mich dann bestrafen.

Ich humple durch die Dunkelheit zur Küche. Der Pariser Himmel hinter den Rollos ist im ersten Morgenlicht tiefblau. Bilde ich mir den Geruch nach gebratenem Schinken nur ein? Aber als ich in die Küche komme, steht Yael am Herd, den Pfannenwender in der Hand.

«Wie geht's deinem Knöchel?», fragt sie über das Zischen und Spritzen des Schinkens in der Pfanne hinweg.

«Besser, danke.» Ich starre sie einen Augenblick an. Die Vorstellung, dass sie etwas so Häusliches tut, wie Schinken zu braten, ist irgendwie ein Widerspruch in sich. Aber es ist vor allem die ungewohnte Tatsache, dass mir jemand am Morgen Eier und Schinken brät, die ich erst mal verdauen muss. In meinem Bauch breitet sich ein Glücksgefühl aus. Noch nicht einmal Georgina hat dieses Wunschbild einer Rama-Werbung aus den fünfziger Jahren bedient, das ich offenbar tief in meinem Inneren trage.

«Setz dich, bevor du hinfällst», sagt sie. «Muss es koscher sein?»

Mein verschlafenes Hirn versucht, diese Frage zu verstehen. Ich humple zum Küchentisch und falle auf einen der Stühle. «Koscher?», wiederhole ich. «Nein. Dazu fehlt mir wohl das Gläubigkeits-Gen.»

«Mir auch. Und wenn wir uns irren, könnte Gott mich für eine Menge anderer Dinge verdammen, ohne das Thema Frühstück bemühen zu müssen.» Sie kratzt mit dem Pfannenwender in der Pfanne herum. «Dann gibt es also Eier mit Schinken. Ein echtes amerikanisches Frühstück für meinen echten amerikanischen Teenager.»

Kurz überlege ich, ob das hier vielleicht ein Trick ist, und beobachte sie misstrauisch. Vielleicht geht es in der zweiten Lektion von Krav Maga darum, sich heißes Schinkenfett über den Schoß gießen zu lassen und es wie ein Held zu ertragen.

Auf dem Tisch liegt ein langes Baguette. Ich breche mir ein Stück davon ab. Muss von gestern sein. Ist knochentrocken.

«Dein Knöchel war also doch nur ein bisschen gedehnt. Du wolltest dich wahrscheinlich bloß vor dem Weiterlaufen drücken.»

Aber ich nehme ihren Fehdehandschuh nicht auf. Heute wird sie mich nicht provozieren, beschließe ich. «Also – was ist deine Geschichte? Warst du je verheiratet?»

«Warum willst du das wissen?»

«Auf dem Planeten, von dem ich komme, sprechen die Leute über so etwas. Das nennt man: sich gegenseitig kennenlernen.»

Yael sticht mit der Gabel in den Schinken. «Auf diesem Planeten lebst du jetzt nicht mehr. Alles, was du jemandem erzählst, wird er sich zunutze machen. Alles, was du liebst, will er in die Finger kriegen. Wenn du reden musst, dann lüg.»

Ich reibe mir die Stirn und schließe die Augen, wünsche mir die Rama-Werbung zurück, denn es ist noch viel zu früh für diese scheiß Spionage-Philosophie.

«Ich war mal verheiratet», sagt sie plötzlich. «Ein Jahr lang.»

«Und dann?»

«Eine Frau in diesem Job – ich sage immer, eine Frau braucht einen Mann ebenso dringend, wie ... wie habe ich das ausgedrückt?»

«Wie ein Fisch ein Fahrrad», schlage ich vor.

Sie schaufelt etwas Schinken auf den Teller und starrt mich an. «Was? Das ist doch dämlich. Ich wollte sagen, eine Frau braucht einen Mann ebenso dringend wie einen Hermès-Schal. Schön zu haben, aber wenn man ihn verliert, egal, ist eben nur ein Schal.»

«Männer sind also austauschbar», sage ich. «Wenn man einen verliert, nimmt man sich einen anderen.»

«Nicht bloß Männer. Alle.» Sie stellt einen Teller vor mich hin. Schwarz verbrannte und trockene Spiegeleier mit weichem, fast rohem Schinken. «Das liegt in der Natur dieses Jobs. Vertrauen ist unmöglich.»

«Das ist – sehr paranoid», sage ich. «Das will ich nicht glauben.»

«Wirklich? Das ist immerhin der Grund, warum du hier bist.» Sie setzt sich mit ihrem eigenen Teller in der Hand hin und fängt an zu essen. «An irgendeinem Punkt wirst du verraten, und an irgendeinem Punkt wirst du jemanden verraten. Das verspreche ich dir.»

«Nein, ich verspreche dir was: Ich werde dich niemals verraten.» Ich lege meine Gabel hin und sehe sie an. Sie hebt den Blick. «Was du hier für mich tust – das bedeutet mir alles.»

«Solche Worte klingen immer nett», sagt sie und wischt sich mit dem Handrücken das Schinkenfett vom Kinn. «Ich garantiere dir, dass jemand dasselbe zu deinem Vater gesagt hat.»

«Wenn ich dich verraten könnte, warum hilfst du mir dann überhaupt?»

«Weil unsere Interessen momentan miteinander verknüpft sind. Morgen – wer weiß?»

Sie bricht sich ein Stück Baguette ab und starrt mich an. «Iss lieber. Wir haben einen langen Tag vor uns.»

—

Wieder stehe ich in der Mitte einer Trainingsmatte. Wenn man an seine Belastungsgrenze gebracht wird, erinnert man sich am besten, erklärt sie mir, und darum gehen wir jetzt an meine Belastungsgrenze. Yael umkreist mich. In der Hand hält sie eine gelbe Trainingspistole aus Gummi, die Schwester des Messers, das wir gestern benutzt haben.

«Wenn du mit jemandem kämpfst, und dein Angreifer zieht ein Messer, dann renn weg, wenn du kannst», sagt sie. «Aber wenn er eine Pistole hat, dann greif ihn an und entwaffne ihn. Weißt du, warum?»

«Weil ein Messer nur in der Hand etwas nützt, aber Kugeln fliegen können.»

«Genau», sagt Yael. «Nimm die hier.»

Sie reicht mir die Pistole, dann legt sie sich auf den Rücken.

«Komm», sagt sie, «knie dich über mich.»

Ich tue, was sie sagt, und hocke mich über ihre Hüfte. Es fühlt sich komisch an, so intim.

«Jetzt richte die Pistole auf mein Gesicht.»

Einen Moment lang zögere ich. Dann führt Yael meine Hand und schiebt sich die Mündung des Revolvers direkt vor die Nase.

«Es sieht so aus, als hätte ich verloren», sagt Yael. «Ich liege auf dem Boden, und mein Feind ist über mir und hält mir eine Pistole an den Kopf. Eine absolut unvorteilhafte Lage, stimmt's?»

Ich lächle schwach. «Ich schätze, du wirst mir gleich zeigen, dass sie es nicht ist.»

Ihre Hand knallt gegen die Seite der Pistole, schlägt den Lauf von ihrem Gesicht weg und reißt sie mir aus der Hand. Gleichzeitig hebt sie die Hüften hoch und befördert mich zur Seite. Innerhalb einer halben Sekunde ist es vorbei. Genau wie gestern mit dem Messer liege ich jetzt auf dem Boden, und sie hat die Waffe.

Wir wechseln die Positionen, und Yael erklärt mir, wie es geht, zerlegt die Bewegung in ihre Einzelteile und fügt sie wieder zusammen. Als ich es raushabe, geht es überraschend einfach. Schlagen, Reißen, Heben. Schlagen, Reißen, Heben. Wenn man es wieder und wieder und wieder tut, erinnern sich die Muskeln irgendwann an die Bewegung, ohne dass sie erst dein Hirn befragen müssen. Es wird zum Reflex. Zum Automatismus. Und darum geht es, begreife ich. Das will Yael bei mir erreichen. Sie will meine normalen Reaktionen – schreien oder mir vor Angst in die Hose machen oder sinnlos um mich schlagen – durch etwas Besseres und Nützlicheres ersetzen.

Schlagen, Reißen, Heben.

Wir gehen die Bewegungsfolge wieder und wieder und wieder durch. Ich bin schweißgebadet. Ich bin vom Kunstturnen an meinen eigenen Schweiß gewöhnt, aber jetzt trage ich auch noch Yaels auf mir.

Die Pistole in der Hand, stehe ich über Yael, triumphierend, voller Adrenalin und Stolz.

Doch sie spürt meine Selbstzufriedenheit sofort. «Du glaubst, du hast gewonnen?», fragt sie.

Ich zucke die Achseln. Sie antwortet, indem sie ihr Bein ausfährt und mir gegen den schmerzenden Knöchel tritt. Ich fliege zu Boden, und plötzlich ist die Pistole wieder in ihrer Hand, und der Lauf presst sich gegen meine Schläfe.

«Du bist tot», sagt sie emotionslos. «Tot, weil du nicht beendest, was du angefangen hast. Willst du, dass dein Feind gewinnt?»

«Nein. Natürlich nicht.»

«Dann nimm nicht einfach bloß die Pistole. Benutz sie auch. Wenn du deinen Feind nicht töten musst, kannst du ihn verletzen», sagt sie. «Schieß ihm ins Bein, oder wenn du sein Messer hast, schneid ihm die Achillessehne durch.»

Sie dreht die Pistole um und reicht sie mir zurück. Dann üben wir noch weitere tausend Male.

Wir trainieren von morgens früh, wenn ich aufwache, bis zu dem Moment, wenn ich abends auf meine Liege falle und schon eingeschlafen bin, bevor mein Kopf das Kissen berührt. Drei Wochen lang lerne ich, wie man zuschlägt – die Kraft kommt aus dem Körper, nicht aus dem Arm –, wohin ich schlagen muss – Eier, Kehle, Bauch, Niere –, Druckpunkte – zwischen der Oberlippe und der Nase, zwischen Daumen und Zeigefinger. Das alles – plus die Kniestöße, Tritte, Fesselgriffe – bläut Yael mir ein, bis meine Muskeln sich daran erinnern, tief in ihren Fasern, wie an meine eigene DNS.

Die zehn Jahre Kunstturnen haben mich beweglich gehalten und meinen Gleichgewichtssinn gestärkt, und ich habe wenig Probleme mit der Ausdauer, die Yael mir abverlangt. Am Ende der dritten Woche kann ich Yaels Gedanken vorausahnen, weiß, was sie als Nächstes tun wird. Sie sagt, dass ein trainierter Kämpfer schon eine Fünftelsekunde vor dem Schlag erkennen kann, wie sich die Pupillen des Gegners weiten, das sei rein körperlich, doch für mich fühlt es sich mystischer an, wie die Fähigkeit, in die Zukunft zu sehen.

Meine Muskeln dröhnen vor Erschöpfung, und an einem Abend zähle ich vierzehn blaue Flecke auf meinem Körper. Acht auf meinen Schienbeinen, zwei an jedem Arm, einen an meinem Kinn und einen komischerweise – keine Ahnung, wie der da hingekommen ist – oben auf meinem linken Fuß. Die Haut auf meinen Fingerknöcheln blutet jeden Tag und heilt jede Nacht, hinterlässt braune Schorfspuren, die am nächsten Morgen wieder aufbrechen. Nach dem Duschen erkenne ich meinen eigenen Körper im Spiegel kaum wieder. Er wird straff, wütend, wölbt sich an den Schultern und die Arme entlang über meinen Rücken, wie bei einem Boxer.

Yael beendet jeden Tag damit, mich zu besiegen. Brutal und gnadenlos. Sie beginnt das Training des nächsten Tages damit, mir beizubringen, wie ich den Angriff des letzten Abends abwehren kann. Komischerweise fürchte ich mich nicht mehr vor meinen Niederlagen. Die Angst ist aus mir herausgeblutet. Yaels erste Krav-Maga-Lektion – wie man geschlagen wird und wieder aufsteht – klingt in mir nach.

Doch mit dem Schwinden der Angst bildet sich etwas Neues in mir. Ein schwindelerregender Rausch, der das Ding in mir erweckt, das ich in Queens zum ersten Mal gespürt habe. Es scheint sich von dem zu nähren und zu wachsen, was Yael mir beibringt, wie ein ausgehungertes Tier. Ich glaube oder würde gern glauben, dass dieses Ding Yael manchmal erschreckt. Manchmal schlägt sie mich so hart zu Boden, dass ich mich frage, ob sie mir immer noch beibringt zu kämpfen oder ob sie dem Ding zeigen will, wer hier der Boss ist.

Und so geht es bis zu einem Nachmittag am Ende der dritten Woche, als ich mich schweißgebadet und mit brennenden Muskeln zu Yael umdrehe und gerade noch rechtzeitig eine Einkaufstüte fange, die sie mir zuwirft.

In der Tüte sind eine schicke Motorrad-Lederjacke und ein paar dunkle Jeans. «Was ist das?», frage ich.

«Wir gehen aus», sagt sie.

«Wohin?», frage ich.

Sie trinkt eine Flasche Wasser aus und wischt sich den Mund am Unterarm ab. «Dieser Junge Aviv hat angerufen», sagt sie ruhig. «Sie haben Feras gefunden.»

10. KAPITEL

Wir fahren ziemlich lange in der vollgestopften Metro in Richtung Norden zum Gare du Nord und den dahinterliegenden Gebieten, gemeinsam mit afrikanischen Männern in dicken Daunenjacken und Baggyhosen, die eine Mischung aus Französisch und ihrer eigenen Landessprache sprechen, und arabischen Frauen in Burkas mit Babywagen, die von den Einkaufstüten am Griff heruntergedrückt werden.

Als ich mit meinem Vater nach Paris zog, war ich etwa elf Jahre alt und zu jung, um allein herumzustromern. Ich hielt mich in den westlichen Vororten auf und fuhr nur aus unserem Wohnort Boulogne-Billancourt in die Schule, die noch weiter westlich lag. Das Paris, das mein Vater und ich an den Wochenenden gemeinsam erkundeten, war meist auf die schickeren Viertel beschränkt, auf das 7. und 8. Arrondissement und nur ganz selten darüber hinaus.

Yael und ich steigen in Pigalle aus. Vor hundert Jahren wohnten hier die Künstler und tranken ihren Absinth. Heute ist es ein Touristenviertel voller Sexshops und heruntergekommener Cafés. Sechs oder sieben Mädchen in etwa meinem Alter stehen in Netzstrümpfen und strassbesetzter Unterwäsche vor einem mit Neonlicht beleuchteten Sexclub und drücken jedem vorbeigehenden Mann Coupons in die Hand, versuchen, ihn zu einem Drink nach drinnen zu locken, nur zehn Euro. Sie sprechen Französisch und Englisch, aber ihr Akzent klingt viel weiter östlich. Sie sind groß und zierlich, ihre nackte Haut ist rosa von der

Kälte, und in ihren Augen sehe ich Hass. Dies ist sicher nicht das Paris, in dem sie enden wollten. Mit Sicherheit ist es nicht das Paris, das ich kenne. Als Yael und ich vorbeigehen, zieht ein Mann mit Igelhaarschnitt und einer Krokodillederjacke an seiner Zigarette und bellt die Mädchen auf Russisch an, dass sie sich mehr anstrengen sollen.

Yael eilt voran, ich bleibe ein oder zwei Schritte hinter ihr. Nach etwa zwanzig Minuten überqueren wir die Grenze zu einem weiteren Paris, dass ich nie kennengelernt habe. Hier gibt es keine billigen Sexshops, keine Touristen aus Amerika, die von ihren Café-Stühlen aus über die frierenden Mädchen lachen, an ihrem Espresso nippen und den Kopf darüber schütteln, wie unmöglich und wie unamerikanisch das alles ist. Dies hier ist das Paris der Tunesier, die die Kaffeetassen der Besucher spülen, das Paris der Senegalesen, die ihnen auf den Bürgersteigen an der Seine auf ausgebreiteten Tüchern kleine Mona-Lisa-Magneten verkaufen. Die Markisen über den Läden sind verblichen und zerschlissen, die Gebäude, an denen sie befestigt sind, bröckeln ab, sind schon lange über den Punkt des idyllischen Verfalls hinaus. Halal-Schlachter und Reisebüros, die billige Flüge nach Algerien anbieten. Kioske, die SIM-Karten und Zeitungen in unbekannter Schrift verkaufen. Die Gegend hier heißt Goutte d'Or, erklärt mir Yael. Goldtropfen.

Als wir den kleinen trapezförmigen Park finden, ist die Sonne beinahe untergegangen. In der Luft hängt feiner Nebel, der kaum Regen zu nennen ist. Yael fischt eine Zeitung aus einer Mülltonne und wischt damit den Sitz einer Bank trocken.

«Wir warten hier eine Minute», sagt sie.

Ich setze mich neben sie. «Wo sind wir?»

«Psst», sagt sie. «Sie sollen sich erst mal an uns gewöhnen, bevor wir reden. Wir sind niemand, bloß zwei Frauen im Park. Nutz die Zeit und sieh dich genau um.»

Wir schweigen eine Weile. Dann sehe ich, was Yael meint. Direkt gegenüber vom Park an der Straßenecke ist ein kleines Café. CAFÈ DURBIN steht auf dem Schild.

Ich höre auf zu atmen. Die Luft ist plötzlich eiskalt, und ich schlinge die Arme fest um meinen Körper. «Das ist es?», frage ich leise auf Französisch.

Yael legt mir sanft die Hand auf mein Bein. «Ja.»

Von hier aus kann ich ins Café hineinsehen. Es ist schmuddelig und klein, an jedem der winzigen Tische sitzen zwei oder drei Männer und trinken Kaffee, Tee oder Wein. Ich versuche, mir meinen Vater dort vorzustellen, wie er das Café betritt und nach Feras sucht. Ich versuche, das Zittern in meinem Bauch zu ignorieren. Konzentrier dich, bleib im Hier und Jetzt, sage ich mir. Nur so kannst du ihn wiederfinden.

«Was bedeutet ‹Feras› auf Arabisch?», fragt Yael leise.

«Das ist ein Vorname», antworte ich. «Aber ich glaube, es kann auch ‹Löwe› bedeuten.»

«Genau.» Yael sieht sich noch mal um, dann beugt sie sich dicht zu mir. «In diesem Fall ist Feras kein Vorname, wie ich angenommen hatte, sondern ein Codename, den die Amerikaner für ihn verwenden.»

«Woher weißt du, wie die Amerikaner ihn nennen?»

«Selbst Verbündete spionieren sich gegenseitig aus. Falls sie irgendwann einmal keine mehr sind.» Yael schweigt, eine alte Frau mit Kopftuch geht an uns vorbei. «Die Jungen in Tel Aviv haben ihre Datenbanken durchforstet und weltweit über hundert Informanten mit dem Vornamen Feras gefunden, aber keinen in Paris. Als Codename hat Feras einen einzigen Treffer: Hamid Tannous. Er wohnt nicht weit von hier, irgendwo im 19. Arrondissement.»

«Und er ist ein amerikanischer Spion?», frage ich.

«Informant. Aber auch für uns. Er redet mit jedem, der ihn

bezahlt. In Tel Aviv sind wir uns einig, dass er der Typ ist, den wir suchen.»

«Wie können wir Kontakt mit ihm aufnehmen?»

«Wir gehen nach einem festgelegten Plan vor. Er ist eine Art Dauerkunde bei uns.»

«Dann los.»

Yael dreht sich zu mir um und lächelt mich genauso an wie sonst, wenn sie mir die Füße wegtritt. «Das Training ist vorbei, Gwendolyn», sagt sie. «Jetzt wird's ernst.»

—

Wir überqueren eine Gerüstbrücke, die herüber ins 19. Arrondissement führt. Unter uns kriechen die Züge wie Schnecken in einem Burggraben über die Gleise. Das Viertel selbst ist alt und verfallen, ein vergessener und vernachlässigter Stadtteil von Paris. Ein Mann in einem weißen Thawb und in Sandalen, der sich eine Daunenjacke um die Schultern gelegt hat, steht vor einem Computerreparaturladen und raucht. Als wir an ihm vorbeigehen, wünscht er uns auf Arabisch einen guten Abend.

Wir biegen links auf die Rue Marx Dormoy ab, dann nach rechts, dann wieder nach links. Yael scheint diese Gegend so gut zu kennen, als hätte sie ihr ganzes Leben lang hier gewohnt. Die parkenden Autos auf der Straße bilden zusammen mit den Gebäudemauern einen engen Canyon, in dem arabische Popmusik aus den Läden widerhallt. Es riecht nach gegrilltem Fleisch und Paprika, und süßer Shisharauch tanzt in kleinen Wirbeln durch die Luft.

Yael bleibt vor der Tür zu einem kleinen Tabakkiosk stehen, wo man Zeitungen, Zigaretten und Metrofahrkarten kaufen kann. Sie sieht mich an. «Du sagst nichts, verstanden?»

Ich nicke und folge Yael in den Laden. Ein stämmiger Mann

mit Schnauzbart steht hinter dem Tresen, ein junger Mann vor dem Getränkeschrank. Zwei Frauen mit Kopftüchern durchforsten das Regal mit den Zeitschriften.

«Ein Paket Sobranies», sagt Yael auf Französisch und macht eine Kopfbewegung in Richtung des Regals mit den Zigaretten hinter dem Tresen.

«Die schwarzen oder die blauen?», fragt der Mann hinter dem Tresen.

«Die goldenen», antwortet sie.

Er sieht sie ein paar Sekunden mit zusammengekniffenen Augen an. «Sind aus», sagt er. «Und ich glaube nicht, dass wir noch welche nachbekommen.»

«Das ist ja ärgerlich. Ich kaufe sie für eine Freundin, die total wild darauf ist.»

Der Mann glättet ein paar Zettel auf dem Tresen, ohne den Blick von Yael zu nehmen. «Sagen Sie Ihrer Freundin, sie soll morgen Nachmittag noch mal wiederkommen. Vielleicht haben wir dann welche da.»

«Irgendeine bestimmte Uhrzeit?»

Der Mann zuckt die Schultern. «Am Nachmittag.»

«Sicher?», fragt Yael.

Der Mann zuckt wieder die Schultern. «Kann man nicht genau sagen. Ich glaube, sie werden nicht mehr hergestellt.»

Yael bedankt sich und verlässt mit mir den Kiosk.

«Jetzt deine Übersetzung», sagt Yael, während wir nebeneinander den Bürgersteig entlanggehen.

«Die Zigaretten, die goldenen Sobranies ... ihr habt über Feras geredet. Er hat gesagt, Feras ist vielleicht weg, aber er kann ihn möglicherweise erreichen. Und du sollst morgen Nachmittag wiederkommen.»

«Fast», sagt sie. «Das war unser Ich-muss-ihn-schnellstmöglich-treffen-Code.»

«Und jetzt? Warten wir einfach?»

«Wir sind bald zurück.» Dann lächelt sie. «In der Zwischenzeit lade ich dich zum Essen ein, wie wäre das?»

—

Zurück nehmen wir eine andere Metrolinie, und ich weiß nicht genau, wo wir sind. Die Türen öffnen sich an einer Station namens Place Monge, und Yael packt mich am Ellenbogen. «Komm», sagt sie und zieht mich durch die Türen, als sie sich gerade schließen wollen. «Zeit, deinen ersten Abend an der Front zu feiern.»

Ist das eine neue Yael? Eine freundlichere Version der gnadenlosen Arschtreterin, die ich in den letzten Wochen kennengelernt habe? Ihre Motive sind mir nicht klar, aber die Vorstellung, etwas zu feiern, gefällt mir. Der Versuch, Kontakt zu Feras aufzunehmen, ist der erste echte Fortschritt für mich. Und in meiner Brust fühle ich etwas Beschwingtes, beinahe Schwindel erregend. Seit Dad verschwunden ist, habe ich nichts als Ohnmacht, Frust und Angst empfunden, und jetzt fühle ich auf einmal etwas anderes. Aufregung? Ja, genau das. Dieses Geheimdienst-Leben ist vielleicht doch etwas für mich.

Wir kommen aus der Metrostation in eine Gegend, die ich nicht kenne. Sie ist auf eine Brooklyn-Art schäbig, überall wimmelt es von Leuten, die Straßen sind voller Bars und Boutiquen und Restaurants, die auf handgemalten Schildern für indisches und thailändisches Essen werben.

Yael führt mich in ein kleines Bistro. Es ist rammelvoll und laut, man hört Gelächter und Gläserklirren und das Zischen eines Grills. Ein Haufen Gäste wartet in einem winzigen Vorraum auf einen Tisch, aber ein Ober erkennt Yael und winkt sie herein. Wir nehmen an einem winzigen Tisch Platz, der mit braunem Packpapier gedeckt ist.

«Meine Nichte ist aus Belgien zu Besuch», sagt Yael zum Ober.

«Na dann, herzlich willkommen», sagt der Ober zu mir. Er sieht gut aus, vielleicht Marokkaner oder Algerier, und er zwinkert mir zu, als er mir die Karte reicht. «Pass gut auf deine Tante auf.»

Yael bestellt für uns beide côte de bœuf mit frites, ein Glas roten Hauswein für sich und eine Flasche Mineralwasser für mich. Als der Ober gegangen ist, lehnt sie sich über den Tisch. «Für dich keinen Wein. Die oberste Regel an der Front ist, immer wachsam zu bleiben. Nennt sich taktische Wahrnehmung.» Sie sieht sich kurz im Restaurant um. «Der Tisch auf sechs Uhr für dich, direkt hinter dir», sagt sie. «Was für eine Farbe hat das Hemd des Mannes?»

Ich reibe mir die Schläfen. Ich hatte gehofft, für heute wäre das Training vorbei, aber Yael hat offensichtlich andere Pläne. «Blau?»

«Fangfrage. Es sind zwei Frauen.»

«Hör mal, können wir damit aufhören?», sage ich. «Es war ein langer Tag.»

Die Getränke kommen, und Yael prostet mir zu. «Auf dich und deinen Vater», sagt sie.

«Und auf dich», sage ich.

Wir stoßen an, und sie nimmt einen Schluck von ihrem Wein. «Also, hast du zu Hause in New York einen Freund?», fragt sie.

«Ich dachte, du redest nicht über persönliche Dinge.»

«Ich rede nicht über meine persönlichen Dinge», sagt sie. «Raus damit – Freund?»

Ich sehe weg. Gott, in diesem Restaurant scheinen alle so glücklich zu sein. «Ich glaube, er ist nicht mehr als ein Freund.»

«Aber du möchtest gern mehr?»

«Um ehrlich zu sein, hatte ich noch keine Zeit, darüber nachzudenken», sage ich. «Gleich nachdem ich ihn kennengelernt hatte, ist all das passiert.»

«Alles wird irgendwann wieder normal», sagt sie. «Vielleicht dann.»

Es ist eine alberne Vorstellung, dass irgendwas je wieder normal werden soll, aber ich lächle sie trotzdem an. «Und du?», frage ich, um von mir abzulenken. «Gleiches Recht für alle.»

«Keine Chance», sagt sie.

«Dann erzähl mir, keine Ahnung ... wann du zum letzten Mal verliebt warst. Und was jetzt völlig vorbei ist. Das kann ja nicht schlimm sein.»

Yael lacht irgendwie traurig vor sich hin. «Meiner Erfahrung nach ist nie irgendwas vollkommen vorbei.» Dann nimmt sie einen Schluck Wein und seufzt. «Fein. Aber ich warne dich, es ist kitschig und jämmerlich.»

«Ich steh auf kitschig und jämmerlich.»

Sie sieht nachdenklich zur Seite. «Das war vor zehn Jahren – nicht mehr. Einer meiner ersten Aufträge gleich nach dem Training. Ich sollte gemeinsam mit einem anderen Agenten jemanden überwachen. In Budapest. Warst du schon mal da?»

«In Budapest? Nein.»

«Eine der schönsten Städte der Welt. Schwer, sich da nicht zu verlieben», sagt sie, den Blick auf die Papiertischdecke geheftet, das Weinglas locker zwischen den Fingern. «Er und ich verbrachten eine Menge Zeit in geparkten Autos, von wo aus wir in die Fenster dunkler Wohnungen spähten. Und da ist es passiert, trotz all der Regeln, die dagegensprechen: Ich verliebte mich in einen Kollegen.»

«Und ist irgendwas passiert?»

Yael schüttelt den Kopf. «Nein. Nicht mehr als ein Kuss.»

«Warum nicht?»

«Zum einen war er verheiratet. Und dann noch vom Geheimdienst eines anderen Landes. Sehr schlechte Kombination.» Ihr Mund lächelt, aber ihre Augen sind traurig, als könnte sich die Erinnerung an ihn nicht recht entscheiden, welchen Weg sie einschlagen soll.

«Vielleicht begegnet ihr euch eines Tages wieder», sage ich hoffnungsvoll. «Wer weiß?»

«Wer weiß», wiederholt sie auf eine Art, die sagt, dass das nie im Leben passieren wird.

Der Ober kommt mit einem Servierteller, auf dem unser côte de bœuf liegt – ein einziges riesiges Stück totes Rindfleisch. Die Oberseite ist schwarz und brizzelt immer noch. Er schneidet es in Streifen, und aus dem Inneren dringt Blut und bildet rote Seen auf dem Teller. Ich überlege ernsthaft, auf der Stelle Vegetarierin zu werden. Aber Yael fängt an zu essen, also beiße ich ein winziges Stück ab. Es ist köstlich.

Als Yael mit Essen fertig ist, lehnt sie sich zurück und reibt sich den Bauch. «Ich muss mal auf die Toilette», sagt sie und steht auf.

Der Ober erscheint wieder und füllt ihr Glas mit Wein nach. Ich ziehe es heran und nehme einen Schluck. Es ist billiger Wein, der nach überreifen Kirschen und Erde schmeckt und perfekt zum Essen passt. Ich kippe den Rest herunter und winke dem Ober. Er lächelt mich an und füllt das Glas noch einmal auf. «Soyez prudent», sagt er. Seien Sie vorsichtig. Ich trinke so viel ab, dass Yael nicht merken kann, dass ich davon getrunken habe, und schiebe das Glas wieder an seinen Platz.

Yael bezahlt die Rechnung, und wir gehen. Der Wein hat mich aufgewärmt, und ich weiß, dass ich bald schläfrig und ein bisschen benebelt bin. Auf den Straßen ist immer noch Leben, so wie man es in Paris erwartet – eng umschlungene Pärchen, Grüppchen von Freunden. Die Restaurants und Bars sind voll. Wie wäre es, frage ich mich, hier zu sein, wenn die Welt mich nicht mit ihrem Gewicht erdrücken würde? Wie in einem der dunkleren, interessanteren Winkel des Himmels, wahrscheinlich.

«Geht's dir gut nach dem Wein?», fragt mich Yael. «Ich hoffe, du bist nicht betrunken. Du musst deine taktische Wahrnehmung aufrechterhalten.»

«Nein», lüge ich. «Alles bestens. Woher ...?»

«Der Ober hat's mir gesagt», meint sie. «Selbst Verbündete spionieren einander aus.»

Ich führe die Aussage im Kopf zu Ende: falls sie irgendwann einmal keine mehr sind.

Yael legt mir die Hand auf den Arm und bremst mich. «Ich habe eine Blase wie eine Maus», sagt sie. «Lass uns kurz hier rein, ich gehe noch mal schnell auf die Toilette.»

Aber wir haben die Gegend bereits verlassen, diese charmante Paris-Brooklyn-Mischung, und die Bars und Restaurants hier sind viel lauter und schäbiger. Über dem Eingang des Restaurants, vor dem wir stehen, hängt ein Neonschild mit der Aufschrift LE CHÈVRE MAIGRE. Die magere Ziege. Lautes und sehr schlechtes französisches Speed Metal dröhnt aus der Tür.

«Lass uns lieber nach einem kleinen Café suchen», sage ich.

Aber sie zieht mich trotzdem rein. Ein paar harte Typen haben sich hier für ein Konzert versammelt. Motorradfahrer in Lederwesten, Typen mit rasierten Schädeln und Tätowierungen im Gesicht. Sie quetschen sich um eine kleine Bühne, auf der eine Band auf ihre Instrumente einprügelt. Durch die dicke Wolke aus Zigaretten- und Grasqualm erkenne ich nur schwer Gesichter und Einzelheiten, aber ich sehe, dass kaum Frauen hier sind.

«Du kannst es noch anhalten», sage ich über die Musik hinweg.

«Sei nicht kindisch», sagt sie. «Warte an der Bar.»

Sie verschwindet in einem dunklen Gang. Ich verschränke die Arme vor der Brust und versuche, mich in den Schatten zu verstecken. Aber es dauert nur ein paar Sekunden, bis ein paar Männer um mich herumschleichen. Ein Typ mit kurzrasierten blonden Haaren und einer fettigen Jeansjacke drängt sich zwischen ihnen hindurch.

«Heute mal mit Mami unters Volk gemischt?», fragt er auf Französisch. Sein Atem riecht nach Bier und Zigaretten.

Ich ignoriere ihn oder versuche es zumindest, aber er ragt wie eine Fleischwand neben mir auf, und es ist schwer so zu tun, als existiere er gar nicht. Zwischen uns liegen locker 40 Kilo Gewichtsunterschied, und wo zum Teufel ist Yael abgeblieben?

Der Typ stemmt seine Hände rechts und links von meinem Kopf an die Wand. Er ist groß und schwer und hat ein rosa Gesicht, das mich an ein ekelhaftes Schwein erinnert. Ich tauche unter seinem Arm hindurch und dränge mich durch die Menge zum dunklen Gang, Yael hinterher. Er ruft mir nach: «Wo willst du hin, Prinzessin? Wieder raus zu den Schwuchteln?»

Ich gehe in die Frauentoilette. Es ist ein schmutziger Raum mit schwarz gestrichenen Wänden, erhellt von einer einzelnen nackten Glückbirne, die über einem dreckigen Waschbecken hängt. Ich rutsche fast auf einer Pfütze aus, als ich auf die einzige Kabine zugehe und nach Yael rufe. Aber sie ist leer.

Das Schwein wartet vor der Toilette auf mich. Ich habe die Wahl, an ihm vorbeizugehen oder durch den Notausgang, der auf irgendeine Gasse oder einen Hinterhof führt. Ich entscheide mich für die zweite Möglichkeit und gleite aus der Tür in die kalte Nachtluft. Flüsternd rufe ich Yaels Namen, bekomme aber keine Antwort. Das Einzige, was ich geschafft habe, ist, einen überfüllten dunklen Ort durch einen leeren dunklen Ort einzutauschen.

Der Innenhof liegt voller Müll und Glasscherben und Stapeln mit Holzkisten. Von hier aus höre ich den Pariser Verkehr in nicht allzu großer Ferne. Ich suche nach einem Ausgang, aber ich finde nichts als verschlossene Stahltüren, die vermutlich in andere Bars oder Restaurants führen, sowie ein Paar hohe Holztüren, die mit einer Kette verschlossen sind. Durch die Türen hindurch höre ich Leute draußen auf dem Bürgersteig lachen und schreien.

«Sieht so aus, als hätte Mami dich allein gelassen.»

Ich wirble herum und sehe das Schwein vor der geschlossenen Tür der Bar stehen. Eine eisige Panik hebt mich von den Füßen, und einen Moment lang habe ich das Gefühl zu schweben, habe zu nichts mehr Kontakt außer zu meiner Angst. Ich will ihn anbrüllen, ihm sagen, er soll abhauen, schon als ich den Mund öffne, weiß ich, dass ich nur schreien kann.

Er kommt langsam auf mich zu, nur ein Umriss in dem dunklen Hinterhof, aber ein selbstbewusster Umriss. Er geht mit wiegendem Gang, in dem sicheren Bewusstsein seiner Stärke. Erst als er nur noch etwas über einen Meter von mir entfernt ist, habe ich mich wieder so weit unter Kontrolle, dass ich einen Schritt zurückweichen kann. Unter meinen Stiefeln höre ich Glas knirschen.

Auf seinem Gesicht breitet sich ein Lächeln aus. Ich mache wieder einen Schritt rückwärts, aber mein Rücken prallt gegen einen Turm aus Kisten, die sich an einer Wand stapeln.

Er legt die Hand auf meinen Mund, die andere greift um meine Hüfte. Ein Schrei dringt aus meiner Kehle, aber seine Hand dämpft ihn, und er kommt nur als schwaches Wimmern heraus. Er zieht mich zu sich, sodass wir ganz dicht zusammenstehen.

Ich kneife die Augen zusammen und höre nur noch das laute Dröhnen des Blutes in meinen Adern. Gleich werde ich ohnmächtig. Ich fühle, wie sich seine Hand meinen Rücken hinaufschiebt, die Finger seiner anderen Hand dringen in meinen Mund und versuchen, ihn zu öffnen. Sie schmecken nach Salz und Dreck.

Plötzlich schlägt das Ding in mir die Augen auf. Es streckt seine Beine in meine Beine, seine Arme in meine Arme. Ich bin nicht mehr als seine Hülle.

Ich beiße fest zu, meine Zähne bohren sich durch das Fleisch seiner Finger, bis sie auf den Knochen treffen. Ein tiefes Gebrüll füllt die Luft, er reißt die Finger aus meinem Mund und nimmt dabei beinahe meine Vorderzähne mit.

Es schmeckt metallisch, und ich spucke dem Schwein sein eigenes Blut entgegen. Er stolpert zurück und beäugt seine Finger, um zu sehen, ob noch alle dran sind. Ich werfe mein ganzes Gewicht in meine Faust, die nach vorn schießt, auf seine Kehle gerichtet. Aber er bewegt sich zur Seite, und stattdessen knalle ich gegen seine Schulter.

Der Schlag scheint ihn nicht aus der Fassung zu bringen. Er holt zu einem kräftigen Gegenschlag aus, der über die Seite geht, bevor er meinen Kopf erreicht. Der Schlag ist schlampig und langsam, und ich packe mitten in der Luft nach seinem Handgelenk. Der Ellenbogen meines anderen Arms fliegt hoch gegen seine Wange und schlägt seinen Kopf zur Seite.

Doch bevor ich nachlegen kann, springt er vor, seine Schulter landet in meinem Bauch und befördert mich rückwärts in den Kistenstapel. Mit seinem bloßen Gewicht drückt er mich zu Boden.

Mein Ellenbogen hat ihn ordentlich getroffen, Blut läuft ihm dunkel aus dem Mundwinkel, aber er grinst, drückt meine Arme zu Boden und hockt sich auf mich. Er greift nach hinten in seine Jeans und zieht ein kleines Messer hervor, die Klinge ist ein schmales Dreieck aus Stahl, das selbst in der Dunkelheit glänzt. Er hält es mir eine Weile vor das Gesicht, damit ich es bewundern kann. Das ist es, was meine Mom gesehen hat. Eine Klinge, in der sich das Licht spiegelte, bevor es sie tötete.

Doch mein Körper weiß, was zu tun ist, und er tut es, ohne

zu fragen. Meine Beine klammern sich um seine; dann schlägt meine Hand das Messer weg, meine Hüften schnellen nach oben und zur Seite und werfen ihn ab. Das Messer schlittert über den Boden.

Ich springe auf die Füße, als er sich gerade erheben will. Meine Hand saust durch die Luft und bildet eine stumpfe Axt, die hart auf seiner Kehle landet. Der Schlag ist so kräftig, dass ich fühle, wie der weiche Knorpel seiner Luftröhre unter meiner Handkante bricht. Er fällt auf die Knie, seine Stirn knallt auf den Boden, und er ringt laut nach Luft.

Doch das Ding in mir ist noch nicht fertig. Ich finde das Messer zwischen den Scherben. Seine Beine liegen vor mir, so offen, so verletzlich. Ich denke an Yaels Worte, dass ich immer zu Ende bringen soll, was ich begonnen habe.

Also packe ich die Hacke eines seiner Stiefel. Das Leder teilt sich sauber, doch kurz über seiner Sehne halte ich inne.

«Tu es.» Die Stimme kommt vom anderen Ende des Hofes. Es ist kein Flüstern, sondern ein harter und klarer Befehl. Ich blicke hoch – Yael tritt hinter einem Stapel Holzkisten hervor und in das schwache Licht unter einer Tür.

Ich keuche wütend auf. Sie ist offenbar die ganze Zeit da gewesen. Hat alles gesehen.

Aber das Bein des Mannes zuckt in meiner Hand. Er bekommt wieder etwas Luft und starrt mich mit gebleckten Zähnen aus schmalen Augenschlitzen an. Was sehe ich auf seinem Gesicht? Wut oder Angst?

Yaels ruft noch einmal. «Tu es.»

Und ich tue es.

11. KAPITEL

An meinem Ellenbogen ist ein fünf Zentimeter langer Schnitt. Vielleicht von den Glasscherben, auf die mich das Schwein geschubst hat, oder vielleicht von etwas anderem. Yael drückt einen alkoholgetränkten Wattebausch darauf. Es fühlt sich an wie kaltes Feuer.

«Ich werde dich dafür immer hassen», sage ich, und ich meine es so.

«Das ist schade», sagt sie.

In der Küche ist es zu warm. Schweiß bedeckt meinen ganzen Körper wie Schellack. Ich habe immer noch nicht aufgehört zu zittern. «Du hast mich in die Falle gelockt», sage ich.

«Ja, antwortet sie. «Ich musste sichergehen.»

«Dass was?»

«Dass du es kannst. Wenn du musst.» Sie nimmt den Wattebausch weg. «Wenn du mit mir an der Front bist, kann ich es nicht gebrauchen, dass du im Zweifel zusammenklappst. – Du musst genäht werden.»

«Er wollte mich vergewaltigen, Yael.»

«Oh, mindestens, nehme ich an.» Yael kramt in den Erste-Hilfe-Sachen, die auf dem Tisch ausgebreitet liegen – Mullbinden, Schere, Pinzette, Klebeband –, bis sie Nadel und Faden findet. «Jedenfalls wäre ich eingeschritten, wenn du es nicht geschafft hättest.»

Die Wut in mir ist jetzt so laut, dass ich kaum einen klaren, einzelnen Gedanken fassen kann.

«Und der Punkt ist: Du hast es geschafft», sagt sie und versucht, den Arm mit einer Hand ruhig zu halten. In der anderen hält sie die Nadel. «Halt mal still.»

«Ich kann nicht.»

Sie drückt meinen Arm auf den Tisch und fängt an. Der Stich der Nadel und das Ziehen des Fadens durch die Haut tun mehr weh als erwartet, aber nicht so schlimm wie alles andere. «Der Punkt ist, Yael, dass das hier echt war, okay? Der Mann hatte ein verficktes Messer.»

«Echt? Natürlich war das echt», sagt sie. Ihr Gesicht ist schon ganz rot, so sehr strengt es sie an, meinen Arm ruhig zu halten. «Ich habe dir doch gesagt, dass das hier kein Sport ist. Er wollte sicher keine Prüfung für den grünen Gürtel ablegen.»

Die Nadel fährt rein und raus, rein und raus. «Ich werde diesen Typ nie vergessen, Yael. Sein Gesicht. Wie das Messer – Scheiße!»

«Sorry.» Sie wischt das Blut mit einem Tuch ab. «Aber vergiss nicht, dass du gewonnen hast.»

«Ja, indem ich ihn zum Krüppel gemacht habe.»

«Indem du getan hast, was du tun musstest.» Sie legt die Nadel weg und verknotet den Faden. «Fertig. Es wird erst tierisch weh tun, und dann wird es tierisch jucken. Versuch, nicht zu kratzen.»

«Fühlst du dich denn kein bisschen schuldig?»

Sie legt ein breites Pflaster über die Wunde. Die Berührung ihrer Finger ist jetzt ganz sanft. «Gerechtigkeit ist nichts Abstraktes, Gwendolyn. Sie sieht genauso aus wie das, was du heute getan hast. Hässlich und gemein.»

—

Wider Erwarten schlafe ich gut. Aber die ganze Nacht kommen und gehen lange, seltsame Träume, lebhafte Albträume, die ich einfach durchlebe, ohne jede Angst. Am Morgen öffne ich die Augen, starre an die Decke über meiner Liege und versuche, mich an sie zu erinnern.

Yael sitzt bereits am Küchentisch, liest eine französische Vogue und trinkt Kaffee. Als sie mich sieht, steht sie auf und gießt mir einen Becher ein.

«Gut geschlafen?», fragt sie.

«Komische Träume», sage ich.

«Das war zu erwarten. Dein Geist schlägt sich mit deinem neuen Ich herum.» Sie öffnet eine Schublade unter der Arbeitsplatte, holt ein kleines Büchlein mit blutrotem Cover heraus und wirft es vor mich auf den Tisch. «Apropos.»

«Was ist das?»

«Nenn es dein Examensgeschenk. Es ist schon vor ein paar Tagen gekommen, aber ich habe es für heute aufgehoben.»

Auf dem Titel steht Rossijskaja Federacija in goldenen kyrillischen Buchstaben, darunter in römischen Buchstaben Russian Federation. Es ist ein russischer Pass, der ganz echt aussieht und sich auch so anfühlt. Ich klappe ihn auf und zucke zusammen, als mir ein Foto von mir entgegenstarrt.

Es ist mein Gesicht, aber mein Name ist ein anderer. Er lautet Sofija Timurovna Kozlovskaja. Das offizielle Geburtsdatum macht mich 22 Jahre alt.

«Wer – wer ist das?»

«Das bist du», sagt Yael. «Blätter um.»

Ich tue es und sehe ein offiziell wirkendes Visum mit dem Logo der Europäischen Union und dem silbernen, holographischen Siegel.

«Ein Arbeitsvisum», sagt sie. «Du kannst dich überall zwischen Irland und Griechenland legal aufhalten.»

«Aber wer ist» – ich blättere zurück – «Sofija Timurovna Kozlovskaja?»

«Die echte Sofija war eine Stripperin, die vor zwei Jahren an einer Überdosis Heroin gestorben ist. Was du da in der Hand hältst, ist keine Fälschung. Es ist ihr Pass, nur mit deinem Bild.»

«Woher hast du das?»

«Vielleicht wurde der Polizist, der sie gefunden hat, dafür bezahlt, vielleicht hat ein Freund von uns ihn aus ihren Sachen verschwinden lassen», sagt sie. «Ich arbeite nicht auf diesem Gebiet, also weiß ich es nicht. Was du da in der Hand hältst, ist Gold wert. Jeder in meinem Job würde für so einen wasserdichten Pass töten.»

Ich lasse den Pass der toten Frau auf den Tisch fallen. Es fühlt sich so gespenstisch an, so falsch.

Yael zieht erneut die Schublade auf und holt einen Stapel Papiere heraus, die in der Mitte gefaltet sind. Sie legt sie neben den Pass auf den Tisch. «Sofijas Informationen», sagt sie. «Ihre Geburtsurkunde, Schulzeugnisse, eine Biographie ihrer Eltern, Informationen über die Stadt, in der sie aufgewachsen ist. Was den Rest ihres Lebens angeht, so überlasse ich das deiner Erfindungsgabe.»

«Was meinst du damit?»

«Undercover-Regel Nummer eins: Benimm dich wie ein Einheimischer der Nation, die du angenommen hast, wenn du kannst. Zweite Regel: Die Glaubwürdigkeit deiner Geschichte liegt in den Details. Lies dir diese Dokumente durch und dann füll die Lücken. Was ist ihre Lieblingsfarbe? Mit wem war sie als Kind befreundet? Wie alt war sie, als ihr Hund von einem Auto überfahren wurde?»

Ich falte die Papiere auf und werfe einen Blick auf die Dokumente. Ich stoße auf den Totenschein ihres Vaters: Leberzirrhose, als Sofija erst vierzehn war. Den Betriebsnachweis ihres Vaters aus einer Gummifabrik in der Nähe von Armavir in Südrussland. Ihre Zeugnisse: gute Noten in Deutsch, schlechte Noten in Mathe. Die Informationen sind alle sehr korrekt und tragisch echt.

«Nimm dir den Vormittag», sagt Yael, «und schreib deine Biographie. Und dann lern sie auswendig.»

«Aber hat Sofija denn keinen Totenschein?»

«Der ist angenehmerweise verschwunden. Das ist Russland. So was passiert dort immer mal wieder.»

«Was, wenn jemand anfängt zu graben?»

«Keine Coverstory ist perfekt.» Sie setzt sich neben mich auf den Stuhl. «Also erfindest du eine. Improvisierst.»

Ich schließe meine Augen – mein neues Ich.

«Fang an», sagt Yael. Sie nimmt meine Hand und drückt sie fest. «Fang an, dir dein Leben auszudenken, Sofija.»

—

Ein Nebelkreis erscheint auf dem Fenster. Er dehnt sich in meinem Atemrhythmus aus und schrumpft, dehnt sich aus und schrumpft wieder. Mit meinem Finger male ich ein kleines Gesicht hinein, doch dann macht Yael ein Geräusch, das bedeutet, ich soll damit aufhören, also höre ich damit auf. Sie hat mich angewiesen, mit einem Auge nach vorn zu sehen und mit dem anderen den rechten Außenspiegel des kleinen Volkswagens im Blick zu behalten. Ich soll nichts sagen, außer wenn ich etwas Ungewöhnliches entdecke. Aber alles fühlt sich ungewöhnlich an, und ich frage mich, ob ich die Gefahr erkenne, wenn sie da ist. Ein Araber streckt den Kopf aus einem Videoladen und sieht sich um, zieht den Kopf wieder rein. Eine Frau in einer Burka geht mit einem leeren Wäschewagen vorbei und kommt eine Minute später auf der anderen Seite wieder zurück, mit immer noch leerem Wagen. Was ist hier schon gewöhnlich?

Yael atmet ruhig und flach, als wenn sie schläft, aber das hat sie trainiert. In ihrem Gesicht sehe ich die Anspannung. Sie schaut in ihren eigenen Rückspiegel und behält den Tabakkiosk einen halben Block hinter uns im Auge.

Wir sind seit etwa einer halben Stunde hier. Die Sonne ist nirgends zu sehen, sie hat sich irgendwo hinter den formlosen grauen Wolken versteckt. Ich muss die Augen zusammenkneifen, um auf meiner Uhr zu erkennen, dass es erst fünf Uhr nachmittags ist.

Mein Mund fühlt sich trocken und klebrig an, und ich frage sie, ob wir uns einen Kaffee oder so was holen können. Nein, sagt sie, das würde verdächtig aussehen, wenn zwei Frauen in einem Auto sitzen und Kaffee trinken. Verdächtiger als zwei Frauen, die im Auto sitzen und nichts tun?, frage ich.

«Wir machen ein kleines Quiz», sagt Yael. «Wo bist du geboren?»

«Nowokubansk.»

«Wie hieß dein Vater, und was hat er beruflich gemacht?»

«Timur Naumovic Kozlovskij. Aufseher in einer Gummifabrik.»

«Und davor?»

«Leutnant in der Speznas.»

«Und was ist die Speznas?»

«Eine russische Spezialeinheit.»

Wir setzen das Quiz zum langsamen Rhythmus des Scheibenwischers fort, der alle paar Sekunden über die Scheibe fährt. Ich schließe die Augen und versuche, alle Fakten und Namen und Orte in meinem Gedächtnis aufzurufen. Dann zischt Yael: «Là-bas!»

Ich reiße die Augen auf und drehe mich um. Wo? Ich folge Yaels Blick. Ein blasser, dünner Mann in Jeans und Adidas-Sportjacke steht unter einer Markise gegenüber dem Kiosk. Er hat dichte schwarze Haare, die dringend geschnitten werden müssten, und den zotteligen Versuch eines Bartes.

Sie lässt den Motor an, fährt aus der Parklücke und macht in der engen Straße einen perfekten U-Turn. Der Mann folgt unserer Bewegung mit dem Blick. Dabei versucht er, so zu tun, als würde es ihn gar nicht interessieren. Sein Körper ist angespannt, als ob er erwartet, dass ihn jemand schlägt. Ich starre zurück. Er sieht gar nicht so aus wie das Monster, das ich mir vorgestellt habe – der Mann, der meinen Vater gekidnappt hat. Feras, der Löwe. Aber umso besser, umso einfacher, ihm meine Hände um die Kehle zu legen, wenn die Zeit gekommen ist.

Yael fährt langsamer, lässt das Fenster herunter und spricht ihn auf Arabisch an. Ich brauche ein paar Sekunden, um die Worte zu übersetzen, weil es sich so seltsam anhört. «Hier gab es mal einen Laden, der Künstlerbedarf verkauft hat. Wissen Sie, wo der hingezogen ist?»

Der Mann sieht uns misstrauisch an, als hätten wir den Falschen erwischt, dann macht er einen unsicheren Schritt nach vorn. Jetzt kann ich ihn aus der Nähe sehen. Er sieht nicht älter aus als fünfundzwanzig und hat eine von roten Pickeln übersäte Stirn. «Der Laden, den Sie suchen, ist schon letztes Jahr im März pleitegegangen», sagt er.

«Im März?», sagt Yael. «Sind Sie sicher, dass es nicht April war?»

«Nein», sagt er. «März.»

Yael sieht die Straße rauf und runter. «Steig ins Auto, Hamid», sagt sie.

Vom Rücksitz aus kann ich sehen, wie er zittert – vor Kälte, aber auch vor etwas anderem. Seine Pickel sehen eher aus wie kleine rote Beulen, wie die Folgen irgendeiner Krankheit. «Wo ist der Mann, der sonst immer kommt?», fragt er. «Ich habe bisher nur mit ihm geredet. Jean-Marc nennt er sich.»

«Entspann dich, mein Freund. Jean-Marc ist im Urlaub, und ich vertrete ihn solange», antwortet Yael und legt ihm die Hand beruhigend auf den Unterarm.

Er reißt seinen Arm weg. «Können wir irgendwo hin? Die suchen nach mir», sagt er und wechselt von Arabisch zu Französisch.

«Wir können ein bisschen rumfahren. Bei uns bist du sicher.»

«Sicher? Ich verstecke mich seit ungefähr zwei Monaten in irgendwelchen Kellern. Und warum seid ihr zu zweit? Jean-Marc ist immer allein gekommen.»

Yael lächelt sanft und fädelt sich in den Feierabendverkehr auf einen großen Boulevard ein. Es ist der wärmste Blick, den ich je an ihr gesehen habe. «Sie ist nur eine Auszubildende, das ist alles, Hamid. Kein Grund, sich Sorgen zu machen, okay?» Ihre Stimme klingt mütterlich. «Erzähl mir, warum du dich in Kellern versteckst.»

«Habt ihr irgendwas zu essen? Ich weiß nicht, wann ich zuletzt was gegessen habe.»

«Ich kann anhalten und dir was kaufen», sagt Yael. «Oder dir Geld geben.»

Hamid schüttelt den Kopf. «Zu gefährlich. Vergiss es. Du musst mich hier rausbringen. Heute Abend. Gleich jetzt.»

«Warum ist es gefährlich, Hamid?»

Er blickt sie aus schmalen Augen an. «Weil die mich jagen. Dieselben Leute. Dieselben, die auch ... das andere Ding gemacht haben. Immer wenn ich einen Schritt nach draußen mache, sind sie da. Heute Abend wäre ich beinahe nicht gekommen. Noch eine Minute länger, und ihr hättet eine Leiche gefunden, da bin ich sicher.»

«Jemand ist wegen dem hinter dir her, was du mit dem Amerikaner gemacht hast?», sagt sie. «Ist das der Grund, Hamid?»

«Ich hab gar nichts gemacht. Ihr müsst mich aus Frankreich rausbringen. Ich will nach Hause.»

«Vielleicht ist das möglich», sagt Yael, als ob sie es ernsthaft überlegt. «Aber erst muss ich wissen, was mit dem Amerikaner passiert ist.»

«Ich weiß es nicht. Wir haben Kaffee getrunken, sind spazieren gegangen, und dann kam der Transporter ...»

«Der Transporter?», hakt sie nach.

«Ja, er hielt an der Straße, und da waren zwei Männer. Ich weiß das Wort nicht dafür – Männer, die Toiletten reparieren.»

«Klempner», sage ich.

Yaels Blick sagt mir, ich soll ruhig sein.

«Ja, zwei Klempner. Sie tragen ein langes Rohr und versperren uns den Weg. Dann kommen noch zwei aus dem Wagen. Einer sticht dem Amerikaner eine Nadel in den Hals, und der andere kommt auf mich zu. Sie waren gut. Professionell.»

«Interessant, dass du entkommen bist und der Amerikaner nicht», sagt Yael.

«Entkommen? Ich bin weggerannt, und er hat auf mich geschossen. Die Kugel hat meine Schulter getroffen», sagt er und schiebt seine Jacke und das T-Shirt zur Seite. Darunter ist eine hässliche genähte Wunde, rosa und rot und grünlich schimmernd.

Wir halten an einer roten Ampel, und ein Motorrad bleibt neben der Beifahrerseite stehen. Zwei Fahrer in engen schwarzen Lederjacken und Helmen. Der hintere sieht zu uns rüber und hebt seinen Gesichtsschutz an. Er sieht gut aus, jedenfalls das, was ich von ihm sehen kann, und er blinzelt mir flirtend zu, bevor er wieder wegsieht.

Yael beugt sich zu Hamid und betrachtet die Wunde. «Du bist zu einem Arzt gegangen und hast dich nähen lassen.»

«Bei einer Schussverletzung ruft der Arzt die Polizei. Ich bin zu einem Tierarzt gegangen, der Bargeld nimmt. Er hat mich zusammengenäht wie ein zerrissenes Hemd und mir ein paar Pillen für Hunde gegeben. Sieht es entzündet aus?»

«Nein», lügt sie.

Es wird grün, und wir fahren an. Wir sind irgendwo im Gewerbegebiet hinter dem Gare du Nord. Die Luft hier riecht nach Öl und Fisch.

«Diese Klempner», sagt Yael. «Erzähl mir von ihnen.»

«Es waren Deutsche», sagt Hamid. «Das ist alles, was ich sagen kann.»

«Deutsche? Woher weißt du das?»

«Weil sie Deutsch gesprochen haben, woher denn sonst?»

Das Motorrad ist wieder da, dreht den Motor auf, um uns zu folgen, fährt hinten dicht auf. Wieder eine Ampel, und Yael bremst. Wieder fährt das Motorrad an die Beifahrerseite.

Seltsam, wie leer die Straßen hier am Abend sind, denke ich. Ich schaue zum Motorrad hinüber. Der Beifahrer sieht zu uns, seine Augen sind hinter dem reflektierenden Glas seines Gesichtsschutzes nicht zu sehen. Er zieht seine Kuriertasche nach vorn und öffnet sie. Dann zieht seine behandschuhte Hand ein seltsames, kurzes Objekt mit einer schmalen Öffnung hervor, das er auf Hamids Fenster richtet. Es dauert eine ganze Sekunde, bis ich begreife, dass es eine Pistole ist, und in dem Moment explodiert die Welt bereits in einem orangefarbenen Ball aus Flammen und zersplitterndem Glas.

—

Ich werde auf den Boden des kleinen Volkswagens gedrückt. Ich kann nichts hören, und es ist dunkel, aber ich spüre die klappernden Stöße des Kopfsteinpflasters, während wir durch die Pariser Straßen rasen. Der Wind pfeift, überall sind Glassplitter, sie liegen in Haufen auf den Sitzen, reflektieren das Licht der Straßenlampen und glitzern wie ein Königsschatz aus Diamanten.

Ich sehe eine Hand, die in schwarze Tinte getaucht ist, durch die Vordersitze greifen und meine Jacke packen. Sie zieht mich hoch, und ich starre in Yaels Gesicht, das mit schwarzer Tinte besprenkelt ist. Ihr Mund schreit Worte, die ich nicht hören kann. Sie nimmt meine Hand und führt sie zu Hamid, zu seiner Brust, die die Quelle der schwarzen Tinte ist. Drei, nein, fünf Löcher, jedes 10-Cent-Stück groß, spucken das Zeug aus, lassen es herausquellen. Ich falle fast in Ohnmacht, als mir klar wird, was das ist, aber ich reiße mich zusammen und drücke, so fest ich kann, mit den Händen auf möglichst viele Löcher, aber das führt nur dazu, dass aus den anderen noch mehr Blut kommt. Also drücke ich auf die anderen Löcher, aber umsonst. Hamids Augen sind immer noch offen und sehr lebendig. Aber jedes Mal, wenn er sie zum Blinzeln schließt, bin ich sicher, dass er sie nie wieder öffnen wird.

Wir rasen die kurvigen, engen Straßen des leeren Industriegebietes entlang, so nah an den rechts und links geparkten Autos vorbei, dass ich sie berühren könnte. Das Motorrad hält unsere Geschwindigkeit, ist nie mehr als zehn oder fünfzehn Meter hinter uns, und sein Scheinwerfer hüpft in der Heckscheibe wie ein Gespenst, das uns verfolgt.

Yael reißt den Wagen nach links herum, und ich kippe um und knalle in die Seite des Autos. Das Motorrad bremst noch nicht mal ab, als es in die Kurve geht. Mein Gehör kehrt offenbar zurück, denn ich höre die beiden Motoren – ein kreischendes

Opernduett zwischen dem Tenor des Volkswagens und dem jaulenden Sopran des Motorrades.

Ich richte mich wieder auf, diesmal bin ich vorbereitet, damit ich Hamid bei der nächsten Kurve nicht wieder loslassen muss. Ich spüre, wie er atmet, flach und matt, seine Augen sind nur noch halb geöffnet.

Eine scharfe Linkskurve. Die Reifen quietschen. Scharf rechts, dann wieder rechts. Doch das Motorrad gibt nicht auf, sondern kommt sogar näher. Jetzt haben sie es auf Yael abgesehen, fahren neben die Fahrerseite, und der Beifahrer senkt die Maschinenpistole. Ich versuche, einen Warnschrei abzugeben, doch gerade als sich mein Mund öffnet, explodiert wieder eine orangefarbene Flamme aus der Mündung, eine lange Folge von Schüssen, unfassbar laut, als würde das Universum selbst aufgerissen. Das Armaturenbrett vor Yael wird lebendig, Stücke daraus reißen ab und tanzen nacheinander davon, Plastikstücke füllen die Luft wie Konfetti. Yael reißt das Steuer nach links, und das Motorrad weicht auf den Bürgersteig aus. Es ist zu schnell und beweglich für sie. Dann verschwindet es.

Es gibt keine Explosion, wie ich erwartet hätte. Bloß das plötzliche und tödliche Krachen von Metall und Fleisch gegen Metall und Beton. Ein paar Motorradteile fliegen hinter uns die Straße entlang, als wollten sie die Verfolgung immer noch nicht aufgeben. Einen halben Block später kommen wir zum Stehen.

Die Ruhe der Welt um uns herum überrascht mich. Doch für Yael gibt es keine Ruhe. Sobald das Auto hält, ist sie schon draußen, humpelt zum Wrack hinter uns, eindeutig verwundet, aber eindeutig nicht schlimm genug, um sich aufhalten zu lassen. Ich drücke weiter die Hände auf Hamids Wunden, aber ich kann den Kopf weit genug recken, um zu sehen, wie sie zu dem Betonfuß einer Straßenlaterne humpelt. Das Motorrad und der

Fahrer liegen wie ein Haufen Müll davor. Der Beifahrer liegt auf der Straße.

In Yaels Hand ist jetzt eine Pistole. Hat sie sie von einem der Verfolger genommen? Hatte sie sie in der Jacke? Ich kneife die Augen zusammen, um nicht hinzusehen, aber Yael schießt nicht. Sie muss es nicht mehr.

Sie humpelt zurück zum Auto und zieht dabei den Schuh über das Kopfsteinpflaster. «Du kannst jetzt damit aufhören», sagt sie.

Ich sehe Hamid an. Er ist jetzt ganz still, der Mund steht offen, die Augen sind geschlossen, und ich schäle meine Hände von seinem toten Körper. Ich kann kaum atmen.

Yaels Stimme ist hart und geschäftsmäßig. «Wag es bloß nicht zu weinen. Dazu haben wir keine Zeit.» Sie stützt sich auf der Autotür ab und presst sich die Hand in die Seite. Blut kriecht zwischen ihren Fingern hervor.

Ich klettere vom Rücksitz und versuche, den Arm unter ihren zu schieben, um sie vor dem Fallen zu bewahren. Sie schubst mich weg und lässt die Pistole zu Boden fallen.

«Du bist verletzt. Ich rufe den Krankenwagen.»

«Einen Krankenwagen? Und wie willst du denen die drei toten Männer und eine verletzte Israelin erklären?»

«Dann fahre ich dich in ein Krankenhaus.»

«Das Auto ist hinüber. Die Lenkung geht nicht mehr.» Sie schließt vor Schmerzen die Augen. «Ich habe eine Nummer, die ich in so einem Fall anrufen kann. Die Botschaft wird jemanden schicken. Mal sehen, ob sie kommen, bevor die Polizei da ist.»

«Ich bleibe bei dir.»

«Dann endest du in einem französischen Gefängnis und wirst deinen Vater nie zurückbekommen.»

Einen Moment starre ich sie an. «Meinen Vater zurückbekommen?», schreie ich. «Hamid ist tot, Yael. Die einzige Spur, die ich hatte, ist tot.»

Sie packt meinen Arm und drückt ihn fest, halb vor Schmerzen, halb, um ihre Worte zu unterstreichen. «Und ich bin sicher, dass Hamids Mutter darüber sehr traurig sein wird, aber was dich angeht, du hast jetzt etwas Besseres. Siehst du das nicht?»

Die Wahrheit ist, ich sehe es nicht. Aber dann drehe ich mich zu den Leichen hinter mir auf der Straße um und erkenne, dass sie recht hat. Die Männer, die Hamids Tod wollten, sind wertvoller als Hamid selbst. Oder sie wären es, wenn sie nicht tot zwischen den Wrackteilen ihres Motorrades liegen würden.

Sie beantwortet meine Frage, bevor ich sie stellen kann.

«Sie haben Papiere, Gwendolyn. Pässe, Personalausweise. Sie haben Handys mit Namen und Nummern und Bildern von allen, die sie kennen. Fang da an.»

Ich spüre, wie ihr Körper an meinem zittert, und ich helfe ihr auf den Autositz. Sie flucht auf Hebräisch und stößt einen kleinen Schrei aus.

«Ich bleibe hier, bis du Hilfe hast.»

Ihre Hand reckt sich und packt meinen Kiefer, dreht mein Gesicht zu ihrem herum. Heißer, feuchter Atem strömt durch ihre gebleckten Zähne. «Du kleiner, sentimentaler Scheißhaufen. Entweder all das hier – Hamid, das Blut, die scheiß Kugel in meiner Seite – bedeutet etwas, oder alles war sinnlos. Du kannst jetzt hart sein, Gwendolyn, und allein weitermachen, oder du kannst nichts sein. Was willst du?»

Ihr Griff lockert sich, und ich stolpere zurück. Einen Moment lang höre ich nur das Geräusch der Pariser Nacht und Yaels angestrengten Atem.

Dann entscheide ich mich.

—

Das linke Bein des Fahrers steckt zwischen dem Betonfuß der Straßenlaterne und dem Motorblock und dem Hinterrad des Fahrzeugs. Ich wühle in den Taschen seiner Jeans, bis ich eine dicke Brieftasche finde, dann nehme ich mir seine Jacke vor. Sein Oberkörper hat keine Struktur mehr, es gibt keinen Brustkorb, nur noch rohes, warmes Fleisch. Ich finde sein Handy und seinen Pass und stecke beides in meine Jackentasche. Die Leiche des Beifahrers, des Mannes mit der Waffe, liegt etwa drei Meter entfernt auf der Straße. Sein Körper wirkt intakter, ist aber zur falschen Seite abgeknickt. Der Zusammenprall hat ihm die Schuhe weggeschlagen, doch die Kuriertasche ist immer noch um seine Brust gewickelt. In dieser Tasche finde ich seinen Pass zusammen mit Patronenmagazinen für die Pistole, eine Flasche Pepsi und einen Apfel. Brieftasche oder Handy finde ich nicht.

In der Ferne höre ich das Jaulen der französischen Polizeisirenen. Ich schaue zurück zu Yael, die wieder aufgestanden ist, mich beobachtet, jetzt beide Hände in die Seite gepresst. Sie lehnt sich gegen die Fahrertür. Vielleicht wartet sie darauf, dass ich verschwinde, bevor sie zusammenbricht.

Die Polizeisirenen sind nur noch zwei Blocks entfernt, doch die Straßen sind immer noch leer. Das einzige Fahrzeug, das ich sehe, ist ein fensterloser weißer Transporter, der an mir vorbei in die Richtung rast, aus der ich gekommen bin.

BERLIN

12. KAPITEL

Connecting to Tor Servers:

Svaneke.gcqtor01.BigBertha (Slovenia)

Anonymousprox.altnet01.Rhymer (Japan)

SoixanteDix26.fortef07.Carre (Canada)

Unnamed.Unnamed01.Alterform (Thailand)

<<Congratulations! You are now connected to Tor Anonymous Chat!>>

<<Entering Private Mode / Secure>>

<AnonUser Red is now connected>

AnonUser Scholar: scheiße wo zum teufel warst du?

AnonUser Red: wollte mal eine freundliche stimme hören.

AnonUser Scholar: bin da.

AnonUser Red: an einem sicheren computer?

AnonUser Scholar. jaa. Und du?

AnonUser Red. Ja

AnonUser Scholar: wo bist du?

AnonUser Red: Europa

AnonUser Scholar: gehts etwas genauer?

AnonUser Red: nein

AnonUser Red: sorry

AnonUser Scholar: bist du in sicherheit?

AnonUser Red: weiß nicht

AnonUser Scholar: die polizei war hier

AnonUser Red: ????

AnonUser Scholar: kurz nachdem du weg bist
AnonUser Red: ganz normale nypd polizei?
AnonUser Scholar: andere sorte. FBI
AnonUser Red: hast du was gesagt?
AnonUser Scholar: natürlich nicht!!!
AnonUser Scholar: dad hat den anwalt angerufen
AnonUser Scholar: und der hat den FBI-typen gesagt, sie sollen sich verpissen
AnonUser Scholar: mein dad meint, er verklagt sie
AnonUser Red: lol
AnonUser Scholar: oder? Diese wichser
AnonUser Red: bin bischen down
AnonUser Red. bisschen
AnonUser Scholar: wie läufts denn? irgendeine Spur?
AnonUser Red: weiß nicht
AnonUser Scholar: ich will dir helfen
AnonUser Red: sei einfach da
AnonUser Scholar: bin ich. Immer
AnonUser Red: du rettest mir das leben
AnonUser Scholar: wie?
AnonUser Red: indem du einfach da bist
AnonUser Scholar: ich möchte mehr tun
AnonUser Red: wünschte, das ginge
AnonUser Red: aber ist nicht sicher
AnonUser Red: muss jetzt aufhören
AnonUser Scholar: g warte
AnonUser Red: sorry, muss los
<<AnonUser Red has signed off>>
AnonUser Scholar: vermisse dich

13. KAPITEL

Im Internet-Café sind nur Männer. Sie skypen mit ihren Familien zu Hause, gucken sich Pornos an oder spielen. Ich bin die einzige Frau hier, und jede Sekunde, die ich länger bleibe, lassen sie es mich mehr spüren.

«Fünf Euro zwanzig», sagt der gelangweilte Typ hinter dem Tresen. Ich bezahle und gehe auf die Straße. In New York ist noch Nachmittag, aber hier ist schon Nacht. Tiefe Nacht. Der Regen scheint niemals aufzuhören. Er ist mir von Paris gefolgt, und hier in Berlin füllt er die schwarze Luft mit Eiskristallen, die in meine Wangen stechen. Ich gehe die Straße runter, halte mich dicht an den Gebäuden und weiche dem hellgelben Schein der Straßenlaternen aus. Ich gehe an den finsteren Bars vorbei, den finsteren Pornoshops, einem finsteren Polizisten, der an der Ecke steht und nur darauf wartet, dass er jemandem eine reinschlagen kann. Ich ziehe mich ganz in mich zurück, schlage die Augen nieder, hier gibt es nichts zu sehen.

Dies ist meine zweite Nacht auf den Straßen Berlins. Ich habe Geld, aber in drei Hostels hat man mich nach meinem Pass gefragt, und ich weiß nicht, wie gut Sofijas Papiere wirklich sind.

Im Internet-Café habe ich Nachrichten aus Paris gegoogelt. Aber alles, was ich gefunden habe, ist ein Artikel über zwei nicht identifizierte Leichen auf der Straße, offenbar Opfer eines Motorradunfalls. Kein Wort über Yael. Kein Wort über Hamid. Noch nicht mal ein Wort über den beschossenen VW. Das kann bedeuten, dass Yael rechtzeitig verschwunden ist, oder das Gegenteil:

dass sie gefangen wurde und der französische Geheimdienst irgendwie darin verwickelt ist. Wie lange wird es dauern, bis sie Yael mit mir in Verbindung bringen und danach mich mit Sofija? Wie lange, bis sie es den Amerikanern erzählen?

Eine Gruppe Junkies steht vor dem Bahnhof Zoologischer Garten – der Bahnhof Zoo, wie sie das hier nennen, weil es zum einen der Bahnhof neben dem Zoo ist, zum anderen, weil es selbst ein einziger Zoo ist. Einer der Junkies hat eine halbe weggeworfene Pizza gefunden, deshalb achten sie nicht auf mich, als ich an ihnen vorbei und durch die Türen gehe. Im Bahnhof stinkt es nach Pisse, frischer und noch warmer Pisse, aber zumindest regnet es hier nicht und ist hell und einigermaßen sicher. Ich habe die letzte Nacht hier verbracht – meine erste in Berlin –, und die Polizisten haben mich in Ruhe gelassen, weil ich nicht so aussehe wie die anderen Penner, die auf dem Boden und auf den Bänken rumlungern. Ich bin einigermaßen sauber, und meine Klamotten sind einigermaßen ordentlich, aber inzwischen kennen mich die Polizisten sicher schon, und ich will auf keinen Fall riskieren, dass sie mich wegen Landstreicherei verhaften und dann rausfinden, wer ich wirklich bin. Was, wenn ich darüber nachdenke, eigentlich eine gute Frage ist.

Berlin ist hervorragend geeignet für ein Mädchen, das untertauchen will. Es ist billig, dunkel und ein einziges Gebräu aus Nationen und Sprachen, in dem man nicht auffällt. Von den Sprachen, die ich spreche, ist Deutsch – das ich gelernt habe, als mein Dad in Wien stationiert war – meine schlechteste, und ich gehe nicht einmal ansatzweise als Einheimische durch. Aber wie sich herausstellt, sprechen die meisten der jüngeren Leute Englisch, und Russisch können auch viele. Also versuche ich, mein eingerostetes Grundschuldeutsch mit einem russischen Akzent zu sprechen, quetsche die Vokale und runzle öfter die Stirn. Es ist einfach, solange ich es nicht vergesse. Niemand im Berlin der

Flüchtlinge und Ausreißer legt besonderen Wert auf Betonung und Grammatik.

Der beste Ort im Bahnhof Zoo ist der billige kleine Dönerladen im Erdgeschoss. Er ist bis drei Uhr nachts geöffnet, und der Türke, der da arbeitet, hat mich gestern Nacht noch nicht mal rausgeschmissen, als ich an einem der Tische eingeschlafen bin, obwohl ich nur einen einzigen Kebab und eine Cola gekauft habe. Ich habe Glück, dass er heute Nacht wieder hier arbeitet und mich sogar zur Begrüßung anlächelt – das erste Lächeln, das ich in Berlin gesehen habe. Eine Säule aus Dönerfleisch in Form und Umfang eines Klavierbeins dreht sich auf einem vertikalen Spieß im Kreis, und er schneidet mir gekonnt einen extra fetten Haufen ab und stopft ihn in das Pitabrot. Er wirft gehackte Zwiebeln und Gurken drauf und tränkt das Ganze mit würziger weißer Joghurtsoße. Es ist fast so wie das Gyros, das ich in New York so gern esse, und in meinen Augen gibt es kein besseres Essen, noch nicht mal für einen Kaiser oder den Papst.

Ich gebe ihm fünf Euro, den Bahnhofspreis, und setze mich an einen der hinteren Tische, um aus dem Weg zu sein. Das Essen ist warm und köstlich und einfach perfekt, um danach gleich ins Bett zu gehen und einzuschlafen. Das Fett läuft mir das Kinn runter bis zum Hals, aber ich habe so einen Hunger, dass ich mich nicht darum schere, bis ich aufgegessen habe. Eine Truppe betrunkener Fußballfans kommt in blau-weißen Jacken hereingetorkelt und grölt, aber ich bin so müde, dass ich trotzdem mit dem Kopf auf dem Tisch einschlafe.

—

Ich bin einfach aus Paris weggelaufen – Scheiße, bin ich gelaufen. Erst zur Metro, dann in Yaels Tanzstudio, dann wieder weg, denn jeder Mann auf der Straße konnte ein Polizist sein, jedes

Auto oder Motorrad ein weiterer Killer. Ich habe gepackt, was ich in Yaels Zuhause gefunden habe: meinen Rucksack, meine Klamotten, meinen neuen Pass, etwas Essen für die Reise.

Zweimal musste ich mich übergeben, einmal vor der Metro, dann in der Toilette eines schmutzigen kleinen Cafés in der Nähe des Gare du Nord. Hier wasche ich das Blut von Pass und Brieftasche und Handy ab, die ich an mich genommen habe. Hamids Mörder waren Deutsche. Berliner – Gunther Fess und Lukas Kappel. Daher ist Berlin mein Ziel. Das Geld aus der Brieftasche habe ich für den Nachtzug Paris-Berlin-Express ausgegeben.

Die Killer waren nicht gerade hässlich, wenn man nach ihren Passbildern geht. Athletische junge Typen in den Zwanzigern, ein bisschen wie diese ätzenden Junior-Börsenmakler, die immer in den nachgemachten irischen Pubs in der Third Avenue abhängen. Das Telefon, das ich Gunther abgenommen habe, dem Fahrer des Motorrads, ist ein neueres iPhone. Es hat keinen E-Mail-Account, keine sozialen Netzwerke, und alle SMS sind gelöscht worden. Ganz offensichtlich ist es ein reines Arbeitshandy, von dem alles Verdächtige gelöscht wurde. Fast alles. Außer den Fotos. Die beiden Killer beim Spielen. Ihre Freunde. Partys in Clubs. Eine Menge Frauen. Eine Menge Flaschen. Eine Menge Kokain auf den Tischen.

—

Der Typ am Tresen weckt mich sanft auf und deutet auf die Tür. «Tut mir leid, Kleine», sagt er.

Kein Problem, sage ich und gehe in den Bahnhof. Die Bullen sind damit beschäftigt, alle rauszuwerfen, also senke ich den Kopf, schultere meinen Rucksack und gehe auf den Ausgang zu. Natürlich regnet es immer noch. Es ist dieser eklige, tastende Regen, der bewusst seine Richtung zu ändern scheint, damit er mir immer in den Kragen laufen kann. Instinktiv ziehe ich die Schultern hoch und bete zu den Göttern, dass der Wind mir einen Hut oder eine Zeitung vorbeibläst. Ich biege hinter dem Bahnhof um eine Ecke und gehe dann am Zoo entlang. Er ist eingezäunt, aber zwischen dem Zaun und dem Bürgersteig ist ein kleiner Streifen mit Büschen und Bäumen, und ich sehe mich nach einem trockenen Platz zum Schlafen um. Die meisten Plätze sind bereits belegt, aber dann entdecke ich einen dicken Walnussbaum mit einem tiefhängenden, großen Ast, der genau richtig aussieht. Ich dränge mich durch die Büsche, doch gerade als ich mich niederlassen will, zischt mir eine Frauenstimme «Raus hier!» zu.

Ich drehe mich um und sehe zwei helle Augen, die mich unter einer Plane hervor anschauen. Eine dünne Hand scheucht mich weg, dann zieht sie sich wieder zurück und drückt sich ein Bündel an die Brust. Ich sehe genauer hin und stelle fest, dass das Bündel ein Kind von drei oder vier Jahren ist. Seine schwarzen Haare quellen unter dem Rand eines schmutzigen Handtuchs hervor, das ihm als Decke dient. Die Mutter des Kindes starrt mich an, und in dem diffusen Licht sehe ich die Angst in ihren Augen.

«Ich suche nur einen Platz zum Schlafen», sage ich.

«Aber nicht hier, du Junkie. Ich will keinen Ärger.»

Ich will schon gehen, aber dann schiebe ich gegen jede Logik und Vernunft die Hand in meine Tasche und ziehe ein dickes Bündel Geldscheine hervor, eine Mischung aus Euros und Dollars. Ich halte es ihr hin, ihre hellen Augen starren mich misstrauisch an. «Bitte», sage ich. «Nimm.» Sie muss glauben, ich will sie verarschen, und starrt mich bloß weiter an. Ich lege das Geld vor ihr auf den Boden und verschwinde.

Es gibt nicht viele Möglichkeiten, und ich weiß, dass ich irgendwann doch den Pass von Sofija in einem Hostel vorzeigen muss. Ich wandere eine Weile herum und überlege, wo und wie und was ich tun soll, wenn die Leute vom Hostel die Bullen anrufen sollten.

Auf dem Weg zurück zum Bahnhof sehe ich eine Unterführung. Ich stelle mich drunter, froh, dem Regen eine Weile entkommen zu sein, und lehne mich zum Nachdenken an die Wand.

Eine Frau mit nackten Beinen unter einem kurzen blauen Rock nähert sich vom anderen Ende. Sie hat sich die blonden Haare zu einem fettigen Pferdeschwanz gebunden. Sie stellt sich vor mich hin, steckt sich eine Zigarette in den Mund und klopft die Taschen ihrer Lederjacke ab.

«Hast du Feuer?», fragt sie. Dann, wie aus einem Gefühl heraus: *«Spički?»* Das russische Wort für Streichhölzer.

Ich antworte ihr auf Russisch. «Ich rauche nicht.»

«Dann nützt du Marina nichts», sagt sie und geht davon.

Aber bevor sie das Ende der Unterführung erreicht hat, kommt ein Auto und hält neben ihr an. Die Frau beugt sich ins offene Fenster.

Ich löse mich von der Wand und gehe in die andere Richtung. Plötzlich hallt ein Schrei durch die Unterführung. Es ist ein schriller Schrei, eher wütend als ängstlich. Ich drehe mich um. Die Frau versucht, ihren Arm zurückzuziehen. Mit der anderen Hand stützt sie sich an der Tür ab.

Ohne nachzudenken, renne ich zu ihr. Ich packe die Hand des Fahrers und biege ihm den Daumen zurück, der sich in ihren Jackenärmel gebohrt hat. Ich schiebe die Frau zurück und finde genug Platz, um dem Mann mit der linken Handkante gegen das Kinn zu schlagen. Er schreit auf, und plötzlich fliegen die Frau und ich rückwärts zu Boden und landen auf dem Bürgersteig.

Als ich wieder auf die Füße springen will, rast das Auto bereits mit quietschenden Reifen durch den Tunnel.

«Alles okay?», frage ich die Frau auf Russisch und stehe auf.

«Alles gut.» Sie sucht den Boden nach etwas ab, dann nimmt sie mit Daumen und Zeigefinger eine winzige Plastiktüte hoch und inspiziert sie nach Schäden. «Für wie verzweifelt hält der mich eigentlich? Ein Blowjob für ein bisschen Gras? Beschissener Loser.»

Ich ziehe sie an der Hand hoch.

Sie schiebt die Tüte mit Gras in die Tasche ihrer Jacke und sieht mich an. «Also, *novička*» – Neuling – «wie heißt du?»

«Sofija», sage ich.

Der Deal, den Marina und ich in der Unterführung vor dem Bahnhof Zoo aushandeln, ist klar und einfach: Für zwanzig Euro die Nacht kann ich so lange auf ihrem Sofa schlafen, bis ich kein Geld mehr habe oder sie keine Lust. Wir fahren zusammen mit der U-Bahn zu ihrer Wohnung, die weit östlich vom Zentrum liegt.

Der Deal ist gefährlich. Aber sie will keinen Pass sehen. Und ich müsste lügen, wenn ich behaupten würde, dass Marinas Anwesenheit mich nicht tröstet. Ihr Alter ist schwer zu schätzen, aber sie ist definitiv älter als ich, vielleicht fünf Jahre. Auch wenn ich schon an vielen Orten der Welt gelebt habe, bin ich immer noch das behütete Kind eines Diplomaten, und die Straßen von Berlin könnten genauso gut ein anderes Universum sein als das, das ich kenne. Dies hier ist Marinas Gebiet, und sie kennt die seltsamen physikalischen Gesetze, weiß, in welche Richtung die Schwerkraft wirkt und ob zwei und zwei etwas anderes ergibt als vier.

«*Novička*», sagt sie über den Gang des leeren U-Bahn-Waggons hinweg, während sie sich mit dem Schlüssel einen Fingernagel säubert. «Wo kommst du her?»

«Russland», sage ich.

Sie verdreht die Augen. «Ach nee.»

Sie hält mich also für echt. *Undercover-Regel Nummer eins: Benimm dich wie ein Einheimischer der Nation, die du angenommen hast, wenn du kannst.* «Aus dem Süden», füge ich hinzu. «Aus Armavir. Am Schwarzen Meer.»

«In der Nähe von Soči?»

«Vielleicht sechs, sieben Stunden mit dem Bus», sage ich. *Undercover-Regel Nummer zwei: Die Glaubwürdigkeit deiner Geschichte liegt in den Details.*

«Das ist ja praktisch schon Türkei», sagt sie. «Aber das erklärt alles.»

«Was?»

«Als ich dich zuerst gesehen habe, dachte ich, diese Sofija ist Jüdin. Und das ist okay. Mich stören Juden nicht.» Marina beugt sich in ihrem Sitz vor. «Aber jetzt denke ich, sie ist doch Moslem. Also bring mir bloß keinen von diesem Dschihad-Scheiß ins Haus, okay?»

«Ich bin keine Muslimin.»

«Ich meine das auch ganz allgemein. Was für einen Dschihad-Scheiß du auch mit dir rumträgst – Religion, Politik oder irgendjemanden, der dich verfolgt –, alle scheinen ständig in irgendeinem heiligen Krieg zu sein. Lass mich einfach damit in Ruhe, okay?» Sie stellt sich hin, packt die Haltestange in Augenhöhe und kommt den Gang runter auf mich zu, um mich genauer zu betrachten. «In letzter Zeit gibt's hier zu viele Flüchtlinge, was bedeutet, zu viele Bullen. Und zu viele Bullen bedeuten Ärger für Marina.»

«Verstanden», sage ich. «Kein Drama, keine Bullen.»

«Genau, *novička*», sagt sie. «In ein paar Monaten werde ich Barkeeperin. Weißt du, wie viel Geld Barkeeper verdienen?»

«Und – was machst du jetzt?»

«Ich ficke für Geld», sagt sie.

Ihre Worte schockieren mich. Marina grinst, als sie sieht, wie ich zusammenzucke.

«Hast du damit ein Problem?», sagt sie.

«Nein», antworte ich. «Überhaupt nicht.»

Aber sie hört es in meiner Stimme. «Marina macht mit ihrem

Körper, was Marina will, verstanden?», sagt sie. «Dein Allah oder Jesus oder wer auch immer hat mir da nicht reinzuquatschen.» Sie schweigt eine Weile und überlegt offenbar, ob ich den Ärger überhaupt wert bin. Dann guckt sie aus dem Fenster. «Wir sind da», sagt sie.

Wir gehen zu einer Rolltreppe, die auf eine breite Hauptstraße hinunterführt. Die Straßenlampen tauchen die Gebäude in graues Licht – Gebäude, die mit ihrem bröckelnden Kommunisten-Ruhm protzen. «Bei Tag sehen die auch nicht besser aus», sagt Marina, die meine Gedanken lesen kann. *«Gnilye zuby.»* Faule Zähne.

Wie gehen ein paar Blocks weiter, bevor Marina an meinem Ärmel zupft, weil wir abbiegen müssen. Ich folge ihr durch die Schluchten zwischen den riesigen Betongebäuden und stelle fest, dass man sie nur am unterschiedlichen Stadium ihres Verfalls unterscheiden kann. Das eine sieht aus, als hätte es hängende Ohren, das andere eine vorspringende Nase. Auf Marinas Haus hat man neben den Eingang *Ausländer raus* gesprayt.

Es gibt kein Schloss an der Haustür. Man muss nur den Trick kennen, wie man die Klinke bewegt: drücken und anheben, dann drehen. Der Fahrstuhl ist kaputt, sagt Marina, schon seit Ewigkeiten. Ich folge ihr die Treppen hinauf bis zum sechsten Stock. Aus einer der benachbarten Wohnungen dröhnt der Fernseher, und der giftige Gestank von Crack oder Meth oder Tod hängt im Flur.

Sie schließt die Tür hinter uns ab und führt mich dann herum, zeigt mir die winzige Küche, das winzige Badezimmer, dann das Wohnzimmer mit dem karierten Sofa, das in der Mitte durchhängt, und dem alten Schwingsessel. Dahinter liegt ein kleines Schlafzimmer mit zwei Einzelbetten, die rechts und links neben einem Fenster stehen. Das rechte Bett ist schlampig gemacht, und ein Hello-Kitty-Kissen liegt darauf. «Das ist Marinas», sagt sie. Das linke ist sehr ordentlich gemacht, und ein orthodoxes

Kruzifix hängt an der Wand darüber. «Ljubas», sagt sie. «Meine Mitbewohnerin – sie ist ein Cam-Girl.»

«Ein Cam-Girl?»

Marina nickt. «Und Klavierlehrerin.»

—

Ich lasse mich wie ein Stein aufs Sofa fallen, erschöpfter als erschöpft, und obwohl ich dringend duschen müsste und mir die Zähne putzen – Herrgott, habe ich sie mir wirklich zum letzten Mal in Paris geputzt? –, kann ich mich einfach nicht rühren, mir noch nicht mal die Jacke ausziehen. Ich schließe die Augen und sehe bloß noch ein Kaleidoskop aus Farben und Formen und Gesichtern und Gegenständen. Ich versuche, auch meine Ohren zu schließen, den Krach von der Stadt draußen auszublenden, aber Berlin weigert sich, seine Klappe zu halten. In dieser Hinsicht ist die Stadt genau wie New York, immer wach, immer hungrig nach Aufmerksamkeit, wenn man versucht zu schlafen. Sie muss sich ständig mit fernen Sirenen und rumpelnden Lastwagen und sirrenden Straßenbeleuchtungen in Erinnerung bringen.

Und gerade als all das verschwindet, gerade als die Welt endlich ruhig wird, höre ich das Klicken eines Feuerzeugs, und der wabernde Mief von Marihuanarauch zieht zu mir herüber. Ich öffne die Augen und sehe Marina, die sich in einem abgetragenen T-Shirt im Sessel zusammengerollt hat. Sie hat die nackten Beine dicht an die Brust gezogen und hält eine braune Keramikpfeife in der Hand. Dabei glotzt sie mich an wie ein Tier im Zoo.

Eine Minute vergeht damit, dass wir uns beide einfach nur anstarren. Schließlich zündet sie die Pfeife erneut an und atmet tief ein. «Ich frage aus Prinzip nicht», sagt sie mit gepresster Stimme, dann atmet sie wieder aus. «Aber du bist nicht die typische Ausreißerin.»

Ich bin zu müde, um das zu verstehen, und Marina lacht über die Verwirrung in meinem Gesicht und deutet auf das Zimmer, meint aber eigentlich ganz Berlin.

«Wie bist du auf Marinas Sofa gelandet?», fragt sie. «Hat Papa dich geschlagen? Hat dein Freund dich geschwängert und will dich heiraten? Da kann ich dir helfen.»

«Nein», sage ich. «Ich – ich suche nur jemanden.»

Sie zuckt die Schultern. «Hier gibt es viele Jemands.»

«Und du?», frage ich. «Wie bist du hier gelandet?»

Marina klopft die Pfeife über einem Plastikaschenbecher aus. «Marina ‹landet› nirgendwo, *novička*. Marina sucht sich ihre Orte aus. Mein Vater ist abgehauen, meine Mutter hat einen Busfahrer geheiratet, der auf kleine Mädchen steht, also *pffft*.» Sie schnippt mit den Fingern und lässt damit ihr altes Leben einfach verschwinden. «Schon bin ich weg, ab nach Berlin. Vor vier Jahren, im Juli.»

«Glückwunsch?», sage ich, aber es klingt wie eine Frage.

Sie füllt ihre Pfeife nach und drückt das frische Gras mit dem Feuerzeugfuß sorgfältig in den Pfeifenkopf. «Jedenfalls braucht Marina bloß Marina. Und Sofija braucht bloß Sofija.» Sie hält mir die Pfeife hin. «Willst du?»

«Nein danke», sage ich.

«Wie du willst», meint sie und steckt sich die Pfeife in den Mund. «Wie alt bist du eigentlich?»

Ich versuche, mich an das Alter in Sofijas Pass zu erinnern. «Zweiundzwanzig.»

Sie lacht und keucht dabei einen Geysir von Rauch an die Decke. «Zweiundzwanzig am Arsch.»

«Wie alt bist du denn?», frage ich.

Sie wischt sich mit dem T-Shirt Spucke vom Mund. «Siebzehn», sagt sie.

Ich schließe die Augen, bis Marina glaubt, dass ich schlafe, und selbst ins Bett geht. Eine Weile versuche ich, mir Marinas Leben vorzustellen: wie es ist, *für Geld zu ficken*, als wäre das gar keine große Sache; keine Familie zu haben und sich zu benehmen, als wäre das ebenfalls keine große Sache. Das Leben als endlosen Kampf gegen alles und jeden zu betrachten, und wer gewinnt, bekommt *ein bisschen Gras*.

Aber während ich noch darüber nachdenke, wie Marina sich wohl fühlen muss, frage ich mich, ob sie nicht vielleicht recht hat. Wenn es stimmt, dass Sofija nur Sofija braucht, warum bin ich dann überhaupt hier? Es ist dämlich, eine ziellose Suche nach einem Vater zu unternehmen, der noch nicht mal mein leiblicher Vater ist. Nach einem Vater, der seine Noch-nicht-mal-leibliche Tochter das ganze Leben lang angelogen hat. Einem Vater, der meine Mutter durch eine falsche Entscheidung getötet hat, weil er nicht wie andere Männer Buchhalter oder Postbote werden wollte.

Meine Beziehung zu ihm ist bloß eingebildet. Die Phantasie eines Kindes. Und genau wie Marina und Sofija ist Gwendolyn jetzt zu alt für solche Phantasien. Werde erwachsen, Gwendolyn. Lass ihn los. Kinder begraben ihre Eltern, so läuft das nun mal. Du hast das schon mal getan.

Es wird Morgen in Berlin. Das Licht – hellblau und gelb, die miteinander um die Vorherrschaft kämpfen – findet seinen Weg unter meine Augenlider. Ich drehe mich um, vergrabe das Gesicht im Sofakissen, doch die Laster schnauben wütend über die Straße. Und irgendwo in einem anderen Zimmer tickt eine Uhr.

Als ich richtig wach bin, ist Marina verschwunden, und an ihrer Stelle sehe ich ein Mädchen. Das muss Ljuba sein. Sie ist eine zarte Blondine, die sich im selben Sessel fläzt wie Marina zuvor, eine Zigarette raucht und in der Bibel liest. Sie tut das mit so viel Anmut, das Bein entspannt über die Armlehne gelegt.

Ich checke mein Handy: Es ist drei Uhr nachmittags.

«Wo ist Marina?», frage ich.

«Keine Ahnung», sagt sie.

«Ich bin Sofija», sage ich.

«Will ich das wissen?», meint sie.

«Hast du was dagegen, wenn ich dusche?», frage ich.

«Mach das. Du müffelst bis hier», sagt sie.

Im Badezimmer muss ich mich unter den improvisierten Wäscheleinen ducken, die sich, behängt mit Slips und BHs, durch den Raum ziehen. Doch Waschbecken und Dusche sind überraschend und geradezu spektakulär sauber. Ich klaue ein bisschen Zahnpasta und putze mir mit dem Finger die Zähne. Dann dusche ich und spüle all den Schrecken und die Erschöpfung und die Angst in schmutzigen Wirbeln in den Abfluss.

Als ich fertig bin, ziehe ich mich an und sage Ljuba, dass ich rausgehe. Falls sie mich gehört hat, lässt sie es sich nicht anmerken.

Draußen ist der Regen abgezogen, und eine blasse kleine Sonne ist am Himmel zu sehen. Bei Tageslicht ist die Gegend viel weniger unheimlich als bei Nacht, und die Betonhäuser zeigen selbst in ihrem verfallenen Zustand eine gewisse Ordnung. Eine alte Frau in gestreifter Schürze wässert den Bürgersteig vor einer Apotheke und funkelt mich an, als ich vorbeigehe, als ob sie sich darüber ärgert, dass sie ihre Welt mit jungen Leuten teilen muss. Ich finde ein Eck-Café und kaufe mir für einen Euro einen Kaffee und ein Wurstbrötchen. Das Brötchen ist pappig und fettig und eklig, aber es sind billige Kalorien, und das ist alles, was zählt.

Eine Weile schlürfe ich meinen Kaffee und denke nach, starre auf den Resopaltresen, als stünden darauf alle Fakten und Zusammenhänge und Schlüsse. Doch ich kann niemanden um Hilfe fragen, ich habe keine Anleitung. Wo also soll ich anfangen?

Fang mit dem Grund an, aus dem du in Berlin bist, sagt mein Verstand, fang mit den beiden Männern an, die Hamid getötet haben. Es ist doch klar, dass sie keine Anfänger für diesen Job nach Paris geschickt haben. Dafür setzt man Leute ein, die so was schon oft gemacht haben.

Ich öffne das iPhone und sehe mir noch mal die Fotos an. Da sind sie: Gunther, wie er Lukas in die Seite schlägt. Lukas, der sich über eine Line Kokain beugt, während Gunther einen Humpen Bier leert. Lukas, der Gunther in die Seite schlägt. Echter Männerspaß: Kokain, Bier und boxen. Sie sehen sich nicht sehr ähnlich. Gunther ist schmaler als Lukas und blonder. Und ihre Art, sich anzuziehen, unterscheidet sich auch. Lukas trägt gern, jedenfalls an diesem Abend, ein enganliegendes Unterhemd, während Gunther in einem lockeren gestreiften Hemd zu sehen ist, das er an den Ärmeln schlägertypmäßig hochgekrempelt hat.

Aber dann entdecke ich doch eine Gemeinsamkeit: das Tattoo auf der Innenseite ihres Unterarms. Eine grobe Darstellung des europäischen Kontinents, dessen spanische Nase in ein unsichtbares Mittelmeer ragt, und der auf dem italienischen Stiletto-Stiefel und der Balkan-Hüfte balanciert. Um Europa herum ringelt sich eine ebenso grob gezeichnete Kobra, deren Kopf sich etwa an der Stelle befindet, wo Norwegen, Schweden und Finnland liegen sollten.

Zwei Teenagermädchen betreten lärmend den Laden und reißen mich aus meinen Gedanken. Eine zickig aussehende Rothaarige mit teuren Schuhen – Deutschlands Antwort auf Astrid Foogle. Die andere hat kurze, blonde Haare und trägt pinkfarbene Sneakers. Sie bestellen Kaffee und Schokoladen-Croissants, dann belegen sie einen Tisch in der Mitte des Raums. Die Rothaarige erzählt flüsternd Geheimnisse, woraufhin die Blonde «Niemals!» keucht.

Astrid Foogle. Ob sie schon eine neue Feindin gefunden hat? Und Mr. Lawrence. Fragen Sie mich jetzt mal nach der zärtlichen Gleichgültigkeit der Welt, Sie Arsch. Ich habe eine bessere Antwort.

Ich stehe auf und will gehen. Die Frau hinter dem Tresen räumt gerade die Vitrine aus und nimmt ein Tablett mit Kuchen heraus, um Platz für frische Ware zu schaffen.

«Wie viel?», frage ich mit Blick auf die Teilchen vom Vortag.

«Ich wollte sie eigentlich wegwerfen», sagt sie.

«Ich gebe Ihnen drei Euro für alles.»

Sie stützt die Hände auf die Hüften und saugt an ihren Vorderzähnen. «Fünf», sagt sie.

—

Ich räume einen Aschenbecher, einen Stapel Zeitschriften und eine Skyline aus Flaschen vom Küchentisch und stelle den Pappkarton aus der Bäckerei in die Mitte. Ljuba nähert sich wie eine misstrauische Katze und nimmt sich vorsichtig ein Stück Kuchen. Dabei lässt sie mich nicht aus den Augen. Ich frage, ob Marina wieder da ist, und sie nickt schweigend. Ich hebe ein zerbrechliches Gebäckteil heraus, so etwas wie ein Himbeertörtchen, und lege es auf eine Serviette.

Marina sitzt mit untergeschlagenen Beinen auf ihrem Bett, einen Stapel Karteikarten auf dem Schoß. «Stör mich nicht, ich lerne.»

Ich lege das Törtchen wie eine Opfergabe vor sie hin. «Was lernst du denn?»

«Cocktailrezepte.» Sie nimmt das Törtchen und rümpft die Nase. «Was ist das?»

«Ich dachte, du hättest vielleicht Hunger», sage ich.

«Hast du Ljuba auch eins mitgebracht?»

«Na klar.»

«Hättest du nicht tun sollen. Jetzt erwartet sie, dass du das jeden Tag machst. Wenn nicht, wird sie dich hassen.» Sie schlägt die Serviette zurück und fängt an zu essen.

«Sie hasst mich doch jetzt schon.»

«Ljuba ist aus Moskau. Da züchten sie solche Bitches.»

Ich bemerke den selbstgemachten Verband und das Pflaster auf Marinas rechtem Ohrläppchen. Er ist blutdurchtränkt und hat sich braun verfärbt.

«Was ist mit deinem Ohr passiert?», frage ich.

«Leo», sagt sie und wischt sich den Mund mit dem Ärmel ab.

«Leo?»

«Leo ist unser *sutenjer.* Er hat mir den Ohrring abgerissen.»

Ich stolpere über das Wort. «*Sutenjer?*»

Sie sieht mich aus schmalen Augen an. «Marina fickt für Geld, Ljuba macht Videos, der *sutenjer* kriegt einen Anteil. Was für eine Russin bist du, wenn du das nicht weißt?»

Sie meint Zuhälter. Ich lächle zu meiner Verteidigung. «In Armavir nennen wir das anders.»

«Jedenfalls ist Leo meistens ein echter Teddybär. Kümmert sich um die miesen Kunden.»

«Wenn er so ein Teddybär ist, warum hast du dann zugelassen, dass er das mit dir macht?»

«Es geht nicht um ‹zulassen›, *novička.* Wenn er es nicht ist, ist es jemand Schlimmeres.» Sie zuckt resigniert die Schultern. «Die Welt gehört Männern. Wir gehören ihnen. Bäume, Felsen, der Himmel – alles gehört ihnen.»

«Und was du mir gestern gesagt hast, dass Marina niemand anderen braucht als Marina, das war nicht ernst gemeint?»

«Das ist ein Wunsch. Für irgendwann mal.» Sie legt den Stapel Karteikarten auf das Bett.

Ich setze mich neben sie und hole das iPhone raus, scrolle durch die Fotos bis zu dem, auf dem die tätowierten Arme von Gunther und Lukas zu sehen sind. «Ich möchte dich um einen Gefallen bitten, Marina. Kannst du dir das hier mal ansehen?»

Sie nimmt das Handy und sieht sich das Bild an. «Der VIP-Bereich im Rau-Club. Das sieht man an dem orangefarbenen Sofa, auf dem sie sitzen.»

«Und dieses Tattoo auf ihrem Arm – was bedeutet das?»

Sie zuckt gleichgültig die Schultern. «Kriminelle. Mafia.»

«Bist du sicher, dass das im Rau-Club aufgenommen wurde?»

«Na klar. Ich arbeite manchmal da. Marinas Traum, Marinas absoluter Traum ist, da als Barkeeperin zu arbeiten. Tausend Euro an einem guten Abend.»

«Kannst du mich da reinbringen?», frage ich. «Ich will mir das mal ansehen.»

«Dich, die nicht mal weiß, was ein Zuhälter ist.» Sie mustert mich genau. «Vor solchen Mafia-Typen läuft man weg, du Landei, und nicht zu ihnen hin.»

«Nur mal umsehen. Bitte.»

Sie schüttelt den Kopf, seufzt, schweigt eine Weile. «Du kannst dich umsehen – aber wenn es auch nur ein kleines bisschen mehr ist, dann ist Marina weg, verstanden?»

14. KAPITEL

Man hört den Rau-Club, lange bevor man ihn sieht, denn die House-Musik dröhnt wie fernes Kanonenfeuer durch die Luft. Um dorthin zu kommen, fährt man mit der U-Bahn bis zur Endhaltestelle und geht etwa einen Kilometer durch hässliches Brachland entlang einer Straße mit stillgelegten Fabriken.

Es ist ein dunkler Weg, aber ziemlich belebt, voll mit Club-Kids, die wie die Pilger alle in dieselbe Richtung ziehen. Die meisten sprechen natürlich Deutsch, ein paar Russisch und Türkisch, aber keiner Englisch. Entweder haben die Touristen noch nichts vom Rau-Club gehört, oder sie trauen sich nicht her. Hin und wieder kriecht ein Mercedes oder BMW oder eine gemietete Limo vorbei. Der Fahrer hupt, damit die Leute die Straße freimachen, und die Kids spähen in die Fenster, um zu sehen, wer drin sitzt.

Marina geht barfuß und trägt ihre Schuhe in der Hand. «Bleib nüchtern», sagt sie. «Dieser Club ist voller Hunde und Teufel. Du wirst sehen.» Sie tritt vorsichtig um eine Pfütze mit ekliger brauner Flüssigkeit.

Der Club befindet sich in einer riesigen alten Fabrik aus Backstein, ein Zombiekadaver von einem Gebäude. In den Löchern, die früher mal Fenster gewesen sind, pulsiert es pink und blau, pink und blau. Wir gehen über einen völlig von Unkraut überwucherten Hof zum Eingang, treten über Flaschen, Scherben und bröckelnde Mauerreste. «Pass auf die Nadeln auf», meint Marina.

Ich friere in dem kurzen Kleid, das sie mir geliehen hat und das beinahe meinen gesamten Rücken freilässt. In den billigen Schuhen mit den kitschigen Plastikabsätzen, die ich kaufen musste, kann ich nicht gut gehen. Aber Marina findet, ich sehe heiß aus, und darum überrascht es sie gar nicht, dass der Türsteher uns aus der Schlange von bestimmt zweihundert frierenden Club-Kids herauspickt und zu sich nach vorn winkt.

Licht harkt über die Menge auf der Tanzfläche, bohrt sich durch wabernden Rauch und Kunstnebel. Der Maschinengewehr-Rhythmus aus den Boxen wummert in meiner Brust. Ich war schon früher in Clubs, in Moskau, heimlich, zusammen mit den anderen Diplomatenkindern, aber nur aus Spaß. Jetzt bin ich hier, um zu arbeiten, und der Rau-Club fühlt sich an wie die dystopische Version einer Party auf der Titanic, und zwar nachdem alle Rettungsboote schon weg sind.

Ich folge Marina eine breite Metallwendeltreppe hinauf und sehe, wie riesig dieser Ort ist. Ich weiß nicht, was sie hier früher hergestellt haben, aber es muss groß gewesen sein. Rostige Metalltanks ragen an einer Wand in die Höhe, und ein Netz aus Rohren kriecht die Decke entlang. Überall sind Menschen, sie drängen sich zu einer einzigen zuckenden Masse zusammen. Die Musik erreicht ihren Höhepunkt, auf ein Zeichen schrillen tausend Polizeipfeifen, und Leuchtstäbe erscheinen in der Luft, werden hektisch hin und her geschwenkt.

Oben an der Treppe steht ein weiterer Türsteher, ein fetter Typ mit Baskenmütze, der Marina auf Russisch begrüßt. Er tritt zur Seite und lässt uns ein.

Wir betreten eine etwas leisere, etwas weniger dicht gedrängte Welt. Im blauen und pinkfarbenen Licht folgen uns Neuankömmlingen glänzende Augen, Zähne leuchten gespenstisch. Männer sitzen auf Bänken und werden von Frauen mit kurzen Röcken und falschem Lächeln bedient. *Oh, Sie sind ganz bestimmt der klügste und bestaussehende und reichste Mann hier!*

Ein Schuss löst sich, und ich fahre vor Schreck zusammen, aber statt Schreien höre ich kreischendes Gelächter vom Tisch ganz hinten, wo ein Mann mit Manschettenhemd und gelockertem Schlips seinen Harem aus sechs Teenagerinnen mit Champagner bespritzt, den er von seinem Bonusgeld bezahlt hat.

Marina bestellt an der Bar zwei Ginger Ale. Trink bei der Arbeit niemals Alkohol, sagt sie mir, tu einfach nur so. Ich denke an Yaels Bemerkung über taktische Wahrnehmung. Die Gefahren, denen sich Prostituierte und Spione aussetzen, unterscheiden sich gar nicht so sehr voneinander. Die beiden Drinks kosten dreißig Euro. Dreißig Euro für zwei Limos! Aber wenigstens haben die Preise die Masse etwas ausgedünnt, und Marina findet für uns zwei Hocker an der Bar.

«Beobachte die Menge. Warte erst mal ab.» Sie sieht hoch und lächelt ein paar vorbeigehenden Männern zu. «Und dann wähl dein Opfer. Ich nehme die Brieftasche, du die Uhr.» Sie sagt das so trocken, dass ich nicht sicher bin, ob es wirklich ein Witz sein soll.

Ein Typ in Lederjacke, der mich vage an einen berühmten Schauspieler erinnert, trinkt Wodka mit seinen Kumpeln und singt Lieder, lallend und auf Deutsch. Marina nickt in seine Richtung. «Ein Fußballspieler aus München. Er gibt gutes Trinkgeld, aber seine Freunde sind Arschlöcher. Du hast Glück, wenn die überhaupt bezahlen.»

«Kennst du sie?»

«Genau die da? Nein. Aber die Sorte erkennt man sofort.»

«Wie ist es mit dem da?» Ich deute auf einen Mann von etwa sechzig Jahren mit grauen Haaren bis zu den Schultern. Er hat sich in eine modisch zerrissene Jeans und ein knalliges Paisley-Shirt geworfen und hält einer schlanken, modelmäßig schönen Farbigen von ungefähr fünfundzwanzig Jahren einen Vortrag. Sie pickt an einer Olive in ihrem Martiniglas, als wäre ein Haar dran.

Marina kneift die Augen zusammen und nickt. «Profitabel. Verschenkt gern Schmuck. Dieser Glitzerkram um den Hals der Afrikanerin ist nicht aus Glas.» Sie beugt sich vertraulich zu mir. «Du musst ihm dafür nur zuhören, wie traurig er ist, dass er jetzt älter wird und dass seine Kinder alle drogenabhängig sind und alles keinen Sinn mehr hat.»

Dieser Club ist eine faszinierende Welt für sich, und Marina ist die Expertin. Wir sprechen noch über ein paar andere Leute – über den Geschäftsmann, der nur zu Besuch hier ist und mit einem hübschen jungen Mann redet, über die Pfauen in Anzügen und Sonnenbrillen, die ihre Mähnen sorgfältig mit Gel nach hinten geschmiert haben.

Oben auf der Treppe tauchen vier Männer auf, und der russische Türsteher beeilt sich, das Absperrseil vor ihnen zu lösen. Ihr Gelächter ist laut und klingt eher wie ein scharfes, hohes Kreischen. Das Gelächter von brutalen Schlägern. Sie schubsen und boxen sich bei jedem Schritt gegenseitig, stolpern rüber zu einem Tisch, auf dem ein RESERVIERT-Schild steht. Alle sehen zu ihnen hin und schauen dann schnell wieder weg. Sie tragen Trainingshosen, heraushängende Seidenhemden und Puma-Turnschuhe.

Marina stößt mich an. «Siehst du die Tattoos?»

Sie tragen ihre Ärmel hochgeschoben, und ich versuche, ihre Unterarme genauer zu erkennen. Es sind dieselben Tattoos wie die von Gunther und Lukas.

«Also, was sind das für Typen?», frage ich.

«Typische Schläger», grunzt Marina. «Was so viel heißt wie Geld und Schmerzen. Erst kriegt man das eine, dann das andere.»

In meinem Bauch steigt die Angst hoch, aber es ist Zeit, an die Arbeit zu gehen. Ich schiebe den Hocker zurück und stehe auf.

Marina packt mein Handgelenk. «Du hast gesagt, du willst nur mal gucken. Mach keine Dummheiten.»

Ich lächle sie an. «Ich gehe bloß aufs Klo.»

Als ich durch den Raum gehe, spüre ich Marinas Blick in meinem Rücken. Sie macht sich Sorgen, fragt sich aber gleichzeitig, ob ich ihre Sorge wert bin. Für die Jungs schwinge ich ein bisschen mit den Hüften, aber ich fühle mich wie eine Fünfjährige in Mamis hochhackigen Schuhen, darum gebe ich es nach ein paar Schritten auf. Aber es hat schon gereicht: Sie gucken. Als ich an ihrem Tisch vorbeikomme und in Richtung Klo am anderen Ende des Flurs gehe, höre ich einen von ihnen auf Deutsch zischen: «Heißes Teil.»

Ich kenne die Bedeutung des Wortes, aber ich würde es auch verstehen, wenn ich kein Deutsch könnte. Der Ton sagt alles. Ich gehe weiter und beachte sie nicht – ich mache eine echte Show daraus – und verschwinde in der Frauentoilette.

Zwei Blondinen sind über das Waschbecken gebeugt und ziehen sich Koks in die Nase. Zwei Clubgirls streiten sich vor den Spiegeln, richten ihre Röcke, schieben sich die Titten hoch und sehen sich dabei hasserfüllt an. Auf einem Hocker an der Wand sitzt eine ältere Frau, dick und aufgeschwemmt, und gibt Handtücher aus. Sie starrt blicklos geradeaus.

Angst und Adrenalin steigen in mir hoch, Schweiß bildet sich auf meiner Stirn. Die alte Frau reicht mir ein Handtuch, und ich werfe einen Euro in den Korb neben ihr. Ich wische mir die Stirn und starre in den Spiegel, übe Lächeln für die Jungs.

Es ist Showtime. Ich wappne mich und marschiere wieder nach draußen, zurück zu Marina. Einer der Schläger steht auf und folgt mir. Als Marina ihn sieht, verdreht sie die Augen und zieht ihr Handtäschchen auf den Schoß.

Ich setze mich wieder hin. Der Typ legt einen Arm um mich, den anderen um Marina. «Was geht ab?», fragt er.

«Verpiss dich», sage ich auf Deutsch, aber mit fettem russischem Akzent.

Er sieht gut aus, ist ungefähr zwanzig, hat dichtes schwarzes Haar und ein paar Stoppeln im Gesicht. Der Charmeur der Truppe, schätze ich. Sie haben ihn als Scout vorgeschickt. Er wendet sich an Marina. «Deine Freundin hat gesagt, ich soll mich verpissen. Findest du das nicht auch ganz schön unfreundlich?»

Marina taucht unter seinem Arm weg. «Ich verschwinde», sagte sie mit hochgezogenen Brauen auf Russisch, was so viel bedeutet wie: «Wenn du schlau bist, dann kommst du mit.»

Ich habe die größte Angst davor, dass sie mich allein lässt, aber ich kann sie nur anlächeln und ihr hinterherschauen. Der Typ lässt sich auf ihren Hocker fallen, seine Hand fährt über meinen Arm bis zu meiner Hand. «Also, was geht ab? Wie heißt du, Mädel?»

«Ich heiße Sofija», sage ich.

«Und ich heiße Christian.»

—

Christians Freunde sind ungefähr so, wie ich es erwartet habe: Trottel der gefährlichen Sorte. Jede Runde Bier und Wodka-Shots – drei davon in der ersten Stunde – generiert noch mehr Dämlichkeit, als wollten sie sich darin gegenseitig überbieten. Idiotische Sprüche über Fußball und Autos, unterbrochen von spontanen Ringkämpfen. Dazwischen schnappe ich Teile der Unterhaltung auf. Sie sind irgendwie in Trauer um jemanden, den sie kannten. Heute war Beerdigung. Nein, es waren zwei. Meine Hände fangen an zu schwitzen.

Christian versucht es mit Smalltalk – *wie ist es mit dir, Mädel?* Er fragt mich nach meiner Lieblingsjahreszeit, meiner Lieblingsfarbe, meinem Lieblingsgetränk, meinem Lieblingshaustier aus meiner Kindheit. Ich antworte, so gut ich kann, und fülle die Lücken in Sofijas Leben mit Details, wie Yael es mir beigebracht hat. Herbst, blau, Fanta, ein Kaninchen namens Aljoscha. *Wir haben so vieles gemeinsam,* sagt er.

Aber sonst behandelt er mich wie ein Möbelstück. Wie etwas, das einfach da ist. Ich ertrage seine Hand, die sich hin und wieder auf mein Bein legt, die anzüglichen Fragen – *Sag mal, Sofija, sind eigentlich alle russischen Mädchen in Deutschland Nutten?* –, aber ansonsten bin ich einfach irgendein russisches Clubgirl, das sowieso nicht viel von dem versteht, was sie sagen.

Dann wird ein neuer Song gespielt, den ich noch nie gehört habe, und alle keuchen entsetzt auf. Die Jungs werden unruhig, dann stehen sie auf. Sie stoßen mit ihren Gläsern an und bestellen weitere Shots. Das war ihr Lied. Gunthers Lieblingslied. Lukas hat es gehasst.

Ein Schauder kriecht von meinen Schultern bis in meine Fingerspitzen. Meine Theorie war richtig: Folge dem Weg zum Wasserloch, dort wirst du den Rest der Herde finden. Ich versuche, ruhig zu bleiben, zwinge mich dazu, ganz locker zu wirken. «Wer sind Gunther und Lukas?», frage ich.

Christian holt tief Luft und legt seine Hand auf meine Hüfte. «Kumpels von uns», sagt er.

«Oh.»

«Sind letzte Woche gestorben. Motorradunfall.»

«Das tut mir leid», sage ich. «Hier in Berlin?»

«Paris.»

Ich schließe die Augen, höre das Blut in meinen Adern rauschen. Ich greife nach meinem Ginger Ale und trinke es aus. Dann greife ich nach irgendeinem Wasserglas und trinke auch das aus. Und was soll ich jetzt machen, Yael?

«Was ist los?», will Christian wissen.

«Nichts», sage ich. «Lass uns tanzen.»

Wir gehen die Treppe zur Tanzfläche runter, und ich bete, dass er nicht sieht, wie sehr mir die Knie und Hände zittern. Jede Faser in meinem Körper drängt mich zum Ausgang, alle Instinkte in meinem Reptilienhirn sagen mir, dass Gefahr droht, Feuer und Raubtiere. Aber Christian ist meine Eintrittskarte zu Hamids Killern. Mein Ticket zu den Kidnappern meines Vaters. Sei jetzt cool, Gwendolyn.

Auf der Tanzfläche sind viel zu viele Menschen. Sich durch den Raum zu bewegen, ist, als ob man sich durch Gelatine arbeitet. Jeder Schritt, jeder Atemzug ist ein Kampf gegen das Ersticken. Aber ich führe ihn an der Hand auf die Tanzfläche. Wir werden zusammen tanzen, Christian und ich. So lange, bis ich ihn irgendwo für mich allein habe. Dann werde ich ihn foltern, um die Informationen aus ihm rauszubekommen, oder ihn ficken, wenn es nötig ist. Egal was, Hauptsache, das Ergebnis stimmt.

«Hör mal», sagt Christian. «Tut mir echt leid – aber ich hasse tanzen. Ich kann das einfach nicht. Und ehrlich, ich muss wieder zu meinen Freunden. Die Beerdigung ... du weißt schon.»

Innerlich koche ich vor Wut. Aber Sofija lächelt. «Gib mir deine Nummer, dann schreib ich dir. Wir können ja mal zusammen abhängen.»

Er grinst wie ein nervöser Schuljunge, dann sagt er sie mir. Ich schicke ihm eine Nachricht: *Sofija.*

Er checkt sein Handy. «Hab ich.»

—

Ich fahre mit der U-Bahn zurück zu Marinas Wohnung, gehe die Ereignisse im Rau-Club im Kopf noch mal durch und plane meine nächsten Schritte. Im U-Bahnfenster spiegelt sich mein Gesicht, dahinter flitzen die Tunnelwände vorbei. Das zuckende Neonlicht im Wagen macht meine Haut schrecklich blass. Meine

Augen liegen tief in ihren Höhlen, die Kiefermuskeln treten hervor, so fest beiße ich die Zähne aufeinander.

Irgendwas Komisches geht in meinem Bauch und meinem Kopf vor. All der Schrecken, den ich von dem Moment an erlebt habe, als ich herausfand, dass mein Dad gekidnappt worden ist – tut was? Verändert sich? Das Wort passt nicht so richtig. Wonach ich suche, ist ein Begriff für das, was der Typ in dieser Kafka-Geschichte durchmacht, als er plötzlich zur Küchenschabe wird. Metamorphose? Ich suche in meinem Handy danach.

> **Metamorphose**: bedeutende körperliche oder charakterliche Veränderung/Anpassung an eine veränderte Lebenslage

Das ist es. Der Schrecken verwandelt sich in das Ding, das ich zuerst in New York in mir entdeckt habe – das Ding, das Yael trainiert und verfeinert hat. Dieses Ding ist die Kehrseite, der Kontrapunkt, die lautstarke Antwort auf die Frage des Schreckens. Der Schrecken fragt: Was wird aus mir werden? Und das Ding antwortet: Dies.

Meine Wut lässt mich nicht mehr klar denken, und da die Wut die Luft ist, die das Ding in mir zum Atmen braucht, geht es ihm heute Abend sehr gut. Du musst Christian unter allen Umständen irgendwo allein für dich haben, sagt es mir, dann binde ihn am Bett fest und bearbeite ihn mit Zangen und einem Feuerzeug, bis er dir die Antworten gibt. Aber mit rationalem Verstand weiß ich, dass ich so nicht an die Informationen kommen werde. Das habe ich von Dad gelernt, als wir im Fernsehen einen Bericht über die Foltermethoden von Terroristen gesehen haben. «Ein Mensch gesteht unter Folter alles. Dass er ein Terrorist ist. Dass er der Teufel ist. Dass er die Gewinnzahlen der nächsten Lotterie kennt», hat er mir erklärt.

Also dann die andere Methode. Warum nicht? Ich ficke ihn,

statt ihn zu foltern – Gewalt wäre zwar angenehmer und weniger widerlich, als ihn zu ficken, aber wir werden sehen. Ich tue alles, was nötig ist. Alles, um zu gewinnen.

Ich verpasse meine Station und muss den Weg von der nächsten zurücklaufen. Meine Gedanken sind weiterhin bei Christian und seinen Freunden. Wie kann diese Ansammlung von Vollpfosten, die ich heute Abend getroffen habe, Dad gekidnappt haben? Was qualifiziert diese Bande von armseligen Trotteln, die Bier saufen wie Wasser und sich gegenseitig in die Eier boxen, meinen Dad auch nur anzusehen? Ich hatte mir das Böse, das mir meinen Dad genommen hat, irgendwie mächtig vorgestellt, groß und brillant und monumental, quasi wie einen Flugzeugträger, der auch Schach spielen kann. Aber dieses Böse ist nur deshalb mächtig, weil es klein und hirnlos ist – und weil es aus vielen besteht.

Und das erschreckt mich daran noch mehr. Wie soll ich je gegen sie gewinnen? Soll ich sie vielleicht im Buchstabierwettbewerb schlagen?

Beim Gehen sehe ich Leute auf der Straße – Penner und Betrunkene und Typen, deren Augen im Licht der Straßenlampen blitzen wie Messerklingen. Aber sie sehen mich nur an, als wäre ich die Gefahr, als wäre ich diejenige, die sie in eine Türflucht oder eine Gasse zerren und ihnen die Kehle aufschlitzen will.

Marina und Ljuba schlafen in ihren Betten, als ich komme. Ich schließe leise die Badezimmertür hinter mir, um sie nicht zu wecken, und hänge den Kopf übers Klo. Ich würge ein paar Mal, bis mir die Tränen die Wangen runterlaufen, aber mein Magen ist praktisch leer, und es kommt nicht heraus als Spuckefäden. Mit dem Schwamm, der am Badewannen-Wasserhahn hängt, schrubbe ich mir die Hände und Unterarme, versuche verzweifelt, den Dreck runterzukriegen, den ich weder sehen noch riechen kann.

Auf dem Sofa liegt eine Nachricht in krakeliger kyrillischer Schrift: *Weck mich, wenn du kommst,* steht darauf. Ich schleiche in Marinas Zimmer, setze mich auf den Rand ihres Bettes und berühre ihren Arm. Sie dreht den Kopf und blinzelt mich an. «Du hast mich heute Abend erschreckt», sagt sie. «Ich hab mir Sorgen gemacht.»

«Sorry», sage ich.

Sie will noch etwas sagen, doch stattdessen drückt sie meine Hand.

15. KAPITEL

Ich krame in der Küche herum, um für mich und meine Mitbewohnerinnen ein Frühstück zu improvisieren. Es gibt schwarzen Tee und Honig und Joghurt und einen Karton Eier und einen halben Laib langweiliges, geschmackloses Roggenbrot, von dem die Verpackung behauptet, es sei wichtig für die «Darmgesundheit». Ich tue, was ich kann, und decke für uns alle den Tisch.

Ljuba betrachtet mich aus zusammengekniffenen Augen durch den Rauch ihrer Zigarette und isst bloß das Roggenbrot. «Der Tee ist zu dünn», sagt sie und verschwindet wieder. Ein paar Minuten später ist sie aus der Tür und auf dem Weg zur Klavierstunde für so eine «reiche kleine Sissy» in einer großen Wohnung in Charlottenburg.

Marina nimmt sich Ljubas Teller und isst ihre Rühreier. «Ich bin erstaunt, dass du nach Hause zurückgekommen bist.»

Ich fange an abzuräumen. «Ich hatte nicht die Absicht, jemanden abzuschleppen.»

«Es geht nicht ums Abschleppen, *novička*. Ich wundere mich, dass du noch lebst.» Marina bringt den Teller zur Spüle und nimmt sich ein Geschirrhandtuch. «Du hast gesagt, du suchst nach jemandem. Ist das einer von diesen Gangstern? Geht es um Rache?»

Ich schrubbe die Pfanne mit dem Topfschwamm und kratze das angebrannte Ei mit den Fingernägeln ab. «Keine Rache.»

Marina lässt ein paar abgetrocknete Teller krachend auf ein Regal fallen. Ich zucke zusammen. «Ich habe es dir gesagt, bring deinen Scheiß nicht mit in Marinas Wohnung. Ljuba glaubt noch nicht mal, dass du Russin bist. Wusstest du das? Sie hält dich für ein Fake.»

«Armavir ist weit weg von Moskau.»

«Habe ich ihr auch gesagt. Sie ist paranoid. Glaubt dem, was Putin sagt, sieht überall Spione. Aber, Sofija, nach diesem Mafiadrama von gestern – wenn du hier noch eine Nacht bleiben willst, dann musst du mir sagen, was für ein Spiel du da spielst.»

Ich stelle das Wasser ab und drehe mich um. «Ich suche nach meinem Vater», sage ich. «Er ist verschwunden, und ich glaube, er hat sich mit denen da eingelassen. Diesen Typen aus dem Club.» Das ist das Minimum, was sie akzeptieren wird, schätze ich.

Marina verdreht die Augen. «Das ist es also. Das große Geheimnis von Sofija ist nichts als sentimentaler Scheiß.» Sie hängt das Geschirrtuch über die Spüle. «Papa ist aus einem bestimmten Grund abgehauen. Besser, du lässt ihn bei seinen neuen Freunden. Damit seid ihr beide glücklicher.»

Ich will ihr antworten, ihr sagen, dass es anders ist, aber sie ist schon aus der Küche. Einen Augenblick später höre ich die Schlafzimmertür zuknallen.

Das Telefon in meiner Tasche vibriert. Eine SMS von Christian. *Was geht ab baby.* Ich setze mich auf den Küchentisch und starre aufs Display. Was ich schreiben will, ist: *Was abgeht, baby, ist, dass ich dich bluten lassen will.* Was ich stattdessen schreibe ist: *Nicht viel. Du?*

Er schreibt sofort zurück in einem umgangssprachlichen, verkürzten Deutsch, dessen Entzifferung mich eine halbe Ewigkeit kostet. Heute Abend steigt eine Party in Neukölln, und ich soll ihn begleiten.

Ich treffe ihn draußen vor der U-Bahn-Station Hermannstraße. Draußen ist es schon dunkel, aber unter der Markise des Lebensmittelladens an der Ecke scheint helles Neonlicht. Er steht gegen die Wand gelehnt und isst eine Currywurst, stopft sich die Stücke mit einem Zahnstocher in den Mund. Er trägt eine knallrote Lederjacke, und seine Sneakers sind weiß und neu. «Magst du Currywurst?», fragt er mit vollem Mund und hält mir die kleine Pappschachtel hin. «Ich kann dir noch einen Zahnstocher holen. Oder du nimmst meinen.»

Ich schüttle den Kopf und zwinge mich zu einem Lächeln. Heute Abend bin ich Sofija, sage ich mir, süß und schüchtern, still und geheimnisvoll.

Er betrachtet mich von oben bis unten. «Kein Kleid?»

Ich trage Jeans und meine Doc Martens, schwarzes T-Shirt und die Lederjacke, die Yael mir gekauft hat. «Ich dachte, heute Abend ist es locker.»

«Klar! Ich meine, du siehst heiß aus. Echt. Du siehst in jeder Klamotte heiß aus.» Er meint es ernst, und eine teenagerhafte Scham lässt sein Gesicht erröten. Abgesehen vom Ketchup auf seinem Kinn sieht er gut aus, so als gehöre er zu irgendeiner Boyband, die ich mir mit zwölf vielleicht angehört hätte. Aber er wäre nicht der Sänger, sondern der Stillere im Hintergrund, Objekt von Millionen heimlicher Schwärmereien.

Er wirft den Rest der Wurst in einen Mülleimer und wischt sich den Mund mit einer Serviette ab. «Warst du schon mal in Neukölln?», fragt er. «War mal 'ne üble Gegend. Jetzt ist es total schwul. Massen von Künstlern und so 'n Scheiß.»

Er geht neben mir. Auf der einen Seite der Straße reihen sich Wohnhäuser, auf der anderen steht ein hohes Gebüsch, das einen Metallzaun und dahinter Gleise verdeckt. Ich weiß nicht, ob die Gegend hier wirklich mies ist oder ob die Straße nur schlecht beleuchtet ist.

«Wessen Party ist das denn eigentlich?», frage ich.

Nervöses Lachen. «Von meinem Boss. In seiner Wohnung. Aber mach dir keine Sorgen. Ich hab ihm erzählt, du bist cool. Das ist – für unsere Kumpels, die gestorben sind. Wir feiern das Leben, sagen wir.»

Eine Gedenk-Party. Im Haus von seinem Boss. Angst regt sich in meinem Bauch. Wo ist der ganze selbstsichere Mut hin, den ich gestern Nacht in der U-Bahn noch hatte? «Also – eine Gedenkfeier.»

«Ja. Aber ein bisschen schicker. Darum dachte ich – vielleicht wäre ein Kleid besser. Aber egal.»

«Erzähl mir mal von deinem Boss», sage ich. «Ist er cool?»

«Paulus? Supercool. Und seine Wohnung – na, siehst du ja gleich.» Er macht ein keuchendes Geräusch und schüttelt den Kopf. «Es sind eigentlich zwei Wohnungen übereinander. Er hat eine Treppe eingebaut und sie miteinander verbunden. Mahagoni-Bar, Jacuzzi auf dem Dach und ein Riesenfernseher, mindestens zwei Meter.»

«Cool.»

«In ein paar Jahren kann ich mir vielleicht auch so eine Wohnung leisten.» Er schlägt vor Begeisterung die Hände zusammen, wie ein kleiner Junge. «Vielleicht gibt es dann schon drei Meter breite Fernseher.»

«Und was arbeitest du, Christian?», frage ich in so gleichgültigem Ton, wie ich nur kann. «Das hast du mir gestern gar nicht erzählt.»

Seine Stimme wird eine halbe Oktave tiefer – er spielt plötzlich den Erwachsenen. «Ich bin Grossist. Wir kaufen Sachen und verkaufen sie wieder. Computer. Whisky. Autoteile. Was auch immer. Von West nach Ost, von Nord nach Süd, durch ganz Europa.»

«Und ich dachte, du machst irgendwas, na ja, Gefährliches.»

Ich werfe ihm einen Seitenblick zu und lächle. «Ich mag gefährlich.»

«Oh, es ist manchmal gefährlich!», sagt er eifrig. «Manchmal sind die Steuerpapiere nicht dabei, manchmal fehlt ein Einfuhrstempel oder so was.»

«Klingt ja gruselig. All diese Papiere – nicht, dass du dich noch schneidest.»

Er sieht beschämt aus. «Das ist noch lange nicht alles. Diese Leute, meine Kumpels – mit uns sollte man sich lieber nicht anlegen.»

«Mm», sage ich betont zweifelnd. «Stimmt das wirklich?»

Seine Stimme klingt, als wolle er sich verteidigen. «Diese Jacke hat mich fünfhundert Euro gekostet, weißt du. Scheiß limitierte Auflage. Glaub mir, Sofija, in dieser Welt kriegst du nicht das, was du willst, wenn du bloß ein kleiner, schwacher Loser bist.»

«Stimmt», sage ich.

—

Die Gedenkfeier findet in einem mit Graffiti beschmierten Gebäude ganz am Ende der Straße statt. Ich höre Housemusik und klappernde Fenster, lachende und brüllende Männer. Christian führt mich an der Hand die Stufen zum Eingang hoch, an knutschenden, kiffenden Pärchen vorbei. Die Typen sehen aus wie eine ältere Ausgabe von ihm, und die Mädchen in ihren kurzen Kleidchen sehen aus wie eine besser angezogene Version von mir. Er betritt die Party mit einem Triumphgebrüll, das von ein paar Brüllern beantwortet wird. Um den riesigen Fernseher, von dem Christian mir erzählt hat, drängen sich Leute und spielen irgendein Ballerspiel vor einer endzeitlichen Kulisse.

Wir quetschen uns zur Küche durch, die ganz hinten in der Wohnung liegt, und Christian reicht mir eine Flasche Bier und ein volles Shot-Glas. Ich sehe keinen anderen Ausweg, also scheiß auf die taktische Wahrnehmung. Wir stoßen an, und ich kippe den Shot auf einmal runter, einen dickflüssigen, süßen Likör, der mir an den Lippen kleben bleibt.

Christian nimmt meine Hand, wirbelt mich herum und drückt sich von hinten gegen mich. Seine Lippen, die ebenfalls klebrig sind, erkunden meinen Nacken. Ich versuche, mich aus seinem Griff zu winden, aber er hält mich nur noch fester. «Hey!», sage ich und klopfe mit der Hand auf seinen Kopf. «Lass das!»

Einer seiner Kumpel aus dem Rau-Club nähert sich mit breitem Grinsen und schlägt Christian hart auf die Schulter. «Wo bleiben deine scheiß Manieren? Sie hat gesagt, du sollst die Finger von ihr lassen.» Christian lacht sich über seinen Scherz kaputt. Die beiden fangen an zu ringen, vielleicht meinen sie es sogar ernst, aber auf jeden Fall kann ich mich jetzt befreien. Ich zwänge mich durch die Menge, die einen ohrenbetäubenden Krach macht, und suche nach einem Ort, der weniger voll ist. Ich finde eine Ecke, in der zwei Frauen in kurzen Kleidern stehen, rauchen und miteinander Russisch sprechen.

Eine blasse Frau von etwa zwanzig Jahren mit platinblonden Haaren winkt mich mit ihrer Zigarette zu sich. «*Russkij?*»

Ich nicke.

«Gott, noch eine von uns», sagt sie. «Zu wem gehörst du?»

«Zu ihm», sage ich und deute auf Christian. «Dem mit der roten Jacke.»

«Oh, Christian ist ja noch ein Baby», sagt die andere Frau. Sie ist vielleicht Ende zwanzig und hat ihre schwarzen Haare kunstvoll aufgesteckt. Sie schwankt ein bisschen, offenbar schon betrunken, und stellt sich als Veronika vor. «Ich bin mit Paulus zusammen. Du kannst ihn haben, wenn du willst.»

Die Frauen lachen, und ich bemühe mich mitzulachen.

«Welcher ist denn Paulus?», frage ich.

Veronika deutet auf einen Mann, der in der Nähe steht. Er ist Ende dreißig, sein Kopf ist vollkommen kahlgeschoren, und er trägt ein schwarzes Hemd über einem muskulösen und sehr schlanken Körper. Er kippt mit Christian und zwei anderen jungen Männern Shots, schenkt noch mal aus und danach noch mal.

«Von dem ganzen Koks und Alk werden sie wieder so besitzergreifend», lallt Veronika. «Der Trick ist, sich so lange unten zu verstecken, bis das Koks aus ist und sie beim Videospielen eingeschlafen sind.»

An einem offenen Fenster auf der anderen Seite des Raums versammeln sich ein paar Männer. Ein muskulöser Typ im Tanktop hebt brüllend ein Bierfässchen über den Kopf. Die anderen feuern ihn an, grölen ihm zu. Dann verschwindet das Bierfass aus dem Fenster. Man hört einen Knall, eine Autoalarmanlage geht an. Kreischendes Gelächter.

Die Blonde tritt ihre Zigarette auf dem Fußboden aus und nimmt mich am Arm. «Zeit zu verschwinden.»

Wir schleichen diskret durch die Menge der Partygäste auf eine Wendeltreppe in der Mitte des Zimmers zu. Veronika fängt die Blicke von ein paar anderen Frauen auf und bedeutet ihnen, ebenfalls abzutauchen.

Die Blonde geht voran, ich folge mit Veronika, die das Geländer fest umklammert und unsicher auf ihren hohen Hacken die Stufen herunterstakst. «Die Jungs kennen die Regeln», sagt sie. «Dieser Bereich ist nur für den Boss und mich. Privat. Zutritt verboten.»

—

In der unteren Wohnung ist es viel ruhiger. Weiße Ledersofas, ein Glastisch, an der Wand ein hässliches abstraktes Gemälde in einem verschnörkelten Goldrahmen. Drei weitere Frauen folgen

Paulus' Freundin, der Blonden und mir auf die Sofas. Jemand stellt eine Flasche Wodka auf den Tisch, eine andere einen kleinen Spiegel und ein durchsichtiges Plastikröhrchen mit weißem Pulver.

Neben mir und den beiden Russinnen sitzen zwei Deutsche und eine Österreicherin. Die Gespräche, die sie oben begonnen haben, werden fortgesetzt. Ich schnappe ein paar Sätze auf. Sexprobleme. Shopping-Tipps. Krankenhäuser, die keine Meldung machen, wenn man mit einem blauen Auge kommt.

Veronika sitzt neben mir und kippt ein Glas Wodka runter. Sie füllt sich nach und spricht dabei leise auf Russisch mit mir. «Behandelt Christian dich gut? Ich hab schon heute Mittag mit Trinken angefangen, also bin ich jetzt hemmungslos neugierig.»

«Oh ja», sage ich. «Er ist total süß.»

«Na ja, der ist noch jung. Sieh dich um, dann weißt du, was für Bastarde später mal aus ihnen werden», sagt sie und nimmt wieder einen Schluck. «Es ist dieses Geschäft, das macht sie gemein. Und seit Paris sind sie alle durchgeknallt.»

Paris. Wie betrunken ist sie, und wie weit wage ich mich vor? «Christian hat mir davon erzählt», sage ich. «Von Gunther und Lukas. Wie traurig.»

«*Traurig*? Also bitte. Das waren Idioten und Schläger, genau wie all die anderen Monster da oben.» Sie legt mir eine Hand auf die Schulter und die andere auf mein Bein. Eine mitfühlende Freundin. «Aber ich habe keine Lust mehr, darüber zu reden. Paulus kann mir jedenfalls nicht die Schuld an dieser Scheiße geben. Nein, kann er nicht. Ich sollte sowieso die Finger von seinem Gangsterarsch lassen.»

Ich lächle und tätschle konspirativ ihren Arm. «Meine Tante hat immer gesagt: Eine Frau braucht einen Mann genauso dringend wie einen Seidenschal. Schön zu haben, aber wenn man ihn verliert, wen stört's?»

«Genau! Und sie hören einem ja sowieso nie zu. Als wären sie ohne Ohren zur Welt gekommen. Ich habe Paulus gesagt, dass er die Jobs immer bereut, die er von diesem leichenfressenden Dämon bekommt, diesem Boris oder Bandar oder Buh-Sowieso. Immer. Zu viel Arbeit, nicht genug Geld. Scheiß Paris.» Veronika zieht sich den Spiegel und das Koks heran und baut mit dem Rand einer Sportclub-Karte zwei Lines. «Du auch? Hält schön schlank.»

«Nein», sage ich. «Danke.»

«Diese Figur wirst du nicht immer haben, weißt du?» Veronika beugt sich vor und zieht erst die eine, dann die andere Line. Als sie wieder hochkommt, sind ihre Nasenlöcher rot, und sie grinst breit. Sie packt meine Hand und legt sie auf ihre Brust. «Fühl mal mein Herz. Fühl es. Das galoppiert wie ein Rennpferd.»

Und es stimmt. «Alles okay?», sage ich. «Vielleicht solltest du dich – beruhigen?»

Veronika starrt mich einen Moment wütend an. Dann lacht sie rau. «Oh, kleines Mädchen. Tu dir selbst einen Gefallen und verschwinde von hier. Verschwinde, bevor du so wirst wie ich.»

Schwere Schritte auf der Treppe. Ich sehe hoch. Paulus kommt die Treppe runter. Er bleibt auf der Mitte stehen und spricht direkt mit Veronika. «Was macht ihr alle hier unten? Los, rauf mit euch! Hopp, hopp!»

Die Frauen erheben sich, und Veronika macht einen Knicks vor Paulus. «Wie du willst, Liebling.»

Ich folge ihnen die halbe Treppe hinauf, dann bleibe ich stehen. Die Party ist lauter als zuvor, in vollem Gange. Sie werden gar nicht merken, dass ich nicht da bin.

Ich schleiche die Treppe wieder runter in Paulus' Wohnung und sehe mich um. Es ist bloß das protzige Zuhause eines Gangsters – eines *typischen Schlägers*. Zu viel Leder, zu viel Glas, zu viel teurer, geschmackloser Scheiß. Wie viel Zeit habe ich, bis mich jemand vermisst? Zehn Minuten? Zwei?

Ich gehe an der Küche vorbei und in den Flur. Hier ist das Schlafzimmer – eine riesige Kommode, ein riesiger Kleiderschrank. Hier ist das Badezimmer – alles aus Marmor. Und hier ist eine abgeschlossene Tür. Ich warte, lausche auf die Geräusche der Party, auf das Stampfen von Hunderten Füßen, kreischendes Gelächter, einen Schrei, etwas, das krachend zu Boden fällt.

Paulus, wo würdest du den Schlüssel aufbewahren? Natürlich in deiner Hose, aber vielleicht ... ich gehe ins Wohnzimmer. So leise ich kann, öffne ich den Garderobenschrank, wühle mich durch Mäntel und Jacken, finde aber nichts. Scheiße. Vielleicht hat Paulus sich vor der Party umgezogen. Vielleicht ist der Schlüssel in seiner Hose und liegt im Schlafzimmer auf dem Boden.

Aber der Schlafzimmerboden ist leer, ebenso die Oberfläche der Kommode. Im Kleiderschrank und in den Schubladen der Nachttischschränke finde ich nichts außer einem Roman auf Russisch, Kleingeld und ein paar Rezepte. Die Angst kreist jetzt in mir wie ein Betäubungsmittel, aber ich gebe mir noch einen Moment. Verzweifelt durchsuche ich die Wäscheschublade: T-Shirts, Socken, Unterwäsche, seine und Veronikas. Ekelhaft. Ich durchsuche die Kaufhaustüte: ein seidenes Nachthemd, noch mit Preisschild dran. Ich suche unter dem Bett: ein Pappkarton von einem Kurierdienst.

Ich ziehe ihn heraus und stelle fest, dass er schon geöffnet wurde. Darin liegt kein Lieferschein, auch keine Zollbescheinigung. Bloß eine wunderschöne Holzkiste, die in Schaumstoff gepackt wurde. Sie sieht aus wie ein Humidor, aber als ich den Deckel hebe, liegt etwas ganz anderes darin: eine mit Gold überzogene Pistole in einem Nest aus passend geformtem Samt. Ich schiebe eine kleine Karte zur Seite, um die Waffe besser sehen zu können. Sie ist total protzig und sieht genau aus wie etwas, das jemand wie Paulus gern sammelt. Auf einem Messingschild im Deckel steht:

Česká Zbrojovka Uherský Brod
Made in Czech Republic
Limited Edition 64/100

Die Grußkarte, die der Pistole beiliegt, ist jedoch gar nicht protzig. Sie ist aus dickem Papier mit groben Rändern und fühlt sich an wie Leinen. Auf der Innenseite steht mit blauer Tinte und auf Englisch: *As ever, a pleasure doing business. Your admiring friend, BK.* Einen Moment lang starre ich die Initialen an. Was hatte Veronika gesagt? Dieser leichenfressende Dämon Boris oder Bandar oder Buh-Sowieso.

Die Zeit ist um. Ich muss hier raus und wieder zurück zur Party. Ich schiebe den Karton wieder unter das Bett zurück und gehe durch den Flur ins Wohnzimmer. Vergiss den Schlüssel zur abgeschlossenen Tür. Es ist einfach zu riskant hier unten.

Als ich ins Wohnzimmer komme, erstarre ich. Christian steht am Fuß der Treppe. Er starrt mich aus vor Wut schmalen Augenschlitzen an. «Was zum Henker machst du hier?»

Schluck die Angst runter, sage ich zu mir. Sei Sofija. Ich gehe zu ihm, lege ihm die Hände auf die Brust und lächle ihn so sexy an, wie ich nur kann. «Ich warte auf dich», sage ich.

Er packt meine Handgelenke. «Du kannst nicht hier unten sein. Und das weißt du auch.»

Knie in die Eier, Daumen in die Augen. Blende ihn. Lauf. Aber ich tue es nicht. «Christian, lass mich los, du tust mir weh», sage ich stattdessen. «Ich wollte, dass du mich suchst, damit wir ein bisschen allein sein können.»

Sein Gesicht entspannt sich etwas, und ich sehe Unsicherheit in seinem Blick. Dann lässt er mich los.

Wieder Schritte auf der Treppe, diesmal eilige. Ich schlinge meine Arme um Christian und ziehe ihn zu mir heran. Seine Lippen treffen auf meine, und ich schiebe ihm die Zunge zwischen die Zähne. Ich spüre, wie sich sein Körper vor Schreck verspannt.

Dann wird er heftig von mir weggerissen. Paulus sieht von mir zu Christian und wieder zurück. «Du kleine Schlampe», sagt er. «Kleine Straßendiebin.» Dann dreht er sich zu Christian um. «Und du – entweder klaust du auch, oder du bist zu dämlich zu erkennen, was das für eine ist.»

Christian versucht, etwas zu stottern, schafft es aber nicht. Paulus packt mich an der Jacke und drückt mich hart gegen die Wand. «Was bist du? Eine Diebin? Oder hast du Wanzen versteckt? Arbeitest du für die Bullen?»

«Paulus!», ruft Christian.

«Halt die Klappe.»

«Paulus!», ruft Christian wieder und tritt einen Schritt vor. Dieser unbeholfene Teenager zwingt sich dazu, mutig zu sein. «Es ist meine Schuld. Ich habe sie hier runtergebracht. Ich wollte – wollte mit ihr allein sein.»

«Bullshit», sagt Paulus. «Veronika hat mir gesagt, dass sie nicht mit den anderen raufgekommen ist.»

Christian holt scharf Luft und fährt sich mit der Hand über den Mund. «Bei allem Respekt, Paulus, aber Veronika ist betrunken und zugekokst. Soll keine Beleidigung sein. Aber du hast es selbst gesehen.» Er zeigt auf mich. «Sie hat gesagt, sie würde … na, du weißt schon, heute mit mir schlafen. Aber ich konnte es nicht abwarten. Also hab ich gesagt, wir schleichen uns hier runter.»

Ich sehe Paulus von der Seite an, wie er Christian anstarrt. Dann lässt er meine Jacke los. «Scheiß Kinder», zischt Paulus.

«Tut mir echt leid», sagt Christian.

Paulus packt mich im Nacken und schiebt mich zur Treppe. Ich halte mich am Geländer fest, um nicht zu fallen. «Du», sagt er und deutet mit zitterndem Finger auf meine Kehle. «Verschwinde aus meinem Haus.»

Dann dreht er sich zu Christian um. «Und du bleibst gefälligst hier.»

16. KAPITEL

Ich liege auf Marinas Sofa, lade mein Handy auf und ziehe das Ladekabel, so weit es geht, zu mir heran. Ich starre auf das Display und auf die drei unbeantworteten Nachrichten, die ich an Christian geschickt habe:

> Bist du okay?
> Bist du okay?
> ???????????

Die erste habe ich auf dem Rückweg zu Marina in der U-Bahn geschrieben, die zweite eine Stunde später und die dritte eine weitere Stunde danach. Die ganze Zeit über habe ich mich gefragt, ob Paulus ihn jetzt foltert. Das Problem ist, ich brauche Christian. Er war meine Eintrittskarte. Dann habe ich es vermasselt. Ohne ihn habe ich keinen Zugang mehr zu den Männern, die Dad gekidnappt haben.

Und während dieses Ding in mir sich wegen des strategischen Verlustes Sorgen macht und vor Wut mit den Zähnen knirscht, blutet mein menschliches Herz für den Jungen. Ein bisschen zumindest. Er ist ein Schlägertyp und ein schmuddeliger, gieriger Saufbold, aber irgendwie auch mutig. Er hat sich für mich in die Bresche geworfen. Das ist doch immerhin etwas, oder?

Nach einer ganzen Zeit finde ich endlich etwas Schlaf, wache aber ständig auf, weil ich glaube, dass das Handy auf meiner Brust vibriert. Im Morgengrauen stehe ich auf, gehe im Wohnzimmer hin und her und schicke Christian eine weitere, hoffnungslose *Bist du okay?*-SMS.

Ich putze mir die Zähne und dusche. Das Telefon liegt mit dem Display nach oben auf dem Waschbeckenrand. Aber es kommt keine Antwort. Beim Haarebürsten und Anziehen höre ich Ljuba und Marina in der Küche. Aber als ich eintrete, steht da noch eine dritte Person bei ihnen. Er hat einen struppigen roten Bart und einen runden Bauch. Ljuba deutet auf mich, und er zieht den Kragen seiner Jeansjacke hoch und tippt mit der Spitze seines Cowboystiefels auf den Fußboden.

Eine Weile sehen er und ich uns nur stumm an. Dann dreht er sich zu Marina um und schlägt ihr hart ins Gesicht. Sie stößt einen hohen, aber undramatischen Schrei aus, wie jemand, der so was schon gewohnt ist. Sie weicht zurück, kauert sich neben die Küchentür, und all ihr Selbstbewusstsein, das sie sonst immer zur Schau trägt, ist verschwunden.

Der Mann kommt auf mich zu, und ich weiche zurück ins Wohnzimmer, halte ein paar Meter Abstand zwischen uns. Ich will lieber hier sein, wo etwas mehr Platz ist, wenn gleich das passiert, was ich vermute.

«Ich bin Leo», sagt er auf Russisch. «Und du heißt Sofija, ist das richtig?»

«Ja.»

Leo nickt und macht einen weiteren Schritt auf mich zu. Diesmal weiche ich nicht zurück. «Die Schutzgebühr ist dreihundert die Woche. Was ziemlich fair ist, stimmt's, Marina?»

Sie sieht ihn an, die Wange rot von seinem Schlag. «Ja, Leo.»

«Wie war das?», sagt er.

«Ja, Leo», wiederholt Marina. «Sehr fair.»

Seine Augen werden schmal. «Aber du bist mit dem Geld im Verzug, also zahlst du jetzt mit Zinsen tausend. Wie ist das?»

Meine Muskeln spannen sich an, machen sich bereit. Welche

Angst ich auch spüre, sie drängt sich in den Hintergrund, hinter den Wunsch, diesen Mann zu bestrafen, hinter das Wissen, dass ich dazu in der Lage bin.

Ich neige den Kopf. «Ich werde jetzt meine Sachen packen, Leo, und aus der Tür gehen.» Meine Stimme klingt sicher, beinahe übermütig, wie ich sie selbst noch nie gehört habe. Und sie gefällt mir. «Und was das Geld angeht, das gehört mir. Was bedeutet, dass ich es dir nicht geben werde.»

Ich trete zur Seite, nehme meinen Rucksack und schiebe mein Telefon und das Ladekabel hinein und die wenigen anderen Sachen, die hier noch herumliegen. Leo starrt mich interessiert an. Ich habe ihm etwas Neues geboten.

Auf dem Weg zur Tür lasse ich Leo nicht aus den Augen, drehe mich dahin, wohin er sich dreht, wende ihm nie den Rücken zu. Dann greift er nachlässig nach meinem linken Arm.

Die Reflexe, die Yael meinen Muskeln eingetrichtert hat, setzen sofort ein. Ich packe seine Hand und drehe sie von mir weg. Leos Arm ist jetzt ein Hebel, der seinen Körper dahin steuert, wo ich ihn haben will – Leiste nach vorn und etwas zur Seite gedreht. Ich ramme ihm mein Knie mit der Wucht eines Baseballschlägers in die Eier. Als er vornüberkippt, packe ich seinen Kopf, bohre ihm die Nägel in seinen Skalp und halte ihn fest.

Zwei weitere Kniestöße folgen, diesmal in Leos Gesicht, und beim zweiten Tritt höre ich etwas knacken. Ich lasse ihn los, er macht ein paar Schritte zurück und fällt auf die Knie. Dann hebt er den Blick und sieht mich an. Seine Augen glänzen vor Demütigung. Das kommt dabei raus, Leo, wenn du versuchst, dir etwas zu nehmen, was dir nicht gehört.

Marina hat recht damit, dass Leo aussieht wie ein Teddybär. Ich habe nur vier Sekunden gebraucht, um ihn fertigzumachen, und das ist nicht akzeptabel. Also drehe ich mich auf dem rechten Fuß herum und lasse mein linkes Bein vorschnellen. Meine Zehen knallen gehen seine Schläfe und befördern seinen Kopf zur Seite. Er macht eine halbe Drehung und kollabiert auf dem Boden.

Leo ist bewusstlos oder zumindest so weit ruhiggestellt, dass er nicht protestiert, als ich eine kleine Pistole und eine Rolle Euroscheine aus seiner Jackentasche hole. Die Rolle besteht aus mehreren kleineren Bündeln, die mit Büroklammern zusammengehalten werden. Bestimmt von seiner Morgenrunde bei den Mädchen. Leo starrt mich stumpf an. Vielleicht versteht er, was gerade mit ihm passiert, vielleicht auch nicht. Seine Nase ist zur doppelten Größe angeschwollen und hat jetzt die Farbe einer Aubergine.

Euphorie durchströmt mich, und ich spüre, wie sich meine Lippen zu einem Lächeln verziehen. Hinter mir höre ich Ljuba kreischen und Marina Leos Namen rufen.

Ich starre auf die Pistole in meiner Hand. Sie ist klein, aber schwer für ihre Größe. An der Seite ist ein Schiebemechanismus, den man mit dem Daumen bewegen muss. Als ich es tue, kommt ein orangefarbener Punkt zum Vorschein. Die Sicherung?

Leo rührt sich, tastet mit seinen dicken Fingern nach der Pistole. Ich richte sie auf ihn und spanne den Hahn, bis er einrastet. So machen sie es immer in den Filmen, um die Aufmerksamkeit des anderen zu bekommen, und es funktioniert. Leo streckt die Hände mit gespreizten, zitternden Fingern ergeben von sich. Eine Stimme in meinem Kopf sagt, dass ich es jetzt gut sein lassen soll. Aber Yael hat mir eingetrichtert, dass eine gute Kriegsgöttin immer zu Ende bringt, was sie begonnen hat.

Ljuba und Marina laufen an mir vorbei. Ich erwarte, dass sie auf ihn einprügeln, dass sie sich an Leo rächen für das, was er ihnen angetan hat. Aber Ljuba hebt seinen Kopf mit tränenüberströmten Wangen auf ihren Schoß und wiegt ihn, wischt ihm das Blut mit ihren Fingern aus dem Gesicht.

Marina wendet sich wütend an mich. «Oh, du dämliche Kuh!

Keine Dschihad-Scheiße, habe ich gesagt!» Sie tritt ganz dicht an mich heran, ohne Angst vor mir oder der Pistole, und reißt mir die Geldscheine aus der Hand. «Ich habe vier Jahre dafür gearbeitet, dass es so gut läuft.»

«Er wird mich nicht besitzen, Marina», sage ich. «Und jetzt besitzt er dich auch nicht mehr. Das ist deine Chance. Kein Leo mehr.»

«Es wird immer einen Leo geben! Morgen sind es zehn mehr! Wo auch immer ich hingehe – Paris, Chicago, scheißegal –, ist ein Leo!» Sie hebt die Hände, vergräbt ihre Finger in ihren Haaren und stöhnt. «Bist du wirklich so dämlich? Willst du vielleicht immer hierbleiben und uns alle Leos vom Hals halten?»

Ich blinzle sie mit offenem Mund an. «Tut mir leid. Ich dachte – ich helfe euch ...»

«Du verschwindest jetzt lieber. Aber was passiert mit Marina, wenn du gegangen bist, Sofija? Frag dich das mal.» Marina stößt mich fest gegen die Schultern, und ich stolpere zurück. «Du willst eine Heldin sein, Sofija? Dann verschwinde aus dieser Welt, die du nicht verstehst. Rette deinen eigenen Arsch. Und lass mich auf meinen aufpassen.»

Sie bückt sich, nimmt meinen Rucksack und wirft ihn mir zu. Ich fange ihn, bleibe aber stehen.

Marina deutet auf die Tür. «Verschwinde und trag deinen Krieg woanders aus.»

—

Lass uns treffen simst Christian, gefolgt von der Adresse eines türkischen Cafés in Pankow. Ich schreibe *okay* und dass ich in drei Stunden da bin.

Die Sonne spiegelt sich in winzigen Lichtsplittern von jeder Oberfläche und blendet mich. Es ist der erste warme Tag, an den mein Körper sich erinnern kann. In der S-Bahn nach Mitte lehne ich mich in meinem Sitz zurück und lasse die Tränen auf meinem Gesicht durch das schmutzige Fenster von der Sonne trocknen. Mein Plan ist, mir neue Hosen zu kaufen, an denen kein Blut von Leo klebt, und dann ein billiges Hotel zu finden, in das ich Christian mitnehmen kann. Nichts Schickes. Nichts, wo sie den Pass eines russischen Mädchens allzu genau prüfen.

Es tut mir leid, Marina, es tut mir so leid. Der Anblick von Leo, von seinem aufgedunsenen, blutigen Gesicht, hat mich froh und stolz gemacht. Es war das Richtige, da war ich ganz sicher. Und ich habe es getan. Mein starkes, mächtiges Ich, die Heldin dieser Geschichte. Aber jetzt, Marina, bist du diejenige, die Leo den Hals durchschneiden muss, um den Job zu beenden, den ich begonnen habe – oder auch nicht. Auf jeden Fall ist es dir überlassen, das Blut hinterher aufzuwischen. Bitte vergib mir. Bitte nimm Leos Geld und verschwinde so schnell und so weit weg, wie du nur kannst.

Leos Pistole allerdings steckt jetzt in meiner Tasche. Immer, wenn ich sie berühre, verschlägt es mir den Atem. Oh, all die Dinge, die wir zusammen erleben werden, du und ich.

—

Alles bestens. Meine Hose ist neu und sauber, das Hotelzimmer ist gebucht, und Christian sitzt in dem türkischen Café, als ich ankomme. Ich schlängle mich durch den Raum voller Türken und Syrer und Nordafrikaner, die um winzige Kupfertische herumsitzen und starken Tee aus gläsernen Becher mit filigranen Silbergriffen schlürfen. Ein paar Männer lümmeln sich auf niedrigen Sofas mit roten Kissen und reichen eine Shisha herum. Der Rauch riecht nach Äpfeln und erinnert mich an den Herbst.

Christian steht auf, als ich reinkomme, und zieht mit einiger

Anstrengung einen Stuhl heraus. Er hat ein blaues Auge, ziemlich geschwollen, aber nicht richtig schlimm. Aber bestimmt hat er auch überall anders blaue Flecke. «Tut mir leid wegen gestern Abend», sagt er schüchtern.

«*Dir* tut es leid? Christian, mir tut es leid. Es war mein Fehler.»

Aber er winkt ab. «Nichts, was ich nicht tragen kann.» Er sagt es mit einem gewissen Stolz. Er schluckt und lächelt mich besorgt an. «Ich hab schon befürchtet, dass du dich nicht mehr mit mir treffen willst.»

Ich lege meine Hand auf seine. «Du hast mich gestern Nacht gerettet. Ich weiß nicht, was Paulus mit mir gemacht hätte, wenn du nicht dazwischengegangen wärst.»

«Paulus hat gesagt, wenn er mich noch mal mit dir sieht, dann bin ich draußen. Darum muss das hier – wir müssen aufpassen, okay?»

Darum also das türkische Café. «Na klar.»

Der Ober kommt, und Christian bestellt für uns beide Tee und Baklava. «Aber jetzt genug von Paulus' Mist. Lass uns über dich reden», sagt er, als der Ober gegangen ist. «Woher kommst du?»

Ich gebe ihm die ausgearbeiteten Details aus dem Lebenslauf von Sofija, den ich in Paris gelesen habe. Wie es war, in meinem Teil von Russland aufzuwachsen. Nie genug zu essen und zu viel Gewalt. Papa trank Wodka und war zwei Jahre lang arbeitslos. Mama starb an der Grippe. «Ich vermisse die Birkenwälder und die Kraniche», sage ich und denke, das muss für ihn wie ein besonders russisches Detail klingen. Er nickt und nickt und schluckt alles.

«Gar nicht so anders, Russland und mein Teil von Deutschland», sagt er.

«Ja?», sagt die eifrige Sofija, als der Tee und die Baklava kommen.

Er erzählt mir von seiner Heimatstadt nahe der polnischen Grenze, tief in der ehemaligen DDR. Sein Dad hat ihn verlassen, als er sechs Jahre alt war, und seine Mom zwei Jahre später. Seine Großmutter, eine verknöcherte Kommunistin, erzog ihn in dem Glauben, dass Armut stark macht. Seine Schuhe waren immer zu klein, und den ganzen Winter gab es nichts anderes zu essen als Kartoffeln.

Ich picke höflich an der Baklava auf dem kleinen Teller vor uns. Für Christian ist das Leben als kleiner Gangster ein echtes Upgrade. Limitierte Lederjacken und der Traum von einem drei Meter breiten Fernseher sind auf jeden Fall besser als immer nur Kartoffeln zum Essen.

Als ich aufblicke, sieht er mich mit weichem Blick an, sein Gesicht ganz dicht an meinem. Zeit für mich, an die Arbeit zu gehen. Zeit für wagemutiges Verhalten. «Ich mochte diese Veronika», sage ich. «Wir haben uns gut unterhalten. Sie hat mir alles über Gunther und Lukas erzählt.»

Aber Christian ist nicht in Stimmung für Gunther und Lukas. Sein Stuhl quietscht, als er näher zu mir heranrutscht. «Du weißt jetzt Bescheid, stimmt's? Über mein Geschäft. Was da abgeht.»

«Und das mag ich so an dir. Die Welt hat dir keine Chance gegeben, also nimmst du sie dir eben selbst. Ich finde dich toll.» Ich beuge mich vor und lege meine Lippen sehr sanft auf seine. Es ist ein zarter Kuss, sehr süß, und ich halte ihn fünf Sekunden, bevor ich flüstere: «Ich finde es aufregend, was da passiert ist.»

«Was?», flüstert er.

Noch ein Kuss, noch ein Flüstern. «Paris. Veronika hat gesagt – Paulus hat einen Amerikaner gekidnappt.»

Aber ich sehe gleich, dass ich zu weit gegangen bin. Christian lehnt sich plötzlich zurück, sieht sich um und wischt sich über den Mund.

«Yeah, das war – ein Gig, nur ein Job.» Er schluckt nervös.

«Irgendein Scheiß für einen Tschechen. Ich weiß nicht – darüber können wir nicht reden, okay?»

Ich lenke ihn mit einem weiteren Kuss ab. Diesmal ein längerer. Ich umfasse seinen Kopf. *Irgendein Scheiß für einen Tschechen.* Um uns herum fangen die Leute an zu glotzen.

Christian drückt mich sanft von sich weg. «Gott, wir können so was hier nicht machen.»

Ich schiebe meinen Stuhl zurück. «Dann lass uns irgendwo hingehen, wo wir es können.»

—

Christian und ich gehen Hand in Hand eine breite Allee entlang. Ich führe ihn zum Hotel. Wir biegen links in eine gewöhnliche Geschäftsstraße mit Handyläden und Dönerimbissen ein, die zur U-Bahn-Station ein paar Blocks weiter führt.

Im Fenster eines Blumenladens sehe ich unser Spiegelbild und auch das Spiegelbild eines anderen Mannes. Fünf Schritte hinter uns geht ein sehr durchtrainiert aussehender Typ mit Oakley-Sonnenbrille. Seine blonden Haare sind kurz, er trägt Jeans und Lederjacke. Nichts Auffälliges. Alles ganz normal. Er ist einfach bloß da. Immer fünf Schritte hinter uns.

«Wir müssen vorsichtig sein», sagt Christian.

«Ja.»

«Ist es weit?», fragt er.

«Zwei Stationen», sage ich.

Er sagt noch was, aber ich höre es nicht. Meine Aufmerksamkeit richtet sich auf jedes Schaufenster, an dem wir vorbeigehen, und auf den Typ mit den Oakleys. In Europa sieht man solche Sonnenbrillen nicht oft. Jetzt ist da noch so ein fitter Typ mit kurzen Haaren, aber seine sind braun. Keine Sonnenbrille, aber genauso gekleidet, Lederjacke und Jeans, wie eine Art Uniform.

Er überquert die Straße und geht dann neben seinem Zwillingsbruder her. Sie reden nicht miteinander. Es sind bloß zwei Typen. Wieder ganz normal.

Ich drücke Christians Hand. «Wir werden verfolgt», sage ich, gerade laut genug, dass er es hört.

Ich spüre, wie sich sein Körper anspannt, und er wirft einen unauffälligen Blick über seine Schulter.

«Kennst du die?», frage ich.

«Nein», sagt er.

«Freunde von Paulus?»

«Nein», sagt Christian wieder. «Du verschwindest lieber», meint er. «Geradeaus, dann rechts. Nach zwei Blocks kommst du auf eine große Straße.»

Aber ich brauche Christian, brauche die Informationen, die er vielleicht im Kopf hat. «Nein, ich bleibe bei dir.»

Es ist sowieso zu spät, um zu protestieren. Die beiden Männer sind auf einmal nur noch einen Schritt hinter uns. Der Blonde, der direkt hinter Christian geht, macht eine schnelle Bewegung mit seinem Handgelenk, und ein metallischer Schlagstock fährt aus seinem Griff. Ich höre es hinter Christians Kopf durch die Luft pfeifen, aber ich ziehe ihn weg, und der Schlagstock kracht stattdessen auf den fleischigen Teil seiner Schulter.

Der zweite Mann schlingt mir einen Arm um den Hals, und als ich versuche, ihm den Ellenbogen in die Rippen zu jagen, hält er meinen Arm fest und greift dann mein Handgelenk. Er drückt mich zu Boden und bohrt mir das Knie in den Rücken. Alles, was Yael mir beigebracht hat, nützt mir hier gar nichts.

Christian prügelt sich mit dem blonden Mann, kommt aber nicht weit. Sein Angreifer ist offensichtlich gut trainiert und platziert schwere Schläge auf Christians Brust und gegen sein Kinn. Christian geht zu Boden. Sein Angreifer kniet sich auf ihn und schlägt Christians Kopf zweimal, dreimal auf den Bürgersteig.

Ein großer Volvo SUV gleitet heran, und jemand öffnet den Kofferraum. Mein Angreifer versucht, mich hochzuziehen, aber ich kann mich loswinden. Doch gerade als ich auf die Füße komme, wirbelt er mit gestrecktem Bein herum. Die Sohle seines Turnschuhs landet mitten in meinem Bauch, und die Luft entweicht explosionsartig aus meinem Mund, dann klappe ich nach vorn. Meine Sicht verengt sich zu einem dunklen Tunnel, und ich stolpere zurück. Ich ringe nach Luft, aber ich spüre nur einen infernalischen Schmerz.

Beide Männer kommen jetzt auf mich zu, ich stolpere von ihnen weg. Mit letzter Kraft taste ich in meinen Taschen nach Leos Pistole. Die beiden kommen mit ausgestreckten Händen näher, wollen mich packen. Ich entsichere die Pistole und richte sie auf einen Punkt zwischen ihnen. Sie geht mit einem lauten Knall los und hüpft dabei in meiner Hand.

Der Punkt zwischen ihnen stellt sich als Verkleidung des Volvos heraus, und ein kleines Loch zeigt sich auf der Oberfläche. Ich gebe einen weiteren Schuss ab, schieße viermal hintereinander. In der Straße wird jetzt geschrien, Leute rennen in alle Richtungen davon.

Dann springen die Angreifer auf die Rückbank des Volvos, und der SUV rast mit fünf Einschusslöchern in der Seite und offenem Kofferraum davon. Ein paar Sekunden später ist er verschwunden, und das Motorengeräusch wird durch Polizeisirenen ersetzt.

—

Ich renne los, bevor die Polizei hier ist. Dabei schmeiße ich die Pistole einen halben Block weiter in eine Mülltonne. Aber die einzige Spur, die ich habe, gebe ich nicht auf – falls er überhaupt noch lebt. Also laufe ich einmal um den Block und halte mich hinter der Menschenmenge, die sich jetzt versammelt hat. Ich hoffe, dass mich keiner erkennt, und so ist es auch. Ein Krankenwagen ist gekommen, der Name des Krankenhauses steht auf der Seite, und ich sehe zu, wie sie Christian einladen. Dann fährt der Wagen mit Sirene und Blaulicht davon. Würden sie das tun, überlege ich, wenn er schon tot ist? Dann sperrt die Polizei den Bereich ab und nimmt Zeugenaussagen auf, also schleiche ich mich davon.

Ich spiele das Ganze wieder und wieder in meinem Kopf ab. Wer sind die Angreifer gewesen? War Christian ihr Ziel oder ich? Fünf Stunden lang streife ich in der Nähe des Krankenhauses herum, das auf dem Krankenwagen stand. Mein Plan ist im Arsch, und nicht nur weil sich Christian, falls er noch lebt, vermutlich jetzt irgendwo in der relativen Sicherheit eines Krankenhauszimmers befindet. Vor dem Eingang des Krankenhauses steht auch noch ein Polizeiwagen. Und eine schlichte weiße VW-Limousine. Schlicht, bis ich erkenne, dass sie ein spezielles Kennzeichen hat und eine seltsame Radioantenne. Sind das Kriminalbeamte, oder ist das jemand ganz anderes?

Schließlich tue ich das Einzige, was mir noch bleibt: Ich betrete das Krankenhaus durch die Notaufnahme und finde eine Tür in der Halle, die zum Rest des Krankenhauses führt. An der Information frage ich nach Christian. Er liegt im vierten Stock, Zimmer zweiundzwanzig.

Die Maschinen, an die Christian angeschlossen ist, sirren und piepen in gleichmäßigem, mechanischem Rhythmus. Er lebt, sagt jedes Piepen, er lebt. Beide Augen sind blau, eine Wange ist aufgeplatzt, und sein Kiefer sieht schief aus. Aber er hat kein Beatmungsgerät, und die Graphik seines Herzschlags auf dem Monitor hat die beruhigende Wirkung einer Matheaufgabe, die immer dieselbe Lösung ergibt.

Ein leises Klopfen an der Tür, und eine Schwester kommt herein. Sie hat strähnige braune Haare, die nicht ganz bis zu den Schultern ihres grünen Kittels reichen. Auf ihrem Namensschild steht URSULA.

«Wird er wieder gesund?», frage ich.

Sie zuckt die Schultern und macht sich eine Notiz auf einem Clipboard.

«Was ist passiert?»

«Sind Sie eine Familienangehörige?»

Ich nicke.

«Gehirnerschütterung, Haarfraktur seines linken Wangenknochens, vier gebrochene Rippen», sagt sie, als lese sie von einer Einkaufsliste ab.

«Weiß die Polizei schon, wer das war?»

Ein Seufzer von Ursula. «Die Polizei sucht nach zwei weißen Männern und einem Volvo. Aber da war auch eine Frau bei dem Opfer, und nach der suchen sie auch.»

«Eine Frau?»

Die Schwester sieht mich einen Moment zu lange an. «Sie haben eine Pistole in der Nähe gefunden. Darauf waren die Fingerabdrücke eines vermissten amerikanischen Teenagers.»

Ich schaue weg, spüre aber ihren Blick auf mir. «Wann wird er wieder zu Bewusstsein kommen?», frage ich und lasse meinen russischen Akzent so deutlich wie möglich durchklingen.

«Sicher bald. Er wird einen Monat lang heftige Kopfschmerzen haben, aber er sollte dankbar dafür sein, dass er noch am Leben ist.» Ursula nimmt eine kleine Fernbedienung mit einem einzelnen Knopf zur Hand und reicht sie mir. «Falls Sie hier sind, wenn er aufwacht, können Sie ihm das geben. Das ist eine Morphiumlösung. Er muss einfach nur auf den Knopf drücken, dann kriegt er eine Dosis.»

«Und wenn er sich zu viel gibt?»

«Er kann sich nur eine bestimmte Menge pro Stunde verabreichen. Genug, um die Schmerzen zu vertreiben, aber mehr nicht.»

Ursula geht zur Tür, dann dreht sie sich noch mal um. «Tun Sie mir einen Gefallen und sagen Sie im Schwesternzimmer Bescheid, wenn er aufwacht.»

«Okay.»

«In der Cafeteria wartet die Polizei auf ihn, um mit ihm zu sprechen», sagt Ursula.

Ich sehe ihr nach, bis sie verschwunden ist. Sie weiß, wer ich bin. Vielleicht. Oder sie findet es gleich heraus.

Ich ziehe die Vorhänge zu, die vor dem Fenster zum Flur hängen, dann gehe ich zu Christian, der hilflos in seinem Bett liegt. In seinem bewusstlosen Zustand sieht er viel jünger aus – eher wie ein zehnjähriges Kind als wie ein zwanzigjähriger Schläger. Seine Stirn ist verbunden. Die geschwollene linke Wange sieht aus wie ein Muffin.

«Christian, wach auf», flüstere ich auf Deutsch und schere mich nicht mehr um Sofijas Akzent.

Er rührt sich nicht. Ich lege eine Hand auf seine Schulter, eine der wenigen Stellen seines Körpers, die nicht bandagiert ist, und schüttle ihn sanft.

«Du musst aufwachen, Christian.»

Sein Körper zuckt etwas. Er schüttelt den Kopf, als würde er im Traum nein sagen. Also packe ich seine Schulter und drücke zu, bohre meine Nägel, so fest ich kann, in sein Fleisch. Christians Körper windet sich, seine Augenlider flattern, und das Piepen seines Herzmonitors wird schneller. Sein Blick richtet sich auf mich. Trotz der Schwellung kann ich erkennen, dass er zu lächeln versucht.

«Hast du Schmerzen, Christian?», frage ich so sanft wie eine Kindergärtnerin.

Ihm gelingt ein schwaches Nicken.

«Soll ich dir helfen, dass die Schmerzen weggehen?»

Noch ein schwaches Nicken.

Ich nehme die Fernbedienung des Tropfes und drücke einmal auf den Knopf. Es dauert nur ein paar Sekunden, bis sich sein Gesicht entspannt und sein Blick milchig und gefügig wird.

«Sag mir, wo der Amerikaner ist, Christian», flüstere ich.

Seine Pupillen ziehen sich zusammen, als er mich fokussiert. Sein Gesicht zeigt Verwirrung. «Welcher Amerikaner?», bringt er so leise heraus, dass ich ihn kaum verstehen kann.

«Der Amerikaner, den Paulus in Paris gekidnappt hat.»

Ich höre, wie sein Atem schneller geht, und sein Blick jagt im Zimmer herum. «Schlimme Sachen, Sofija.»

Mir gefriert das Blut. «Was für schlimme Sachen, Christian?»

Sein Mund öffnet und schließt sich geräuschlos, er sieht aus wie ein Fisch auf dem Trockenen. «Wir machen da schlimme Sachen», flüstert er. «Im Lagerhaus.»

Langsam, sage ich zu mir. Ganz langsam. «Ist der Amerikaner dort, Christian? Im Lagerhaus? Ist der Amerikaner im Lagerhaus?»

«Ich hab ihn gesehen.»

«Wen hast du gesehen, Christian?»

«Den Amerikaner.»

«Im Lagerhaus? Du hast den Amerikaner im Lagerhaus gesehen?»

Er starrt nach oben zur Decke, schwebt auf irgendeiner Betäubungswolke. «Ist Sofija eine Spionin?», fragt er langsam. Sein Gesicht zieht sich irgendwie zusammen. In seinem linken Augenwinkel bildet sich eine Träne und läuft ihm die Schläfe herunter bis zum Ohr. «Sag Paulus, es tut mir leid, dass Sofija eine Spionin ist. Er wusste es. Er hat gesagt, sie ist eine Schnüfflerin. Sofija, die Schnüfflerin.»

Eine schwierige Entscheidung: Drücke ich auf den Knopf und

gebe ihm noch eine Morphium-Dosis, riskiere dabei aber, ihn wieder in die Bewusstlosigkeit zu schicken? Oder drücke ich nicht und riskiere, dass er nichts mehr sagt? Ich drücke noch mal. Sein Gesicht entspannt sich, und der milchige, gefügige Ausdruck kehrt in seine Augen zurück. Er ist kurz davor wegzudriften, also gebe ich ihm einen Klaps ins Gesicht, dann noch mal fester. Seine Augen stellen sich kaum noch scharf. «Jetzt nicht», Christian», sage ich. «Schlaf jetzt nicht ein. Wo ist das Lagerhaus?»

«Sag Paulus, es tut mir leid.»

«Paulus sagt, er verzeiht dir, wenn du es mir erzählst.»

Er sieht weg. Ich merke, dass er gegen das Morphium ankämpft und nach seinem Verstand sucht. Ich lege meine Hand auf den Verband um seine Brust, wo die gebrochenen Rippen sind, und drücke zu. Sein Körper zuckt heftig zusammen, und seine Augen fokussieren wieder. Er versucht, mir die Hand wegzuschlagen, aber er ist viel zu high und zu schwach.

«Wo liegt das Lagerhaus, Christian?»

Sein Gesicht zieht sich vor Schmerzen zusammen, und ich drücke noch fester zu. «Am Adlergestell», keucht er.

«Wo am Adlergestell? Welche Kreuzung?»

«Scheiße, das tut weh!»

«Antworte mir, oder ich schwöre bei der Seele meiner Mutter, ich bringe dich gleich hier in diesem Bett um, Christian.»

«Dörpfeldstraße.»

Er ist schon zu weit weg, ich werde keine weiteren Informationen mehr bekommen. Ich hebe die Hand, und sein Gesicht entspannt sich. «Sofija die Schnüfflerin sollte vorsichtig sein», sagt er durch die Drogen und den Rest seines Schmerzes hindurch. «Wir machen schlimme Sachen im Lagerhaus.»

«Gute Nacht, Christian», sage ich und drücke dreimal auf den Knopf.

17. KAPITEL

Die Fahrt zur Kreuzung Adlergestell / Dörpfeldstraße dauert tausend Jahre. Erst mit dem Zug, dann mit dem Bus, dann wieder mit dem Zug, dann mit der Straßenbahn, und die ganze Zeit spule ich im Kopf durch, was ich sagen werde, wenn ich Dad finde, oder was er sagen wird, wenn er gefunden wird. Dagegen denke ich kein einziges Mal daran, wie Dad wohl aussieht oder wie ich ihn befreien kann oder wie wir dann verschwinden. Einen Plan kann man erst dann fassen, wenn man die Fakten hat. Und da ich keine anderen Fakten als einen vagen Bestimmungsort habe, werde ich bei meinem kleinen Dialog bleiben, den ich im Kopf übe, denn vermutlich ist mein kleines erfundenes Theaterstück alles, was es je geben wird.

Wir machen schlimme Sachen im Lagerhaus.

Ich steige bei der Station Adlershof aus. Die Gegend besteht aus schlechten Restaurants und verdächtiger Ödnis. Ein blasser Mann in Arbeitshosen und Unterhemd, dem eine Zigarette aus dem Mundwinkel hängt, schiebt einen Kinderwagen. Ein Asiat mit blutbefleckter Schürze lehnt gegen eine Wand und trinkt Bier aus der Flasche. Hinter einer Reihe Bäumen und einem Maschendrahtzaun höre ich das Keuchen und Schnaufen eines Nahverkehrszuges. In seinem Inneren brennt gelbliches Licht, schläfrige Köpfe lehnen an den Fensterscheiben, die auf ihrem Weg in hübschere Orte hinter der Berliner Grenze vor sich hin wackeln.

Ein dünner alter Mann mit grauem Bart, der aussieht wie ein

abgemagerter Weihnachtsmann, fährt auf einem Fahrrad an mir vorbei. Er eiert wie ein Betrunkener über den Fußweg. Aus seinem Radio, das er mit Klebeband auf den Gepäckträger gebunden hat, höre ich alte deutsche Volksmusik: Tuben und Posaunen, eine Basstrommel – Musik für seine Ein-Mann-Parade.

Hier stehen hauptsächlich Wohnhäuser. Nichts, was man als Lagerhaus beschreiben könnte. Doch dann sehe ich es. Ein kleines, einstöckiges Gebäude, das aussieht wie eine verlassene Tankstelle, steht versteckt hinten auf einem leeren Parkplatz – ein Ort, der einem niemals auffallen würde, wenn man nicht danach sucht. Ein Schild, auf dem kaum erkennbar etwas von Karosseriereparaturen und Autoteile-Verkauf steht, hängt über der Tür. Ich gehe erst einmal daran vorbei, beobachte es aus den Augenwinkeln, um zu sehen, ob jemand da ist. Es ist niemand da, jedenfalls soweit ich das beurteilen kann.

Eine Garage steht direkt neben dem Gebäude, ein Holzzaun, der höher ist als ich, scheint das Grundstück zu begrenzen. Der Zaun stößt an die fensterlose Mauer eines kleinen Wohnhauses auf der einen Seite und an eine von ungepflegten kleinen Bäumen gesäumte Straße auf der anderen Seite. Ich gehe die Straße hinunter, trete auf zerbrochenes Glas und steige um alte Autoreifen und Müll herum, bis ich merke, dass der Holzzaun noch an einem anderen Gebäude vorbeiläuft, das hinter der Reparaturwerkstatt liegt. Das ist viel größer und aus Backstein, der von mindestens hundert Jahren Smog und Rauch ganz schwarz geworden ist. Im ersten Stock gibt es kleine Bogenfenster, einige davon sind mit Brettern verschlagen.

Ich teste einen Ast an einem Baum, dann ziehe ich mich hoch, um über den Zaun zu spähen. Unter mir liegen Autoteile in ordentlichen Haufen, hier die Windschutzscheiben, da die Wagentüren. Drei große, bogenförmige Türen, die von draußen mit Ketten und Vorhängeschlössern gesichert sind, führen zum

Schrottplatz hinaus. Wenn man irgendwas in dieser Gegend als ein Lagerhaus bezeichnen kann, in dem Christian und seine Freunde schlimme Sachen machen, dann ist es das.

Das ganze Grundstück wirkt vorn und hinten leer. Die einsetzende Dämmerung gibt mir guten Schutz, also schwinge ich meine Beine über den Zaun und lande neben etwa einem Dutzend Motorhauben. Glasscherben knirschen unter meinen Stiefeln. Ich erstarre und warte angespannt, aber es ist nichts zu hören außer dem Verkehr und meinem eigenen Atem.

Die Schlösser und Ketten, die die großen Türen des Lagerhauses sichern, sind solide und neu – glänzende, schwere Dinger, die nicht leicht zu knacken sind. Aber die Türen und ihre Griffe sehen anders aus. Sie bestehen aus altem Holz und verrostetem Eisen – für solche Türen würden die reichen Banker in New York sicher sechstausend Dollar bezahlen, um sie als Esstischplatten zu nutzen.

Ich brauche nur ein paar Sekunden, dann habe ich auf dem Hof gefunden, was ich brauche: eine Eisenstange von etwa einem Meter Länge, die ich hinter die Kette der dritten Bogentür schiebe. Ich drehe sie mehrmals herum wie eine Aderpresse, bis sich die Kette um die alten Eisengriffe spannt. Das Metall ist stärker, als ich dachte, und ich muss mein ganzes Körpergewicht hineinlegen, aber nach ein paar Augenblicken biegen sich die Griffe aufeinander zu. Und als ich weiterdrehe, lösen sich rostige Eisennägel, die seit über einem Jahrhundert in diesem Holz vergraben waren, Millimeter für Millimeter heraus. Ich spüre jeden Muskel in meinem Körper, von meinen Unterarmen über meinen Hintern bis zu meinen Waden, so sehr strenge ich mich an. Die Eisennägel stöhnen und quietschen bei jeder Drehung der Stange, dann gibt es einen letzten Plopp, und der linke Griff gibt unter meiner Kraft nach und löst sich von der Tür.

Einen kurzen Moment lang sehe ich Yaels Lächeln vor mir, spüre ihren Stolz, wo auch immer sie jetzt gerade ist – in Paris oder Tel Aviv oder in der Hölle.

—

Ich ziehe die Tür nur ein paar Zentimeter weit auf und spähe hinein. Drinnen stehen ein altes braungold kariertes Sofa, ein gekachelter Couchtisch, der mit Bierflaschen bedeckt ist, und weiter hinten ein Resopal-Küchentisch, auf dem sich noch versiegelte iPad-Kartons stapeln. Der Geruch von Marihuana, Zigaretten und Bier folgt der abgestandenen Luft nach draußen. Ich trete ein und ziehe die Tür hinter mir zu.

Durch die schmalen, schmutzigen Fenster hoch oben in der hinteren Wand dringt nur wenig Licht, also nehme ich die Taschenlampe von meinem Schlüsselanhänger und lasse den Strahl im Raum herumwandern. Schachteln mit Takeaway-Essen liegen überall herum, besiedelt von wimmelnden Asselschwärmen. An den Wänden stapeln sich Kisten mit der Aufschrift Johnnie Walker, Marlboro, Apple und Gucci bis zur Decke. Ich führe den Lichtstrahl durch eine offene Tür in den nächsten Raum und sehe noch mehr Kisten, Massen davon. Der Wert von all dem – ob es nun echte Markenware oder Schmuggelware ist – liegt nicht in den Tausenden, sondern in den Millionen.

Ich trete vorsichtig über den Müll auf dem Boden und versuche, so leise zu sein wie möglich, bis ich eine Treppe finde, die vom Erdgeschoss hoch in den ersten Stock sowie nach unten in den Keller führt. Wo würde man einen Gefangenen halten, oben oder unten? Ich gehe die Treppe runter. Mein Licht gleitet über ausgetretene Zigarettenstummel, Essensverpackungen und eine Mausefalle, die um ein Mäuseskelett zugeschnappt ist. Unten an der Treppe sehe ich eine offene Holztür und dahinter weitere Stapel mit Kartons.

Ich verlasse die Treppe, lausche auf jedes Geräusch. Die Decke ist niedrig und mit braunen Holzbalken durchzogen. Zwischen den Balken schlängeln sich marode Stromkabel und ein paar Rohre.

Wonach ich suche, finde ich in der hintersten Ecke des hintersten Raums. Erst halte ich es für einen riesigen, begehbaren Industriekühler, so einen, wie man sie aus Restaurants kennt. Eine metallbeschichtete Tür hängt schief an einer robusten Angel. An ihrer anderen Seite befinden sich anstelle eines Türschlosses Riegel und ein massiver Beschlag. Nach der Konstruktion und der Größe der Riegel zu schließen soll das, was in diesem Raum ist, auch darin bleiben. Ich bleibe mit der Hand an der Tür stehen und korrigiere meinen Gedanken: Die Konstruktion sieht nicht aus wie ein Kühlschrank, sondern wie eine Gaskammer.

Ich ziehe die Tür vorsichtig weiter auf. Irgendwie klammere ich mich an die Idee, dass Dad hier drin ist und wartet. Aber natürlich ist er es nicht.

Die Wände und Decken der Zelle sind vollständig mit alten Sofakissen bedeckt, die mit Nieten befestigt wurden. Hier wollte jemand den Raum dämpfen. Die Schreie darin. Die Hoffnung. Ich finde den Lichtschalter. Eine Glühbirne in einem Gitter hängt von der Decke. Mir wird langsam schlecht, aber ich zwinge mich hinzusehen, kalt und ungerührt zu sein. Beobachte und ziehe deine Schlussfolgerungen, sage ich zu mir. Lerne, was du kannst.

Fakt 1: Zwei Metallringe – stumpfer Stahl an der Oberseite, glänzendes Metall an der Unterseite – sind etwa einen Meter voneinander entfernt im Betonboden befestigt. Schlussfolgerung: Der Glanz an den Unterseiten der Ringe weist darauf hin, dass hier jemand angekettet wurde, der immer wieder und lange Zeit daran gezerrt hat.

Fakt 2: Die einzige Stelle an der Wand, die nicht mit Kissen bedeckt ist, ist ein kleiner Lüftungsschacht in der Wand neben der Tür, in dem ein PVC-Rohr von wenigen Zentimetern Durchmesser steckt. Schlussfolgerung: Abgesehen von dieser Lüftung ist der Raum luftdicht abgeschlossen.

Fakt 3: In der Mitte des Betonbodens gibt es einen Abfluss, um dessen Rand sich eine ziemliche Menge Rost gebildet hat. Nach kurzer Untersuchung – indem ich mit einem Fingernagel am Rost kratze – bin ich sicher, dass es kein Rost ist, sondern Blut. Schlussfolgerung: Der Gefangene wurde in diesem Raum gefoltert und / oder ermordet.

Ich bin sicher, dass mein Vater hier gewesen ist. Ich kann ihn immer noch riechen oder glaube, dass ich das kann, oder bilde mir ein, es zu können. Der Geruch ist vermischt mit Angst und Leid, und ich schwöre beim Leben meines Vaters und beim Andenken meiner Mutter, dass ich denjenigen, der das getan hat, umbringen werde.

Aber ich werde zu emotional. Ich muss unbedingt objektiv bleiben. Also wische ich mir die Tränen ab, verlasse die kleine Zelle und fange an, den Raum davor zu durchsuchen. Ich nehme mir den Papierstapel vor, der oben auf einem Kistenstapel liegt, und sehe einen Zettel nach dem anderen durch. Es sind hauptsächlich Zollerklärungen für Lastwagenlieferungen von Handtaschen, Quittungen für Pizzas und Bier, ein japanischer Porno und eine Gebrauchsanweisung für eine Mikrowelle.

Dann fallen mir die Kisten darunter auf. Sie bestehen aus grobem Kiefernholz und sind so neu, dass ich noch das Harz riechen kann. Jede Kiste trägt die gleiche Aufschrift:

Česká Zbrojovka Uherský Brod
CZ 805 Bren 5.45x39
Made in Czech Republic

Ich durchforste meine Erinnerung und versuche herauszufinden, wo ich diese Worte schon einmal gesehen habe. Dann fällt es mir wieder ein: Das ist der Name des Herstellers der goldenen Pistole, die ich in Paulus' Schlafzimmer gefunden habe – hergestellt in der Tschechischen Republik, limitiertes Modell, Nummer vierundsechzig von einhundert. Ich erinnere mich auch an die Grußkarte: ein Ausdruck von Dankbarkeit nach Abschluss eines geschäftlichen Deals, gezeichnet BK. *Boris oder Bandar oder Buhsowieso.*

Es gibt noch neun weitere Kisten mit derselben Aufschrift. *Bren* – das ist doch eine Waffe, oder? Ein Maschinengewehr. Und zwei mit der Aufschrift Semtex – ebenfalls offenbar ein Produkt aus der Tschechischen Republik. Da ich mein ganzes Leben mit Regierungsbeamten verbracht habe, weiß ich genau, was Semtex ist: ein Plastik-Sprengstoff und die allererste Wahl für Abbruchtrupps und das Militär und für Terroristen in aller Welt. Zusammen mit den iPads und Gucci-Taschen und den Kisten mit den Marlboros versteckt Paulus hier ein ganzes Waffenarsenal.

Über mir knarren Bodendielen. Ich merke es erst, als sie noch einmal knarren. Ich erstarre und spitze die Ohren wie ein Hund. Ein Schritt. Dann noch einer. Es ist jemand hier.

Ich lösche die Taschenlampe und sehe mich nach einem Fluchtweg um, aber es gibt nur die Treppe. Über mir höre ich die Schritte von jemandem, der versucht, sich möglichst geräuschlos zu bewegen. Er setzt seine Füße langsam und vorsichtig, als versuche er, sich daran zu erinnern, wo die Dielen knarren und wo nicht.

Vom oberen Treppenabsatz ruft ein Mann mit deutsch eingefärbtem Englisch:

«Gwendolyn Bloom. Zeig dich, bitte.»

Paulus kann sich auch im dunklen Keller orientieren. Er kennt diesen Ort genau und geht, ohne anzustoßen, zwischen dem Müll und den Kisten hindurch. Er tritt auf das einzige Licht zu, die schwache Glühbirne, die in der Zelle brennt. Die Tür der Zelle steht einladend weit offen. Komm näher, sagt sie. Noch näher.

Er wirkt cool und sorglos, trägt eine teure Lederjacke über dem rechten Arm, die Pistole unter dem linken Arm steckt noch im Halfter.

Er bleibt einen Meter vor dem Zelleneingang stehen und legt seine Jacke sorgfältig auf die Kisten mit den Sturmgewehren. Er stützt die Hände in die Hüften und wiederholt meinen Namen. Man muss schon genau hinhören, um die Drohung darin rauszuhören.

Er lauscht, dann macht er zwei Schritte nach vorn und steht nur noch ein paar Zentimeter vor dem Eingang der Zelle. Vielleicht fragt er sich, ob ich schon längst weg bin oder ob ich überhaupt jemals hier war. Paulus beugt sich vor und streckt den Kopf in die Zelle. Das Licht der Glühbirne spiegelt sich auf seinem gründlich rasierten Schädel.

In diesem Moment landen meine Füße mit perfekter Genauigkeit in seinem Kreuz und befördern ihn voran in die Zelle. Er stürzt zu Boden, die Pistole fliegt aus ihrem Halfter und schlittert über den Betonboden nach hinten.

Ich löse den Griff um das Kupferrohr, an dem ich mich heruntergeschwungen habe, und werfe die Tür zu. Er stürzt auf sie zu, aber ich bin schneller und verriegle sie, bevor er sich mit seinem ganzen Gewicht dagegenwerfen kann. Ich höre ein Geräusch wie ein weit entferntes Hupen und erkenne, dass es sein Wutschrei ist, der wegen der Isolierung der Zelle nur durch den schmalen Lüftungsschacht hörbar ist.

Spinnweben hängen in meinen Klamotten, bedecken meine

Hände und mein Gesicht, weil ich mich zwischen die Deckenbalken gehängt habe, die Füße um ein Kupferrohr geschlungen, die Hände um ein anderes, sodass mein ganzer Körper in der Luft schwebte. Als Paulus die Treppe herunterkam, bin ich auf einen alten Aktenschrank geklettert und habe mich in den schmalen Spalt gequetscht, voller Angst, dass die Rohre nachgeben oder meine Beine oder dass er meinen Atem hört. Doch als er den Raum betrat und sich der Zelle näherte, war ich so still wie eine Tote.

Ich ziehe mir einen abgewetzten Holzstuhl heran und stelle mich darauf, sodass ich an die Lüftung herankomme.

Erst höre ich nichts, dann ein kleines Kichern. «Weißt du, was eine *Yellow Notice* ist?», fragt er mich auf Englisch. «So was schickt Interpol raus, wenn jemand vermisst wird. Wie zum Beispiel das vermisste amerikanische Mädchen Gwendolyn Bloom.»

Ich höre nicht auf ihn. Er behauptet das nur. Sicher kann er nicht sein. «Wer ist das?», frage ich in Sofijas Deutsch mit russischem Akzent.

«Du bist es nicht? Na, wenn du sie siehst, dann sag Gwendolyn, dass man das jetzt in eine *Red Notice* geändert hat: ‹Gesucht in Zusammenhang mit einem Mord›, bedeutet das.»

«Was für einem Mord?», fragt Sofija.

«Dem Mord an Christian Leitzke.» Er verstummt. Ich höre das Klicken eines Feuerzeugs. Einen Augenblick später dringt der Rauch einer Zigarette durch die Lüftung. «Tut mir leid, hast du das nicht gewusst? Er wurde vor einer Stunde in seinem Krankenhausbett tot aufgefunden. Von einem Kissen erstickt. Ein Freund von mir hat ihn gefunden und mich gleich angerufen.»

Ich schließe die Augen. Armer Christian. Armer, glückloser, vom Leben gebeutelter Christian. Es tut mir leid, dass du es sein musstest. Es ist zwecklos, noch weiter Spielchen zu spielen.

«Hast du das selbst erledigt, Paulus?», frage ich auf Englisch. Es ist das erste Mal, dass ich meine normale Stimme höre, seit ich in Berlin angekommen bin.

«Also rede ich jetzt doch mit Gwendolyn Bloom!»

«Warum hast du Christian umgebracht, Paulus?»

«Wenn ich ihn umgebracht hätte, dann dafür, dass er dir gesagt hat, wo das Lager ist. Aber die Polizei hat da andere Vorstellungen. Sie haben einer Schwester dein Foto gezeigt. Sie hat gesagt, du hättest ein paar Kilo abgenommen und deine Haare wären anders, aber sie hätte keinen Zweifel, dass du es warst. Glückwunsch, übrigens.»

«Wozu?»

«Dass du abgenommen hast.»

Er versucht, mich wütend zu machen. Aber das lasse ich nicht zu. Ich habe ihn in der Falle, und jeder Schritt von mir muss jetzt wohlkalkuliert sein. Ich kann beinahe die Uhr ticken hören. Die Zeit läuft ab, ich muss die ganze Sache zum Abschluss bringen, Ja oder nein, tot oder lebendig. «Was hast du mit ihm gemacht?»

«Mit Christian?»

«Mit dem Amerikaner.»

Schweigen. Paulus denkt nach. «Familienmitglied, was? Gleicher Nachname.»

«Ja», sage ich.

«Onkel? Vater? Bestimmt dein Vater. Wer will schon Rache für einen Onkel?»

«Es geht mir nicht um Rache. Ich will ihn finden.»

«Ihn finden?» Paulus lacht kurz. «Dann fürchte ich, dass es heute noch mehr schlechte Nachrichten für dich gibt.»

Ich kneife die Augen zusammen und beiße fest in meine Hand, um nicht loszuschreien.

«Sein Ende war schlimm», redet Paulus weiter. «*Schmuddelig*. Wie sagt man das auf Englisch?»

«Wie ist es passiert?», frage ich, mein Gesicht nass vor Tränen.

«Ich habe es selbst erledigt. Mit einem Messer. Hier, in diesem Raum. Die Leiche haben wir nach Osten gebracht. In ein Moor an der polnischen Grenze.»

Ich muss mich an die Wand lehnen, muss mich festhalten, um nicht hinzufallen.

«Er hat noch von dir gesprochen, weißt du. Kurz bevor ich ihn erledigt habe», ruft Paulus, der es offensichtlich genießt. «‹Bitte nicht›, hat er gesagt. ‹Ich habe Frau und Kinder›, hat er gesagt. Geschrien. Und geheult wie ein Mädchen.»

Ich blinzle und wiederhole Paulus' Worte in meinem Kopf. «Was hat er genau gesagt?», frage ich Paulus.

«Das Übliche, ‹bitte nicht›, so was eben. Gebettelt», sagt er.

«Und danach?», sage ich.

«‹Ich habe Frau und Kinder.›»

Frau. Kinder. *Tot. Plural.* «Bist du sicher?»

«Klar», sagt Paulus. «Genau so war es. Wie könnte ich das vergessen? Er hat es so verdammt ernst gemeint.»

Ich zwinge meinen Atem dazu, langsamer zu werden. Paulus hat gelogen. Aber vielleicht auch nicht. Ich muss meinen ganzen Verstand aufbringen, um diesen Faden aufzunehmen und zu sehen, wohin er führt. Aber Paulus spielt ein Spiel – er nötigt mich, ihm zuzuhören, hierzubleiben, bis seine Freunde auftauchen.

Ich beuge mich zur Lüftung und sage: «Jetzt muss ich dich töten, stimmt's? So läuft es doch, oder?»

Wieder sein selbstsicheres Lachen. «Womit denn? Ich bin hier derjenige mit der Waffe, und selbst wenn du eine hättest, liegen immer noch zwei Zentimeter Stahl zwischen mir und dir. Außerdem bist du kein Killer, Mädchen. Du hast Titten, keine Eier.»

Ich denke an die Kisten mit den Maschinengewehren. Kann

ich überhaupt eine davon öffnen? Und werden sie mit Patronen geliefert, oder werden die separat verkauft, so wie Batterien? Nicht, dass es wichtig wäre, denn ich habe etwas anderes im Kopf.

«Deine Zelle ist echt solide gebaut», sage ich. «Wenn ich also diese Lüftung hier verschließe, wie lange dauert es wohl, bis der Sauerstoff verbraucht ist?»

Er schweigt einen Augenblick, muss erst mal die Aussicht aufs Ersticken verdauen, kalkuliert das Volumen der Zelle, wie oft er atmet und teilt alles durch die Stundenanzahl. «Mindestens ein bis zwei Tage», sagt er schließlich.

«Na ja, ich glaube, es sind nur ein paar Stunden, aber ich bin ja auch nur ein Mädchen mit Titten, und Mathe ist ja viel zu schwer für uns», sage ich. «Darum habe ich gedacht, ich zünde hier ein kleines Feuerchen an. Ist ein altes Gebäude mit alten öligen Balken und einer Menge Kram, der gut brennt. Würdest du mir bitte dein Feuerzeug durchs Rohr reichen?»

«Meine Freunde sind jede Minute hier.»

«Lieben deine Freunde dich auch genug, um dich aus einem brennenden Gebäude zu retten, Paulus?» Ich nehme seine Jacke und durchsuche seine Taschen, hole seine Brieftasche und ein hässliches Klappmesser heraus und stecke beides in meine Tasche. Dann finde ich noch Kaugummis, Autoschlüssel und schließlich genau das, wonach ich suche. «Mach dir keine Umstände wegen des Feuerzeugs. Ich habe Streichhölzer gefunden.»

Ich nehme einen Zettel vom Fußboden, eine Zollerklärung, und drehe ihn zu einer Fackel zusammen. «Auf Wiedersehen, Paulus», sage ich, dann zünde ich das Ende an und stopfe die Fackel in das Rohr.

Ein erstickter Schrei, ängstlich und spitz, dringt zu mir heraus. Ich nehme die Fackel heraus und stampfe sie auf dem Boden aus. «Was hast du gesagt?»

«Es stimmt nicht!», schreit Paulus. «Dass ich ihn getötet habe. Er lebt noch. Wahrscheinlich.»

Ich erstarre. Ein albernes Grinsen breitet sich auf meinem Gesicht aus, und ich lehne die Stirn gegen die Zellenwand. Aber andererseits muss er das jetzt auch sagen. Welche Wahl hat er noch? Ich lasse meine Stimme ganz ruhig klingen. «Was habt ihr mit ihm gemacht?»

«Wir haben ihn verkauft», sagt er sofort. «Für ein paar Gewehre und andere Sachen.»

Ich sehe zu den Kisten. «Was für Gewehre? Was für andere Sachen?»

Er schweigt eine Weile, dann sagt er: «Warum willst du das wissen?»

«Paulus, antworte mir, oder ich lege Feuer.»

«Brens. Maschinengewehre. Und einen Sprengstoff namens Semtex.»

Da ist es. Darum geht es. Sie haben meinen Vater im Austausch für Waffen an die Tschechen verkauft. «Danke, Paulus.»

«Wie bitte?», sagt er. «Ich kann dich nicht hören.»

Ich stelle mich auf die Zehenspitzen dichter an die Lüftungsöffnung und wiederhole, was ich gerade gesagt habe.

«Noch mal, ich kann dich nicht gut hören. Sprich direkt in das Rohr.»

Als ich mich vor die Lüftung stelle, explodieren Hitze und das Brüllen der Luft an meiner linken Wange vorbei. Ich falle rückwärts vom Stuhl und lande heftig auf dem Rücken. Der Gestank von Kordit und Schwefel aus seiner Pistole versengt meine Nasenlöcher.

Ich lege eine zitternde Hand an mein Gesicht und stelle fest, dass die Kugel mich nicht berührt hat. Er hat meinen Kopf nur um Millimeter verfehlt. Ich komme auf die Füße und nehme Paulus' Jacke.

Eine Rauchspur, wie die von einer brennenden Zigarette, kräuselt sich immer noch aus dem Rohr, als ich wieder auf den Stuhl steige. Er schickt mir einen Schwall von Flüchen zu, schreit *Fotze* und *Schlampe* und was weiß ich noch alles. Vermutlich ist er jetzt taub, weil er die Pistole in einem so engen Raum abgeschossen hat, also verzichte ich auf eine Verabschiedung, als ich seine Jacke, so fest ich kann, in das Rohr stopfe.

—

Die Glasvierecke des Hauptbahnhofs leuchten von innen und lassen das Gebäude weniger wie einen Bahnhof als wie die Röntgenaufnahme eines Bahnhofs aussehen. Abgesehen von seinem stählernen Skelett ist er durchsichtig. Ich sehe Leute darin kreisen wie Blutkörperchen.

Ich betrete den Bahnhof ganz gelassen, gehe ebenso schnell wie die anderen Berliner – seht mal, ihr Polizisten, wie normal und un-mörderisch ich aussehe. Drinnen herrscht die ruhige Anarchie, die so typisch für Deutschland zu sein scheint – alle sind in höflicher, nüchterner Eile. Ich mache sie, so gut ich kann, nach: bewege mich schnell, aber nicht hastig, lächle nicht, sehe aber auch nicht unfreundlich aus.

Eine ordentliche Schlange steht vor dem Ticketschalter: vor mir eine muslimische Frau mit einem kleinen Jungen, hinter mir ein Schuljunge mit schlimmer Akne. Zwei Polizisten mit Maschinenpistolen unter dem Arm gehen langsam vorbei, sehen jedem ins Gesicht. Ich versuche, nicht wegzusehen, um nicht verdächtig zu wirken, kann es aber am Ende doch nicht vermeiden.

Für achtzig Euro kaufe ich ein Ticket für den nächsten Zug nach Prag, der in zwanzig Minuten von Gleis 14 abfährt. Wenn der Zug erst mal abgefahren ist, brauche ich mich nur noch ungefähr vier Stunden lang bedeckt zu halten, bis wir über die tschechische Grenze fahren und ich in Sicherheit bin, oder zumindest sicherer als hier.

Aber es sind noch zwanzig Minuten. Und heute Abend ist der Hauptbahnhof Polizeigebiet. Sie sind überall. Finster dreinblickende Typen in dunkelblauen Overalls mit Maschinenpistolen und Hunden. Schicke Typen in Anzügen mit Polizeimarken um den Hals. Ich bezweifle zwar, dass das gesuchte amerikanische Mädchen der Grund für die Abriegelung der Stadt ist, aber ich muss davon ausgehen, dass sie meinen Namen kennen, und ziemlich sicher haben sie auch schon ein Foto von mir gesehen.

Die Toilette stinkt, aber zumindest bin ich hier nicht mehr zu sehen. Ich lehne mich an die Tür und durchforste Paulus' Brieftasche. Es ist ein Kondom drin, ein Personalausweis und ein Bündel mit mindestens tausend Euro.

Ich weiß, dass ich noch bereuen werde, Paulus am Leben gelassen zu haben. Yael hätte ohne Frage darauf bestanden, dass ich ihn umbringe. Ich hätte das Lagerhaus ohne einen weiteren Gedanken um ihn niederbrennen sollen. Und ich wollte es auch. Ich war kurz davor. Aber zumindest in dieser Hinsicht hatte Paulus recht: Ich bin kein Killer. Nicht, weil ich es nicht könnte, nicht, weil das Ding in mir mich nicht lassen würde, sondern weil es die einzige Grenze ist, die ich auf meinem Weg in den Abgrund noch nicht überschritten habe. Ich werde diesen kleinen Winkel meines siebzehnjährigen Selbst so lange wie möglich bewahren, dieses winzige Stück Gwendolyn Bloom in mir.

Nach fünfzehn Minuten verlasse ich die Toilette und gehe zu Gleis 14. Alles, was ich aus Paulus' Jacke genommen habe, mit Ausnahme des Bargelds und des Klappmessers, landet in der nächsten Mülltonne.

Die Polizisten stehen auch im Bauch des Bahnhofs, beobachten jeden auf den Gleisen, lassen ihre Hunde am Gepäck schnüffeln. Ist es möglich, dass sie meinen Geruch kennen?

Das Rauschen des Zuges nähert sich wie ein herabsteigender Engel, und ich warte, bis der Engel dreimal piept und sich die Türen öffnen. Ich steige zwei Sekunden, bevor sie sich wieder schließen, ein. Die Bremsen zischen, noch ein Piepen und eine gedämpfte Durchsage. Dann fährt der Zug an.

Ich finde ein leeres Zweite-Klasse-Abteil und lasse mich in einen der Fenstersitze fallen. Draußen zieht der Bahnsteig vorbei, Polizisten gehen auf die Treppen zu, ein paar zu spät Gekommene werfen frustriert die Arme in die Luft.

Es ist zwar niemand sonst im Abteil, aber ich verberge mein Lächeln trotzdem hinter meiner Hand, lehne mich zurück und lege meine Stiefel auf den Sitz mir gegenüber. Auf den Bahnsteig folgt ein dunkler Tunnel, dann folgen grüne Stadtviertel, dann die Vororte, dann das freie Land.

Ich bin entkommen.

PRAG

18. KAPITEL

Ich schlafe ein bisschen, den tiefen, zufriedenen Schlaf des Gewinners. Ein paar Minuten, nachdem wir den Berliner Hauptbahnhof verlassen haben, gab es eine Fahrkartenkontrolle, aber seitdem hat mich keiner mehr gestört. Und so kommt nach meinem Sieg die Belohnung. In diesem Fall ein Traum. Es ist einer dieser Träume, bei denen man von Anfang an weiß, dass es ein Traum ist, und die ganze Zeit hofft, dass er nicht aufhört.

Ich sitze in einem Zug wie diesem und fahre durch die Landschaft, so wie jetzt. Die Ansagen kommen über einen rauschenden Lautsprecher: *Queensboro Plaza, Thirty-Ninth Avenue, Thirty-Sixth Avenue.* Die Linie N schaukelt und ruckelt und fährt durch eine Version von Queens, die von einer ländlichen deutschen Landschaft ersetzt wird. An der Station Ecke Broadway und Thirty-First Street kommt Terrance in mein Abteil.

«Ist der Platz hier besetzt?», fragt er und deutet auf den Sitz neben mir. Er trägt die gebügelten Khakis und den Rollkragenpullover von unserer ersten Begegnung im Plattenladen. Ich öffne den Mund, um ihm zu sagen, dass ich es bin, Gwendolyn, aber es kommen keine Worte heraus.

Er scheint mich nicht zu erkennen, und zuerst erschreckt es mich, aber dann verstehe ich. Wie könnte er auch? Ich bin nicht mehr dasselbe Mädchen, das er aus New York kennt. Gerade als meine Stimme zurückkommen will, setzt er sich Kopfhörer auf. Aber weil es ein Traum ist, höre ich die Musik ebenfalls. Es ist ein langsames, trauriges, wunderschönes Stück von Miles Davis.

Am Anfang bloß eine Trompete und ein kratziges Schlagzeug, dann setzen ein höflich zurückgenommenes Klavier und ein Saxophon ein.

Dann sind wir nicht mehr im Zug, sondern sitzen hinter den beschlagenen Fenstern dieser Bar im Waldorf Astoria, die ich immer nur vom Bürgersteig aus gesehen habe. Das Saxophon reicht die Melodie an die Trompete weiter und übernimmt die Harmonie, als sprächen die beiden miteinander, warm und zivilisiert, und das Saxophon nickt der Trompete zu: *Ich verstehe, ich verstehe.*

Wir sitzen auf einer gepolsterten Bank, allein inmitten von reichen Leuten. Es ist spät. Ich bin müde. Ich lehne mich an ihn. Er riecht nach Eau de Cologne und Normalität.

Ein Ober kommt – mit Fliege, weißem Hemd und Weste. «Dresden», sagt der Ober, und ich wache auf.

Wir fahren in den Dresdener Bahnhof ein, und ein paar Leute steigen ein und aus. Neuankömmlinge schauen in jedes Abteil, suchen nach jemand Ruhigem oder jemandem zum Reden oder einfach nach jemand Nettem, mit dem sie gern zusammensitzen wollen. Ein dünner Typ mit braunen Haaren, die er zu einem fettigen Pferdeschwanz gebunden hat, bleibt an der Tür stehen, betrachtet mein Gesicht und geht weiter. Er scheint nach jemandem Speziellen zu suchen, und das bin ich nicht.

Der Zug schnauft und bewegt sich wieder, die Wohnhäuser und mit Graffiti beschmierten Gebäude von Dresdens schlechtem Stadtviertel gleiten vorbei. Ich habe gehört, vor dem Zweiten Weltkrieg war dies hier eine wunderschöne Stadt – ähnlich wie Florenz, nur eben in Deutschland. Schön, mittelalterlich, unvergleichlich. Doch ein paar Monate vor Kriegsende bombten die Amerikaner und Briten die ganze Stadt in Schutt und Asche, verbrannten Zehntausende von Soldaten und Arbeiter und Mütter und Kinder bei lebendigem Leib. Das habe ich in einem Buch von Kurt Vonnegut gelesen.

Ich ziehe mein Handy raus und schreibe an Terrance:

Sitze im Zug und schlafe. Habe gerade von dir geträumt.

Exakt siebenundzwanzig Sekunden später kommt die Antwort:

Oh echt? Was denn?

Miles Davis hat gespielt, schreibe ich zurück. Wir waren im Waldorf an der Bar.

Diesmal dauert die Antwort länger. In New York ist es Nachmittag. Ich stelle mir vor, dass er noch in der Schule ist und seine Antwort unter dem Tisch schreibt.

Ich denk viel an dich.

Ich lächle und muss blinzeln. Ich auch an dich.

Sag mir, wenn du was brauchst. Ich bin hier.

Komischerweise glaube ich das. In meinem Kopf ist es als Tatsache gesetzt, dass dieser Junge, den ich kaum kenne, meint, was er sagt. Und als ob er meine Gedanken lesen könnte, schreibt er noch:

Ich kann zu dir kommen und dir helfen. Ich setze mich ins Flugzeug und bin morgen da.

Eine Mischung aus Qual und Dankbarkeit erfüllt mich.

Danke. Vlt bald. Noch nicht.

In Wahrheit sehne ich mich verzweifelt nach ihm. Aber ich weiß, das, was mir jetzt bevorsteht, wird unendlich viel härter sein als das, was vorher war, und ein weicher Upper-East-Side-Junge würde es keine Sekunde überleben. Die Hilfe, die er mir geben kann – seine Fähigkeiten, seine Mittel, seine Liebenswürdigkeit –, wäre hier nur verschwendet.

Ich fange an, ihm etwas zu schreiben, aber es ist zu lang und zu ehrlich. Solche Dinge sollte man jemandem nur persönlich sagen. Also lösche ich es wieder. Es ist mein Pech, dass ich in den

Krieg ziehen muss, obwohl ich nichts lieber täte, als mit diesem schönen Jungen davonzulaufen und von nichts zu leben als von Luft und Liebe.

—

Der Zug passiert die Randbezirke von Dresden, nimmt Geschwindigkeit auf, bis die Gebäude verschwimmen. Wir sind bald an der Grenze. Prag erreichen wir in einer Stunde. Der Fahrkartenkontrolleur kommt noch mal vorbei, und ich höre das Piepen seines Ticketlesegeräts, während er sich durch die zugestiegenen Fahrgäste arbeitet.

Ich nehme meinen Rucksack und gehe zur Toilette, wo ich mir den getrockneten Schweiß aus Berlin vom Gesicht wasche.

Ein Klopfen an der Toilettentür: höflich, fragend.

«Einen Moment», sage ich auf Deutsch.

Wieder ein Klopfen, hartnäckiger diesmal.

«Einen Moment!»

Und noch ein Klopfen, nur um mich zu ärgern.

Ich reiße die Tür auf, und da steht der Typ mit dem Pferdeschwanz, der in Dresden zugestiegen ist. Er hat eine kleine Pistole in der Hand.

«Zurück», sagt er auf Englisch.

Ich versuche, ihm die Tür vor der Nase zuzuknallen, aber er hält sie mit der Schulter auf.

«Geh verflucht noch mal zur Wand», zischt er, packt mich mit einer Hand am Jackenkragen und hält mir mit der anderen die Pistole vors Gesicht. Er quetscht sich zu mir in die winzige Toilette und tritt die Tür hinter sich zu.

Sein Englisch ist nicht das eines Muttersprachlers, er hat aber auch keinen deutschen Akzent. Ich muss trotzdem davon ausgehen, dass er ein Geschenk von Paulus ist, was bedeutet, dass sich Paulus irgendwie befreien konnte. Es war nicht allzu schwer rauszukriegen, wohin ich fahren würde. Ich hätte den Scheißkerl bei lebendigem Leib verbrennen sollen.

«Jetzt hör mir genau zu», sagt der Typ. «Gleich überqueren wir die Grenze nach Tschechien. An der ersten Station steigen wir beide aus. Wir tun das leise und ohne Aufsehen zu erregen, ist das klar?» Seine linke Hand tastet auf der Suche nach Waffen meinen Körper ab. Das Messer von Paulus – wo ist das? Im Rucksack. Neben dem Waschbecken.

Die Lampe über dem Spiegel flackert, der Zug wird langsamer. Ich spüre, wie ich Richtung Zugende gedrückt werde, und nehme an, dass wir eine Steigung hochfahren. Mein neuer Freund mit der Pistole verlagert sein Gewicht, um nicht umzufallen.

«Wie viel zahlt Paulus dir?», frage ich.

«Was?»

«Wie viel Geld zahlt Paulus dir? Vielleicht kann ich dir mehr zahlen.»

«Wer ist Paulus?»

Ich versuche, mir vorzustellen, was Yael mir raten würde. Wie so oft im Training, scheine ich in einer absolut nachteiligen Lage zu sein. Er hat eine Waffe; ich habe nichts.

Ich nicke mit dem Kopf zu meinem Rucksack. «Hast du was dagegen, wenn ich da was raushole?»

«Nein.»

«Nein – du hast nichts dagegen, oder nein – ich darf nichts rausholen?»

Er kneift verwirrt die Augen zusammen. «Nein – du darfst nicht.»

«Ich brauche einen Tampon», sage ich auf Englisch, dann noch mal mit deutscher Aussprache. «Tam-pon.»

Er begreift und verzieht das Gesicht. «Du wartest.»

«So funktioniert das leider nicht. Ich brauche jetzt einen. Sofort. Sonst wird es hier für uns beide sehr eklig.»

Er nimmt den Rucksack und fängt an, darin herumzukramen.

«Pass auf, dass du keinen von den Gebrauchten erwischst.»

Er blinzelt mich unsicher an und wühlt weiter. Dann schiebt er mir den Rucksack zu und hält mir den Pistolenlauf direkt vors Gesicht. «Mach es selbst», sagt er. «Aber keine Mätzchen.»

Ich nehme den Rucksack – meine Kleidung, Kultursachen, meine ganze Habe machen ihn schwer – und schenke ihm ein dankbares, beruhigendes Lächeln. Wir lassen uns nicht aus den Augen, mein neuer Freund und ich, während ich meine Hand hineinschiebe und sofort finde, wonach ich suche. Paulus' Messer. «Danke», sage ich.

Als er nach dem Rucksack greifen will, drücke ich ihn fest in sein Gesicht. Seine Pistolenhand schwingt zu mir herum, aber ich packe die Pistole und drehe sie weg, knicke ihm dabei den Zeigefinger nach hinten. Sein Schmerzensschrei ist ohrenbetäubend.

Irgendwie findet er in der winzigen Toilette Platz genug, um seine linke Faust nach mir zu schwingen, und sie landet seitlich auf meinem Kopf, als ich die Tür öffnen will. Die Pistole fällt mir aus der Hand und hinter die Toilette. Ich steche mit dem Messer nach ihm, aber er weicht mit Leichtigkeit aus und rammt mir ein Knie in den Bauch.

Ich kriege die Tür auf, packe meinen Rucksack und stolpere auf den Gang hinaus, aber schon ist er wieder da, er klebt an mir wie ein Schatten. Ich steche wieder mit dem Messer nach ihm, aber er weicht aus und packt mich von hinten, schlingt mir einen Arm um den Hals, während die andere Hand, die mit dem gebrochenen Zeigefinger, mein rechtes Handgelenk umfasst. Er dreht meine Hand so weit, dass das Messer gegen meine Brust zeigt, und dann drückt er die Klinge näher und näher heran. Ich halte dagegen, doch sein Arm um meinen Hals quetscht mir langsam die Luft ab.

Der Zug rumpelt und quietscht um eine Kurve. Draußen sehe ich die Lichter einiger Häuser vorbeihuschen. Wir nehmen wieder Fahrt auf, vermutlich haben wir eine gerade Strecke vor uns.

Jetzt ist das Messer nur noch ein paar Zentimeter von meiner Brust entfernt. Ich habe keinen Sauerstoff mehr und auch kaum noch Kraft. Mit allem, was davon übrig ist, ramme ich ihm meinen linken Ellenbogen in die Nieren und trete ihm mit dem Absatz auf die Zehen. Er zuckt zusammen, und für eine Viertelsekunde lockert er den Druck um Hand und Hals, gerade lange genug, dass ich mich freiwinden kann. Ich wirble herum und trete ihm mit voller Wucht in den Bauch. Die Luft zischt aus seinen Lungen, und er klappt vornüber.

Ich rase den Gang entlang nach vorn und zerre verzweifelt am Türgriff, doch er klemmt, oder ich bin zu panisch, um zu begreifen, wie sie aufgeht. Ich werfe einen Blick zurück und sehe meinen Freund auf mich zukommen. Er hat seine Pistole wieder in der Hand und richtet sie mit dem ausgestreckten linken Arm auf mich.

«Lass das Messer fallen», sagt er.

Ich sehe auf das nutzlose Messer in meiner Hand und höre Yaels Worte: Flieh vor dem mit dem Messer, greif den mit der Pistole an.

An der Wand neben mir ist ein Metallgriff, auf dem auf Tschechisch, Deutsch und Englisch NOTBREMSE steht. Ich öffne die Klappe, packe den roten Griff und ziehe, so fest ich kann.

Die Heftigkeit, mit der die Reaktion folgt, erschreckt mich. Die Luft füllt sich mit einem schrecklichen Kreischen von Stahl auf Stahl. Die Räder des Zuges blockieren auf den Gleisen; alles fällt nach vorn. Ich werde rückwärts gegen die Tür des Waggons gedrückt.

Der Mann mit der Pistole rammt mich mit der Gewalt eines Lasters, und mein Messer bohrt sich tief in seine Brust. Dann rutscht er zu Boden, sein letztes Gefühl – Überraschung – ist ihm ins Gesicht geschrieben. Durch das Fenster in den Türen zwischen den Waggons sehe ich zwei tschechische Grenzpolizisten auf mich zulaufen.

Ich schließe das glitschige Klappmesser, schiebe es in die Tasche und ziehe die Zugtüren auf. Die kühle tschechische Abendluft schlägt mir ins Gesicht.

Bis zum Boden ist es ein guter Meter, und meine Füße landen hart im Gestrüpp. Dann renne und stolpere ich einen Hügel hinab in Richtung des Ortes unter mir. Ich falle über einen verrotteten Baumstumpf und liege plötzlich auf dem Rücken, mit dem Gesicht zum Zug. Der Umriss eines Polizisten erscheint in der offenen Tür, der Strahl seiner Taschenlampe hüpft über den dicht bewachsenen Hügel. Dann springt der Mann zu Boden, hält seine Lampe vor die gezogene Pistole und schwingt beides beim Gehen hin und her. Ich halte den Atem an und liege absolut still, während das Licht direkt an mir vorbeigleitet. Plötzlich wird die Lampe ausgeschaltet, und der Polizist klettert wieder rein. Warum verfolgen sie mich nicht? Ist das hier nicht ihr Hoheitsgebiet? Warten sie auf Verstärkung? Haben sie Angst vor der Dunkelheit? Ich habe keine Ahnung, aber ich ergreife jede Gelegenheit, die sich mir bietet, denn mit Sicherheit wird es nicht lange dauern, bis die gesamte Polizei nach mir sucht.

—

Ich hocke mich neben eine Garage und bin sicher, dass jemand meinen keuchenden Atem hören muss. Meine Hände, meine Arme, mein ganzer Körper zittert heftig. Es sind zwei Arten von Angst, die vor der Polizei und die Angst, dass der Mord, den ich gerade begangen habe, sich für immer in meinen Kopf gebrannt hat. Das Blut auf meinen Händen und meiner Kleidung wirkt schwarz, wie die Tinte aus Hamids Brust. Wenn ich versuche, es abzuwischen, verteilt es sich nur wie Schmiere. Wie einfach es gewesen ist, wie leicht ich die Hand ausgestreckt und die Notbremse gezogen habe. Newtons erstes Gesetz der Trägheit hat den Rest erledigt. Meine Physikstunde für heute.

Dann hört das Zucken in meinen Gliedern auf, und der Nebel, der auf meinem Hirn liegt, hebt sich. Die Vernunft setzt wieder ein. Bewerte die Situation, fasse einen Plan, werde aktiv.

Ich gehe so leise wie möglich am Rand eines Abhangs entlang, dort, wo er an eine Reihe kleiner Garagen und Hintergärten grenzt. Ich rieche einen Fluss in der Nähe, den kühlen Geruch nach Fisch und vermodernden Pflanzen. Von hier aus wirkt der Ort wie eine kleine Stadt ohne Dramen, und ich sehe durch die Fenster der ordentlichen Häuser, dass darin ordentliche Familien sitzen. Eine Mutter, ein Vater und eine Tochter von vielleicht sechs Jahren am Abendbrottisch. Eine Frau, die vom Sofa aus fernsieht, während der Mann neben ihr ein Buch liest, die Brille auf der Nasenspitze. Drei Teenager spielen ein Videospiel, die Mutter des einen blättert im nächsten Zimmer einen Stapel Rechnungen durch. Was würden sie wohl denken, diese ordentlichen Familien, wenn sie wüssten, dass eine Mörderin, der immer noch das Blut ihres Opfers an den Händen klebt, hier vorbeischleicht und sie durch ihre Fenster beobachtet?

Der Abhang führt weiter von den Gleisen fort, und ich folge ihm, halte mich von der Straße fern, folge stattdessen dem kleinen Sandweg hinter den Garagen. Diese Strecke wird vermutlich hauptsächlich von Kindern und heimlichen Liebespärchen genutzt, und ich bin dankbar für ihr dunkles Versteck.

Es dauert nicht lange, bis ich finde, wonach ich suche: eine Reihe von vier dunklen Häusern am Ende eines Blocks, deren Bewohner entweder noch nicht zu Hause oder verreist sind. Ich wähle das dritte und spähe durch ein Fenster, suche nach Lebenszeichen. Eine schwarze Katze auf einem Sofa, aristokratisch wie eine Königin, starrt mich gelangweilt an. Sie gähnt, steht auf und geht mit eleganten Schritten auf eine Reihe von vier Schüsseln zu, die für sie auf dem Boden stehen.

Vier Schüsseln. Das kann bedeuten, dass ihre Besitzer weg sind. Ich klopfe vorsichtig an die Hintertür, nur um sicherzugehen, und beobachte durchs Fenster, ob sich jemand regt, aber nichts rührt sich außer der Katze.

Die Klinge meines Messers schiebt sich in den kleinen Spalt zwischen Tür und Rahmen, an der Stelle, wo das Schloss ist. Ich ziehe am Messergriff und höre das Holz stöhnen. Beim dritten Zug gibt der Holzrahmen mit einem erstickten Knacken nach.

Ich drücke die Tür hinter mir zu, und die Katze kommt neugierig herbei und streicht mir um die Beine. Ich streichle ihr über den Kopf und sehe mich um. Neben den vier Schüsseln mit Futter finde ich eine Auflaufschüssel mit Wasser und einen Stapel Post unter dem Briefschlitz der Haustür.

Im ersten Stock scheinen sich zwei Jungen ein Zimmer zu teilen, darin steht ein Etagenbett. An den Wänden hängen Bilder von Autos und Mädchen in Bikinis und ein Poster von Jay Z. Ihr Schrank ist für mich eine wahre Fundgrube. Ich nehme mir ein T-Shirt und eine Jeans von dem Jüngeren und eine grüne Jacke, die der Armeejacke meiner Mutter ähnelt, die ich bei meiner hektischen Abreise in Paris gelassen habe.

In einem kleinen, fensterlosen Badezimmer schalte ich das Licht an. Das Blut auf Händen, Unterarmen, Brust, Bauch und meinem Gesicht ist zu einer schönen scheißbraunen Paste getrocknet. Ich ziehe mich aus und stopfe all meine Klamotten, bis auf die Stiefel, in eine Mülltüte. Dann schrubbe ich mir das Blut mit einem Stapel kleiner Handtücher ab. Die einzigen, die ich so schnell finde, sind mit kleinen Rentieren und Schneemännern bestickt. Ich fühle mich schlecht, weil ich die guten Gästehandtücher dieser Familie ruiniere.

Im Schränkchen unter dem Waschbecken finde ich einen Elektrorasierer und mache mich daran, mir das Haar auf einen Zentimeter Länge herunterzuscheren, so kurz, dass meine Kopfhaut durchscheint. Es ist eine gute, wenn auch primitive Tarnung; wenn ich erst mal die gestohlenen Klamotten angezogen habe, sehe ich aus wie ein Junge im Teenageralter, zumindest aus ein paar Metern Entfernung. Ich hoffe, ich komme auf diese Weise durch die Straßen, ohne dass die Bullen mich zweimal ansehen.

Ich sammle meine Haare auf und wische das Blut mit Klopapier und Putzmittel aus dem Schränkchen vom Waschbecken. Dann verfolge ich meine Spuren zurück, wische alles ab, was ich berührt habe. Ich mache es nicht nur, um keine Spuren zu hinterlassen. Ich will nicht, dass diese Familie durch meinen Besuch beschmutzt wird. Sie ist Teil einer saubereren Welt als ich, und diese Krankheit in mir könnte ansteckend sein.

—

Ich gehe nördlich der kleinen Stadt weiter. Wahrscheinlich konzentrieren sich die Polizisten auf das Gebiet südlich davon, weil das näher an Prag liegt. Nach ein paar Kilometern stoße ich auf eine Fernfahrerkneipe. Ein polnischer Lastwagenfahrer namens Witold ist bereit, mich für zehn Euro nach Prag mitzunehmen. Wir handeln das auf Russisch aus, unserem gemeinsamen linguistischen Nenner. Auf der gesamten einstündigen Fahrt in die Stadt ist er extrem höflich und lässt sich absolut nichts zuschulden kommen, außer dass er bei Led Zeppelin und Aerosmith mitsingt, die im Radio laufen. Doch selbst dafür entschuldigt er sich und bietet mir als Wiedergutmachung ein halbes Leberwurstbrot an.

Witold setzt mich westlich der Moldau in Sichtweite der Brücke ab, die mich in die Altstadt bringen soll. «In das Prag, das du dir vorgestellt hast», sagt er auf Deutsch. Er lächelt mich an, als ich aus dem Wagen klettere, wünscht mir viel Glück und sagt mir, dass ich auf mich aufpassen soll. Er ist der erste normale Mensch, den ich seit Monaten getroffen habe, und ich wünschte, ich könnte mit ihm fahren.

Eine Straßenbahn mit Samsung-Werbung rumpelt über die Brücke. Ihre Innenbeleuchtung pulsiert. Von irgendwoher dringt der tiefe Klang einer Kirchenglocke zu mir herüber – sie schlägt elf Mal, zwölf Mal. Es ist Mitternacht in Prag, und die Brücke ist immer noch voll von jugendlichen Pärchen, die selbst nach einem Monat irgendwie immer noch ineinander verliebt sind. Ein Typ bietet mir Gras, Koks oder Heroin an, was immer ich haben will. Ein anderer Typ liegt mit dem Gesicht nach unten auf dem Boden, hält in seinen ausgestreckten Händen einen Hut mit ein paar Münzen.

Auf der anderen Seite ist ein Café, und durch die Fenster sehe ich warmes Licht und altmodische Ober mit Fliegen und Schürzen, die gut angezogenen Gästen Teller mit dampfendem Essen und hohe Biergläser servieren. Wo kommen die alle her – aus der Oper? Dem Theater? Der Gedanke an Essen kommt mir erst danach. Aber ich habe irgendwie Hunger, wenn auch weniger auf Ente mit Klößen als vielmehr auf die dampfende, köstliche Gesellschaft anständiger Leute. Kurz, aber wirklich nur sehr kurz, überlege ich, ob ich reingehen soll, aber ich kann es nicht riskieren, gesehen zu werden. Vermutlich bin ich mittlerweile berühmt, mein Gesicht wurde sicher schon auf allen Fernsehkanälen gezeigt, denn man sucht in zwei Ländern wegen Mordes nach mir.

Das Blaulicht eines Polizeiautos, das die Straße vor mir teilweise blockiert. Es ist vermutlich nur eine ganz normale Routinekontrolle, aber dieses neue Ich muss alle Bullen umgehen, also tue ich es, biege in eine schmale Seitenstraße und stolpere mehrere Jahrhunderte zurück in die Vergangenheit. Die Straße hat Kopfsteinpflaster und schmale, parallel verlaufende Fahrrinnen, eingegraben über Hunderte von Jahren von Pferdekarren und Autos. Sie alle haben jeweils ein winziges Stück der Straße mit sich genommen. Meine Schritte hallen an den Wänden der mittelalterlichen Gebäude zu beiden Seiten wider, werden nur von dem jaulenden Motor einer Vespa übertönt, die an mir vorbeirast.

Die Straße teilt sich, und ich nehme die nach links, bloß um wieder dort zu landen, wo ich reingekommen bin. Also nehme ich die rechte Straße, und diese teilt sich wieder und dann noch einmal. Es herrscht keine Logik, nur eine komplexe Anarchie, als wäre die Stadt wie ein Wald aus dem Boden gewachsen, chaotisch und auf natürliche Weise schön.

Und dann stolpere ich hinaus auf einen Platz und keuche beinahe auf. Witold hatte recht. Hier ist es, das Prag, wie man es sich vorstellt: ein Märchen aus bernsteinfarbenem Licht und Steinen, die von der Zeit und von den Händen von Millionen Besuchern glattgerieben wurden, die diese Schönheit berühren wollen. Warum muss ich das ausgerechnet unter diesen Umständen sehen? Ich bin neidisch auf die Gruppen von Touristen, die von einem Straßencafé zum anderen schlendern, auf die Familien, die für ein Foto posieren, selbst auf die Jungs, die Bier trinken und die Mädchen angaffen.

Irgendwie kann ich mich von diesem Anblick lösen und mich auf die wirklich wichtigen Dinge konzentrieren, nämlich zuallererst darauf, wo ich heute Nacht schlafen soll. Ein Hotel oder Hostel kommt nicht in Frage, wenn die Polizei meine Identität kennt, und ich schätze, das tut sie. Ich werde versuchen, jemanden wie Marina zu finden, aber ich kann nicht darauf hoffen, zweimal hintereinander so viel Glück zu haben.

Ich entferne mich etwas von der Menge und entdecke eine winzige, kurvige Seitenstraße. Auf ihrer einen Seite steht ein Gebäude, auf der anderen Seite verläuft eine Mauer von etwa drei Metern Höhe. Ich habe keine Ahnung, was hinter der Mauer liegt. Vielleicht ein Park oder ein Hof, irgendein privates Grundstück ohne Junkies oder Irre. Ich sehe mich um, ob ich allein auf der Straße bin, dann greife ich nach einer Kutschenlampe, die aus der Wand herausragt, und ziehe mich hoch. Von oben auf der Mauer sieht das Ganze aus wie ein privater Park, wie eine kleinere Version von Gramercy in New York, aber in der Dunkelheit ist es schwer zu erkennen. Da ich nicht weiß, was sich unter mir befindet, lasse ich mich langsam herab und versuche, so leise und vorsichtig wie möglich zu sein.

Meine Füße berühren etwas Hartes, aber als ich mein Gewicht darauf absenke, bewegt es sich. Ich taste mit den Zehenspitzen meiner Stiefel herum, bis meine Finger nachgeben und ich auf den Boden falle. Ich strecke die Hände im Dunkeln aus und berühre schmale Steintafeln, die in seltsamen Winkeln aus der Erde ragen, dicht aneinandergedrängt wie schiefe Zähne.

Es ist ein Friedhof.

Ich schließe die Augen, dränge meine Kleinmädchenangst weg und öffne sie wieder. Es ist bloß ein Ort, sage ich mir selbst, und auch noch ein friedlicher. Der Hof steht voller Grabsteine, sie stehen hier wie Unkraut in einem morbiden, verwilderten Garten. Ich klettere über sie hinweg bis zu einem Weg, der vom Mondschein beleuchtet wird. Jetzt kann ich sehen, dass die Steine überwiegend mit hebräischen Zeichen bedeckt sind, deren Daten Hunderte von Jahren zurückreichen. Der Boden ist hügelig und zum Bersten voll mit Leichen darunter, die ohne Zweifel schon zu fünft, acht oder einem Dutzend übereinandergeschichtet wurden.

Einen Augenblick überlege ich, ob ich wieder zurückklettern soll. Aber ich werde mit Sicherheit heute Nacht nichts Besseres finden, und es gibt für mich realere Gefahren als Geister. Ich suche mir eine Stelle zwischen zwei Reihen, die so dicht nebeneinanderstehen, dass ich dazwischen auf der Seite liegen muss. Die Steine sind noch warm von der Hitze des Tages und fühlen sich an meinem Körper beinahe weich an. Du bist heute Nacht hier willkommen, Reisende, scheinen sie zu sagen.

Ich ziehe die Jacke fest um mich und schlafe zwischen den Toten ein.

—

Eine ruhige, traumlose Nacht geht vorbei, als wäre ich bloß ein weiterer lebloser Körper an diesem Ort. Der Boden ist weich und die Umarmung der Grabsteine fest, und beides schenkt mir einen besseren, tieferen Schlaf, als ich seit meiner Abreise aus Paris hatte.

Ich wache vom Sonnenschein auf und davon, dass mir jemand mit dem Ende einer Schaufel gegen den Stiefel klopft. Als meine Augen sich scharf gestellt haben, erkenne ich, dass die Schaufel einem alten Mann mit weißen Haaren und einem blauen Overall gehört. Er spricht mich an, vermutlich auf Tschechisch, dann in langsamem Englisch. «Hier keine Betrunkenen, okay? Geh zurück, wo du herkommst.»

«Ich brauchte nur einen Platz zum Schlafen», sage ich langsam und zeige ihm meine Hände, damit er sehen kann, dass ich keine Gefahr darstelle. «Mein Geld und mein Pass wurden mir gestohlen. Verstehen Sie? Gestohlen?»

«Du Engländerin? Amerikanerin?»

«Ja», sage ich. «Ich meine, nein. Ich spreche Englisch. Ein bisschen.» Ich weiß nicht, wer ich vorgeben soll zu sein.

Er kneift die Augen zusammen, als würde er versuchen, hinter meinen kurzen Haarschnitt und die Jungsklamotten zu sehen. «Du bist Mädchen», sagt er mehr zu sich selbst als zu mir.

«Ich habe es nicht böse gemeint, Sir», sage ich.

«Wenn Geld und Pass gestohlen, dann ich rufe vielleicht Polizei für dich.»

«Nein», sage ich zu schnell, dann zwinge ich mich zu einem Lächeln. «Nein danke. Ich rufe sie lieber selber. Später.»

Die tiefen Falten um seinen Mund ziehen sich nach oben, als Folge einer Entscheidung, die er offenbar getroffen hat. «Vielleicht du brauchst Essen?»

«Mir geht es gut», sage ich. «Aber danke.»

«Ein bisschen Frühstück», sagt er. «Dann du gehst.»

—

Er ist der Friedhofsverwalter und hat eine kleine Wohnung über dem Museum, das zum Friedhof gehört. Es ist Samstag, erklärt er mir, der heilige Sabbat, also kommen heute keine Besucher.

Ich sitze an einem kleinen Tisch, während er an einer Arbeitsplatte aus Holz mit Brot und Käse hantiert. Neben mir steht ein klobiger alter Fernseher; er zeigt die morgendlichen Nachrichten. Ich kann den Reporter nicht verstehen, aber sie zeigen ein Bild von meinem Zug vom Vorabend und dann eine Wachmannschaft mit Hunden, die den Abhang durchsucht, den ich hinabgeflüchtet bin. Dreh dich jetzt nicht um, befehle ich dem Verwalter in

Gedanken. Warte auf den Wetterbericht. Die Nachrichten zeigen jetzt zwei Männer, die eine Bahre tragen, auf der ein mit einer schwarzen Plastikplane bedeckter Körper liegt.

Der Verwalter stellt einen Teller mit dickem orangefarbenen Käse und ein grobes Roggenbrot auf den Tisch. Er setzt sich, dann steckt er sich die Spitze einer Serviette in den Kragen seines Overalls und schmiert ein Brot. «Du hast das gehört, vielleicht?», sagt er und deutet mit dem Kopf zum Fernseher. «Ein Mann tot im Zug aus Berlin.»

«Weiß man – weiß man schon, wer es war?»

«Wer Mörder war?» Der Verwalter zuckt die Schultern. «Wenn sie wissen, sie nicht sagen.»

Meine Schultern entspannen sich ein wenig vor Erleichterung. Vielleicht wissen sie wirklich nicht, wer es war. In jedem Fall bin ich für den Moment in Sicherheit.

«Wegen Pass», sagt der Verwalter. «Leichter, wenn ich rufe Polizei für dich. Du sprichst nicht Tschechisch.»

Ich lächle höflich. «Das ist sehr nett von Ihnen, aber nein danke.»

Die Falten um seine Augen vertiefen sich, während er isst. Ist das Misstrauen oder etwas anderes? Dann lächelt er ein bisschen. Schiefe gelbe Zähne, zwei davon mit Goldplomben. «Du bist jüdisch?», fragt er.

«Meine Eltern waren es.»

«Juden verstehen, dass manchmal ohne Polizei ist besser», sagt er. «Für uns ist schlechte Geschichte.»

«Ich komme schon allein klar», sage ich.

«In Praha gibt viele Kriminelle», sagt der Verwalter. «Kriminelle, Schläger, Diebe, du verstehst?» Er macht eine ausladende Geste, als wollte er die gesamte Welt umschließen. «Aber schlecht für Frau allein.»

«Danke für die Warnung.»

«Ich jemanden kenne. Hedvika. Sie ist in Praha 10, Vršovice – nicht weit. Sie hat Zimmer. Du nimmst vielleicht. Nur wenig Geld. Du hast wenig Geld?»

«Ja.»

Der Verwalter kramt durch einen Stapel Zettel, bis er einen abgegriffenen Umschlag und einen Stift findet. «Vielleicht Hedvika ist gut für dich. Nicht so viele Fragen. Für sie, ohne Pass kein Problem.»

Dieser Verwalter, denke ich, kennt sich aus in dieser Welt, in der *manchmal ohne Polizei ist besser.* Er reicht mir den Zettel, auf den er die Adresse geschrieben hat. Nach seiner Beschreibung ist es genau das, was ich brauche: ein Zimmer im Haus einer alten Frau, billig und versteckt.

Als das Frühstück beendet ist, räume ich die Teller weg – das wenigste, was ich ihm für das Essen und seine Freundlichkeit zurückgeben kann. Als er mich verabschiedet, schüttle ich ihm steif die Hand.

«Danke», sage ich.

Er nickt ernst. «Vorsichtig in Praha.»

19. KAPITEL

In einem Tabakkiosk kaufe ich eine Zeitfahrkarte für den Nahverkehr und drei neue SIM-Karten. Der Weg, den der Kioskbesitzer mir erklärt, ist nicht kompliziert, und schon bald habe ich das Viertel Prag 10 mit seinen kleinen Wohnhäusern erreicht. Sie sind alt, aber gepflegt.

Die Frau namens Hedvika ist uralt und hat die Figur eines Schneemanns. Sie führt mich in ihrem farblosen Kittel, der entweder ein Kleid oder ein Nachthemd sein kann, in dem kleinen zweistöckigen Gebäude herum, das sie zimmerweise vermietet. Es ist alt, aber bis in die hinterste Ecke sauber geschrubbt. Hier, erklärt sie mir auf Deutsch – eine gute Weltsprache in diesem Teil Europas –, ist die Küche. Alle dürfen den Kühlschrank benutzen, aber wer stiehlt, muss sofort gehen. Hier ist das Wohnzimmer, in dem Rauchen oder lautes Fernsehen nicht erlaubt sind. Hier ist dein Zimmer, kein Übernachtungsbesuch, Zahlung jeden Montagvormittag im Voraus. Wir einigen uns auf zweitausendfünfhundert Kronen oder hundert Euro die Woche, egal in welcher Währung. Ich bezahle sie für die erste Woche, und sie lässt mich allein. Sie hat mich noch nicht mal nach meinem Namen gefragt.

Das Zimmer ist klein und spärlich eingerichtet. Es ist eigentlich nicht viel mehr als eine Zelle. Ein Einzelbett, ein Holzstuhl, ein Holztisch, eine kleine Kommode mit drei Schubladen für Kleidung. Das Badezimmer liegt am Ende des Flurs, und ich muss es mir mit den Männern teilen, sagt Hedvika, also soll ich immer abschließen und keine Unterwäsche rumliegen lassen.

Typen, die aussehen wie Vietnamesen und Syrer und Latinos, murmeln mir ein Hallo zu, als sie mir im Flur begegnen. Vielleicht Arbeiter ohne Papiere. Schwer zu sagen. Einfach Leute, die ein Zimmer brauchen. *Ohne Pass kein Problem.*

Ich fühle mich erschöpft und würde gern schlafen, aber ich erlaube es mir nicht. Ich habe zu viel zu erledigen. Ich habe mich darauf versteift, dass Dad in Prag ist, aber sicher ist das noch lange nicht. Ein paar Gesprächsfetzen zwischen Veronika und Christian. Ein Gruß an Paulus von BK. Ein paar Kisten mit Waffen. Die Behauptung eines Mannes, der davon ausging, dass ich ihn umbringe, wenn er mir nicht sagt, was ich von ihm hören will. Nach wenigen unproduktiven Versuchen, mich zu sortieren, fühlt sich das winzige Zimmer zu eng an, und ich gehe raus, um beim Gehen nachzudenken.

Der graue Himmel liegt schwer über Prag, schiebt einen stählernen Schild zwischen die Stadt und die Sonne. Vielleicht regnet es noch, vielleicht fällt uns der Himmel auch einfach auf den Kopf, das ist schwer zu sagen. Ich habe eine tiefe Sehnsucht nach etwas, weiß aber nicht recht, wonach: nach einem Sonnenstrahl oder einem Glas Orangensaft oder einfach nach einer dämlichen Blume.

Ich stoße auf einen Park mit einem Spielplatz in der Ecke. Ein kleines Mädchen in einem rosa Kleid hängt mit dem Kopf nach unten an einem Klettergerüst, und eine ältere Frau, vielleicht ihre Oma, sitzt auf einer Bank und liest ein Buch. Das ist der fröhlichste Anblick, auf den ich momentan hoffen kann, also setze ich mich auf den Rand einer niedrigen Mauer in der Nähe und sehe zu.

Das kleine Mädchen sagt etwas auf Tschechisch, dann wiederholt sie es noch einmal lauter. *Guck mal,* schätze ich. Die Oma sieht auf und lächelt und nickt, dann wirft sie einen Blick in meine Richtung. Sie tut so, als sehe sie wieder in ihr Buch, aber ich merke, dass ich jetzt auf ihrem Gefahrenradar bin. Nach einer Minute steht sie auf, holt das Mädchen und führt es weg, wobei sie mir einen Blick über die Schulter zuwirft.

Offenbar sind mir über Nacht Hörner gewachsen.

Ein einzelner Regentropfen, die Vorhut eines Sturms, landet auf dem Knie meiner schmutzigen Jeans und breitet sich zu einem kleinen dunklen Kreis aus. Ein zweiter trifft auf meine Kopfhaut und läuft durch die Überreste meiner Haare und meinen Hals hinunter. Ich schließe die Augen und denke an den Tompkins Square Park und Terrance an jenem Nachmittag, kurz bevor sich mein Leben von Grund auf änderte.

Ich ziehe mein Telefon heraus, installiere die neue SIM-Karte und wähle seine Nummer. Im Klingeln seines Telefons höre ich ein Zischen, das die Zeitzonen und den Ozean zwischen uns noch unterstreicht.

Seine Stimme klingt wie am Ende eines langen Tunnels. «Hallo?»

«Ich bin's», flüstere ich.

Das Knistern der Entfernung, von Signalen, die durch Sturmwolken, durchs All, durch Satelliten und wieder zur Erde zurückkehren.

«Ich – ich bin's auch», sagt er.

«Wir wissen, wer wir sind», sage ich.

«Trotzdem. Es ist gefährlich zu reden.»

«Ich nehme nachher wieder eine neue SIM-Karte.»

«Hast du gefunden – hast du es geschafft?»

«Noch nicht. Aber ich bin nah dran. Na ja, näher als vorher.»

«Kann ich was helfen?», fragt er.

«Ja», sage ich. «Kannst du demnächst online chatten?»

«In zwanzig Minuten?»

«Fein. So wie letztes Mal, Tor proxy.»

«Hast du deshalb angerufen?»

«Zum Teil.»

«Und der andere Teil?»

Ich schließe die Augen, spüre, wie meine Lider heiß werden, wie sich mir die Kehle zuschnürt. Es bedeutet mir alles, dass in diesem Moment ein anderer Mensch bei mir ist, mir zuhört, auch wenn er so weit von mir entfernt ist wie der Mond. «Ich wollte nur, du weißt schon, jemand Normales hören.»

«Geht es dir gut?», fragt er.

«Ja», lüge ich.

Connecting to Tor Servers
Anonymousprox.altnet01.Rhymer (Japan)
CaravanServ.hamd08.SamizdatGambol (Serbia)
MacherKurland.glick04.Storytime (Canada)
BigMacMcGarey.Alerform03.Gambol (Jordan)
<<Congratulations! You are now connected to Tor Anonymous Chat!>>
<<Entering Private Mode / Secure>>
<<AnonUser Red is now connected>>
AnonUser Red: danke fürs helfen
AnonUser Scholar: gerne. So schön deine stimme zu hören
AnonUser Red: brauche deine genialen hacker skills
AnonUser Scholar: genial sind die nicht, aber ich versuchs
AnonUser Red: hab allerdings nicht viel
AnonUser Red: ein tschechischer typ mit den initialen bk
AnonUser Red: schickt waffen und bomben nach Deutschland
AnonUser Scholar: Terroristen????
AnonUser Red: nein

AnonUser Red: oder vlt. Kp
AnonUser Red: waffenschiebereien, glaube ich
AnonUser Scholar: Was noch?
AnonUser Red: das ist alles
AnonUser Red: was ich habe
AnonUser Scholar: ernsthaft?
AnonUser Red: JA!!
AnonUser Red: sorry, ist für mich auch frustrierend
AnonUser Scholar: gib mir fünf
AnonUser Red: ???
AnonUser Scholar: Minuten
AnonUser Red: noch da?
AnonUser Red: noch da?
AnonUser Red: BIST DU NOCH DA??
AnonUser Scholar: 1 min
AnonUser Red: okay, sorry
AnonUser Red: ???????
AnonUser Scholar: das dauert!
AnonUser Scholar: also pass auf
AnonUser Scholar: ziemlich viele leute mit bk
AnonUser Scholar: aber nur einer ist ein echter tschechischer verbrecher
AnonUser Scholar: heißt Bohdan Kladive
AnonUser Scholar: nein, Bohdan Kladivo, kein e am ende
AnonUser Red: heilige scheiße
AnonUser Red: ganz sicher?
AnonUser Scholar: Strafregister reicht bis 1992
AnonUser Scholar: Waffenhandel
AnonUser Scholar: und menschenhandel, das sind die großen dinger
AnonUser Scholar: ist ne große nummer

AnonUser Scholar: so was wie Pablo Escobar, diese sorte

AnonUser Red: echt? Woher weißt du?

AnonUser Scholar: steht alles bei Interpol

AnonUser Red: ich fass es nicht

AnonUser Red: wie kommst du denn da dran?

AnonUser Scholar: ;-)

AnonUser Scholar: hab sie ausgetrickst

AnonUser Scholar: so was in der art

AnonUser Scholar: man muss nur wissen, wie man suchen muss

AnonUser Red: du bis ein geni!!!

AnonUser Red: Genie

AnonUser Scholar: danke, aber kein problem

AnonUser Red: Wo wohnt kladivo?

AnonUser Red: ??

AnonUser Scholar: der ist supergefährlich

AnonUser Scholar: auf keinen fall

AnonUser Red: muss es wissen

AnonUser Red: pls

AnonUser Red: wirklich. Bitte

AnonUser Scholar: gibt keine adresse

AnonUser Scholar: wohnt bestimmt nie lange an einem ort

AnonUser Red: die stadt

AnonUser Red: nur die stadt

AnonUser Scholar: Prag 1

—

Ich wechsle auf einen normalen Browser und googele Bohdan Kladivo. Massenhaft Links zu Zeitungsartikeln erscheinen auf dem Bildschirm. *In Praha gibt viele Kriminelle.*

Die Artikel der tschechischen Presse konzentrieren sich auf Kladivos lokale Verbrechen. Seine Anteile an Prags Spielkasinos. Seine Verbindungen zu Richtern und Polizeifunktionären und mächtigen Personen in der tschechischen Regierung. Von einer Prager Boulevardzeitung schreit mir eine Sensationsüberschrift entgegen, und die Übersetzung lautet: RICHTER GEKÖPFT IN KARLOVY VARY GEFUNDEN. Eine schaurige Geschichte mit Bildern. Ein weiterer Artikel spekuliert über den Einfluss der Gruppe bis hinunter in die Prager Kleinkriminellenszene und berichtet von einem Taschendieb, der sich weigerte, seinen Anteil an Kladivo zu zahlen, woraufhin ihm die rechte Hand mit einer Kreissäge abgetrennt wurde.

Ich schließe die Augen. Die Vorstellung, dass Dad von diesen Männern gefangen gehalten wird – aber ich schiebe den Gedanken beiseite. Denk nicht dran. Bleib produktiv.

Ich suche weiter, über die tschechische Presse hinaus. Ich finde einen Bericht in der *New York Times*, der Kladivo mit Waffenschmuggel in den Sudan, Irak und Syrien in Zusammenhang bringt. Im *Guardian* finde ich ein Diagramm mit Kladivos geheimnisvollen Frachtflügen – von Russland nach Syrien, dann von Syrien nach Moldavien, von Moldavien nach China – Transportgüter unbekannt.

Ich scrolle zum nächsten Artikel, diesmal aus dem *Spiegel*. Er behauptet, dass Kladivos Organisation Frauen und Mädchen aus Osteuropa und Russland kidnappt und auf Auktionen an reiche Kunden aus der ganzen Welt versteigert. *Fleischkurator* nennt ihn der Artikel.

Mir stellen sich die Nackenhaare auf, als ich auf einen Artikel im *Economist* stoße, der erst ein paar Tage alt ist. Darin steht, wie

Kladivo das Wesen des organisierten Verbrechens in Europa verändert, indem er neue Versorgungskanäle aufbaut und ein jahrzehntealtes System renoviert – nur wenige Wochen nach dem Tod seines ehemaligen Bosses, des serbischen Verbrecherkönigs Viktor Zorić.

Der Mann, dessen Bild ich auf Dads Laptop gesehen habe. Der Mann mit dem Loch in der Stirn. «Sehr schlimme Sachen», hat Dad gesagt, als ich ihn fragte, was Zorić getan hat. «Die schlimmsten.»

—

Ich mache mich auf den Rückweg zu Hedvikas Haus. Jetzt, wo ich weiß, dass ich in der richtigen Stadt und dem richtigen Mann auf der Spur bin, muss ich planen, wie und wo ich ihn finde. Gesichter und Gesprächsfetzen gehen mir durch den Kopf. Hedvika, die mir sagt, dass ich montags bezahlen muss, in Kronen oder Euros, egal. Der Friedhofsverwalter beim Frühstück, wie er mich vor den Prager Kriminellen warnt, *schlecht für Frau allein.*

Als ich an einem Laden vorbeikomme, stolpert ein alter Mann herbei, streckt mir seine leberfleckige Hand hin und fragt mich etwas mit schwacher Stimme. Ich will schon um ihn herumgehen, aber dann tue ich es doch nicht. Ich suche in meinen Taschen nach Kleingeld, finde aber bloß ein paar Zettel, Streichhölzer und die Spielkarten, die ich aus New York mitgebracht habe. Ich greife in meine Jeanstasche, finde ein paar Münzen und gebe sie dem alten Mann.

Die Spielkarten.

Ich ziehe sie ganz aus der Tasche.

—

Es ist die Schönheit von Prag 1, die die Touristen anzieht, und es sind die Touristen, die die Kriminellen anziehen. Das ist auf der ganzen Welt so. Sie sind wie eine natürliche Ressource, wie wilde Beeren, die nur darauf warten, gepflückt zu werden.

Von meinem Platz am Steinrand eines Brunnes kann ich beinahe den gesamten alten Marktplatz mit seinen Bierzelten und überteuerten Souvenirläden und den Touristengruppen übersehen, die hierhin und dorthin wandern, Oh und Ah machen und in Kameras grinsen. Ich sehe auch die Taschendiebe und Schwindler bei der Arbeit. All die üblichen Verdächtigen sind hier versammelt, all die Betrüger, die sich problemlos in jede Kultur und Sprache einfinden – zu wenig Wechselgeld herausgeben, Währung zum eigenen Vorteil tauschen, die kaputte Kamera –, alles Sachen, die ich schon überall auf der Welt gesehen habe. Aber was ich nicht sehe, sind Kümmelblättchenspieler.

Die Polizisten sind überall, aber sie scheinen die Betrüger zu ignorieren. In den drei Stunden, die ich den Marktplatz beobachte, haben sie keinen einzigen verhaftet. Ich sehe eine aufgebrachte Touristin mit einem Bullen spreche, und er reicht ihr ein Faltblatt, das sie frustriert auf den Boden wirft, bevor sie davonstürmt. Ich hebe es auf und lese Anweisungen in mehreren Sprachen, wie man online eine Anzeige aufgeben kann.

Ich stelle meine Kiste zwischen zwei Bierzelten auf und fange mit dem Kartenschieben an. Drei Karten, die an der langen Seite hochgebogen sind, damit ich sie leichter aufnehmen kann – die Herz-Königin, der Kreuz-Bube, der Pik-Bube. Ich wechsle ihre Positionen, schiebe die Königin nach links, nach rechts, in die Mitte.

Was ich brauche, aber nicht habe, ist ein Lockvogel – ein Partner, der so tut, als würde er spielen und gewinnen. Wenn mein Gegenüber also die richtige Karte wählt, muss ich zu der Methode greifen, die von Einzelbetrügern gern und oft verwendet wird: rufen, dass die Polizei im Anmarsch ist, meine Sachen packen und losrennen.

Meine ersten Opfer erscheinen bald, ein Trio aus betrunkenen deutschen Jungs in den Trikots von Bayern München. Sie schwanken und torkeln mit ihrem Bier in der Hand, während sie mir zusehen.

«Folgen Sie der Dame», belle ich auf Deutsch. «Folgen Sie der Dame.»

Sie kommen näher, und einer von ihnen streckt einen Finger aus und tippt auf die Karte ganz links. Ich drehe die Karte um, und – welche Überraschung! – es ist die Königin. Ich schiebe die Karten erneut hin und her, verändere ihre Position. Er tippt auf die Mitte. Wieder gewonnen.

«Zeigen Sie mir Ihr Geld», sage ich, während ich weitermache. Er zieht einen Zwanzigeuroschein heraus und gewinnt zum dritten Mal. Ich schiebe ihm einen Zwanziger zu.

Komm, sagen seine Freunde, lass uns gehen. Aber die Gier hat ihn gepackt, und der Junge holt mehr Geld aus seiner Tasche. Verdoppelt oder nichts, sage ich, und er ist einverstanden. Ich nehme die Königin auf, lege den Pik-Buben hin und wechsle die Karten noch mal. Er tippt auf die rechte Karte und ich drehe sie um. Pik-Bube.

Er wirft mir vierzig auf die Kiste, sauer über meinen Sieg, aber er hängt an der Angel und will sich und seinen Kumpels unbedingt beweisen, dass er kein Versager ist. Er holt zwei weitere Zwanziger raus, und ich schiebe erneut die Karten. Er knallt seine Hand auf die linke Karte. Kreuz-Bube. Wie ärgerlich.

Ein amerikanisches Pärchen – weiße Turnschuhe, Baseballmütze, der Mann im «NASCAR»-T-Shirt – kommt näher und sieht zu. Bei ihrer ersten Runde gewinnt die Frau. Ich schlage ihnen in absichtlich schlechtem Englisch vor, einen Wetteinsatz zu machen.

«Oh, ich weiß nicht recht», sagt die Frau zögernd mit den runden, pummeligen Vokalen aus dem Mittleren Westen.

«Schade», sage ich. «Sie wären gut darin.»

Der Mann zieht einen Zehneuroschein aus der Tasche. Der sich nach seiner ersten Niederlage in einen Zwanziger und nach seiner zweiten in einen Fünfziger verwandelt. Sein Gesicht rötet sich, und er keucht auf, als hätte ich ihn gerade in den Bauch getreten. Die beiden stürmen kopfschüttelnd davon.

Nach einer Stunde habe ich über hundert Euro zusammen. Nach zwei Stunden sind es schon dreihundertfünfzig. Ich fühle mich schlecht dabei, die Touristen so auszunehmen, aber das Geld wird mir helfen, mich wieder gut zu fühlen.

Als ich wieder zum Rand des Marktplatzes gehe, werde ich auf einmal von zwei Typen in passenden Puma-Jogginganzügen begleitet. Sie sind jung und sehen ziemlich gut aus, besonders der Große mit dem Stiernacken, der so breit ist wie sein Kopf. Er sagt was auf Tschechisch, packt meinen Arm über dem Ellenbogen und drückt fest zu. Ich sehe ihn verständnislos an, und er versucht es noch einmal mit beinahe akzentfreiem Englisch. «Vom Fluss bis Narodni ist unser Territorium, verstanden?» Er hat das Auftreten eines unangefochtenen Schulrüpels, und er drängt mich gegen die Mauer einer wunderschönen alten Kirche am Rand des Platzes. «Wie viel Geld hast du heute gemacht, Junge?»

«Ich bin kein Junge», antworte ich auf Englisch, aber mit breitem russischen Sofija-Akzent. «Und es geht dich einen Scheißdreck an.»

Er hebt meinen Kopf mit einem Finger und betrachtet mein Gesicht. «Tatsache», sagt er. «Libor, guck dir das mal an. Ein Mädchen.»

Der andere – offenbar Libor – grinst und machte eine Bemerkung auf Tschechisch.

«Ich heiße Emil», sagt der Große. «Schon mal von mir gehört?»

«Nein.»

«Die ganze Gegend hier gehört mir. Sie gehört Emil. Also, ich sag dir was. Du gibst mir das Geld und hältst dich in Zukunft von hier fern. Verstanden?»

«Gehörst du zu Bohdan Kladivos Truppe?», frage ich.

Die beiden sehen sich kurz an, ignorieren meine Frage aber. Emil greift nach meiner Jacke und fängt an, in den Taschen zu suchen.

Mit einer Hand packe ich sein Handgelenk, während ich mit der anderen gegen die Innenseite seiner Schulter schlage. Er landet hart auf der Seite, und ich drehe ihm den Arm fest nach hinten. Libor fängt an zu schreien, als ich meine Finger in Emils gegelte Haare grabe und seine Stirn auf das Kopfsteinpflaster schlage – nur ein Mal und nicht zu fest. Ich will ihm nur was klarmachen.

Dann packt mich Libor und zieht mich weg. Emil springt auf die Füße – ein kleines Rinnsal Blut läuft ihm vom Haaransatz die Stirn bis zur Nase herab. Er will in die Tasche seines Jogginganzugs greifen, aber Libor streckt die Hand aus und sagt irgendwas von Polizei. Also schlägt mir Emil stattdessen in den Bauch.

20. KAPITEL

Wir verlassen Prag 1 und fahren in Emils BMW-Kombi am Fluss entlang in Richtung Süden. Libor sitzt neben mir auf der Rückbank und drückt mir eine kleine Pistole an den Kopf, während er mit der anderen Hand meinen Rücken, meine Schulter, meinen Arsch und mein Bein betatscht. Ich merke mir, dass ich ihm irgendwann in der Zukunft die Hand abschneiden werde, wenn ich das hier überlebe.

Als ich sie gefragt habe, ob sie für Kladivo arbeiten, hätte ich mir denken können, dass sie es nicht zugeben würden. Aber wenn es stimmt, was in den Artikeln steht, dass nämlich Kladivos Macht bis in die untersten Ränge der Kleinkriminalität reicht, dann zweifle ich nicht daran, dass ich ihn tausend Schritte die Nahrungskette nach oben finden werde. Mein kleiner Auftritt war bloß meine Art, an Kladivos Tür zu klopfen.

Wir sind immer noch in Prag, aber in einem Vorort. Nach nur zehn Minuten fahren wir von der Straße ab in den Hintereingang eines Gebäudes hinein, das sich von den niedrigen Wohnhäusern und Läden in der Nachbarschaft nicht nur durch seine Größe unterscheidet. Es ist ein direkt am Fluss gelegenes Herrenhaus, ein zweistöckiges Gebäude aus grauem Stein, das über hundert Jahre alt sein muss. Es strahlt eine österreichisch-ungarische Herrschaftlichkeit aus, und wir halten vor einer schlichten Tür, die früher vielleicht von den Dienstboten benutzt wurde. Emil und Libor scheuchen mich die Treppe hinauf in eine große Küche.

Das Servicepersonal hier trägt Fliege und Weste und bemüht sich auffällig darum, unsere Anwesenheit zu ignorieren, als wäre es nichts Besonderes, dass zwei Männer in Jogginganzügen und eine Frau mit beinahe kahlrasiertem Schädel durch ihre Küche marschieren. Emil reißt die Tür auf und führt mich in den anschließenden Raum.

Ich bin noch nie in einem Casino gewesen, bisher kannte ich es nur aus Filmen. Aber meine Vorstellung von den blinkenden Lichtern der einarmigen Banditen und von alten Menschen mit Bauchtaschen ist völlig falsch. Dies hier ist ein Casino im James-Bond-Stil mit Kristallleuchtern. Die Männer tragen Jacketts und Krawatten, die Frauen lange Kleider. Ich habe vor dem Haus kein Schild gesehen, also scheinen diese Leute – die richtigen Leute – auf anderem Weg davon erfahren zu haben. Ich höre Gelächter, das Klappern von Spielchips, das Geräusch, wenn Karten gemischt werden, das Klickedi-klick-klick des Rouletterades.

Wir bleiben einen Moment an der Tür stehen wie Eindringlinge, die eine Party stören, und ziehen die abfälligen Blicke der Stammgäste auf uns. Ein Mann mit spärlichen dunklen Haaren und breiter Brust eilt auf uns zu. Die Mischung aus Frack und seinem komischen Laufschritt lässt ihn aussehen wie einen Pinguin. Mit einem Zischen schickt er uns alle zurück in die Küche.

Er und Emil tauschen scharfe Worte auf Tschechisch, dann bugsiert er uns durch einen Flur und die Tür eines deutlich weniger schicken Zimmers. Hier befinden sich fünf oder sechs Männer, verschiedene Versionen des Schlägertyps im Trainingsanzug, die sich benehmen, als wäre dieses Zimmer ihr Clubhaus. Sie hängen auf abgewetzten Ledersofas und Barhockern herum, die zu schäbig für das Casino sind.

Der Mann im Frack umrundet einen alten Holztisch, auf dem

sich Aktenordner und Aschenbecher und Kaffeetassen stapeln, und lässt sich auf einen Stuhl fallen, der unter seinem Gewicht ächzt.

Er und Emil streiten sich heftig auf schnell gesprochenem Tschechisch. Es scheint, dass der Mann im Frack wütend auf Emil ist, weil er mich hergebracht hat. Die anderen Typen im Raum sehen neugierig zu, halten sich aber raus.

Der Mann im Frack schnippt zweimal mit den Fingern und deutet auf mich. «Dein Name», sagt er auf Englisch.

«Sofija», sage ich.

«Ich bin Miroslav Beran, aber jeder nennt mich ‹der Boss›. Weißt du, warum sie mich den Boss nennen, Sofija?»

«Weil Sie der Boss sind?»

«Genau!», sagt er mit der gespielten Begeisterung eines chronisch falsch Verstandenen. «Und jetzt sag mir: Woher kommst du? Aus Armenien? Bist du Zigeunerin?»

«Russin.»

«Mein junger Kollege hier, Emil, hat gesagt, dass du in Praha 1 ein Glücksspiel angeboten hast», sagt er müde. «*Sofistikovaný*, hat er dein Spiel genannt. Anspruchsvoll. Alle Glücksspiele in Praha 1 sind Emils Sache. Sie sind sein *Ding*. Verstehst du das?»

«Ja», sage ich.

«Für dein Vergehen und dafür, dass du seinen Kopf auf das Pflaster geschlagen hast, findet Emil, dass du erschossen werden solltest», fährt Beran der Boss fort. «Emil muss immer zuerst zu mir kommen, bevor er jemanden erschießt, verstehst du. Das ist eine neue Regel, die wir aufgestellt haben, nach dem, was beim letzten Mal passiert ist. Stimmt's, Emil?»

Emil fängt an zu protestieren, aber der Boss hebt einen Finger, und Emil schweigt.

Der Stuhl quietscht, als der Boss aufsteht und mit verschränkten Armen um den Tisch herum auf mich zukommt. «Wir sind keine unvernünftigen Männer, Sofija. Wir tolerieren Diebe und Zigeuner. Jeder muss von irgendwas leben. Aber Glücksspiele in Praha gehen gegen unsere Interessen. Weißt du, was die Strafe dafür ist, wenn man gegen unsere Interessen arbeitet?»

«Nein.»

Der Boss lehnt sich vor, nimmt mein Gesicht vorsichtig in die Hand und dreht meinen Kopf, als betrachte er einen Zuchthund. «Beim ersten Mal verliert man einen Finger. Das gilt für die Männer. Für die Frauen gibt es was anderes. Willst du Details wissen?»

Ich befreie meinen Kopf. «Ich habe nicht gespielt», sage ich. «Es war ein Trick.»

«Emil hat gesagt, es war ein Kartenspiel.»

«Es nennt sich Kümmelblättchen. Es sieht aus wie ein Kartenspiel, ist es aber nicht», sage ich. «Man kann nicht gewinnen. Jedenfalls nicht so, wie ich es spiele.»

Der Boss sagt etwas auf Tschechisch, und einer der Trainingsanzüge eilt los, um ein Kartenspiel aus einer Schublade hervorzuholen.

«Zeig», befiehlt der Boss.

Die Aufmerksamkeit im Zimmer ist nun wieder hoch, und die Männer lehnen sich neugierig vor, als ich den Pik-Buben, den Kreuz-Buben und die Herz-Dame herausziehe und die Karten längs knicke. Ich erkläre dem Boss, er soll die Königin im Auge behalten, und fange an, die Karten am Tischrand hin und her zu schieben – erst langsam, damit er der Bewegung der Karten folgen kann. Dann halte ich inne und nicke dem Boss zu.

«Sie ist natürlich hier», sagt der Boss. Als ich die Königin umdrehe, sieht er sich zufrieden im Zimmer um und nimmt das Gelächter auf. Er schlägt mir auf die Schulter. «Vielleicht kannst du damit Emil reinlegen, aber nicht mich.»

«Dann setzen Sie doch Geld», sage ich.

«Wie bitte?»

«Wenn Sie sich so sicher sind, dann setzen Sie Geld.»

Eine Hand wirft eine fette Rolle Euroscheine auf den Tisch, die mit einem Gummiband zusammengehalten werden. Ich folge der Hand den Arm hinauf bis zu Emils Gesicht.

«Ich wette gegen das Mädchen», sagt Emil zum Boss. «Wenn sie gewinnt, kriegt sie mein Geld – dreitausend Euro. Wenn ich gewinne, gehört sie mir.»

Der Boss lächelt. «Was soll das heißen, sie gehört dir, Emil? Willst du sie dir als Haustier halten?»

Leise Pfiffe von Emils Freunden. Ich kann ihr aufgeregtes Flüstern hinter mir hören. Den Boss scheint sein Vorschlag zu amüsieren, und er scannt den Raum, um den allgemeinen Konsens abzufragen.

Angst steigt in mir auf, jede Zelle meines Körpers steht unter Spannung, drängt zum Ausgang, schreit: lauf weg, lauf weg.

Ein Nicken vom Boss: «Einverstanden», sagt er, und Applaus und leise Pfiffe ertönen

Doch dann wird es still. Ich nehme die Karten auf und fange an, sie hin und her zu schieben, schicke die Königin nach links, dann nach rechts, lasse sie unter den Pik-Buben rutschen, werfe den Buben an ihre Stelle.

Emil verfolgt alles mit Laserblick, also mache ich schneller. Das ist kein Spiel, sage ich zu mir, das ist Betrug. Beim Schieben lasse ich die Königin mit dem Bild nach oben landen, als wäre es ein Versehen. Dann nehme ich sie wieder auf, aber ersetze sie schnell gegen den Kreuz-Buben. Ich ende mit einem Tusch und werfe die Karten auf den Tisch. Die Konzentration steht Emil deutlich ins Gesicht geschrieben, und er sucht in meinem Ausdruck nach einem Hinweis. Aber mein Gesicht ist aus Stein, und ich lasse mir nichts anmerken.

Zu einfach, denkt er, sie hat mich ausgetrickst. Dann denkt er, vielleicht auch nicht und es ist wirklich so einfach, wie es scheint. Er sieht zum Boss, aber Beran ist ein Casino-Profi. Sein Gesicht ist ebenso wenig zu deuten wie meins.

Emil zeigt mit dem Finger auf die Karte zu meiner Linken, dann wechselt er schnell auf die mittlere.

«Ist das deine Antwort?», frage ich.

Er atmet langsam aus, und seine Gesichtsmuskeln zucken. «Ja», sagt er.

Der Raum keucht auf – es ist wirklich ein lautes Keuchen zu hören –, als ich den Pik-Buben umdrehe. Ich zucke zusammen, als Emil die Hände in die Höhe reißt, weil ich glaube, dass er mich schlagen will, aber er wirbelt nur herum und stößt einen langen Fluch aus, der mit Gelächter vom Rest des Raumes beantwortet wird.

Er zeigt auf mich und schreit den Boss wütend auf Tschechisch an, behauptet vermutlich, dass ich ihn reingelegt habe oder dass das nicht fair war. Natürlich hat er recht, aber ich habe ihm ja vorher gesagt, dass ich betrügen werde. Diesmal war der Boss mein Lockvogel, der der Menge zeigt, wie leicht das Spiel zu gewinnen ist, bis das wahre Opfer an der Angel hängt.

Der Boss funkelt ihn an. «Sind wir etwa keine *cestní lidé*? Ehrenmänner?», ruft er nicht nur Emil, sondern dem gesamten Raum zu.

Alle nicken verlegen. Der Boss zieht eine Zigarette aus einer Schachtel auf seinem Tisch und zündet sie an. Er atmet nachdenklich den Rauch ein. «Nimm dein Geld, Sofija. Du hast gewonnen und kannst gehen.»

Emil geht auf und ab und funkelt mich voller Hass an. Gott weiß, was er getan hätte, hätte er gewonnen. Gott weiß, was er mir immer noch antun will.

Ich trete vor und nehme die Rolle Geld. Sie fühlt sich fett und wunderbar in meinen Händen an. Ich glaube, ich habe noch nie so viel Bargeld auf einem Haufen gesehen. «Was ist Ihr üblicher Anteil?», frage ich den Boss.

«Mein Anteil?»

«Das Geld, das Sie von jedem Spiel bekommen, das in Praha 1 gespielt wird.»

«Dreißig Prozent.»

Ich zähle neunhundert Euro ab und lege sie auf den Tisch. «Ich möchte für Sie arbeiten», sage ich.

Der Boss zieht die Augenbrauen hoch, und ich höre Kichern aus der Menge. «Wie du ja siehst, sind wir hier nur Männer», sagt er.

«Ich habe Ihnen gerade neunhundert Euro in weniger als einer Minute verdient.»

Der Boss atmet tief durch. Seine Nasenflügel beben. Es ist ganz still im Zimmer. Er denkt nach und sieht sich um, um die Stimmung unter seinen Gefolgsleuten einschätzen zu können. Dann lächelt er sein Querdenker-Lächeln und zuckt die Schultern. «Warum eigentlich nicht, verdammt noch mal?»

—

Um neun Uhr morgens wird das Casino für Gäste geschlossen, nur noch Angestellte dürfen sich hier aufhalten. Es wird am Nachmittag wieder geöffnet, aber jetzt versammelt sich die Trainingsanzug-Crew in der Bar. Sie legen ihre Turnschuhe auf die mit teurem grünen Leder gepolsterten Hocker und krümeln ihr Frühstück aus Brot und Käse und Salami auf den Plüschteppich. Ihre Gespräche brechen ab, als ich reinkomme, und ihre Blicke folgen mir, als ich durch den Raum gehe. Ein dünner Junge, der eine auseinandergenommene Pistole mit einer Drahtbürste reinigt, zieht bei meinem Anblick die Augenbrauen hoch und schüttelt den Kopf. *Hier wird es auch immer schlimmer.*

Beran der Boss – jetzt in Jeans und weißem Hemd, das er bis zum Bauch aufgeknöpft hat – steht hinter der Bar und trinkt zwischen zwei Bissen Würstchen mit Sauerkraut Mineralwasser aus der Flasche. Er lächelt, als er mich sieht, als wäre er überrascht.

«Komm mit», sagt Beran, und ich folge ihm den Flur hinunter in sein Büro. Er deutet auf einen Stuhl, und ich setze mich brav hin, den Rücken durchgedrückt, Hände im Schoß gefaltet.

Beran öffnet einen Metallschrank hinten im Zimmer und holt einen langen Plastiksack aus der Reinigung heraus. «Ich brauche deinen Pass», sagt er.

Ich hole ihn heraus und lege ihn auf den Tisch.

«Nimmst du irgendwelche Drogen?», sagt er. «Heroin, Methamphetamine?»

«Nein.»

«Wirklich nicht? Auch nicht hin und wieder mal ein bisschen Marihuana?»

«Als ich jünger war. Jetzt nicht mehr.»

Er legt den Reinigungssack über den Tisch. «Zieh dich aus.»

«Wie bitte?»

«Zieh deine Klamotten aus.»

Ich wusste, dass es so kommen würde. Ich war bereit, mit Christian zu vögeln, also warum nicht mit Beran dem Boss? Man kann sich nicht durch Europas Kanalisation kämpfen und am anderen Ende als Jungfrau rauskommen.

Meine Jacke und mein Shirt fallen zu Boden, und ich versuche, nicht zu zittern. Meine Hose liegt kurze Zeit später daneben. Beran sieht auf und betrachtet mich distanziert.

Sei kein Feigling, sage ich zu mir. Der Zweck heiligt die Mittel. Ich greife nach hinten, um meinen BH zu öffnen.

«Das reicht», meint Beran. «Streck deine Arme aus.»

Er nimmt meine Hände wie ein Arzt und dreht sie herum, untersucht mich vom Handgelenk bis zur Schulter. «Du bist sauber», sagt er überrascht. «Du wirst meine Unhöflichkeit entschuldigen, aber ich musste dich nach Nadelstichen oder Drähten absuchen. Ich akzeptiere keine Süchtigen hier. Oder Spione.»

Er hält den Sack von der Reinigung am Bügel hoch und schiebt das Plastik zur Seite. Es ist eine Art Uniform: weißes Hemd, bestickte braune Weste, kurzer brauner Rock, eine kleine braune Fliege. «Bitte», sagt er. «Zieh das an.»

Meine Hände zittern vor Erleichterung, als ich in die Kleider steige, aber ich habe keine Ahnung, was diese Uniform soll. Es gibt hier keinen Spiegel, aber ich bin sicher, dass ich vollkommen lächerlich aussehe. «Ist das eine Kellnerinnen-Uniform, Sir?», frage ich.

«Du wirst Croupière, Sofija. Hier im Casino. Blackjack. Poker, Baccara.»

«Aber ich kenne diese Spiele nicht», sage ich.

«Du kannst zählen, und ich habe gesehen, wie du mit Karten umgehst. Das allein macht dich fähiger als die meisten anderen.»

«Ich dachte, ich könnte –»

«Mit den Jungs auf der Straße arbeiten? Mit Emil und Libor?» Er schüttelt den Kopf. «Ausgeschlossen. Dann gäbe es gleich einen Aufstand. Die einzigen Frauen hier arbeiten im Casino.»

Jetzt ist wohl Dankbarkeit angebracht, also bedanke ich mich bei ihm für den Job, auch wenn ich ihn gar nicht haben wollte.

«Keine Ursache», sagt er freundlich. «Ich stelle nur talentierte Leute von der Straße ein. Schlaue Leute, die – was ist das Wort für Kinder ohne Eltern?»

Ich denke nach. «Waise?»

«Waise. Genau. Die Waisen sind», sagt der Boss und hält mir die Tür auf. «Leute, die niemand vermisst.»

Auf meinem Namensschild steht Sofija, und die Uniform ist zu eng – aber das ist Absicht, wie mir die anderen Mädchen erklären, damit der Hintern und die Brüste besser rauskommen und damit wir keine Chips in den Taschen verstecken können.

Meine Lehrerin, auch eine Croupière namens Rozsa, wirft drei Karten auf den Tisch: Karo-Königin, Pik-Acht, Kreuz-Sieben.

«Fünfundzwanzig», sage ich sofort, dann wiederhole ich die Zahl auf Russisch, Deutsch und Tschechisch, deren rudimentäre Grundlagen Rozsa mir nebenbei beibringt. Tschechisch ist Russisch sehr ähnlich, wie sich herausstellt, sodass ich die Zahlen schnell lerne.

Rozsa ist zart, hat helle Haut und schwarze Haare, die sie zu einem Bob geschnitten trägt. Sie erinnert mich an eine dunklere, rauere Version von Tinkerbell aus Peter Pan. Sie wirft drei weitere Karten hin: Herz-Bube, Pik-Ass und Karo-Zwei.

«Dreiundzwanzig oder dreizehn», sage ich. Das Ass kann entweder eine Eins oder eine Elf wert sein, was immer gerade besser passt.

Wir machen das noch ein paar Mal, bis Rozsa zufrieden ist. «Du hast Talent, Sofija», sagt sie in klarem Englisch und sammelt die Karten mit einer eleganten Handbewegung ein. «So, und was machen wir jetzt mit deinem Gesicht?»

«Mit meinem Gesicht?»

«Ja. Mit diesen Haaren und ohne Make-up siehst du aus wie ein Junge mit Titten. Komm.»

Sie führt mich ins Badezimmer und breitet den Inhalt ihrer Handtasche auf dem Tresen aus. «Das hier», sagt sie und hält einen Lippenstift hoch. «Weißt du, was das ist?»

«Natürlich», sage ich.

«Dann zeig mal.»

Ich ziehe die Kappe ab und schmiere mir den Lippenstift auf

die Lippen. In Wahrheit habe ich erst sechs oder sieben Mal in meinem ganzen Leben Make-up getragen. Ich hasse das Zeug, ganz besonders Lippenstift, wegen seines Geschmacks und seines Geruchs.

Rozsa schnalzt mit der Zunge, schüttelt den Kopf und nimmt mir den Lippenstift aus der Hand. «Ach je», sagt sie. «Lass mich das lieber machen. Verzieh mal den Mund – so.»

Ich mache sie nach und ziehe die Lippen auseinander. Rozsa trägt den Lippenstift auf. Danach folgen Eyeliner, Lidschatten und Rouge. «Hast du die anderen Croupiers schon getroffen?», fragt Rozsa, während sie an mir herumwerkelt.

Ich verneine, und sie erzählt mir, dass Beran die Wahrheit gesagt hat, es sind alles Waisen hier aus den feuchten, dunklen Ecken Europas. Rozsa zählt die Mädchen auf, die sie mag: Marie und Vika. Die beiden Roma-Mädchen sind ihre Lieblinge, gefolgt von Aida, der kroatischen Muslimin, und Gert, der Tochter deutscher Staatsfeinde. Dann ist da noch Ivan, der ukrainische Anarchist, der zuerst schüchtern wirkt, aber eigentlich ganz cool ist, wenn man ihn erst mal kennt. Schließlich erzählt mir Rozsa von sich: Sie ist Ungarin, spricht neun Sprachen und praktiziert Hexerei. Ich ziehe die Augenbrauen hoch, als sie das sagt, und sie erzählt mir, dass sie von meinem Kommen geträumt hat: dass eine Frau mit kurzen Haaren, deren Name mit S anfängt, bald auftauchen würde und ein Geschenk für sie alle dabeihätte.

«Was für ein Geschenk?», frage ich.

«Das hat der Traum nicht gezeigt», sagt sie.

«Und wie ist der Traum ausgegangen?»

Sie lächelt, und ich merke, dass sie mich anlügen wird. «Weiß ich nicht mehr», sagt sie.

Ich will gerade nachhaken, aber Rozsa dreht mich an den Schultern zum Spiegel herum. Ein Gesicht, das ich noch nie zuvor gesehen habe, starrt mich an: die Wangenknochen rosa vom Rouge, die Augen groß und strahlend nach den zehn verschiedenen Schichten, die Rozsa aufgetragen hat; der Mund voll und glänzend vom Lippenstift. Ich sehe aus wie eine Vorahnung meines erwachsenen Selbst, wie eine Frau, die mindestens fünf Jahre älter ist als ich. Mein neues Gesicht ist auf gewisse Weise hübsch. Ich sehe jetzt genauso aus wie der Mensch, in den ich mich gerade entwickle: eine harte Frau, grausamer als das Mädchen, das sie hinter sich gelassen hat. Eine zynische Frau, die sich hinter einer Maske aus sorgfältig aufgetragenem Make-up versteckt.

«Gefällt es dir?», fragt Rozsa

«Ich – ich weiß nicht», sage ich.

«Das ist die Frauen-, ähm ...» Sie wedelt ungeduldig mit der Hand und sucht nach dem englischen Wort. «-verkleidung», sagt sie schließlich. «Männer wollen, dass Frauen hübsch und glücklich aussehen, also tragen wir diese Verkleidung und schauspielern.» Sie steckt die Schminksachen wieder in ihre Tasche. «Die Männer, die hier das Sagen haben, verlangen immer, dass wir hübsch und glücklich aussehen. Du musst vorsichtig sein.»

«Ich weiß. Emil und die anderen sind gefährlich.»

«Pffft, die sind gar nichts», sagt sie und dreht sich zu mir um. «Es sind Beran und die Leute über ihm, vor denen du Angst haben musst.»

Die Haut in meinem Nacken spannt sich. Hier gibt es Informationen für mich. Rozsa ist nett, aber sie ist auch klug, und dies hier ist viel eher ihre Welt als meine.

«Ist Beran denn nicht der Boss?», frage ich naiv.

«Nur der Geschäftsführer vom Casino und der Boss von den Straßenjungs.» Sie legt die Hände auf meine Schultern und hält den Kopf schief. «Du weißt, wem dieses Casino gehört, oder?»

Mein Körper spannt sich an – bitte, Rozsa, sag es laut. Ich schüttle den Kopf.

«Dem Teufel», sagt sie ausdruckslos. «Aber er nennt sich Kladivo.»

—

Ich spüre keine Angst, sondern Stolz. Ich habe den Teufel gefunden, und jetzt hole ich ihn mir. Voller Selbstvertrauen und Ruhe arbeite ich an meinem Tisch im Casino des Teufels.

Ich rufe die Karten in vier Sprachen aus, und ein dicker, unrasierter Russe, der eine Zigarette nach der anderen raucht, gewinnt seinen dritten Blackjack hintereinander. Ich rufe die Ober, und sie erscheinen einen Moment später mit einem silbernen Eiskübel, aus dem der Hals einer Champagnerflasche ragt. Er wirkt wie der Mast eines untergehenden Schiffes.

Natürlich verliert der Russe irgendwann. Jeder verliert. Einige der Croupiers zeigen keine Reaktion, wenn sie die Einsätze vom Tisch fegen, aber Rozsa sagt, es steigert das Trinkgeld, wenn man ein mitfühlendes Lächeln aufsetzt. Ich tue es, und es wirkt.

Nach der ersten Nacht gehe ich zurück in mein Zimmer bei Hedvika, ebenso die nächsten zwanzig Nächte, mit mehr Geld, als ich ausgeben kann. Ich verdiene mehr, als mein Dad für seine Arbeit bei der Regierung bekommen hat. Ich fange an, in Cafés zu essen, statt mir das Essen mit aufs Zimmer zu nehmen. Ich kaufe neue Klamotten, mein eigenes Make-up und ein paar schicke flache Schuhe für die Arbeit. Ich muss mich jede Nacht daran erinnern, dass ich nicht wegen des Geldes hier bin.

Ich habe den Job in diesem Casino angenommen, um den Schlägern näherzukommen, die meinen Dad festhalten. Es ist schwierig, sie im Auge zu behalten, denn sie kommen und gehen. Nach wenigen Tagen geht das Gerücht um, dass ich lesbisch sei. Rozsa erzählt es mir – es liegt an den kurzen Haaren, sagt sie, und weil ich Emil zusammengeschlagen habe. Auf jeden Fall scheinen die Jungs zu glauben, lesbisch zu sein bedeute bloß, dass sie sich noch mehr anstrengen müssen, und jetzt läuft ein Wettbewerb, wer zuerst mit mir schläft. Emil strengt sich am meisten an, vielleicht weil es ihm in seiner rätselhaften, Skrotum-gesteuerten Logik die Würde zurückgeben und er sich damit über seine Schlägerkumpel erheben würde.

Vielleicht kommst du mich mal besuchen, Baby, und siehst dir meine schicke Wohnung an. Bist du schon mal Porsche gefahren? Sie versuchen es alle mit den gleichen billigen Anmachen wie der arme tote Christian, aber in einem Englisch, das sie den amerikanischen Fernseh-Kriminellen abgeguckt haben. Ich muss mich sehr zusammenreißen, um sie nicht allzu schroff zurückzuweisen. Stattdessen schlucke ich und lächle zurück, frage sie über ihre Wohnungen aus, sage nein, ich wäre noch nie Porsche gefahren. Ich muss ständig auf mein Glas aufpassen, wenn ich trinke, und darf sie nie aus den Augen lassen.

Zwischen den dämlichen Fragen nach ihren Porsches stelle ich unauffällige Fragen nach Kladivo. Aber alles, was ich herauskriege, ist, dass er ein Geheimnis ist und anderswo beschäftigt, dass er nur manchmal und ganz kurz im Casino auftaucht und dann gleich wieder verschwindet.

Es ist schwer, geduldig zu sein. Jedes Mal, wenn ich Beran den Boss oder Emil oder Libor oder die zwanzig anderen Schläger sehe, wie sie durch das Casino gehen, frage ich mich, ob sie Hand an Dad gelegt haben, ob sie ihn geschlagen oder ihm die Kehle durchgeschnitten oder schaufelweise Erde auf seinen Körper geschüttet haben. Denn ich werde dasselbe mit ihnen machen, wenn die Zeit gekommen ist.

—

Der Teufel namens Bohdan Kladivo erscheint mir an meinem zweiundzwanzigsten Tag, ein paar Minuten vor Öffnung des Casinos. Er wird von den anderen mit *Pan Kladivo* angesprochen, wobei «Pan» so was wie «Herr» oder «Sir» bedeutet.

Er ist klein und schlank, was sein sehr teurer, sehr gepflegter Nadelstreifenanzug noch unterstreicht. Seine schwarzen Haare sind nach hinten gegelt und umrahmen ein schmales Gesicht mit zarten, vogelartigen Zügen. Seine Augen studieren die Welt über den Silberrahmen seiner Brille hinweg. Die anderen Schläger, die ich getroffen habe, strahlen körperliche Stärke aus; ich fürchte sie wegen ihrer Muskeln und ihrer Wutanfälle. Doch Bohdan Kladivo strahlt Intellekt aus, und ich fürchte mich sofort vor seinem Geist und dem, was wie eine geradezu chirurgische Rationalität wirkt. Für ihn, da bin ich sicher, ist jedes Problem wie ein Tumor, und die einzige Lösung für einen Tumor ist das Skalpell.

Der Boss macht einen Riesenaufstand um die Ankunft von Pan Kladivo und deutet auf einen neuen Kerzenleuchter, auf den neuen Filzbezug der Tische und auf das neue Mädchen, das sie gefunden haben – auf mich. Ich lächle schüchtern und neige respektvoll den Kopf. Doch Bohdan Kladivo hat Wichtigeres im Kopf als Kerzenleuchter und Filz und mich, denn er führt den Boss aus dem Casino hinaus in die Küche.

«Der macht sich Sorgen», sagt Rozsa, als die Küchentür zuschwingt.

«Weshalb?», frage ich.

«Jeder hat Sorgen.» Rozsa zuckt die Schultern und geht woanders hin. «Auch Monster.»

Ich stehe etwa eine Stunde lang an meinem leeren Blackjack-Tisch. So ist es in der Woche nachmittags oft, und ich bin dankbar für diese kleine Gnade. Es wäre schwer für mich, die Karten zu zählen, während ich die ganze Zeit daran denken muss, was

Kladivo und Beran miteinander besprechen. Ich will Beweise dafür, dass sie Dad immer noch haben, dass er am Leben ist, aber ich wäre schon froh über die Andeutung eines Hinweises.

«Bist du frei?», fragt eine Stimme neben mir auf Englisch.

Ich drehe mich um und sehe Bohdan Kladivo vor mir stehen, die Hände vor dem Körper gefaltet.

«Dein Tisch, meine ich», lächelt er. «Ist dein Tisch frei?»

Erst kriege ich den Mund nicht auf, doch schließlich schaffe ich es doch. «Natürlich, Pan Kladivo», bringe ich heraus.

Er setzt sich auf den mittleren Hocker, zieht einen Fünftausend-Euro-Chip aus der Tasche und legt ihn vor sich hin.

Er hat keine guten Karten, nur eine Zehn und eine Sechs gegen meine Elf. Er tippt mit dem Mittelfinger auf den Tisch, und ich werfe ihm eine weitere Karte zu, eine Fünf, sodass er einundzwanzig hat. Ich drehe meine zweite Karte um, eine sieben, insgesamt also achtzehn.

«Glückwunsch», sage ich, sammle die Karten ein und gebe ihm einen weiteren Fünftausend-Euro-Chip.

«Du bist Sofija Timurovna, ja? Habe ich deinen Vatersnamen richtig ausgesprochen?»

Er meint meinen mittleren Namen, der in Russland immer eine Variante des väterlichen Vornamens ist. In meinem Fall heißt mein Vater Timur. «Ja, das stimmt», sage ich.

«Pan Beran sagt, du bist hier der Star. Intelligent und sehr gut mit den Karten.» Er verdoppelt seinen Einsatz auf zehntausend. «Woher aus Russland kommst du?»

«Aus Armavir im Süden», sage ich, während wir weiterspielen. «Neunzehn. Sie haben wieder gewonnen.»

Er stapelt seine Chips, jetzt zwanzigtausend Euro. Ich werfe ihm einen Buben und eine Vier hin, zwei Achten für mich.

«Freundliche Leute, die Russen», sagt er. «Diszipliniert. Loyal. Noch eine Karte, bitte.»

«Dann kennen wir wohl unterschiedliche Russen», sage ich und gebe ihm eine Drei, sodass er insgesamt Siebzehn hat.

Er will keine weitere Karte, und ich gebe mir eine Vier, wodurch sich meine Summe auf zwanzig erhöht. «Die Bank gewinnt», sage ich. Genau wie bei jedem anderen Kunden ziehe ich seinen Stapel von zwanzigtausend Euro ein.

Bohdan Kladivo sieht mich einen Moment nachdenklich an. Dann fischt er einen Tausend-Euro-Chip aus seiner Tasche und schiebt ihn mir über den Filzbezug zu. «Für dich», sagt er. «Du bist der einzige Croupier hier, der das gewagt hat.»

«Was gewagt hat, Pan Kladivo?», frage ich.

«Mich verlieren zu lassen.»

Ich lasse den Chip in meinen kleinen Trinkgeldschlitz fallen, wie ich es mit jedem anderen tun würde, und bedanke mich kurz bei ihm. Das scheint ihm ebenfalls zu gefallen, und er betrachtet mich eingehend, bis ich wegsehe.

«Du bist neu in Praha», sagt er. «Hast du schon einen Freund?»

Mir dreht sich der Magen um. «Ich gehe nicht aus», sage ich.

«Ja, das hat Pan Beran mir erzählt. Glaubt, dass du eine Lesbe bist, aber ich glaube, du bist einfach zu schlau, um mit diesen Männern hier auszugehen. Sie können ganz schön – grob sein.»

«Ich bin einfach eine Frau, die nicht ausgeht.»

«Ich frage nicht für mich, musst du wissen», sagt er. «Ich frage für meinen Sohn, Roman. Ich glaube, dein Charakter hätte einen guten *Einfluss* auf ihn, sozusagen.»

Ich neige den Kopf und lächle, so höflich ich kann. «Es tut mir leid, Pan Kladivo. Wie gesagt, ich gehe nicht aus.»

«Eine Entscheidung, die ich respektieren muss.» Er seufzt und zieht ein kleines Notizbuch aus seiner Tasche. «Falls du aber deine Meinung änderst, gebe ich dir hier meine Handynummer.»

Er schreibt seine Kontaktdaten mit einem Füller auf ein Stück Papier. Die silberne Feder funkelt im Licht wie die Klinge eines Skalpells, und an der Seite des schwarz lackierten Stiftes lese ich die Gravur: *Für Dad, deine G.*

21. KAPITEL

Rozsa kocht Tee, der nach Lakritze und feuchter Sommererde riecht. Ich nehme einen Schluck und bin dankbar für die Wärme, auch wenn der Geschmack grässlich ist. Das ist Medizin, sagt sie mir, und deshalb muss es schrecklich schmecken.

Irgendwie schaffe ich es durch den Rest meiner Schicht, der ein einziger Nebel aus Spielkarten und Chips-Stapeln und Haufen mit Geldscheinen ist. Rozsa hat mich danach draußen vor dem Casino gefunden, wo ich auf dem Pflaster vor der Straßenbahnhaltestelle hockte. Mein Gesicht, hat sie gesagt, war leichenblass.

Darum gibt es jetzt Tee und irgendwas zu essen in Rozsas Wohnung. Sie wollte nichts davon hören, dass es mir gut gehe und dass ich am liebsten nach Hause gehen würde. Sie hat sogar das Taxi zu sich nach Hause bezahlt, einer winzigen Wohnung über einem Café weit westlich vom Fluss.

Ich darf nicht vergessen, weiterhin in Sofijas Haut zu bleiben, ich muss daran denken, die Worte so zu betonen wie sie und meinen Tee zu trinken, wie sie es getan hätte. Ich würde Rozsa so gern alles erzählen, ihr die Wahrheit sagen, mich von meiner eigenen Geschichte befreien. Stattdessen erzähle ich ihr, dass ich Migräne von dem ganzen Zigarettenrauch habe. In Wirklichkeit schmerzt mir der Kopf von dem tiefen Schock und all der Angst, die ich erlebt habe, seit mein Dad gekidnappt wurde.

Da war er, der Füller. Der Beweis, nach dem ich gesucht habe. Aber was jetzt? Was soll ich tun? Ich brauche Yael, die strenge

Ninja-Kriegsgöttin und israelische Spionin, damit sie mir sagt, was ich zu tun habe, aber stattdessen sitze ich hier mit Rozsa, der ungarischen Elfe, die sich selbst für eine Hexe hält.

«Was du da schmeckst, ist Anis und etwas anderes – auf Ungarisch heißt es *edes gomba*», erklärt Rozsa mir den Tee. «Medizin für – nicht für den Körper, sondern für den unsichtbaren Teil.»

«Für die Seele», sage ich.

«Seele. Genau.»

Ich picke ein bisschen an der gebratenen Ente herum, die sie aus dem Café mitgebracht hat, aber ich habe keinen Appetit auf tote Dinge.

Rozsa wuselt genau wie Lili in New York um mich herum, stopft mir die Kissen zu einem kleinen Nest zusammen und legt mir die Decke um die Schulter. Diese Ungarn sind wirklich gut darin.

«Du bist eine seltsame Katze», sagt Rozsa und macht es sich mit ihrem eigenen Becher Tee neben mir auf dem Sofa gemütlich. «In der einen Minute ruhig und friedlich, und in der nächsten benimmst du dich, als stünde dein Schwanz in Flammen.»

«Er steht in Flammen», sage ich leise und nehme noch einen Schluck.

«Weißt du, neulich habe ich an dich gedacht und konnte nicht schlafen. Also bin ich aufgestanden und habe deine Tarotkarten gelegt.»

«Tarotkarten?»

«Ja. Glaubst du daran, Sofija?»

Ich habe schon als Kind aufgehört, an Gott zu glauben, also glaube ich auch nicht an Tarotkarten oder Ouija-Bretter oder die Zahnfee. «Ist nicht wirklich mein Ding», antworte ich.

«Man braucht nicht an die Schwerkraft zu glauben, um aufs Gesicht zu fallen», lächelt sie. «Würdest du gern wissen, was sie gesagt haben?»

«Klar», sage ich, um sie zufrieden zu stellen. «Raus damit.»

Sie lehnt sich vor und legt die Spitzen ihrer winzigen Finger zusammen. «Die erste Karte, die ich gezogen habe, ist die von deiner Vergangenheit – 6 Kelche. Das bedeutet Kindheit und Unschuld. Aber diese Dinge sind vorbei, liegen in der Vergangenheit. Die zweite Karte, die etwas über deine Gegenwart sagt, ist der Narr.»

Ich bringe ein kleines Lachen heraus und nehme noch einen Schluck von dem grässlichen Tee.

«Versteh es nicht falsch – der Narr ist nicht dumm», sagt Rozsa. «Der Narr ist klug und weise.»

«Und die dritte Karte?», frage ich.

Rozsa rückt in ihrem Sitz ein wenig nach hinten. «Der Tod», sagt sie. «Aber als ich sie zog, lag sie verkehrt herum.»

Das war ja klar. «Und das bedeutet?»

Rozsa zuckt die Schultern. «Ich bin nicht sicher. Ich mache das noch nicht so lange. Aber die alte Frau aus meinem Dorf sagt, dass der Tod, der verkehrt herum liegt, nicht immer den Tod ankündigt.»

«Was sonst?»

«Das ist unklar.» Sie streckt den Arm und legt eine Hand auf jedes meiner Knie. «Vielleicht den Tod eines anderen. Aber vielleicht auch eine Veränderung. Etwas, das zu Ende geht.»

Ich kneife die Augen zusammen und presse die Handflächen gegen die Stirn. Ich werde müde, und ein warmes Gefühl, das ich sonst nur von meinen Beruhigungsmitteln kenne, breitet sich vom Bauch im ganzen Körper aus. Das liegt am Tee – Anis und *edes gomba*, was zum Teufel auch immer das ist.

«Wie gesagt, ich glaube nicht daran», sage ich.

«Ich weiß», sagt Rozsa. «Aber ich.»

Ich kippe auf das Sofa und in das Nest aus Kissen und Decken hinein. Das Zimmer dreht sich kurz, bleibt stehen, dreht sich zur anderen Seite. Rózsa gleitet neben mich, drückt ihren Körper an meinen, legt einen Arm um mich, um mich davon abzuhalten, aus der Welt herauszufallen, die sich dreht und dreht.

Plötzlich bin ich auf einem Ball in einem eleganten Haus, trage ein grünes Kleid und eine weiße Maske. Es ist offensichtlich ein Traum, aber so deutlich wie ein Film. In einem Kamin brennt ein Feuer und spiegelt sich orangefarben in den Gesichtern der Männer – es sind nur Männer –, die sich in diesem Zimmer versammelt haben. Ich trage ein Tablett mit sechs goldenen Bechern, die aussehen wie altmodische Kirchengefäße. Ich reiche den Männern einen nach dem anderen, erst Kladivo, dann Emil, dann Beran und dann drei anderen Männern, deren Gesichter ich nicht erkennen kann. Als sie alle gegangen sind, stelle ich das Tablett auf einen Tisch, über dem ein Spiegel im Goldrahmen hängt. Ich nehme meine Maske ab, und darunter ist nicht mein Gesicht, sondern ein Totenschädel.

—

Ich lasse eine Woche vergehen, bevor ich anrufe, damit es nicht so wirkt, als könne ich es gar nicht abwarten. Bohdan schlägt ein Abendessen vor: er, sein Sohn Roman und Sofija.

Wir treffen uns in einem Restaurant in der Nähe des Hradschin, dem Sitz der tschechischen Regierung. Die Tischtücher sind weiß, die Wände sind mit rotem Samt bezogen, und die Kerzen tauchen alles in ein goldenes Licht. Rozsa leiht mir ein ärmelloses schwarzes Kleid. Schon an ihr sieht es kurz aus und an mir noch kürzer, aber das ist für meine Zwecke perfekt. Bohdan lächelt und mustert mich von oben bis unten, als er und Roman in die Lobby kommen.

Es ist klar zu sehen, dass der Sohn zwar den Geschmack seines Vaters geerbt hat, aber nicht dessen Äußeres. Roman ist groß, und selbst in seinem teuren Anzug ist sein muskulöser Körper deutlich zu erkennen. Sein dunkelblondes Haar ist nachlässig gescheitelt, und er hat die selbstbewusste Ausstrahlung eines wohlhabenden Börsenmaklers von der Wall Street. Aber als ich mich vom Samtsofa erhebe und sie begrüße – jedem ein Kuss auf die Wange –, sieht der Sohn seinen Vater an, und ich stelle fest, dass ich offenbar sein Blind Date bin.

Das hier ist das beste Restaurant in ganz Prag, erklärt mir Bohdan Kladivo, nachdem wir uns gesetzt haben, vielleicht in der ganzen Republik. Ob das stimmt, kann ich nicht beurteilen, denn ich schmecke nichts von der Gänseleber oder der gebratenen Wachtel oder dem Spargel mit der köstlichen Soße, die, wie der Ober erklärt, einen Hauch von Wacholder enthält. Die Männer trinken Wein – den 82er Chateau de Irgendwas – und bieten mir ein Glas an. Nein danke, sagt Sofija, lieber Wasser.

Es ist von Anfang an klar, dass diese Gangster in einer anderen Liga spielen als Emil oder auch Miroslav Beran. Dies hier sind Gangster, die sich mit der Weinkarte auskennen, die wissen, welche Gabel für den Salat und welche für das Fleisch gedacht ist. Trotzdem kann ich den Blick einfach nicht von ihren Händen lassen, wie sie sich durch das Abendessen arbeiten – wie sie mit ihren Gabeln zustechen, die Hälse ihrer Weingläser würgen. Bohdan Kladivo hat feingliedrige Hände mit langen Fingern. Die Hände eines Pianisten. Die seines Sohnes sind groß wie Tatzen und haben starke Finger, die wie geschaffen sind, um jemanden zu erwürgen.

«Leben deine Eltern immer noch in Russland, Sofija?», fragt Bohdan.

Ich lächle traurig. «Mutter starb, als ich sieben war. Vater, als ich vierzehn war.»

«Eine Tragödie», erklärt er. «Die Familie ist wichtig. Man

könnte sagen, sie ist *unersetzlich*. Vielleicht wird Gott dir eines Tages eine eigene Familie schenken.»

«Vielleicht», antworte ich mit einem Lächeln.

Ich gehe an die Grenzen von Sofijas Identität, flirte vorsichtig mit beiden Männern, aber besonders mit Roman. Bohdan scheint mit mir zufrieden zu sein, doch was seinen Sohn angeht, so habe ich noch Arbeit vor mir. Ich erfinde Geschichten über Sofijas kleine Stadt Armavir. Ich erzähle von ihrer Liebe für Bücher, dass sie gern gelernt hat. Ich erzähle davon, dass sie ihre schweren Zeiten hinter sich lassen wollte und ihr Glück in Europa suchte, und jetzt, heute Abend, ist sie tatsächlich hier. *Was für eine Ehre, mit Ihnen beiden zu essen*. Dann bringe ich schüchtern einen Toast aus, diesmal auf ihre Gesundheit.

«Hast du die Universität besucht, Sofija?», fragt Bohdan.

«Leider nein.»

Bohdan wedelt abfällig mit der Hand. «Wie ich. Für dich und mich war die Welt unsere Universität.» Er deutet auf Roman. «Roman allerdings – Yale. ‹Ivy League› nennen sie das in den USA. Er war sogar im Ruderteam.»

«Du bist bestimmt froh, dass du auf diese Uni gehen durftest», sage ich zu Roman.

«Er ist froh, einen Vater zu haben, der dafür bezahlt hat.» Bohdan grinst. «Stimmt's, Roman?»

Roman füllt sein Weinglas nach. «Sehr froh.»

«Jetzt bezahlt der König auch noch für die ausländischen Autos seines Prinzen und für all die Partys mit seinen, sagen wir mal, *engen Freunden*.»

Ein böser Blick fliegt zwischen den beiden Männern hin und her und entzündet einen Brennstoff, den ich löschen muss.

«Und, hörst du gern Musik, Roman?», versuche ich es.

Er lächelt erleichtert. Das erste Lächeln, das er mir schenkt. «Ja», sagt er.

«Jazz», fügt Bohdan hinzu. «Die einzige Musik, bei der König und Prinz einer Meinung sind. Was ist deine Meinung zu Jazzmusik, Sofija?»

«Oh, ich höre Jazz sehr gern.» Ich atme ein und halte einen Augenblick die Luft an. «Mein Vater – mein Vater hat sie auch gern gehört.»

Bohdans Augen leuchten auf. «Wusstest du, dass Praha in Osteuropa die Hauptstadt des Jazz war? Das stimmt. Alles natürlich nur im Untergrund. Den Kommunisten gefiel das gar nicht. Sie hielten diese Musik für gefährlich oder sogar für *dekadent*.»

Hilfskellner kommen und tragen die Teller ab, während ein Ober die Dessertkarte bringt. Aber Bohdan winkt ab und zündet sich eine Zigarre an. Der Rauch hüllt ihn ein wie eine blaue Wolke.

Er sieht mich durch den Rauch an, als überlege er, ob bestimmte Fragen jetzt gestellt werden können, dann beschließt er offenbar, dass das warten kann. Er sieht auf seine Uhr und zieht eine Augenbraue hoch. «Roman, im Stará Pani gibt es gleich ein Konzert. Du solltest mit Sofija hingehen.»

Ich sehe, wie sich die Muskeln in Romans Nacken anspannen. «Vielleicht hat Sofija ja noch etwas vor. Vielleicht muss sie morgen arbeiten.»

«Blödsinn. Sie ist mit dem Sohn des Chefs unterwegs», sagt Bohdan. «Außerdem sollte man niemals auf eine Verabredung mit einer Russin verzichten. Stimmt das nicht, Sofija Timurovna?»

«Das stimmt, Pan Kladivo.»

—

Wir brechen bald darauf auf. Bohdan verschwindet auf dem Rücksitz eines Mercedes, dessen Tür von einem Bodyguard aufgehalten wird. Dann bringt der Parkservice Romans Auto, einen tiefschwarzen, eleganten Audi. Ich klettere auf den Beifahrersitz, und Roman rutscht hinter das Steuerrad.

«Hör mal, wenn du keine Lust dazu hast, verstehe ich das», sage ich.

«Schon gut», sagt er und legt den ersten Gang ein. «Ich wusste nur nichts von dieser Verabredung. Mein Vater – er will mich ändern, sagt er.»

«Wie ändern?»

«Wer weiß.»

Wir überqueren den Fluss und kriechen durch die alten Gassen von Prag 1, durch die wir kaum hindurchpassen, und parken in der Nähe des Alten Marktplatzes, wo ich noch vor wenigen Wochen die Touristen abgezogen habe. Den Club U Staré Pani hört man schon von der Straße, ein schnelles Saxophon und Trommeln.

Er befindet sich am Fuß einer Stahltreppe. Es ist ein eleganter Club, eher eine altmodische Kneipe mit einer Bühne am Ende und kleinen Lampen auf den Tischen, die die Gesichter der schick angezogenen Gäste beleuchten. Auch die Band ist gut – ein Quartett aus Saxophon, Klavier, Bass und Schlagzeug.

Wir lassen uns auf einem Sofa in einer kleinen VIP-Nische an der Seite nieder. Eine Kellnerin erscheint, begrüßt Roman mit Namen und mustert mich von oben bis unten. Roman bestellt sich ein Bier und für mich ein Mineralwasser.

Das Konzert geht weiter, aber Roman hört gar nicht zu. Er konzentriert sich ganz auf sein Handy, tippt Nachrichten und sieht sich ungeduldig um. Es ist klar, dass wir aus keinem anderen Grund hier sind, als seinen Vater zufriedenzustellen. Ich rutsche näher an ihn heran und komme mit der Hand wie zufällig an sein Bein. Aber Roman rutscht weg, bis wir uns nicht mehr berühren.

Noch eine Nachricht, noch eine getippte Antwort. Er beugt sich zu mir. «Tut mir leid, Sofija, aber ich muss los.»

«Ist alles in Ordnung?», frage ich.

«Es – hör zu, ich muss jemand treffen. Geschäftlich», sagt er.

«Verstehe.»

«Ich bin, weißt du ... ich bin gerade nicht auf der Suche.» Er zieht ein dickes Bündel Scheine aus seiner Tasche, zählt ein paar ab und reicht sie mir. «Fürs Taxi nach Hause», sagt er.

Er wirft weitere Scheine für die Getränke auf den Tisch und verschwindet die Treppe hinauf. Mit wem trifft er sich wohl?, frage ich mich. Und wozu? Ich warte einen Moment, dann folge ich ihm nach draußen.

Die Straßen draußen sind voll von Touristen in T-Shirts, und in seinem schönen Anzug ist Roman leicht auszumachen. Es ist schwer, auf hohen Hacken über das Kopfsteinpflaster zu gehen, also ziehe ich sie aus und nehme sie in die Hand. Jemand pfeift mir nach, jemand quatscht mich an, aber ich achte nicht darauf und folge ihm.

Roman biegt in eine schmale Gasse, dann in eine breitere Straße, dann steuert er auf den Eingang einer Bar zu. Ich beziehe auf der anderen Straßenseite in einem dunklen Winkel an der Mauer meinen Posten. An der Bar ist nichts Ungewöhnliches. Sie befindet sich in einem niedrigen weißen Gebäude, das vielleicht hundert Jahre alt ist – also praktisch ein Neubau für Prager Verhältnisse. Auf einem Hocker vor dem Eingang sitzt ein Türsteher mit Jeansweste.

Ich warte und überlege, was da drinnen wohl passiert. Vielleicht trifft er seine Freundin, oder ist es wirklich ein Geschäftspartner, wie er gesagt hat? Eine Stunde vergeht, vielleicht etwas weniger. Dann öffnet sich die Bar, und Roman stolpert heraus, gefolgt von einem anderen Mann. Sie sind beide betrunken und torkeln beim Gehen. Sie lachen, berühren einander an den Schultern und machen Witze.

Die Straßen sind jetzt weniger voll, und ich muss etwas mehr

Abstand halten. Sie gehen etwa zehn Minuten, dann halten sie vor einem modernen, schicken Wohnhaus. Ich kann ihre Unterhaltung nicht hören, aber es ist auch ohne Worte leicht zu verstehen, was sie sagen. Roman sieht auf seine Uhr, der andere Typ deutet auf das Gebäude, Roman schüttelt den Kopf. Es gibt eine betretene Pause, der andere Typ sieht auf seine Schuhe. Dann streckt Roman die Hand aus, hebt das Kinn des anderen an und küsst ihn. Es ist ein langer Kuss, der so aussieht, als würde er ihnen beiden etwas bedeuten.

—

In einem anderen Zusammenhang, in einem anderen Leben, würde ich das süß und rührend finden. Aber was wird jetzt aus meinem Plan?

Sie küssen sich immer noch und erregen die Aufmerksamkeit von drei Fußgängern. Die sind total betrunken und pfeifen und schreien: «Faggot! Faggot!» Roman und sein Freund hören auf, sich zu küssen, und versuchen, die Typen zu ignorieren. Der Freund drückt Romans Hand und verschwindet im Gebäude, während Roman mit schwankenden Schritten die Straße hinuntergeht.

Die Betrunkenen wanken hinter ihm her, und ich höre, wie sie miteinander reden. Sie sind etwa Mitte zwanzig und tragen nachgemachte Burberry-Polohemden. Es sind Briten, die hier einen Junggesellenabschied feiern und wahrscheinlich enttäuscht darüber sind, dass sich die «Prager Schnitten» ihnen doch nicht so massenweise an den Hals geworfen haben, wie man es ihnen versprochen hat.

Immer wieder ruft einer von ihnen Roman etwas Abfälliges hinterher. Aber falls Roman sie überhaupt hört, ist er entweder zu klug, um darauf zu reagieren, oder zu betrunken, um zu antworten. Er bleibt kurz neben einem Gebäude stehen und legt den Kopf an die Mauer.

Jetzt spüren die Männer seine Schwäche und nutzen die Gelegenheit, den Abstand zu verringern. Roman biegt in eine schmale, leere Straße ein, die zum Marktplatz führt.

Einer der Briten wirft eine Bierflasche und trifft Roman damit hart am Hinterkopf. Roman dreht sich um, und selbst in dem schwachen Licht erkenne ich Furcht und Wut auf seinem Gesicht. Doch die Männer lassen sich davon nicht abhalten. Einer von ihnen packt Roman an den Schultern und rammt ihm die Stirn gegen die Nase, sodass Romans Kopf zurückfliegt. Dann schlagen sie alle auf ihn ein, bis Roman schließlich gegen die Wand und auf den Boden rutscht.

Er rührt sich nicht mehr, und die drei Männer stehen einen Augenblick da und überlegen, ob dieser Spaß vielleicht schon zu Ende ist. Lasst ihn in Ruhe, denke ich. Es reicht. Dann fängt einer von ihnen an, ihn zu treten. Er rammt Roman seinen Turnschuh in den Bauch, in die Seite und gegen den Kopf. Die anderen beiden machen mit.

Ich springe vor und packe den größten der drei Angreifer am Handgelenk. Ich verdrehe ihm den Arm, sodass er sich umdrehen muss, und ramme ihm den Unterarm so gegen die Kehle, dass er mit dem Hinterkopf gegen die Mauer kracht. Er stürzt sich auf mich, aber ich erwische seinen Kiefer mit der Faust und bringe ihn zu Boden.

Der zweite Angreifer packt mich von hinten an der Schulter. Ich jage ihm den Ellenbogen in den Bauch, dann drehe ich mich um und knalle ihm die Handkante unter das Kinn, was ihn zurückbefördert. Er ist bewegungsunfähig, aber das wird wohl nur ein paar Sekunden so bleiben. Ich spüre neben mir eine Bewegung und drehe mich um. Ein betrunkener Schwinger des dritten Angreifers verpasst meinen Kopf um gute zehn Zentimeter. Ich antworte mit einem schnellen Tritt in seine Eier. Er krümmt sich und stolpert ein paar Schritte vor. Als ich mich ihm nähern will, weichen die anderen zwei schon mit erhobenen Händen zurück.

Roman liegt immer noch auf dem Rücken, scheint noch halb bewusstlos zu sein, hat jetzt aber eine Pistole in der Hand und versucht, damit auf die Männer zu zielen. Zwei der Angreifer drehen sich um und stolpern die Gasse hinunter, während der dritte in die andere Richtung davonläuft.

Roman schwingt die Pistole herum und sucht nach einem Ziel. Vorsichtig lege ich meine Hand um die Waffe und drücke den Lauf nach unten. «Leg sie weg», flüstere ich.

Das Blut schlägt Blasen in Romans Nasenlöchern. «Diese Arschlöcher», keucht er.

Aber er driftet wieder ab in die Bewusstlosigkeit. Ich überprüfe seinen Puls und stelle fest, dass er kräftig schlägt, aber er braucht ein Krankenhaus, und ich kann ihn auf keinen Fall allein zum Auto schleppen. Eine Sekunde lang überlege ich, ob ich um Hilfe schreien soll, aber ein Mann mit dem Nachnamen Kladivo hat es vermutlich nicht so gern, wenn die Polizei kommt und ihm Fragen stellt.

Ich ziehe sein Handy aus seiner Tasche und suche nach den Kontakten. Ich scrolle darin herum, bis ich das Wort *otec* finde – Vater, genau wie auf Russisch. Ich drücke auf den Namen, und die Nummer wird gewählt.

«Pan Kladivo», sage ich, als er rangeht. «Ich bin es, Sofija. Roman wurde verletzt – angegriffen. Er atmet, ist aber bewusstlos. Soll ich einen Krankenwagen anrufen?»

Schweigen, dann seine ruhige Stimme: «Nein. Keinen Krankenwagen. Wo bist du?»

«In Praha 1 in der Nähe des Alten Marktplatzes. In einer kleinen Gasse …»

«Sind irgendwelche Läden in der Nähe? Gib mir die Namen.»

Ich gebe ihm den Namen eines Pizza-Restaurants und eines Weinladens, die beide schon geschlossen haben

«Ich schicke euch jemanden. Bleibt, wo ihr seid.»

«Danke.»

«Sofija?»

«Ja, Pan Kladivo?»

«Warst du – warst du bei ihm?»

«Nein, Pan Kladivo. Ich bin erst später dazugekommen.»

Schweigen. Im Hintergrund höre ich leise Musik und das Klirren von Gläsern, als wäre er auf einer Party. «Es ist gleich jemand bei euch», sagt er, dann legt er auf.

Fünf Minuten warte ich neben Roman. Er atmet tief und gleichmäßig, was ich als gutes Zeichen nehme. Dann tauchen zwei Figuren am Ende der Gasse auf, die zum Marktplatz führt. Als sie ins Licht der Straßenlaterne treten, erkenne ich Emil und Libor.

«Was zur Hölle ist passiert?», fragt Emil.

«Drei Männer haben ihn angegriffen», antworte ich.

Sie stehen eine Weile unentschlossen neben Roman und diskutieren auf Tschechisch, was sie tun wollen. Dann packen sie ihn unter den Armen und tragen ihn zum Platz.

Ich will in die andere Richtung davongehen, aber Emil hält mich am Arm fest. «Keine Chance», sagt er. «Der Boss hat gesagt, du kommst mit.»

Ich folge ihnen zu Emils BMW und helfe ihnen, Roman zu Libor auf den Rücksitz zu bugsieren. Ich klettere auf den Beifahrersitz, und wir fahren durch den dichten, spätabendlichen Verkehr von Prag.

«Wer war das?», fragt Emil, als wir die Stadt verlassen und in die Vororte kommen.

«Drei Engländer», sage ich. «Keine Ahnung, warum sie sich Roman ausgesucht haben.»

Emil lacht leise. «Ich wette, ich weiß es.»

Den Rest der Fahrt über sagen wir nichts mehr. Die Wohnhäuser werden zu kleinen Häusern, dann zu größeren Häusern, je weiter wir von der Stadt wegkommen. Das Auto biegt auf einen privaten Kiesweg ein. Neben dem Weg stehen Warnschilder auf Tschechisch, die vermutlich jedem, der es wagt, hier unbefugt einzudringen, die schlimmsten Dinge androhen.

Wir nähern uns einem Eisentor, das in einer hohen Steinmauer befestigt ist. Dahinter sieht man ein großes Herrenhaus, ein riesiges Gebäude mit einem sehr gepflegten Garten. Ein Mann in gangstermäßigem Trainingsanzug taucht auf und beschattet mit der einen Hand die Augen vor dem Scheinwerferlicht. In der anderen Hand trägt er eine Maschinenpistole.

22. KAPITEL

Roman wird in der Küche auf einen langen Holztisch gelegt, als ob man ihn zum Kochen zerlegen will. Eine improvisierte Matratze aus Decken wird zwischen ihn und das Holz geschoben. Über ihm schwebt ein Gestell aus Kupfertöpfen und Pfannen. Einige Typen aus Bohdans persönlicher Sicherheitsmannschaft sind hier und warten auf Befehle.

Bohdan steht mit hochgekrempelten Hemdsärmeln und gelockerter Krawatte da, die Hände in die Hüften gestemmt, und überwacht die Arbeit eines Privatarztes, den man herbeigerufen hat. Der Arzt wirkt verschreckt und wagt es kaum aufzusehen.

Ich setze mich auf den Platz, den Bohdan mir zuweist, einen Holzstuhl an der Wand. Von hier aus kann ich Roman gut sehen. Er ist gerade wieder zu sich gekommen, und der Arzt näht einen Schnitt auf seiner Wange. Roman hält den Blick auf mich gerichtet, einen angstvollen Blick. Der Arzt tupft ihm das Blut ab und verkündet, dass er fertig ist.

Bohdan schnippt mit den Fingern und verteilt Befehle auf Tschechisch. Er schickt offenbar alle nach draußen, denn sie gehen, selbst der Arzt. Ich erhebe mich ebenfalls, aber Bohdan packt meine Schulter und drückt mich wieder auf den Stuhl. «Du nicht», sagt er.

Als die Küchentür zugefallen ist, dreht Bohdan sich um und stellt sich drohend neben mich. «Lass nichts aus», sagt Bohdan. «Lass nichts aus, ich merke es sofort.»

«Drei Männer, drei betrunkene Engländer, sind ihm nachgegangen. Sie haben ihn belästigt, sie haben – schlimme Sachen gesagt. Sie haben ihn gepackt, und Roman hat versucht, sich zu wehren. Er hat gekämpft wie ein Löwe.»

Bohdan schüttelt den Kopf und dreht sich zu Roman um. «Hörst du das, Roman? Sie nennt dich einen Löwen. Wie loyal von ihr. Trotz allem bist du in ihren Augen immer noch der König des Dschungels.» Er nähert sich seinem Sohn, beugt sich zu ihm. «Warst du mit – diesem Kerl zusammen?»

Roman schließt die Augen und sagt etwas auf Tschechisch.

«Auf Englisch, damit Sofija dich versteht», sagt Bohdan. «Sei nicht so ein Feigling.»

«Ich war mit – einem Freund zusammen.»

Bohdans Gebrüll lässt mich in meinem Stuhl zusammenfahren. «Mit deinem *Freund*? Mit einem deiner *Liebhaber*?»

Die Demütigung scheint für Roman schmerzhafter zu sein als seine körperlichen Wunden. «*Ano*», flüstert er. Ja.

Bohdan nickt und lehnt sich gegen den Rand des Küchentisches. «Ich habe dich um nichts anderes gebeten als darum, deine Krankheit geheim zu halten. Aber noch nicht mal das schaffst du. Hast du irgendeine Vorstellung, was passiert, wenn herauskommt, dass mein Sohn ein Sodomit ist?»

«Es tut mir leid, *táta*.»

«Und du?», sagt Bohdan und deutet auf mich. «Wie kommt es, dass du dabei warst?»

«Wir – wir hatten uns getrennt», sage ich. «Ich bin zu einer anderen Bar gegangen und habe Roman zufällig auf der Straße gesehen.»

«Und was hast du getan? Dir die Nägel gefeilt und zugesehen wie eine nutzlose Schlampe? Oder bist du vielleicht mal auf die Idee gekommen, Hilfe zu holen?»

Roman unterbricht seinen Vater. «Sie hat sie vertrieben. Die

Männer haben mich zu Boden geschlagen, und sie hat sie vertrieben.»

Bohdan legt den Kopf zur Seite und sieht mich scharf an. «Stimmt das?»

Ich nicke. «Ja, Pan Kladivo.»

Bohdan beugt sich dicht zu mir herunter, so dicht, dass ich sein Aftershave riechen kann. «Wie kommt es, dass du kämpfen kannst?»

«Mein Vater war ein Soldat. Bei der Speznas», sage ich. «Mein Vater glaubte, dass eine Frau ebenso lernen sollte, sich selbst zu verteidigen, wie sie nähen und kochen lernt.»

«Roman, stimmt es, dass die Frau kämpft wie eine von der Speznas?»

«Ja», sagt Roman. «Besser als deine eigenen Männer.»

Bohdan seufzt und reibt sich die Schläfen. «Sofija, ich lasse dich jetzt nach Hause bringen.»

«Ich kann bleiben und helfen ...»

Bohdan öffnet die Küchentür. «Du wirst nicht länger gebraucht, Sofija.»

Einer der Trainingsanzüge, ein dünner Typ mit kurzen, gebleichten Haaren und einem Diamanten-Tattoo am Hals, nimmt mich am Oberarm und schiebt mich aus der Tür und auf den Rücksitz eines Volkswagens. Er sagt die ganze Fahrt über kein Wort, fragt mich noch nicht mal nach der Adresse von Hedvika, die er offensichtlich längst kennt.

In meinem Zimmer liege ich drei Stunden lang wach im Bett, kann nicht schlafen, kann an nichts anderes denken als an den Zwischenfall mit Roman und wie er meine Pläne beeinflusst. Um vier Uhr morgens fallen mir die Augen schließlich zu. Und in diesem Moment kommen sie, um mich zu holen.

—

Es klopft hart an der Tür, und ich höre Stimmen und das Klappern von Schlüsseln. Bevor ich fragen kann, wer da ist, geht die Tür auf, und Hedvika steht da in einem dicken Nachthemd, die Haare unter ein Netz geschoben. Hinter ihr stehen zwei Männer, einer von ihnen ist der Fahrer mit dem Diamanten-Tattoo, den anderen kenne ich nicht. Er ist fett und geht auf die fünfzig zu, hat gerötete Wangen und einen grauen Schnauzbart, der unter den Nasenlöchern vom Zigarettenteer ganz orange gefärbt ist. Die arme Hedvika sieht gleichzeitig ängstlich und wütend aus.

«Du kommst mit uns», sagt der zweite Mann. Er reißt die Schubladen auf und wirft alles, was ich besitze, aufs Bett. Der andere Typ zieht eine zusammengefaltete Mülltüte aus der Tasche, schlägt sie auf und stopft meinen Besitz hinein, alles außer meinem Handy, das er sich in die Tasche schiebt. Ich ziehe meine Jeans an und ein T-Shirt, aber meine Stiefel und Schuhe sind bereits in der Tüte, und als ich sie danach frage, überhören sie mich.

Als sie fertig sind, gibt es im Zimmer keine Spur mehr von meiner Anwesenheit. Der Mann mit dem Schnauzbart zählt ein paar Scheine ab und drückt sie Hedvika in die Hand. Er bezahlt sie für die Unannehmlichkeiten und noch ein bisschen extra, damit sie den Kopf schüttelt, falls jemand kommen und nach mir fragen sollte.

Es steht außer Frage, dass ich mitkomme. «Befehl von Pan Kladivo», sagt einer der beiden. Eine Sekunde lang überlege ich, ob ich weglaufen soll, aber ich bin barfuß und würde es nur ein paar Meter weit schaffen, bevor einer von ihnen mich niederschießt.

Ich werde in einen Lieferwagen ohne Nummernschild geschoben. Der hintere Teil ist durch einen Maschendraht vom vorderen Teil getrennt. Sie packen mich an den Armen und werfen mich im Wagen zu Boden. Dann werden mir die Arme hinter dem Rücken zusammengedrückt, und ich spüre Stahl an den Handgelenken und höre, wie die Handschellen festgezogen werden. Ich trete mit den Beinen um mich, aber die Typen packen sie ebenfalls und fesseln mich auch an den Fußgelenken. Der Typ mit dem Diamanten-Tattoo kniet sich auf meinen Rücken, während der andere mir einen schwarzen Stoffsack über den Kopf zieht.

Die Tür des Lieferwagens wird zugeschoben, und ein paar Sekunden später fahren wir los. Der fette Typ ist mit mir im hinteren Teil geblieben. Ich kann ihn riechen – Bier, Zigaretten und Schweiß. Ich fühle seinen massigen Körper in diesem Raum. Es gibt hier keine Sitze und kaum eine Möglichkeit, sich festzuhalten, und als der Wagen um eine Ecke fährt, falle ich gegen die rückwärtige Tür.

«Dein Pass, den du Miroslav Beran im Casino gezeigt hast, ist offensichtlich gefälscht», brüllt der fette Typ mich auf Russisch an. «Wie lautet dein richtiger Name?»

«Sofija Timurovna Kozlovskaja», antworte ich.

Für diese Antwort erhalte ich einen Schlag auf die Wange.

«Wie ist dein richtiger Name?», brüllt er wieder.

«Sofija Timurovna Kozlovskaja», wiederhole ich.

Ein Schlag auf die andere Wange, fester diesmal.

«Wie ist dein richtiger Name?»

«Sofija Timurovna Kozlovskaja.»

Ein Stiefel landet unter meinen Rippen, und ich klappe zusammen. Der Lieferwagen beschleunigt, und die Straße unter uns ist glatt, als ob wir jetzt auf der Autobahn fahren. Worauf ich zähle – worauf ich zählen muss –, ist, dass der Pass von Yael so gut ist, wie sie behauptet hat. Und selbst wenn nicht, muss ich bis zum Ende bei meiner Geschichte bleiben. Wenn sie meinen Dad noch haben und meinen Namen erfahren, werden sie ihn umbringen.

Hände packen mich am T-Shirt und reißen mich nach vorn. «Wir haben die Daten gecheckt, du kleine Schlampe!», schreit mein Verhörmeister jetzt. «In deinem Pass steht, dass du aus Armavir stammst, aber das Krankenhaus hat keine Unterlagen über dich.»

Seinem Akzent nach zu deuten, ist er Russe, also antworte ich auf Russisch und strenge mich an, dass mein Akzent absolut perfekt klingt. «Weil ich in Novokubansk geboren bin. In Armavir bin ich aufgewachsen.»

Er schubst mich gegen die Wand des Wagens. «Ich kenne Armavir so gut wie meinen eigenen Schwanz. Welche Farbe hat das Dach der Oper?»

«Das Dach der Oper ist blau.»

«Schwachsinn! Es gibt keine Oper in Armavir!»

«Das Dach der Oper ist blau», wiederhole ich.

«Du hast Pan Kladivo erzählt, dass dein Vater bei der Speznas war!», schreit der Mann weiter. «Aber wir wissen, dass er ein Fabrikarbeiter war.»

«Nach der Armee war er Fabrikarbeiter!», schreie ich zurück. «Und er ist gestorben, als ich klein war.»

«Och, du arme kleine Schlampe», knurrt er und gibt mir wieder eine Ohrfeige. «Woran ist er denn gestorben?»

«Am Wodka.»

Ein Schlag in meine linke Niere. «In was für einer Fabrik hat er gearbeitet?»

«Gummi!», schreie ich. «In einer Gummifabrik!»

Ein Schlag in die rechte Niere. «Gummi für was?»

«Für die Dildos deiner Mutter.»

Aber er hat keine Lust mehr auf sein Spiel, und nachdem er noch ein paar Fragen gebrüllt und mich noch ein paar Mal geboxt hat, hört er auf. Er atmet schwer und pfeift dabei. Dann höre ich das Klicken eines Feuerzeuges und rieche Zigarettenrauch.

Das Warten und die Unsicherheit, wie meine Geschichte wohl ausgehen wird, scheinen vorbei zu sein. Irgendwas ist schiefgegangen, irgendein Loch in meiner Geschichte ist aufgedeckt, irgendeine Information gefunden worden. Der Abend, der in einem Restaurant neben der Burg begann, wird damit enden, dass meine Leiche in einem Fass ins Moor geschoben wird. Es kommt mir in den Sinn, dass dies vielleicht ein zu großer logischer Sprung ist, aber ich sehe keine andere Schlussfolgerung.

Wir sind immer noch auf der Autobahn. Selbst durch die Wände des Lieferwagens kann ich das Dröhnen der Lastwagenreifen und das Schnauben der Druckluftbremsen hören, wenn wir große Schlepplaster überholen. Ich habe jedes Zeitgefühl verloren. Das Verhör und die Schläge scheinen Stunden gedauert zu haben, aber vermutlich waren es nur ein paar Minuten. Mein Körper schmerzt, und ich blute an den Handgelenken, weil ich in fruchtloser Wut an meinen Handschellen gerissen habe.

Nach einer sehr langen Zeit, die nur vom Verkehrslärm und vom Klicken des Feuerzeuges unterbrochen wird, wenn der Mann sich eine weitere Zigarette anzündet, wird der Wagen schließlich langsamer, und wir biegen scharf rechts ab. Diese Straße hat mehr Schlaglöcher als Asphalt, und ich werde wie ein Ball hin und her geschleudert. Das geht etwa zehn Minuten lang so weiter. Dann fahren wir noch langsamer und biegen noch einmal rechts ab.

Wir müssen bald am Ziel sein. Mein Magen krampft sich zusammen, und ich überlege, wie sie es wohl tun werden. Werden sie mich erschießen? Mich erwürgen? Und warum hier? Warum nicht in Prag? Die Antworten spielen keine Rolle, nehme ich an. Sie dienen nur dazu, die Angst lebendig zu halten. Mein Körper ist ganz taub vor Resignation. Es gibt keine Atheisten in Schützengräben, heißt es, aber Gott ist mit Sicherheit auch nicht hier, also sind wir wohl quitt. Alles ist unausweichlich und kristallklar.

Selbst durch den Sack über meinem Kopf spüre ich, dass der

Fahrer das Fenster geöffnet hat. Der Luftdruck hat sich verändert, und ich höre die Symphonie von Grillen. Ich rieche die köstliche, feuchte Luft eines nächtlichen Waldes.

Werden sie mich zu Tode prügeln? Mir den Hals aufschlitzen? Mich erst vergewaltigen?

Mein Befrager reißt mir ohne Vorwarnung den Sack vom Kopf, und ich setze mich auf, um besser sehen zu können. Käfer und Mücken schwirren im Licht der Scheinwerfer. Wir nähern uns einer Pfütze, die so breit ist wie die ganze Straße. Der Fahrer flucht, und die Hinterreifen drehen durch, als wir hindurchkriechen. Vor uns zieht ein Wachmann ein Eisentor zur Seite.

Der Lieferwagen fährt in einen Hof, der von vier Lampen erleuchtet ist. Ihr Licht fällt in grauen Trichtern zu Boden, in denen Motten wimmeln. Der Hof wird von alten Gebäuden begrenzt. Sie scheinen vor ungefähr vierzig Jahren zum letzten Mal gestrichen worden zu sein. Wir halten vor einem langen, einstöckigen Gebäude. Der ganze Ort wirkt irgendwie offiziell, militärisch.

Aber wir sind nicht allein. Ein halbes Dutzend Autos stehen hier: zwei Range Rover, drei BMW-Limousinen und ein Mercedes, der genauso aussieht wie der, mit dem Bohdan Kladivo vom Restaurant nach Hause gefahren wurde.

Der Fahrer schaltet den Motor aus und geht um das Auto, um die Seitentür zu öffnen. Es erschreckt mich, wie brav ich mich aus dem Wagen führen lasse. Ich wehre mich nicht, kämpfe nicht. Stattdessen lasse ich mich an den Armen hochheben. Nach ein paar Schritten schmerzt ihr Griff, nicht weil sie so zudrücken, sondern weil ich kaum gehen kann und sie mich ziehen müssen. Mein Körper akzeptiert bereits, was mein Kopf nicht wahrhaben will: dass dies hier das Ende ist.

—

Die feuchte Erde fühlt sich kalt an unter meinen nackten Füßen, und ich rieche den Wald, seine Feuchtigkeit, seine Lebendigkeit. Eine Motte berührt meine Wange, meine Stirn. Mein Verhörmeister stößt die Tür zum Gebäude auf. Neonlichter flackern und summen und tauchen den schmutzigen Linoleumboden in ein krankes Blau. Meine Füße stolpern und schlurfen voran und hinterlassen die unwürdigen Fußspuren einer Person, der ein schlimmer Tod bevorsteht. Meine Begleiter bleiben vor einer geöffneten Bürotür stehen, tippen höflich an den Türrahmen, und der Umriss von Bohdan Kladivo erhebt sich von einem Stuhl.

Er ist ein anderer Mann als der, der mir vor noch nicht mal acht Stunden im Restaurant gegenübersaß. Im Neonlicht sieht sein Gesicht lang und knochig aus, wie das eines Teufels von einem mittelalterlichen Holzschnitt, genau wie Rozsa gesagt hat. Wieder trägt er einen teuren, maßgeschneiderten Anzug und einen dicken Krawattenknoten, auf dem sein Adamsapfel liegt.

Mein Befrager sagt ein paar Worte auf Tschechisch, und Bohdan antwortet mit einem kurzen Nicken, als hätte der Mann nur das bestätigt, was er schon längst geahnt hat. Bohdan nähert sich mir, legt mir eine Hand auf die Schulter und führt mich weiter den Flur entlang. Meine beiden Begleiter folgen uns.

«Weißt du, was das hier für ein Ort ist?», raunt er mir mit leiser Stimme in vertraulichem Ton ins Ohr.

«Nein», bringe ich mühsam hervor.

«Wir nennen es unser *tábor* – unser Lager. Aber während des Kommunismus war es noch etwas anderes: ein Gefängnis der Geheimpolizei.»

Ich stehe oben an einer Metalltreppe. Seine Schritte machen beim Hinabsteigen scheppernde Geräusche. Ich folge ihm. Meine Schritte sind lautlos, und die Stufen fühlen sich unter meinen nackten Sohlen eiskalt an.

«Folter. Exekutionen. Meist ein Genickschuss», fährt er fort. «Hier in diesem Keller.»

Wir gehen einen weiteren Flur entlang, der parallel zu dem oberen verläuft, nur dass dieser hier von Stahltüren gesäumt wird. Auf jeder sieht man in Augenhöhe eine verblasste Nummer auf einer kleinen Metallklappe.

«Nachdem ich dich nach Hause geschickt hatte, habe ich mich gefragt, wer ist nur diese Frau, die wie ein Mann kämpft, aber so loyal ist wie eine Mutter?» Seine zusammengekniffenen Augen sehen mich eindringlich an. «Eine solche Frau kann nur eins von beiden sein: ein seltener Schatz oder eine Spionin, die mich austricksen soll.»

«Ich bin keine Spionin, Pan Kladivo.»

«Aber du vergibst diesem alten Mann, dass er ein bisschen paranoid ist, nicht wahr?» Bohdan hält vor Zelle Nummer sieben und fährt mit einem Finger über die kaum sichtbare Ziffer. «Diese Zelle war einmal meine. Fünf Monate lang. Frühling und Sommer 86. Für *chuligánství,* wie man so sagt. Hooliganismus. Weil ich Jeans und Kassetten mit amerikanischer Rockmusik verkauft habe.»

Meine Knie werden weich. «Ich habe Sie nicht hintergangen, Pan Kladivo.»

Bohdan legt seine Hände auf meine Schultern, holt tief Luft und lächelt dann. «Das weiß ich jetzt, Sofija Timurovna. Du bist keine Spionin.»

Meine Gedanken rasen, um die Bedeutung seiner Worte zu erfassen. Habe ich ihn gerade missverstanden? Hat er sich versprochen? Er glaubt mir? Mein Verhörmeister taucht hinter mir auf, löst meine Handschellen und dann meine Fußfesseln. Ich keuche erleichtert auf, und Kladivo zieht mich in seine Arme und hält mich fest.

«Und ich entschuldige mich dafür, wie meine Männer dich

im Wagen behandelt haben», fährt Kladivo fort. «Man kann nicht vorsichtig genug sein. Verstehst du das?»

«Ja, Pan Kladivo», sage ich.

Er löst seine Umarmung und legt eine Hand auf meine Wange. «Darum, Sofija Timurovna, muss ich dich jetzt noch um einen weiteren Beweis deiner Loyalität bitten. Sozusagen um einen Beweis deiner Freundschaft.»

—

Bohdan Kladivo dreht den Griff an der Tür von Zelle Nummer sieben und zieht sie auf. Drinnen erkenne ich Miroslav Beran, der sein Frackhemd bis zu den Ellenbogen hochgekrempelt hat. Er steht über einem Mann, der in der Mitte der Zelle kniet. Seine Arme sind hinter seinem Rücken zusammengebunden, und sein Gesicht trägt einen verängstigten, flehenden Ausdruck. Nachdem der erste Schreck vorbei ist, erkenne ich ihn als einen von Romans Angreifern. Es ist der Größte der drei, der, den ich mir zuerst vorgenommen hatte.

In der Ecke der Zelle steht ein Holztisch. Darauf liegen eine Zange, ein elektrischer Bohrer und ein Schweißbrenner – für das, was sie offenbar mit ihm vorhaben. Die Brust des Gefangenen hebt und senkt sich angestrengt, er steht kurz vor einem Herzinfarkt. Er starrt mich an, und ich sehe, dass er mich erkennt.

Bohdan steht neben mir in der Tür. «Glücklicherweise ist der Polizeikommissar Prags ein guter Freund von mir. Er hat sich in den Krankenhäusern umgehört und herausgefunden, dass sich dieser hier mit ein paar Stichen davonmachen wollte. Aber ein paar Stiche sind wohl kaum genug Strafe dafür, dass er meinen Sohn zusammengeschlagen hat, oder, Sofija Timurovna?»

«Nein, Pan Kladivo», sage ich.

Der Mann öffnet den Mund, würgt, dann bringt er mühsam

heraus: «Bitte, Lady, es tut mir leid – hören Sie, meine Kumpels, wir – wir haben nur Spaß gemacht, ehrlich, und dann ist das ein bisschen außer Kontrolle geraten, aber – kann ich nicht – ich habe Geld ...»

Miroslav Beran schlägt ihm mit der Faust gegen die Schläfe, und der Mann fällt auf die Seite. Der Boss zieht sich ein weißes Taschentuch aus der Hosentasche und wischt sich den Schweiß von der Braue, dann betrachtet er mit gerunzelter Stirn das Blut an seinen Fingerknöcheln. Dafür, dass er blutet, erhält der Mann mit Miroslavs Lederslippern einen scharfen Tritt in die Seite. Der Gefangene bringt nur noch ein hohles Keuchen zustande.

Bohdan tritt vor und hockt sich vor den Gefangenen. «Du erkennst diese Frau, nicht wahr?»

Der Mann nickt.

«Und stimmt es, dass sie dich angegriffen hat, nachdem du den Mann zusammengeschlagen hast?»

Wieder ein Nicken. «Das stimmt, Sir, das hat sie. Sie hat richtig unfair gekämpft. Meine Kumpels und ich haben den Typ nur ein bisschen verkloppt, und dann ist sie aufgekreuzt und hat einen Riesenzirkus veranstaltet. Völlig übertrieben.»

Bohdan steht auf und dreht sich zu mir um. «Weißt du, wie ich in dieser Zelle überlebt habe, Sofija Timurovna?»

«Nein, Pan Kladivo.»

«Mit Disziplin», sagt Bohdan. «Das ist das, was Roman fehlt. Darum kann er seine Schwäche auch nicht *unterdrücken*, wie man sagen könnte. Aber in dir erkenne ich Disziplin, Sofija Timurovna.»

«Ja, Pan Kladivo. Ich besitze Disziplin.»

Bohdan sagt etwas auf Tschechisch zu Beran, und der zieht eine schallgedämpfte Pistole aus der Schärpe seiner Hose. Er reicht sie mir mit dem Griff zuerst. Mein Blick wandert von der Pistole zu Kladivos Gesicht, aber darin sehe ich nur ein schwaches

Lächeln und erwartungsvoll erhobene Augenbrauen. Ich nehme die Pistole. Sie ist gebraucht und schwer. Die scharfen Kanten um das Visier, die Sicherung und der Abzugshahn glänzen, so oft wurde sie schon aus Schärpen und Holstern gezogen.

«Zeig es mir, Sofija Timurovna. Zeig mir, wie diszipliniert du bist.»

Mein Geist weigert sich, die Bedeutung dieser Worte zu erkennen, weigert sich, meiner Hand den Befehl zu vermitteln. Aber das Ding, das in New York in mir gewachsen ist, das in Paris an Kraft gewonnen hat und in Berlin an Brutalität, füllt mich jetzt aus. Ersetzt mich. Und es scheint kein Problem damit zu haben, was von ihm verlangt wird. Die Gleichung ist schon längst vollzogen: Meinen Vater zu finden, bedeutet, sich an Kladivo ranzumachen, was bedeutet, ihm Loyalität zu erweisen, was bedeutet, diesen Penner zu töten, was bedeutet ...

Es klingt wie ein Hammer, der auf Metall schlägt. Ich sehe einen roten Fächer an der Wand und auf dem Boden hinter dem Kopf des Gefangenen auftauchen. Danach folgt ein schwaches Klingeln, und ich fühle etwas an der Seite meines nackten Fußes brennen – die Messinghülle der Patrone. Die Pistole halte ich noch in der Hand, aus ihrem Lauf steigt Rauch auf.

23. KAPITEL

Die Sonne geht auf, und das rötliche Licht verwandelt sich erst in Orange, dann in Gelb. Wir gleiten so sanft in Bohdan Kladivos Mercedes in Richtung Prag, als ob wir schweben. Die Rücksitze der Limousine haben die Farbe und Beschaffenheit von Butter. Ich kralle mich hinein, um meine Hände am Zittern zu hindern; bestimmt hinterlassen meine Nägel Spuren, die nie wieder weggehen. Bohdan öffnet ein Fach zwischen den Sitzen, der sich als Kühlschrank herausstellt, und bietet mir eine Flasche Wasser an. Aber ich muss mich so schon zusammenreißen, um mich nicht zu übergeben, also schüttle ich den Kopf.

«Ein Mann wünscht sich immer einen Sohn, und Gott hat mir einen Sohn gegeben», sagt Bohdan mit sanfter Stimme. «Aber vielleicht hätte ich mir eine Tochter wünschen sollen.»

Ich frage mich wirklich, wie er den Hass in meinen Augen übersehen kann.

«Was du da getan hast, eben in der Zelle», fährt Bohdan fort, «das zeigt – auf Tschechisch lautet das Wort *Síla*. Es bedeutet Stärke. Aber auch Macht. Autorität.»

Ich kann ihn nicht ansehen und blicke aus dem Fenster.

«Ich verstehe, wie du dich fühlst, Sofija Timurovna. Aber eine Frau, die in dieser Welt aufsteigen will, muss noch grausamer sein als ein Mann.»

Ich muss mich konzentrieren, muss ihm zeigen, dass mir das alles nichts bedeutet hat, dass mein Wille ebenso stark ist wie meine Taten. «Sie haben recht, Pan Kladivo», sage ich.

In der Ferne taucht die Stadt auf, die rot-beigen Wohnhäuser, die modernen Glas- und Stahl-Türme, die Spitzen des Hradschin. Ich frage mich, ob die beiden anderen Angreifer von Roman immer noch durch die Straßen laufen und nach ihrem Freund suchen.

Bohdan tätschelt mir väterlich die Hand. «Deine augenblickliche Beschäftigung im Casino ist, sagen wir mal, *suboptimal.*»

«Was?»

«Du vergeudest dort deine Talente. Also wirst du von jetzt an für mich arbeiten. Keine Kartenspiele mehr. Gefällt dir das?»

«Ja, Pan Kladivo, das gefällt mir», sage ich.

«Du kannst für meine Männer ein Beispiel an Disziplin sein. Und du wirst eine gute Partnerin für Roman abgeben. Wer weiß, vielleicht ändert er deinetwegen seine Gewohnheiten.»

«Eine gute Partnerin?»

«Gefährtin, und vielleicht irgendwann Geliebte. Aber Herzensangelegenheiten sind die Sache Gottes, nicht meine. Natürlich werde ich dich gut bezahlen.»

«Sie bezahlen mich dafür, Romans Freundin zu sein?»

Kladivo zuckt die Schultern. «Nach außen hin, ja. Ich selbst bin nicht so antiquiert, dass ich nicht begreifen kann, dass mein Sohn eine Schwuchtel ist. Dich bitte ich nur, ihm ein Beispiel zu sein, eine Freundin an seiner Seite, die ihn mäßigt und ihm zeigt, was Disziplin heißt.»

«Darf ich das Fenster öffnen? Und etwas Luft hereinlassen?»

Kladivo nickt, und ich drücke den Knopf und öffne das Fenster einen Spalt. Die Luft ist kühl und riecht nach Diesel.

«In dieser modernen Welt darf sich eine Frau nicht mehr damit zufriedengeben herumzusitzen. Sie muss die Arbeit eines Mannes tun», fährt Kladivo fort. «Bist du dazu bereit, Sofija? Mein Geschäft zu lernen?»

Eher würde ich sterben. Aber natürlich lächle ich, so gut ich kann, und sage: «Ja, Pan Kladivo. Nichts wäre mir lieber.»

Er seufzt zufrieden. «Das habe ich mir gedacht. Aber denk daran, was ich über Frauen gesagt habe, die in der Welt vorankommen wollen.»

«Dass sie grausamer sein müssen als Männer», sage ich und zwinge mich dazu, ihn anzusehen. «Dann werde ich das sein, Pan Kladivo. Und danke für die Chance.»

Wir verlassen die Autobahn und schlängeln uns über Kopfsteinstraßen durch eine hübsche Gegend westlich des Flusses. Imposante alte Herrenhäuser wechseln sich mit teuer wirkenden hochmodernen Gebäuden ab, alle entweder vor oder nach dem Kommunismus erbaut, als hätte das zwanzigste Jahrhundert gar nicht stattgefunden. Der Mercedes hält vor einem Wohnhaus, dessen Fenster von bunten Gittern in seltsamen geometrischen Formen unterteilt sind. Sie glitzern wie geschliffene Juwelen im Morgenlicht.

«Was ist das?», frage ich.

«Romans Zuhause», sagt Kladivo. «Und jetzt auch deins.»

—

Kladivo führt mich am Ellenbogen zur Haustür. Hinter uns steht der Portier in ehrerbietiger Haltung, den Blick gesenkt, und hält die Mülltüte mit meinen Sachen. Ich bekomme den Schlüssel nicht ins Schloss, also tritt Bohdan zur Seite, und der Portier öffnet die Tür für mich.

«Möchten Sie – möchten Sie reinkommen?», frage ich.

Kladivo schüttelt kurz den Kopf. «Es war eine ereignisreiche Nacht, also nutz die Zeit, die du für dich allein hast, und ruh dich aus. Roman kommt später.»

Die Stille hier erinnert mich an die Stille in Terrances Wohnung. Es liegt eine luxuriöse Ruhe über allem. Im Wohnzimmer stehen zwei niedrige, cremefarbene Ledersofas, dazwischen liegt ein dicker, blutroter Buchara-Teppich. Im Flur gibt es wertvolle Kunst, und in der Küche einen gut gefüllten Weinkühlschrank.

Ich finde das Badezimmer und lasse heißes Wasser in die Wanne laufen. Ich brauche volle fünf Minuten, um herauszubekommen, wie man das Wasser anstellt. Überall gibt es weißen Marmor und dunkles Holz und glänzende Oberflächen. Wirklich schön, wie aus einem Magazin über Badezimmer. Solche Magazine existieren in einem anderen Leben, erinnere ich mich. In dieser Welt, in der ich mich gerade befinde, klebt an meinen Füßen getrocknetes Blut von einem britischen Touristen, dem ich gerade den Kopf weggepustet habe.

Die Wanne ist groß und füllt sich nur langsam. Ich denke an Dad und an die Umstände, unter denen Kladivo ihn festhält. Wo auch immer er ist, er wird sicher kein heißes Bad nehmen können. Aber als ich so auf dem Badewannenrand sitze, wird mir auf einmal klar, dass ich vielleicht genau weiß, wo er ist.

Wenn Kladivo ihn immer noch gefangen hält, dann besteht die Möglichkeit, dass er in diesem geheimen Gefängnis ist, von dem ich gerade komme. Und warum auch nicht? Es ist ein echtes Gefängnis, abgelegen und sicher. Bin ich, ohne es zu wissen, nur wenige Meter von ihm entfernt gewesen?

Ich drehe das Wasser ab, dann ziehe ich mich aus und gleite in die Wanne. Das Wasser ist zu heiß, und meine Haut rötet sich, aber darum geht es mir. Um Desinfektion. Um Reinigung durch Schmerz. Ich befehle mir, zu weinen oder mich zumindest wegen des Mannes schuldig zu fühlen, den ich gerade getötet habe, um mir selbst zu beweisen, dass noch ein Stück Menschlichkeit in mir steckt. Aber es funktioniert nicht. Außerdem – wenn ein Vollidiot auf offener Straße einen Gangster zusammenschlägt, ihn Schwuchtel nennt und versucht, ihn zu Tode zu treten – wie geht die Geschichte dann wohl aus? Dieser dämliche Arsch hat es doch so gewollt. Er hätte genauso gut von dem schwulen Pärchen weggehen und mit seinen Kumpels weiter Bier trinken können. Hätte er, hat er aber nicht, und jetzt wirft irgendein Typ mit blondierten Haaren und einem Diamanten-Tattoo auf dem Hals seine Leiche in ein Loch im Boden. So rechtfertige ich diesen Mord jedenfalls. So halte ich mich davon ab, Romans Rasierer zu nehmen und mir die Pulsadern aufzuschlitzen.

Aber ich soll hieraus etwas lernen. Ich habe den ersten Test bestanden, die gründliche Überprüfung meiner Identität als Sofija und das Verhör. Aber bestimmt wird es noch mehr Tests geben, und die wird Sofija nicht so leicht überstehen. Nicht bei der Art von Grausamkeit, zu der ein Mann wie Bohdan Kladivo fähig ist. Die Ausbildung, die Yael mir hat angedeihen lassen, greift hier nicht mehr, und ich werde ein Verhör mit Zangen oder Bohrmaschine nicht überstehen. Ich brauche eine Option. Ich brauche einen Ausweg.

Ich öffne den Abfluss der Wanne und trockne mich ab. Es gibt viel zu tun, bevor Roman nach Hause kommt.

Die Tüte mit meinen Sachen ist unberührt, selbst das Geld ist noch drin. Ich ziehe mich schnell an und will schon aus der Tür, als ich kurz am Fenster stehen bleibe. Ein kleiner Škoda Kombi parkt auf der anderen Straßenseite, und zwei junge Typen in Lederjacken lehnen dagegen, rauchen und starren direkt auf den Eingang zu Romans Haus. Sie reden nicht, sehen nicht auf ihre Handys, stehen nur da, rauchen und starren. Na klar, denke ich. Ich bin jetzt Pan Kladivos Besitz, er hat mich gekauft und bezahlt mich dafür, dass er mich im schönsten Schrank von Prag einsperren kann. Sollen mich die beiden beschützen oder bewachen? Es spielt eigentlich keine Rolle, nehme ich an.

Ich gehe von Zimmer zu Zimmer und untersuche die Fenster nach einer Alternative zur Haustür. Aber sie lassen sich nur ein paar Zentimeter weit öffnen, und selbst wenn ich es schaffen würde, mich hindurchzuquetschen, müsste ich mich vier Stockwerke tief auf das Dach des Nachbargebäudes fallen lassen. Also schleiche ich stattdessen aus der Wohnung und laufe eine Treppe vom elften Stock hinunter in den Keller. Ich folge einem Gang entlang bis zum Raum mit den Müllcontainern, in denen sich der Abfall sammelt, der aus den Schächten der Wohnungen herunterfliegt. Wie ich es mir gedacht habe, führt hier eine Tür nach draußen, und wenn ich mich nicht vollkommen irre, öffnet sie sich zur Gasse, die parallel zur Straße verläuft.

Ich habe mich nicht geirrt, und die Gasse ist leer. Ich finde ein Stück Papier auf dem Boden und knicke es zu einem kleinen Keil, den ich ins Schloss schiebe, damit sich die Tür hinter mir nicht ganz schließt.

Dann ziehe ich mir die Kapuze meiner Jacke über den Kopf und verschwinde um die Ecke.

—

Graffiti bedecken die Wände der U-Bahn-Treppe. Gelangweilte, zugedröhnte Teenager hängen auf den Bahnsteigbänken ab, ihre Augen sind riesig und liegen tief in den abgemagerten Gesichtern, ihre Körper wirken wie ertrunken in den drei Nummern zu großen T-Shirts.

Ich dränge mich an ihnen vorbei zur Straße. Heruntergekommene Läden, vor denen heruntergekommene Autos parken. Eine Babuška, so alt wie die Erde, bleibt stehen, um sich ihr gepunktetes Kopftuch zu richten, und beschimpft mich dafür, dass ich wie ein Junge aussehe. Stolze Frauen tragen ihre Haare lang, sagt sie.

Es gibt einen Schlachter und eine kleine Bäckerei, eine Autowerkstatt und ein Reisebüro. Aber der Laden, nach dem ich suche, befindet sich etwas weiter unten zwischen einem Shop für gebrauchte Musikinstrumente und einem Sonnenstudio. Auf dem Schild steht auf Russisch RESTAURANT-BEDARF.

Die Front des Ladens ist hochgeklappt wie ein Garagentor, und ich trete ein und tue so, als würde ich mich umsehen. Mixer aus Metall, Spitzsiebe und Plastik-Aschenbecher stapeln sich in schiefen Türmen bis zur Decke. Eine Fliege, die um eine nackte Glühbirne herumfliegt, verlässt einen Augenblick ihre Umlaufbahn, um mich zu umkreisen, bevor sie aus der Ladentür fliegt. Ich nehme ein paar Gegenstände und gehe damit zum Tresen, wo ein fettleibiger Typ mit grauer Haut auf einem Hocker sitzt.

Ich lege die Sachen auf den Tresen, und er tippt die Preise in einen Taschenrechner ein. Dann lehne ich mich vor und sage auf Russisch: «Mein Boss hat mich hergeschickt, weil wir ein Riesenproblem haben.»

Der Typ sieht mich über den Rand seiner schmutzigen Brille an. «Fallen und Gift in Gang sieben.»

«Ja, habe ich gesehen. Das Ding ist, es ist ein richtig fieses Rattenproblem. Mein Boss hat mich extra zu deinem Laden hier geschickt, weil er gesagt hat, du hast das gute Zeug.»

«Das gute Zeug?»

Ich nicke in Richtung der Tür hinter ihm, wo ich den Lagerraum vermute. «Das richtige Zeug», sage ich. «So wie das, das wir von zu Hause kennen.»

Der Verkäufer legt die Hände auf den Tresen und hievt sich mit sichtbarer Anstrengung hoch. Dann verschwindet er hinter der Tür und taucht ein paar Momente später mit einer kleinen Pappschachtel wieder auf.

«Hergestellt in Nordkorea», sagt er.

«Das Beste?»

«Der Rolls-Royce.»

Ich betrachte die Schachtel von allen Seiten. Sie ist gelb und sieht mit dem aufgedruckten Totenschädel mit den gekreuzten Knochen und der fetten, mehrmals unterstrichenen koreanischen Schrift aus wie ein einziges Warnschild.

«Fass die Pellets nicht mit bloßen Händen an», sagt er. «Ich würde noch nicht mal die Schachtel mit bloßen Händen anfassen.»

Ich lasse sie auf den Tresen fallen. «Wirkt das schnell?»

Der Verkäufer lacht schnaubend. «Eine Minute. Vielleicht zwei.»

«Tut es – tut es weh?»

«Das sind Ratten. Die wissen nicht, was Schmerz ist», sagt er und sieht mich an. «Und falls ich mich irre, was soll's.»

—

Die Selbstmordpille hat eine ehrenhafte Tradition unter Spionen. Nazis vor der Tür? Rein damit. Du bist tot, bevor sie dich auch nur berühren können. Üblich ist konzentriertes Cyanid, aber ein Pellet mit Rattengift aus Nordkorea erfüllt sicher denselben Zweck. Darauf zähle ich zumindest.

Der Schlüssel dazu sind zwei Zutaten, die beinahe überall außer in Nordkorea verboten sind: Cyanid und Thallium, für Rattengift dasselbe wie Zwiebeln und Knoblauch für eine gute Küche. Das jedenfalls behaupten die Kenner im Internet. Ich habe zehn Minuten Recherche benötigt, um das rauszufinden. Und weitere zehn Minuten, um einen Laden in Prag zu finden, in dem ich das kriege. Man braucht bloß irgendwo auf der Welt in einen russischen Laden zu gehen, und immer gibt es irgendwo eine Abteilung für die besseren Sachen, von Kaviar über Wodka bis zu Rattengift. Man muss nur wissen, wie man danach fragt.

Ich betrete die Wohnung auf dem gleichen Weg, auf dem ich sie verlassen habe, indem ich den Vordereingang und Bohdan

Kladivos Männer umgehe. Im Badezimmer finde ich einen Lippenpflegestift, breche das Ende ab und werfe den Rest weg. Dann stopfe ich zwei Pellets mit Rattengift in das Röhrchen und drücke das Ende des Lippenstifts wieder obendrauf. Jetzt habe ich meinen Fluchtweg. Meine Alternative zu den Zangen und Lötkolben. Falls es dazu kommt. Wenn es dazu kommt.

Gerade als ich den Lippenstift in meine Jeanstasche schiebe, höre ich, wie die Wohnungstür aufgeht. Ich zwinge mich zu einem Lächeln, gehe aus dem Badezimmer und sehe Roman.

Sein Gesicht ist immer noch geschwollen, seine Hand bandagiert, und er humpelt. Ich stehe im Flur und sehe zu, wie er sein Handy und seine Brieftasche auf einem Tisch am Eingang ablegt und sein Gesicht im Spiegel betrachtet. Er überhört mich, als ich ihn begrüße, und als ich ihm sein Jackett abnehme, das über seinen Schultern hängt, zuckt er zusammen. Er ist bloß ein Mittel zum Zweck, erinnere ich mich. Bemitleide ihn nicht. Es kann dir egal sein, was mit ihm passiert.

«Wie fühlst du dich?», frage ich.

«Ich habe einen neuen, sehr wichtigen Auftrag von meinem Vater erhalten», sagt er.

«Was denn?», frage ich fröhlich.

«Ich soll mit dir shoppen gehen.»

«Was meinst du damit?»

«Neue Kleider. Neue Schuhe. Alles. Mein Vater sagt, du sollst aussehen wie eine ordentliche Kladivo-Frau, und ich soll dir dabei helfen. ‹Darin sind Schwule doch gut›, hat er gesagt.»

Der Schmerz in Romans Stimme ist hörbar. Er trägt immer noch das Hemd von gestern Abend und fummelt an den Knöpfen herum, um es auszuziehen.

«Ich kann das machen», sage ich und öffne einen Knopf für ihn.

«Fass mich nicht an», sagt Roman und wischt meine Hände

weg. Er arbeitet sich langsam durch den Rest der Knöpfe und schüttelt dann sein Hemd ab. Sein Oberkörper ist muskulös und gebräunt, aber um den Großteil der Brust wickelt sich ein Verband.

«Was ist das?», frage ich.

«Gebrochene Rippen.» Roman blickt zu Boden und verzieht den Mund, als hätte er gerade in eine Zitrone gebissen. «Wie viel hast du gestern Nacht gesehen?»

«Nur den Überfall.»

«Lüg mich nicht an.»

«Ich habe genug gesehen. Aber du sollst wissen, dass es mir egal ist.»

Er nickt und sieht weg. «Na ja, damit bin ich jetzt fertig.»

«Roman, warum – warum gehst du nicht?» Ich nehme sein Hemd vom Boden und versuche, in seinem Gesicht zu lesen. «Weg aus Prag, meine ich. Europa. Irgendwohin, wo ...»

Seine Augen funkeln im Licht. «Ich bin keine Schwuchtel», keucht er. «Das hier, das Geschäft, das bin ich. Gern geschehen, übrigens.»

«Wofür?»

«Dafür, dass ich dir den Arsch gerettet habe. Wenn ich meinem Vater nicht erzählt hätte, dass du versucht hast, mir zu helfen, wärst du jetzt auch tot.» Er reißt mir das Hemd aus der Hand, macht einen Schritt auf mich zu und sieht mich bedrohlich an. «Und jetzt hält mein Vater dich für etwas Besseres als eine kleine Straßenschlampe. Aber wir werden ja sehen, Sofija. Wir werden ja sehen, was du bist.»

«Okay, Roman», sage ich und schlage die Augen nieder. «Warum ruhst du dich nicht aus. Ich bringe dir einen Tee.»

—

Damit die Leute nicht einfach hereinkommen und die ausgestellten Waren mit ihren ungewaschenen Händen anfassen, muss man eine Klingel bedienen, um den Laden auf der Pařížská Straße zu betreten – nur einen Steinwurf von dem Friedhof entfernt, auf dem ich meine erste Nacht in Prag verbracht habe. Claudette, die Verkäuferin, spricht Englisch mit mir und zeigt mir die Kleider. Ihre Stimme ist überaus höflich, doch ihr Blick kann ihr Missfallen nicht verhehlen. Sie hat schon Erfahrung damit, Straßenkinder in anständige Geliebte und manchmal sogar Ehefrauen zu verwandeln. Aber das endet immer nur auf dieselbe Weise, Schätzchen, sagen Claudettes Augen. Und wir akzeptieren keinen Umtausch.

Ich bleibe etwas länger als nötig in der Umkleidekabine, weil ich meinen Anblick im Spiegel nicht ganz fassen kann. Meine natürlichen schwarzen Haare sind nach meiner Schur wieder ein Stück herausgewachsen. Sie liegen flach an meinem Kopf, und darunter sehe ich ein wütendes Gesicht mit scharfen Linien und einen wütenden Körper, der noch muskulöser und härter wirkt als nach dem Training bei Yael. Meine blasse Haut spannt sich und lässt mich aussehen, als wäre ich aus Stein. Diese Fremde ist auf gewisse Weise schön: kraftvoll schön, wütend schön. Mein Anblick ist erschreckend und wundervoll, und zum allerersten Mal in meinem Leben gefällt mir das, was ich im Spiegel sehe.

Ich trete aus der Umkleidekabine und präsentiere Roman ein Kleid nach dem anderen. Er sitzt auf einem Sofa mit Seidenkissen und tut so, als hätte er Spaß. Er jault jedes Mal vor Begeisterung auf, wenn ich hinter dem Vorhang hervorkomme, und macht anzügliche Bemerkungen. Als er die Langeweile nicht mehr ertragen kann, erklärt er das Shopping für beendet.

«Welches gefällt dir am besten?», frage ich ihn.

«Was immer du möchtest, mein schöner Engel», lallt er. Seit dem Überfall schluckt er Oxycodon gegen die Schmerzen und schießt sich dazu mit einem Morphiumpräparat ab, das er verschrieben bekommen hat. Ist er immer noch zu? Oder schon wieder? Er schluckt diesen Cocktail alle paar Stunden, also weiß man das nie so genau.

«Das Smaragdgrüne mit den Pailletten», sage ich.

Eine gleichgültige Handbewegung. «Perfekt.»

Das Kleid kostet so viel wie ein Auto. Es ist buchstäblich das Teuerste, was ich je besessen habe, und das mal zwanzig. Roman bezahlt in bar, aber es fällt ihm schwer, das Geld richtig abzuzählen, also muss ich ihm dabei helfen.

Auf der Pařížská Straße treten unsere beiden Bodyguards ihre Zigaretten aus und folgen uns in drei Meter Entfernung. Es sind dieselben, die vor Romans Wohnung gestanden haben, und sie haben uns schon den ganzen Tag begleitet. «Können wir die nicht mal loswerden?», frage ich.

Roman überhört meine Frage. «Wir gehen heute Abend zu ‹Das Herz›. Du brauchst noch was zum Anziehen für den Club.»

«Das Herz?»

«Ein DJ. Er legt heute auf, und wir müssen da sein. Die Leute respektieren einen König nur, wenn sie ihn sehen, sagt mein Vater. Man muss sich in der Öffentlichkeit zeigen, das gehört zum Geschäft.»

«Und was ist mit dem Rest des Geschäfts? Mit dem Teil, der nicht für die Öffentlichkeit bestimmt ist?», frage ich. «Dein Vater will, dass ich es lerne.»

«Das wirst du schon früh genug.» Romans Telefon klingelt in seiner Jacke, und er geht ran. Ein kurzes Gespräch auf Tschechisch, dann legt er auf. «Es ist übrigens vorbei», sagt er zu mir. «Er hieß Jason. Ließ sich gern ‹Jimmy› nennen.»

«Wer?»

«Die Schwuchtel, die du gesehen hast. Der mir von der Bar aus nachgegangen ist.» In seiner Stimme höre ich ein Grinsen.

«Du – du hast Schluss mit ihm gemacht?»

«Er ist tot», sagt Roman. «Erschossen. Beim Frühstück in seiner Wohnung.»

Mir bricht der Schweiß aus, und mir wird schlecht. «Dein Vater hat ihn umbringen lassen?»

«Nein», sagt Roman. «Ich war das.»

—

Jeder unter dreißig ist zur Show von «Das Herz» in den Club gekommen. Der Club heißt Fume und liegt südlich von Prag in den Ruinen eines Krankenhauses aus der Zeit des Kommunismus.

Roman und ich sitzen im VIP-Bereich im zweiten Stock, direkt an der Stelle, wo der Fußboden weggebrochen ist. Wir blicken auf die Party unter uns, die innerhalb der zerklüfteten, zersprengten Grundmauern tobt. Es ist, als tanzten die Leute im Inneren eines riesigen Raubtiermauls. Wunderschöne Menschen bewegen sich im Mondschein und unter den Scheinwerfern und ahnen nicht, dass sie gleich verschluckt werden. «Das Herz» steht auf einer Plattform hinter einem unfassbar komplizierten Aufbau aus Mischpulten und Apple-Laptops, drückt sich die Kopfhörer gegen die Ohren und pumpt mit dem anderen Arm in die Luft.

Wir sind hier, damit man uns sieht. Unter den glamourösen, wichtigen Menschen. «Das Herz» ist erst seit einer Woche aus der Entzugsklinik in Helsinki entlassen worden, und dies hier ist sein erster Auftritt seit neun Monaten. Zu diesem Anlass sind extra Reporter angereist. Sie werden auf Twitter verbreiten, dass sogar Roman Kladivo, der Gangster und Erbe der größten Verbrecherfamilie Mitteleuropas, mit seiner neuen Freundin aufgetaucht ist.

Im Eiskühler zu unseren Füßen steht eine Flasche Roederer-Cristal-Champagner, die ein amerikanischer Rapper uns geschickt hat, den alle außer mir zu kennen scheinen. Vor uns auf dem Tisch liegt Kokain, das sich Romans Clique von Trainingsanzugträgern in die Nase zieht. Jemand protzt mit seinem neuen Tattoo – ein pink-orangefarbener Teufel auf einem Motorrad. Jemand anderes gibt mit seiner neuen Glock 9 mm an, einer hübschen Pistole mit einem Magazin, das fünfzehn Patronen fasst.

«Was ist denn mit dir passiert?», wird Roman von jemand Wichtigem gefragt, dem sein geschwollenes Auge und der Verband um seine Hand auffallen.

«Autounfall», sagt Roman. «Hab in meinem Lambo auf der 18 einen Salto gemacht.» Lambo ist die Abkürzung für Lamborghini. Leute, die dieses Wort oft benutzen müssen, sparen damit Zeit.

Er ist immer noch auf Oxycodon und Morphium. Das und der Champagner und der Whiskey und das Bier lassen Roman heute Abend besonders freundlich wirken. Er möchte unbedingt mit seiner neuen Freundin angeben und mit seiner Position als regierender und sehr heterosexueller König der Prager Clubszene.

Ich lächle alle an, die herkommen und ihren Tribut zahlen, und lache großzügig über ihre Witze. Ich akzeptiere den Kaviar, den uns ein japanischer Popstar zuschickt. Ich küsse die Wange des Sohnes eines Sultans aus Dubai.

Doch die Feier ist glücklicherweise kurz. Nur eine halbe Stunde nach Beginn der Show taucht ein Störenfried auf. Es ist Emil, schwitzend und wütend. «Warum gehst du nicht an dein scheiß Telefon?», brüllt er Roman auf Englisch über die Musik hinweg an.

«Entspann dich. Nimm eine Line. Ich lass dir was bringen. Wo zum Henker ist die Kellnerin abgeblieben? *Servírka*!»

«Ich habe dir vier oder fünf Nachrichten geschickt», sagt Emil. «Roman, es gibt Ärger.»

«Es gibt immer Ärger», sagt Roman. *«Servírka!»*

«Libor wurde von der Polizei verhaftet. Illegaler Handel, haben sie gesagt.»

Roman zwickt sich in den Nasenrücken. «Dann kauf ihn morgen früh wieder raus.»

Emil wirft einen Blick in meine Richtung. «Libor und ich hatten heute Nacht dieses Ding laufen. Du weißt schon, die Ware, die wir heute abholen und dann im *tábor* abliefern sollen.»

Tábor – das war das Wort, das Kladivo für das Gefängnis der Geheimpolizei benutzt hat.

«Ich kann aushelfen», sage ich.

Emil zuckt die Schultern. «Hör mal, ich will ja die Freundin vom Boss nicht beleidigen, aber ...»

«Nimm sie mit», sagt Roman. «Nimm Sofija mit.»

Emil lacht ungläubig. «Mal ehrlich, Roman ...»

«Mein Vater hat gesagt, sie soll das Geschäft kennenlernen», sagt Roman und klopft Emil auf die Schulter.

«Und jetzt?»

Ein fieses Lächeln breitet sich auf Romans Gesicht aus. «Also bring es ihr bei.»

24. KAPITEL

Es ist Mitternacht, und ein leichter Regen fällt auf die Sokolovská Straße. Auf diesem Abschnitt schläft fast alles, die Metallläden der Geschäfte sind heruntergelassen, die Vorhänge vor die Fenster der Wohnungen gezogen. Irgendwo brennt ein Holzfeuer. Es riecht gemütlich, und ich wünschte, ich könnte vor dem Kamin sitzen, eingemummelt in eine Decke, und Kafka lesen, oder was auch immer normale Menschen in Prag vor einem Kaminfeuer tun. Stattdessen trinke ich Kaffee aus einem Pappbecher, diesen starken türkischen Kaffee mit der Konsistenz von Flussschlamm, den ich am letzten offenen Kebabstand gekauft habe.

Hier soll Emil mich abholen. Unten an der Straße biegt jetzt ein kleiner, kastenförmiger Laster ein. Seine gelben Scheinwerfer kommen direkt auf mich zu. Hip-Hop-Musik dringt heraus.

Er hält vor mir, und ich klettere auf den Beifahrersitz. Emil funkelt mich an – er ist wütend, dass er mit einer Frau arbeiten muss, und dann auch noch mit mir. Im blauen Schein des Armaturenbretts sieht er irgendwie gefährlicher aus. Er fährt die Straße entlang und biegt dann links ab. Nach ein paar Minuten sind wir auf der Autobahn in Richtung Norden.

«Warum will Roman, dass du dich jetzt unters Straßenvolk mischst?», sagt Emil auf Englisch. «Ich dachte, du hältst dich für was Besseres.»

«Es heißt ‹unters gemeine Volk mischen›», sage ich über die grässliche tschechische Rapmusik hinweg, die aus den Lautsprechern dröhnt.

«Was weißt du schon? Du bist Russin», sagt er.

«Kann ich die Musik leiser drehen?»

«Das bin *ich*. Das ist *mein* Album. Ich heiße MC Vrah. Das heißt so was wie Würger oder Killer. Wusstest du, dass ich Rapper bin?»

Ich drehe die Musik trotzdem leiser. «Was holen wir ab?»

«Ware. Das ist alles, was ich sagen darf.» Er schwenkt auf die linke Fahrbahn, überholt eine Reihe Lastwagen, deren farbige Planen im Licht der Straßenlaternen wie Segel flattern.

Zwischen unseren Sitzen steht ein Rucksack, ich ziehe ihn auf meinen Schoß. «Was ist das?», frage ich.

«Die Tauschware», antwortet er.

Ich öffne den Rucksack und ziehe drei durchsichtige Plastikbeutel heraus, die mit gelblichen Kristallen gefüllt sind. Sieht aus wie Kandiszucker. Jeder Beutel wiegt etwas über ein Kilo, schätze ich. «Drogen?», frage ich.

«Kommst du vom Bauernhof, oder was? Das ist Crystal Meth. Das beste. Aus Oklahoma», sagt Emil und fügt stolz hinzu: «Das ist eine Gegend in den Vereinigten Staaten.»

Ich habe keine Ahnung, wie viel diese drei Kilos wert sind, aber es muss viel sein. Wenn man bedenkt, dass wir einen Lastwagen nehmen und kein Auto, müssen wir es für etwas Wertvolles eintauschen.

«Ach ja, fast vergessen», sagt er und gräbt in seiner Jacke. Dann zieht er eine Pistole heraus und legt sie mir in den Schoß. «Für den Fall.»

«Für welchen Fall?»

«Das merkst du dann schon», sagt er.

Wir fahren eine lange Zeit und schweigen dabei. Die einzigen Geräusche kommen von der Autobahn und aus den Lautsprechern, das leise Kreischen des Synthesizers und die Stimme von MC Würger-Killer. Dann schaltet Emil einen Gang runter und hält nach rechts. Die Straße führt von der Autobahn ab, und wir fahren unter einem Schild mit der Aufschrift NĚMECKO hindurch. Deutschland.

—

Kurz nach zwei Uhr nachts verlassen wir die Tschechische Republik. Es gibt keine richtige Grenze mehr, nur noch die Überreste einer Grenze: vernagelte Grenzposten und Schranken, die jetzt immer offen stehen. Die Erleichterung von Handel und Reisen in der Europäischen Union hat auch das Leben von Kriminellen erleichtert. Kriminellen wie Emil und mir.

Wir verlassen die Autobahn ein paar Kilometer hinter der Grenze und fahren durch ein kleines Dorf mit dunklen Häusern. Er drosselt die Geschwindigkeit und biegt links auf die allerletzte Straße ab, wo das Dorf an die Felder grenzt. Es ist eine Allee, und wir folgen ihr bis zu einer Laderampe hinter einem kleinen Laden.

Dort wartet ein Typ in Jeans und Lederjacke, ein Bein an die Wand gestellt. Als er uns sieht, schnippt er seine Zigarette wie James Dean in eine Pfütze und kommt auf uns zu.

«Was geht ab, Bro», sagt Emil auf Deutsch durch das offene Fenster.

Die beiden arbeiten sich durch eine komplizierte Handschlag-Folge, die in einer Umarmung und einem Schlag auf den Rücken endet.

James Dean bemerkt mich. «Wer ist denn die Schnecke da?», fragt er auf Englisch.

«Sofija. Ist neu dabei. Der Boss findet auf einmal, es sei eine gute Idee, Frauen dabeizuhaben», sagt Emil.

Der Typ mustert mich von oben bis unten und nickt. «Ich heiße Fischer», sagt er. Dann wendet er sich wieder an Emil.

«Die Typen da drin sind knallharte Gangster. Bau keine Scheiße, okay?»

Die Tür zur Laderampe schiebt sich zur Seite. Die knallharten Gangster sehen auch so aus in ihren abgewetzten und geflickten Lederjacken und Arbeiterschuhen, mit denen sie unruhig über den Boden schlurfen. Aber Emil lässt sich davon nicht beeindrucken und steigt aus dem Laster. «Komm», sagt er zu mir.

Fischer, Emil und ich steigen auf die Laderampe und betreten den Laden von hinten. Das Garagentor senkt sich krachend und quietschend hinter uns. Fischer stellt die Männer vor. Alles russische Namen.

Ihr Anführer Max steht hinter einer Werkbank und lächelt uns an wie ein Hundefänger einen Hund. Er hat einen blonden Haarflaum auf dem Schädel und trägt Flicken auf seiner Jacke – eine Fledermaus, die sich um eine Kanonenkugel krallt, und ein Totenschädel, unter dem sich zwei Hämmer kreuzen. «Hast du es dabei?», fragt er auf Englisch und deutet mit dem Kopf auf Emils Rucksack.

Emil zieht die drei Tüten heraus und legt sie auf die Werkbank. Einer der Typen, der kleinste unter ihnen, öffnet eine Tüte und holt mit einer Pinzette ein Stück von dem Crystal Meth heraus. Er legt es in ein Reagenzglas und geht damit zu einem Tisch, wo er mehrere tragbare Labormaschinen aufgebaut hat. Alle beobachten ihn bei der Prozedur, und ich rieche förmlich die Anspannung im Raum. Ich taste nach der Pistole in meiner Tasche.

Schließlich dreht sich der Typ um und spricht laut auf Russisch, damit die anderen ihn hören können.

Ich beuge mich zu Emil und übersetze für ihn. «Sehr rein. Etwa neunzig Prozent.»

Max breitet die Arme aus und grinst. «Drei Kilo Topqualität.»

«Wie versprochen», sagte Emil. «Also, habt ihr die Ware?»

Max nickt seinen Männern zu, und zwei von ihnen gehen in den Laden. «Zehn Stück, wie verabredet?»

«Korrekt», sagt Emil. «Zehn Stück.»

Von irgendwo tief drin im Laden höre ich das Gebrüll von zwei Männern, gefolgt von hohen Schreien. Dann kommt eine Gruppe junger Frauen um die Ecke – oder vielmehr Mädchen. Die jüngste ist vielleicht vierzehn, die älteste etwa siebzehn. Der Schweiß bricht mir aus, und eine plötzliche, heftige Übelkeit ergreift mich. Das ist also die «Ware». Das hier sind die «zehn Stück».

Sie sind an den Handgelenken mit Kabelbinder gefesselt und werden mit Stöcken vorangetrieben. Die Männer schlagen wahllos auf sie ein, nur um ihnen weh zu tun.

«Hey! Wir wollen keine verdammten blauen Flecke!», schreit Emil, dann dreht er sich zu mir um. «Sag ihnen das!»

«My ne hotim sinjakov!», rufe ich.

Sie werden in den vorderen Teil des Raumes geführt. Zehn zitternde, gebückte Mädchen, die Augen vor Angst geweitet. Jede von ihnen ist außerordentlich schön, erschreckend schön. Die Art von Schönheit, die jede Frau will und alle Eltern fürchten. Einige von ihnen starren mich an, finden neben ihrer Angst noch Platz für Hass. Sie haben gelernt, von Männern nur Böses zu erwarten, aber für mich werden sie einen noch übleren Ort in der Hölle reservieren.

Ich spanne den Kiefer an und balle die Fäuste. Zieh die Pistole raus und befrei sie. Wenn du noch einen Rest an Mitmenschlichkeit in dir hast, Gwendolyn, dann tu jetzt das Richtige. Aber ich tue es nicht. Ich kann ja doch nichts ausrichten, sage ich mir. Wie viele Kugeln sind in der Pistole, acht? Selbst wenn ich eine Meisterschützin wäre, bin ich tot, bevor ich auch nur zwei dieser Russen erledigt habe. Das rede ich mir ein, weil ich feige bin und selbstsüchtig.

Max geht um die Werkbank und stellt sich neben Emil. «Hübsch, was? Die Rothaarige ist aus Sankt Petersburg. Ich dachte erst, vielleicht hebe ich den Preis noch an, aber nein. Ich gebe sie dir als ...» Er sieht mich an. «*Podarok?*»

«Als Geschenk», sage ich.

«Ja, Geschenk. Ich schenke sie dir, und vielleicht machen wir noch mehr Geschäfte, okay.»

Emil nimmt die gefesselten Handgelenke der Rothaarigen. «Keine Einstiche», sagt er.

Max zuckt die Schultern. «Wie du wolltest, keine Junkies. Sind alle Topqualität.»

Emil tritt zu einem anderen Mädchen. Sie duckt sich, als er ihre schwarzen Haare berührt. «Wo sind die anderen her?», fragt er.

«Polen, Rumänien, Russland, Albanien. Keine Ahnung. Wir haben nur die Besten für dich gesucht.»

«Und sind sie sauber?», will Emil wissen.

Max kneift die Augen zusammen.

«Krankheiten? Nein. Wir haben sie vom Arzt untersuchen lassen. Sauber wie Seife.» Er klopft Emil auf die Schulter. «Wenn du irgendwas findest, HIV, Syphilis oder so, ruf mich an. Kriegst sofort Ersatzware.»

Emil streckt die Hand aus, und Max schüttelt sie. Sehr vornehm, das Ganze.

Jemand rollt das Garagentor auf, und Emil schickt mich runter, um die Hintertür des Lastwagens zu öffnen. Ich stelle mich auf die Rampe und helfe den Mädchen nacheinander hinein, indem ich sie an ihren dünnen Unterarmen packe und hochziehe. Zwei oder drei der Mädchen fangen an zu weinen. Eine wehrt sich sogar, aber Emil reißt ihr den Kopf an den Haaren zurück und drückt ihr eine Pistole an die Wange, und damit hat es sich.

Ich greife nach dem Arm der Rothaarigen, aber sie lehnt ab und klettert allein rauf. Dann spuckt sie mir ins Gesicht und nennt mich auf Russisch eine teuflische Schlampe.

—

Die Fenster sind unten, Emil rappt zu Lil Wayne aus dem Radio und schlägt im Rhythmus dazu mit der Hand außen an die Fahrertür.

«Hör auf», sage ich.

«Was?», brüllt er über die Musik hinweg.

Ich schlage mit der Hand auf den Powerknopf des Radios, und die Musik geht aus. «Hör auf. Hör auf, gegen die Tür zu schlagen, und hör verdammt noch mal auf zu singen.»

Emils Grinsen glüht in den Lichtern des Armaturenbretts. «Siehst du, darum sollte Roman keine Frau schicken. Diese Mädels da hinten sind bloß Huren, verstehst du?»

«Und was ist der Unterschied zwischen ihnen und mir?»

Er zuckt die Achseln. «Du sitzt vorn.»

Ich schließe die Augen, weil ich es nicht mehr ertragen kann. Die Wut kocht in mir und droht, mir die Haut zu verbrennen. *Hand schiebt sich in die Tasche. Hand greift um den Griff der Pistole. Finger findet den Abzug.* Die Mission, meinen Vater zu finden, endet heute Nacht. Zehn Leben gegen eines, vielleicht zwei. Das ist doch eine einfache Wahl, oder nicht? Keine erfundene Moral eines erfundenen Gottes würde sie bezweifeln. Schieß ihm das Hirn weg und pack das Steuer.

«Bringen wir sie in diesen – wie hieß es noch mal, diesen *tábor*?», frage ich.

«Ja», antwortet Emil.

«Und was passiert da mit ihnen?»

Emil denkt eine Minute nach, während er sich eine Zigarette

anzündet. Der Rauch zieht aus dem offenen Fenster. «Der *tábor* ist, na ja, um sie festzuhalten. Du weißt schon.»

«Festzuhalten», wiederhole ich. «Und sie zu vergewaltigen?»

Emil zieht eine Grimasse. «Das sind Huren, Sofija. Also ist das keine Vergewaltigung.»

Ich entsichere die Pistole mit meinem Daumen und ziehe sie aus meiner Tasche, halte sie aber neben meinem Oberschenkel versteckt. Erst will ich ein Geständnis von Emil. Er soll nicht bloß sterben, er soll auch den Grund dafür erfahren. «Werden sie im *tábor* vergewaltigt, Emil?»

«Bist du bescheuert? Pan Kladivo würde uns die Schwänze abschneiden. Wir halten sie bloß da fest. Bis zur Auktion.»

Die Auktion, über die ich im *Spiegel* gelesen habe. Fleischkurator. Zwischen uns ist nur ein Abstand von dreißig Zentimetern. Ich muss schnell sein, ich muss sofort abdrücken, wenn ich die Pistole hebe.

«Alle paar Monate», fährt Emil fort, «gibt es eine Riesenparty im Casino. Mit ganz besonderen Mädchen, so wie denen da.» Er sieht mich überrascht an «Bist du sauer? Wegen der Mädchen?»

«Macht dich das nicht sauer, Emil?»

Das ist eine schwierige Frage für Emil, und er denkt gründlich darüber nach. «Vielleicht», sagt er schließlich.

«Warum vielleicht?», hake ich nach.

«Wenn ich darüber nachdenke – die Mädchen sind zu jung. Die Rothaarige wollte in Sankt Petersburg vielleicht Lehrerin werden oder so, und jetzt machen wir sie zur Hure.» Emil starrt auf die vor uns liegende Straße wie ein nachdenklicher Philosoph. «Aber eben darum denke ich ja nicht darüber nach.»

Natürlich nicht. Danke, Emil, dass du es mir so leicht machst. Ich schaue schnell auf die Pistole und packe sie fester. Jetzt.

«Genau wie mit dieser alten Schwuchtel, die im *tábor* ist», sagt

Emil plötzlich. «Wer ist das? Was hat er Pan Kladivo je getan? Das geht mich nichts an, also denke ich auch nicht darüber nach.»

Mein Körper erstarrt. «Die alte Schwuchtel?»

«Ja, dieser alte Typ. Nicht *alt*-alt, aber grauhaarig, zumindest ist er jetzt grauhaarig. In der letzten Zelle.»

Ich schiebe die Pistole wieder in meine Tasche. «Oh», sage ich. «Der.»

—

Wir fahren im ersten Morgenlicht von der Autobahn ab, rollen über eine schlechte, zweispurige Straße und biegen dann in einen Schotterweg ein, der durch einen Wald führt. Vor uns sehe ich die Tore des *tábor.*

Wir parken mitten auf dem Hof, und Emil stellt den Motor ab. Als er aus dem Auto aussteigt, ziehe ich mein iPhone aus der Tasche, öffne die GPS-App und warte, dass mein aktueller Ort angezeigt wird. Aber mein Telefon findet kein Signal.

«Kommst du, oder was ist?», ruft Emil von draußen. «Die Nutten laden sich nicht von selbst ab.»

Ich schiebe das Handy zurück in die Tasche. «Ich komme.»

Der Torwächter plus weitere fünf Männer aus dem Hauptgebäude versammeln sich hinter dem Laster, als ich die Klappe öffne. Die Mädchen haben sich ganz am Ende zusammengekauert. Die Älteste steht vor den anderen und breitet die Arme aus, als könnte sie sie beschützen.

Einer der Wachen, ein dicklicher kleiner Kerl, der aussieht wie ein Teenager, plustert sich noch mehr auf. «Los, ihr Schlampen! Raus!», brüllt er und schlägt mit dem Griff einer Kalaschnikow auf die Laderampe. *«Ubirajtes!»*

Die Mädchen zucken bei seinem Gebrüll zusammen, bewegen sich aber nicht. Emil befiehlt allen, sie zu holen. Ich sehe weg, ich muss wegsehen, als jede der Wachen zwei Mädchen an den Armen packt und sie nach draußen zerrt. Der Dickliche stößt mit dem Gewehrlauf nach ihnen und scheucht sie ins Gebäude.

Emil schenkt sich einen Kaffee ein, und die Wachen bringen die Mädchen runter in die Zellen. Als die Männer zurückkehren und sich zum Frühstück hinsetzen – irgendjemand hat Brötchen geholt –, bleibe ich stehen und lehne mich gegen den Tresen. Emil und die anderen unterhalten sich angeregt, hauptsächlich über die Qualität der Mädchen unten. Zwei Kalaschnikows liegen neben dem Essen auf dem Tisch, und jeder hat irgendeine Pistole bei sich. Ich habe keine Chance, jetzt nicht.

Der Raum ist ausstaffiert wie der einer Burschenschaft. Es riecht nach Bratfett. Die billigen Büromöbel aus der Zeit des Kommunismus hat man mit einem alten Sofa und einem riesigen LED-Bildschirm aufgewertet, auf dem die Highlights des gestrigen Fußballspiels laufen.

In der Ecke steht ein Schreibtisch mit einem alten Funksprechgerät darauf, das ich mir ansehen will. Mit seinen Schaltern, Wählscheiben und dem Draht, der in der Decke verschwindet, sieht es aus, als wäre es mindestens fünfzig Jahre alt.

Die einzige Form der Kommunikation. Wenn das Funkgerät nicht funktioniert, kann man keine Hilfe anfordern.

«Die Mädchen da unten», sage ich. «Wann kriegen die was zu essen?»

«Wenn wir es sagen», sagt einer der Männer.

«Wie wäre es mit jetzt?», sage ich. «Sie sollten etwas essen.»

Gemurmel am Tisch, ein bisschen Gelächter, dann steht der Dickliche auf und zieht einen großen Karton mit amerikanischen Proteinriegeln aus einem Schrank. «Nur einen für jede. Sonst werden sie fett.»

—

Meine Schritte hallen auf den Metallstufen, als ich dieselbe Treppe hinabsteige, die ich mit Bohdan Kladivo gegangen bin. Jeder Schritt verdoppelt das Grauen, das sich in meinem Bauch sammelt, jeder Schritt dreht die Metallspule in meiner Brust ein Stück fester zu. Ich weiß nicht, was schlimmer wäre – meinen Dad hier zu finden oder festzustellen, dass er nicht mehr da ist. Ich muss mich zwingen, die Kiste mit den Proteinriegeln darin ruhig zu halten.

Der Flur unten ist leer und genauso, wie ich mich an ihn erinnere – die nummerierten Zellentüren an der Wand, jede mit einer kleinen Klappe über dem Guckfenster, und ein langer, schmaler Riegel am Boden.

Ich öffne die Klappe des ersten Fensters. Die Kiste fällt beinahe zu Boden. Ich schlage instinktiv die Hand vor den Mund, um nicht laut aufzukeuchen. Die Frauen vom Laster sind nackt. Zwei sitzen zusammengekauert auf der Liege, zwei weitere hocken in derselben Haltung auf dem Boden, die nackten Arme um die nackten Beine geschlungen, die sie gegen ihren nackten Oberkörper ziehen. Sie zittern und starren starr geradeaus. Nur eine von ihnen wendet den Kopf und sieht mich durch das kleine Fenster an. Ihr ängstlicher Gesichtsausdruck verwandelt sich in Gleichgültigkeit. Sie weiß, was als Nächstes passieren wird. Sie hat die Geschichten gehört. Es ist zwecklos, sich zu wehren. Ich schätze sie auf etwa fünfzehn.

Ich schiebe ein Dutzend Riegel unter dem Türschlitz durch.

In der zweiten Zelle befinden sich die anderen sechs Mädchen in ungefähr dem gleichen Zustand. Die Älteste von ihnen, die versucht hat, sie im Laster zu beschützen, hält die Arme um ein anderes Mädchen geschlungen und unterdrückt ihretwegen ihre eigene Angst. Sie erinnert mich an Marina. Ich schiebe wieder ein Dutzend Proteinriegel durch den Türspalt.

Gibt es noch mehr? Ich öffne das Fenster der dritten Zelle,

doch sie ist leer – auf dem Boden liegen allerdings zerknüllte Decken. Am Guckfenster an der Tür sieht man Fingerabdrücke und Schmierspuren von menschlichem Atem, als hätte jemand versucht, von innen herauszugucken. Dies ist das Einzige, was die Frauen, die in diesen Zellen gefangen gehalten wurden, hinterlassen haben – verschmierte Zeichen von Leben und Verzweiflung. Wer weiß, wo sie gelandet sind und ob sie überhaupt noch leben.

Ich checke die vierte Zelle, die fünfte und die sechste. Auch diese scheinen erst vor kurzem geräumt worden zu sein. Ich schließe die Augen und lehne die Stirn an die kühle Wand. Wie muss es sich anfühlen, wenn sich ein Mann mit seinem nach Schweiß und Geld stinkenden Körper auf dich wirft, wenn er grunzend in dich hineinstößt, in das Objekt, das jetzt ihm gehört? Dieser Ort hier, dieser *tábor*, ist überhaupt kein Gefängnis, wird mir klar. Es ist der Warteraum eines Schlachthauses, in dem Menschen zu Fleisch werden.

In meinem Inneren verwandelt sich die Übelkeit in Hass und der Hass in Wut, und ich schwöre bei meinem Leben, dass ich diese Männer da oben und beide Kladivos, Vater und Sohn, dafür umbringen werde.

Ich gehe zur letzten Zelle und öffne die Klappe über dem Fenster. Drinnen liegt eine einzelne Person, männlich, mit nacktem Oberkörper auf einer Liege. Er hat das Gesicht abgewandt, aber auf seiner Wange erkenne ich einen buschigen braungrauen Bart. Die Haare des Mannes sind zottelig, als wären sie monatelang nicht geschnitten worden. Er sieht aus wie die Kriegsgefangenen auf den Fotos in unseren Schulbüchern, wie das Opfer irgendeiner Gräueltat. Der Mann dreht sich jetzt auf den Rücken und starrt an die Decke. Jetzt kann ich seinen Brustkasten sehen – er sieht aus wie der eines Skeletts.

Er merkt, dass das Guckfenster geöffnet wurde, und hebt den

Kopf, um zu sehen, wer da ist. Trotz seines Bartes und obwohl er mindestens fünfzehn Kilo abgenommen hat, obwohl seine rosige Gesichtsfarbe ganz grau geworden ist, erkenne ich meinen Vater.

25. KAPITEL

Mein Gesicht im Fenster ist wohl nur als Umriss auszumachen, denn er scheint es nicht zu sehen, oder zumindest erkennt er es nicht. Meine Hände ersticken einen Schrei. Er lebt. Er lebt, aber nur noch gerade eben.

Dann höre ich Schritte auf der Treppe. Ich schließe die Klappe über dem Guckfenster und schaue weg, schließe die Augen und versuche zu atmen.

«Bist du fertig?» Es ist Emil, der vom Ende des Flurs nach mir ruft.

«Ja.»

«Beeil dich. Ich will zurück in die Stadt.»

«Eine Sekunde.»

Als ich sicher bin, dass Emil weg ist, ziehe ich die Pistole aus meiner Tasche und wiege sie in der Hand. Könnte ich sie alle erwischen, bevor einer von ihnen nach der Kalaschnikow greift? Die Antwort ist noch nicht mal ein Vielleicht. Natürlich nicht.

Am liebsten würde ich die Klappe in der Zellentür meines Vaters aufreißen und gegen das Fenster schlagen, bis er mich erkennt, aber mein Verstand übernimmt die Kontrolle. *Tu es nicht,* sagt er. *Denk nach.*

Ich kann nicht mit Sicherheit sagen, wie er reagieren würde. Ich kann ihm keine Erklärungen durch die Zellentür zubrüllen, solange die Männer mich oben hören. Ich kann nicht verhindern, dass all das schiefgeht, zumal ich selbst direkt in der Schusslinie stehe.

Ich zwinge mich dazu, mich von der Tür zu lösen, und steige die Treppe hinauf ins Erdgeschoss.

«Ich bin fertig», sage ich zu Emil

«Hast du geweint?»

«Fick dich», sage ich. «Lass uns fahren.»

Während ich in den Laster steige, schwöre ich meinem Dad und den Frauen da unten, dass ich zurückkommen werde. Und dann gebe ich Emil und dem Rest der Männer dasselbe Versprechen.

—

Ich beuge mich über den im Bett liegenden Roman und halte ihm seine eigene Pistole gegen den Kopf. Er liegt auf dem Rücken und schnarcht wie ein Idiot, sein Oberkörper hebt und senkt sich unter seinem Brustverband. Die Gerechtigkeit verlangt, dass ich ihn umbringe. In dem Moment, da sein Gehirn gegen die Kopfstütze spritzt, wird der Himmel aufreißen, sich ein Chor von Engeln erheben, und Kladivos Opfer werden voller Dankbarkeit und Erleichterung einen kollektiven Seufzer ausstoßen.

Aber ich werde den Abzug nicht drücken. Weil es weder meinen Dad noch die Frauen unten in den Zellen befreien würde. Roman ist nicht der Einzige in dieser Armee des Schreckens. Er ist noch nicht einmal der einzige Kladivo. Aber ich werde den Abzug schon bald drücken, und der Gedanke hilft mir. Ich schiebe seine Pistole zurück in das Knöchelhalfter und lege beides zwischen die perfekt arrangierten Parfümflaschen auf seiner Kommode. Dann sammle ich seine Klamotten von gestern Nacht vom Boden auf, lege seinen Anzug über einen Bügel und hänge ihn an die Türklinke, knülle sein Hemd zusammen, das nach verschüttetem Alkohol riecht, und stopfe es in den Wäschekorb.

Sieh nur, Roman, wie sich deine Geliebte um dich sorgt.

Ich kehre ins Wohnzimmer zu der Flasche Wein zurück, die ich mir aufgemacht habe, als ich um halb acht heute Morgen in die Wohnung zurückgekehrt bin. Es ist guter Wein von dunkelroter Farbe, der nach Erde schmeckt. Aber im Moment geht es mir nicht um den Geschmack, sondern um die Betäubung. Darum, nicht mehr sehen zu müssen, was ich gesehen habe, und den zitternden Körpern dieser Mädchen zu entfliehen, dieser armen Mädchen, dieser armen, verschreckten Mädchen.

«Ich dachte, du trinkst nicht.»

Ich drehe mich um und sehe Roman im Morgenmantel am Ende des Flurs stehen.

«Heute schien mir ein guter Tag zu sein, um damit anzufangen», sage ich und höre selbst, dass ich schon leicht lalle.

Er nickt. «Wie ist es gestern Nacht gelaufen? Die Fahrt mit Emil?»

«Ich wusste nicht, dass die Fracht, die wir abholen sollten, aus Frauen bestehen würde.»

Er nickt unbeeindruckt. «Ich brauche einen Kaffee.»

«Was?»

Er deutet mit dem Kopf zur Küche. «Ich hätte gern einen Kaffee. Mach mir einen.»

Ich gehe in die Küche. Er ist ein in Yale ausgebildetes Monster in einem teuren Morgenmantel.

Roman folgt mir und erklärt mir die Bedienung seiner Espressomaschine. Diesen Hebel und nicht den. Bis zu diesem Strich füllen, nicht bis zu diesem. «Die ist aus scheiß Italien, also vorsichtig behandeln», sagt er. Roman genießt es offenbar, mich in die Hausarbeit einzuweisen. Er lehnt sich gegen die Wand und beobachtet seine brave kleine Haushälter-Konkubine.

Ich mache ihm den Kaffee und schiebe ihm eine Espressotasse über den Tresen. «Diese Mädchen vom *tábor* – die werden bei einer Auktion verkauft, oder?»

«Ich nehme immer eine Untertasse», sagt er und hält seine Tasse hoch. «Für meinen Kaffee.»

Ich finde die Untertassen in einem Schrank und hole eine für ihn heraus.

Er betrachtet mich eine Weile, nippt an seinem Espresso und betrachtet mich weiter. «Wer hat dir von der Auktion erzählt? Emil?»

«Ja.»

«Na ja, du wolltest das Geschäft lernen», sagte er. «Und so ist es – das Geschäft.»

«Das waren – Kinder», versetze ich. «Kinder, Roman.»

«So ist das Leben. Manche Leute sind eben mehr wert als andere.»

Er stellt Tasse und Untertasse auf den Tresen und schiebt die Hände tief in die Taschen seines Morgenmantels. «Guter Kaffee, übrigens. Die Maschine kann manchmal ein bisschen tricky sein, aber du hast das gut gemacht.»

«Das freut mich.»

Ein Moment verstreicht, dann packt Roman mich vorn am T-Shirt und drückt mich gegen die Wand. Er zieht ein langes Messer aus dem Messerblock auf dem Tresen und hält mir die Spitze vor die Nase. Die Klinge zittert nicht. Er hält sie vollkommen ruhig. «Du weißt, was diese Mädchen in ihren Dörfern zu Hause hatten? Nichts. Sie kriegen von uns Versace-Kleider, eine anständige Frisur.»

Töte ihn jetzt. Töte ihn aus Prinzip. *Hand zum Handgelenk. Knie in die Eier. Messer an seine Kehle*. Doch stattdessen hebe ich die Hände und tue so, als würde ich mich ergeben. «Ich habe es verstanden, Roman! Bitte!»

Das Messer hängt eine Sekunde in der Luft, die Spitze der Klinge nur wenige Zentimeter von meiner Haut entfernt. Dahinter sehe ich Romans zuckendes, wütendes Gesicht. Dann lässt er mein Shirt los und verpasst mir einen schnellen Schlag, der mich mit einem Aufschrei zu Boden schickt.

Etwas Nasses bildet sich an meiner Lippe, dann landet ein Tropfen Blut auf den Marmorfliesen, rot auf weiß. Ein zweiter Tropfen folgt, dann ein dritter, bis eine kleine Gruppe auf den Fliesen liegt. Sie sehen aus wie blutige Einschusslöcher. *Tritt ihm die Beine weg.*

Roman legt das Messer auf den Tresen und kniet sich neben mich. «Du hast meinem Vater vorgemacht, dass du eine ganz Harte bist. Aber ich frage mich, Sofija, ich frage mich wirklich, ob du hart genug bist für dieses Geschäft. Für das, was dafür nötig ist.»

Ich bleibe einen Augenblick auf dem Boden liegen und fokussiere mich auf das Blut. «Ich bin hart genug», sage ich.

«Hart genug wofür?»

«Für das, was dafür nötig ist.»

26. KAPITEL

Ich möchte mich bei Bohdan Kladivo und seinem Sohn Roman bedanken. Ich möchte mich auch bei Emil und Libor und den drei Engländern und bei dem Typ im Zug nach Prag bedanken. Ebenso bei Paulus und Christian. Und nicht zu vergessen bei diesem Schwein im Hinterhof dieser Bar in Paris. Wie hieß sie noch? Dünne Ziege? Ist das irgendwie wichtig? Auf jeden Fall möchte ich all diesen Männern danken, für das, was sie mich gelehrt haben. Für das Training, das sie diesem unmenschlichen Ding in mir verpasst haben, das jeden Tag größer und stärker und härter wird. Ich gebe ihm den Namen Cruelty, Grausamkeit.

Der Tag der Auktion ist gekommen, es ist ein Dienstag, und wie es der Zufall will, ist es mein Geburtstag. Heute werde ich achtzehn – oder Gwendolyn Bloom, diese alte, überflüssige Version meines Selbst, bevor sie von Cruelty aufgefressen wurde, wird achtzehn. An diesem Geburtstag wird man volljährig und wendet nun alles, was man als Kind gelernt hat, auf die Welt der Erwachsenen an. Alles, was vor dem heutigen Tag geschehen ist, war nur ein Vorspiel, eine Probe für den Ernstfall.

Auch wenn es heute Abend eine Feier geben wird, eine große Sache, für die sich Roman sein Dinnerjacket anzieht und ich mein smaragdgrünes Paillettenkleid, ist es keine Geburtstagsfeier. Es ist eine Feier für die Männer, die in ihren Privatjets von überall in der Welt herbeifliegen; Männer, die so privilegiert sind, dass ihr Geld es ihnen gestattet, jegliche Moral mit Füßen zu treten und sich andere Menschen zu kaufen.

Und diese Transaktionen müssen mit einer pompösen Zeremonie vollzogen werden, damit sie sich alle zivilisiert und im Recht fühlen können. Daher wird das Casino geschlossen. Es soll Köstlichkeiten geben, die am Morgen vom Chefkoch des Ritz-Carlton persönlich zubereitet wurden – Roman hat mir die Liste gezeigt –, sowie fünfundfünfzig Jahre alten Macallan Scotch und genügend Armand-de-Brignac-Champagner, um sich darin zu ertränken. Bohdan und Roman verbringen den ganzen Tag mit ihren Kunden, um sie bei Laune zu halten, während die ranghöchsten Angestellten die einbestellte Armee überwachen, die sich wiederum um die Mädchen kümmert, ihnen die Haare frisiert, sie schminkt oder die Kleider ändert. Sie arbeitet hier im zweiten Stock des Casinos.

Die Leute von der Straße sind heute nicht dabei. Emil und Libor müssen irgendwo anders sein und einen Deal abschließen. Doch ich zähle auf sie, sie sollen mir helfen, auch wenn sie es noch nicht wissen.

«Lüfte mein Dinnerjacket und häng es ins Badezimmer», sagt Roman, bevor er geht. «Und meine Fliege ist fleckig. Hol mir eine neue aus der Pařížská – gerippte Seide, kein Satin – und dann such meine Manschettenknöpfe.»

«Natürlich», sage ich und sehe ihm nach, wie er die Wohnung verlässt.

Aber nicht nur sie sind beschäftigt. Ich bin es auch. Nachdem ich sein Dinnerjacket aus der Plastikhülle der Reinigung genommen, seine Manschettenknöpfe in einer der Schubladen gefunden und in seinem Herrenladen eine neue Fliege gekauft habe, eilen Cruelty und ich davon, um die Welt in Schutt und Asche zu legen.

—

Libors Haus in einer ruhigen Gegend am Rande von Prag 8 ist gar nicht mal so schlecht. Es wirkt gepflegt, auf fast jedem Balkon stehen Blumentöpfe. Die Dachziegel glänzen selbst im dämmrigen Vormittagslicht.

Ich stehe auf der anderen Straßenseite in einem kleinen Gemüseladen zwischen den Kunden und kann von hier aus sehen, dass Libors Auto immer noch vor dem Haus parkt. Dann trete ich in eine Gasse, ziehe ein neues Wegwerf-Handy raus und wähle 1-1-2, die Notrufnummer, die in ganz Europa gilt. Die Person am anderen Ende der Leitung antwortet natürlich auf Tschechisch, aber da ich kein Tschechisch spreche, erzähle ich ihr meine Geschichte auf Russisch, denn ich weiß, dass die Anrufe aufgezeichnet werden. Zuerst bin ich unsicher, weil ich noch nie geschauspielert habe. Klinge ich auch überzeugend? Aber wenn man es genau nimmt, dann habe ich seit meiner Ankunft in Europa nichts anderes getan, als zu schauspielern.

Ein Mann namens Libor Kren hat mich geschlagen, erzähle ich. Mich mit einer Waffe bedroht. Er ist total auf Methamphetamin und hat davon auch eine Menge in seiner Wohnung. Vielleicht fünf, sechs Kilo. Dieser Libor ist ein echter Drogenkönig. Oh, ich habe ja solche Angst. Ich verstecke mich gerade in seinem Badezimmer, während wir telefonieren. Seine Adresse ist 556 Na Stázi, Praha 8. Können Sie schnell kommen? Ich fürchte um mein Leben. Jetzt ist er an der Tür –

Dann lege ich auf, ziehe die SIM-Karte raus und zertrete sie mit dem Stiefelabsatz. Genau sechs Minuten und dreiundvierzig Sekunden, nachdem ich aufgelegt habe, sehe ich zwei Polizeiautos und einen SEK-Wagen gleichzeitig ankommen. Prager Polizisten mit Helmen und Panzerwesten, die Maschinenpistolen an der Schulter, rennen die Stufen des Hauses hinauf. Zwei Minuten später werden Libor und sein Junkiebruder aus dem Gebäude geführt. Libor hat ein frisches blaues Auge und humpelt sichtbar.

Es ist weniger als eine Woche her, seit er zuletzt verhaftet wurde – an dem Abend, als er Emil begleiten sollte –, und ich habe keinen Zweifel, dass sie diesmal weniger zimperlich mit ihm sein werden. Das russische Mädchen, das sich im Badezimmer versteckt, gibt es natürlich nicht, und vermutlich gibt es auch keine fünf oder sechs Kilo Meth in der Wohnung. Aber mit Sicherheit finden sie Drogen und vermutlich auch ein paar Waffen. Selbst mit dem besten Anwalt von Prag kommt er die nächsten ein bis zwei Tage nicht raus. Und mehr brauche ich nicht.

Ich steige in die nächste Straßenbahn nach Prag 1 und komme eine halbe Stunde später im Casino an. Noch haben sie von Libors Verhaftung nichts erfahren, aber ich bleibe in der Nähe und tue so, als würde ich den Caterern bei den Vorbereitungen zur Auktion helfen. Als ich Emil laut fluchen höre, weiß ich, dass die Nachricht angekommen ist. Sie sollten heute Abend irgendeine Lieferung abholen, die nichts mit der Auktion zu tun hat, aber trotzdem wichtig ist. Libors Abwesenheit schafft einige Schwierigkeiten, und Emil muss improvisieren. Was für ein Glück, dass es mich gibt.

Ich ziehe ihn im Flur beiseite und biete ihm bescheiden meine Hilfe an. Wie weit ist es denn?, frage ich. Nicht weit, antwortet Emil. Sind wir rechtzeitig vor der Auktion heute Abend zurück?, frage ich. Locker, sagt Emil. Dann lass uns fahren, sage ich.

—

Diesmal gibt es keinen Lastwagen oder Lieferwagen, nur einen verbeulten Škoda mit Emil am Steuer. Der Wagen hat kein Nummernschild, bloß eine Kurzanmeldung klebt an der Heckscheibe, die von Bratislava in der Slowakei stammt. Ich vermute, dass wir zum *tábor* fahren, aber dann biegt Emil auf die Autobahn in Richtung Brno ab, eine Stadt zwei Stunden südöstlich von Prag.

«Was gibt es in Brno?», frage ich.

«Unsere Ware», sagt er in einem Ton, der mir klarmachen soll, dass er keine Einzelheiten preisgeben wird.

«Aber wir bringen das zum *tábor*, oder? Was immer es ist.»

Er sieht mich an. «Warum willst du das wissen?»

«Bin nur neugierig.»

«Ja», antwortet er. «Warum lächelst du?»

Ich stelle mir meinen Vater in seiner Zelle vor, wie er ohne jede Hoffnung gegen die Tür starrt und nicht ahnt, dass das Finale nah ist.

«Tue ich das?», frage ich.

Es geht diesmal um einen Bargeld-Deal, erzählt Emil mir später, als er seinen Rucksack von der Hinterbank zieht. Ich schaue hinein und sehe in Plastik eingewickelte 500-Euro-Stapel, insgesamt 250 000 Euro. Es überrascht mich, wie klein und leicht eine solche Summe Geld ist.

Eine halbe Stunde vor Brno fahren wir von der Autobahn herunter und auf eine leere Straße zwischen zwei geschlossenen Fabriken. Ihre Schornsteine sind erloschen und die Parkplätze leer. Wir halten an der Straßenseite und warten. Genau wie bei unserer letzten Warenlieferung reicht Emil mir eine Waffe.

«Erwartest du Ärger?»

«Das kann man nie wissen», sagt er.

Wir sind erst fünf Minuten hier, als am Ende der Straße ein kleiner Lastwagen auftaucht. Er sieht aus wie einer dieser Mietlaster, die man sich für einen Umzug mieten kann, aber dieser trägt keine Werbung an der Außenseite, kein Logo, nichts außer einem Nummernschild. Was immer sich im Laster befindet, ist so schwer, dass der Wagen bei jedem Schlagloch ins Schwanken kommt. Er hält etwa zehn Meter vor uns an.

Emil steigt aus. «Bleib hier und halt deine Waffe bereit», sagt er. «Wenn ich meinen Arm so schwenke, dann bringst du den Rucksack mit dem Geld raus.»

Zwei Typen in Anzügen steigen aus dem Laster. Ihre dunklen Haare sind sorgfältig frisiert, aber ihre Anzüge sind schlecht. Einer trägt eine kurze Kalaschnikow.

Emil geht zu ihnen, und die Männer unterhalten sich kurz, woraufhin der Breitschultrige, der ein orangefarbenes Halstuch trägt, seine Zähne zu einem Lächeln bleckt. Emil dreht sich um und winkt mir zu. Ich nehme den Rucksack und gehe zu ihnen.

Woher auch immer diese beiden stammen, sie sprechen nur Englisch mit Emil.

«Ist das deine Freundin?», fragt der Typ mit dem Halstuch.

Emil nimmt mir den Rucksack ab und wirft ihn ihm zu. «Sie ist meine Partnerin, Nikko.»

«Vielleicht will ich ja, dass sie meine Partnerin ist», sagt der Halstuchmann, stellt den Rucksack auf den Fahrersitz seines Lasters und starrt mich lüstern an.

Ich spanne die Muskeln an und lege die Hand um die Waffe in meiner Jackentasche.

«Lass uns den Deal einfach hinter uns bringen», sagt Emil.

Nikko öffnet den Rucksack und blättert die Stapel mit den Scheinen durch. Der Typ mit der Kalaschnikow hält Wache.

«Alles gut», sagt Nikko kurz darauf. «Kommt, meine Freunde, und seht euch eure Ware an.»

Emil und ich folgen ihm zur Rückseite des Lasters, der Typ

mit der Kalaschnikow bleibt immer ein paar Schritte hinter uns. Der erste öffnet die Heckklappe und zeigt uns ein paar grüne Kästen, die mit chinesischen Zeichen beschriftet sind und etwa die Hälfte der Ladefläche einnehmen.

«Zwanzig Kisten, PF-89 Panzerfäuste, achtzig Millimeter Standard», sagt er und streicht zärtlich über eine der Kisten, als wäre es die Motorhaube eines Oldtimers.

«Mach sie auf», befiehlt Emil.

Nikko holt ein Brecheisen aus dem hinteren Teil des Lasters und hebelt den Deckel einer Kiste auf. Darin liegen fünf Panzerfäuste, gehalten von Holzklammern. Sie sehen dünn und billig aus, zusammengebaut aus gestanztem Metall und Plastikteilen, aber tödlich sind sie trotzdem.

Während Emil die Ware inspiziert, stelle ich im Kopf Berechnungen an. Fünf Panzerfäuste je Kiste mal zwanzig macht zusammen einhundert Panzerfäuste. Wenn jede, sagen wir mal, zehn Menschen töten kann, dann sterben hierdurch theoretisch tausend Menschen.

Tolle Arbeit, die du heute gemacht hast, Gwendolyn. Kannst stolz auf dich sein.

«Der Laster hat ein sauberes slowakisches Nummernschild», sagt Nikko und übergibt Emil die Schlüssel. «Sollte kein Problem sein.»

—

Der Laster, den wir von ihnen bekommen haben, ist langsamer und schlechter als das Auto, dass wir ihnen überlassen haben, aber um 4 Uhr nachmittags sind wir nur noch eine Stunde vom *tábor* entfernt. Wegen der Ware nimmt Emil hauptsächlich Nebenstraßen. «Wir wollen mit diesem Scheiß hier schließlich nicht angehalten werden», erklärt er mir.

«Wer waren diese Typen?», frage ich.

«Nikko bekommt die Panzerfäuste vom bulgarischen Verteidigungsministerium. Den anderen Typen kenne ich nicht.»

«Und an wen verkauft Pan Kladivo die Waffen?»

«An niemanden in Europa.» Er zuckt die Schultern. «Aber solange sie nicht auf mich gerichtet sind, ist mir das egal.»

Ich wende mich wieder der Straßenkarte zu, die ich auf meinen Beinen ausgebreitet habe, und navigiere Emil, während er mir erzählt, dass er das Geld, das er aus diesem Deal bekommt, für ein Ledersofa und die Hüftoperation seiner Mutter verwenden will.

«Ist es schwierig, diesen Laster zu fahren?», frage ich.

Er schüttelt den Kopf. «Nicht so schwierig wie einen großen Laster. Wenn du Auto fahren kannst, dann kannst du den hier auch fahren.»

Seit wir nach New York gezogen sind, bin ich nicht mehr Auto gefahren. Aber in meiner Schule in Moskau habe ich an einem Fahrstundenprogramm für Diplomatenkinder teilgenommen. Und jedes Wochenende sind Dad und ich in die Vororte gefahren, wo ich mit seinem kleinen Volvo-Fließheck geübt habe.

«Kann ich mal versuchen?»

«Den Laster fahren?», fragt Emil. «Auf gar keinen Fall.»

Aber ich überrede ihn, und als wir ein paar Kilometer weiter endlich Plätze tauschen, verzieht er jedes Mal das Gesicht, wenn ich mich verkupple oder die Gänge schleifen lasse. Es dauert eine Weile, bis er den Türgriff nicht mehr umklammert und sich entspannt. Er hatte recht: Der Laster fährt sich ähnlich wie ein Auto, er ist nur größer und weniger wendig.

«Gehst du heute auch zur Auktion?», fragt er, als der Laster eine leere Schotterstraße entlangpoltert.

«Ich habe kein Preisschild. Also nein.»

«Ich auch nicht», sagt er verbittert. «Wir Straßentypen sind nicht willkommen. Pan Kladivo hat Angst, dass wir rülpsen oder irgendwas Falsches zu seinen Millionärsfreunden sagen. Scheiß Rassist.»

«Wenn die Frauen schon im Casino sind, wer ist dann noch im *tábor*?»

«Normalerweise sechs Wachen. Wir haben ja noch den – du weißt schon.»

«Nein, weiß ich nicht.»

«Die alte Schwuchtel. Hinten in der Zelle. Egal.» Er schüttelt den Kopf. «Kannst du mir einen Gefallen tun?»

Ich packe das Steuerrad fester. «Was?»

«Frag Roman, wie teuer die Rothaarige ist. Die aus Petersburg, weißt du?» Emil trommelt mit den Fingern auf den Fensterrand. «Irgendwann habe ich eine Million Euro, und dann kaufe ich sie. Oder vielleicht nicht sie, sondern eine wie sie. Aber mit größeren Titten.»

Und damit beschließe ich, dass seine Zeit gekommen ist.

Ich fahre seitlich ran und öffne die Tür. «Irgendwas ist mit dem Hinterrad los», sage ich und klettere raus.

Ich gehe rüber zur Beifahrerseite, stelle mich neben das Hinterrad und rufe Emil raus. Er steigt aus dem Laster. «Guck mal», sage ich und deute auf das Rad.

Er betrachtet es mit zusammengekniffenen Augen. «Das ist völlig in Ordnung.»

«Nein, sieh doch mal hier.»

Emil hockt sich hin und schlägt mit der Faust auf den Reifen. «Perfekt.»

Aber als er sich umdreht, halte ich die Pistole, die er mir gegeben hat, in der Hand und richte sie mitten auf seine Stirn. Sein Mund öffnet sich, und ich schieße ihm eine Kugel direkt über das rechte Auge.

Ein Schwarm Vögel fliegt aus den Bäumen in der Nähe auf,

und einen Moment lang flattern sie wie wütende Engel durch die Luft. Dann verschwinden sie, und übrig bleiben ich und Emils Leiche.

—

Die Wache am Eingang vom *tábor* macht mir sofort das Tor auf. Er erkennt mich, und so schnell, wie ich reinfahre, und so heftig, wie ich auf die Hupe drücke, ist ihm gleich klar, dass es um einen Notfall geht.

Ich fahre den Laster in die Mitte des Hofes, reiße die Handbremse hoch und springe raus. «Emil ist erschossen worden!», schreie ich der Wache am Tor zu. «Steh da nicht rum wie ein Idiot, hol Hilfe!»

Der Wachmann brüllt was zur Tür, und vier weitere Wachen rennen aus dem Hauptgebäude auf mich zu. Es sind dieselben, die beim letzten Mal auch hier waren. Ich schiebe die Heckklappe hoch. «Er ist schwer», sage ich. «Ihr müsst ihn alle gemeinsam tragen.»

Alle fünf klettern rein und versammeln sich um die Leiche, wissen nicht, was sie tun sollen. Sie hocken sich hin und stupsen Emil an, als müssten sie ihn bloß aufwecken. Ich packe den Gurt an der Tür und reiße ihn herunter. Die Klappe fährt krachend nach unten, und ich werfe den Hebel herum und schließe sie ein.

Ihre Schreie werden von den Wänden des Lastwagens gedämpft. Erst Verwirrung, dann Befehle, dann verzweifelte Wut. Sie hämmern von innen gegen die Klappe und versuchen, sie hochzuheben, sodass die Verriegelung laut klappert.

Den ganzen Rückweg über war mein einziger Plan, sie im Laster einzusperren. Aber als ich Emils Leiche in den Laderaum gezerrt habe, fiel mir plötzlich ein, dass ich die Gelegenheit nutzen könnte, die Welt ein wenig zu verbessern.

Darum habe ich eine der Panzerfäuste aus der geöffneten Kiste genommen. Wenn man den Schaden bedenkt, den sie anrichten kann, ist sie erstaunlich leicht, aber das ist wohl auch der Sinn der Sache. Leicht und einfach zu bedienen, buchstäblich kinderleicht.

Ich stapfe durch den Matsch bis zum Ende des Hofes, hebe das Ding an die Schulter und richte das Visier auf die Mitte des Lasters. Es gibt nur eine einfache Entsicherung, genau wie die an meiner Pistole, und ich lege sie mit dem Daumen um.

Aus dem Lastwagen höre ich noch mehr Gebrüll und das Klackern von Patronen, die auf Eisen treffen. Einer von ihnen hat daran gedacht, eine Pistole mitzubringen, und versucht nun, das Türschloss aufzuschießen.

Der Krach der Panzerfaust erschreckt mich zu Tode. Dass etwas so Lautes und Mächtiges – es wirft mich beinahe von den Füßen – durch einen einzigen Fingerdruck am Abzug in Gang gesetzt werden kann, ist unfassbar. Und man könnte noch länger darüber nachdenken, wenn man mehr als eine halbe Sekunde Zeit hätte. Doch der Gedanke stirbt im Gebrüll, das auf das Zischen folgt, auf die weiß-orangefarbene Feuerflut, die aus dem zerberstenden Laster herausschlägt und durch die Luft auf mich zurollt. Ich spüre, wie mein Körper hochgehoben wird, und plötzlich scheint mir, dass ich den Abstand zwischen dem Laster und mir ganz falsch eingeschätzt habe. Ich fliege rückwärts und denke, dass sich der Tod doch gar nicht so schmerzhaft anfühlt.

Ein paar Sekunden lang bin ich bewusstlos. Dann öffne ich die Augen und sehe Himmel über mir, einen bleiernen, leblosen Himmel. Ich spüre den dumpfen Schmerz des Aufpralls, aber an den Aufprall selbst erinnere ich mich nicht.

Beim Aufrappeln bemerke ich, dass ich die Welt schärfer sehe als zuvor. Als ob ich sie klarer erkennen könnte. Der Laster ist nur noch ein flammendes Skelett, dessen ehemalige Form kaum zu erkennen ist, und ich finde ihn wunderschön. Die Männer darin sind tot, und ich bereue nur, dass sie ihren Tod nicht haben kommen sehen. Ich untersuche meinen Körper nach Wunden oder Löchern. Ich bin nur schmutzig, aber unversehrt.

Ich lasse die Panzerfaust fallen und ziehe die Pistole aus der Tasche. Dann gehe ich auf das Gefängnis zu. Fünf Wachen sind in den Laster geklettert, nicht die sechs, die nach Emils Worten normalerweise hier sind. Das bedeutet, es ist immer noch einer irgendwo im *tábor*, und ich muss für ihn bereit sein.

Der Eingang und der Flur sind leer, ebenso die Küche. Ich schlage das Funkgerät – die einzige Möglichkeit der Kommunikation zwischen diesem Lager und Prag – zu Boden und reiße die Kabel aus seiner Rückseite. Dann wühle ich durch die Schubladen, bis ich einen Ring mit schweren Eisenschlüsseln für die Zellen unten finde. Ich stopfe sie in meine Tasche und greife mir eine von diesen hässlichen Kalaschnikows, die jemand auf dem Tisch liegen gelassen hat. Schließlich krame ich noch in den Taschen der Jacken, die an den Haken hängen, und nehme die Schlüssel für die Autos draußen heraus.

Mit entsichertem Gewehr schleiche ich aus der Küche zur Treppe, gehe sie schnell hinab und springe in den Gang vor den Zellen. Wieder ist der sechste Wachmann nirgendwo zu sehen. Ich öffne die Guckfenster aller Zellen, bis auf die letzte, die von meinem Vater, und sehe, dass sie leer sind.

Schließlich stehe ich vor Dads Zelle und öffne auch dieses Guckfenster langsam, will nicht sehen, will nicht feststellen, dass er nach allem, was ich durchgemacht habe, ebenfalls verlegt worden ist. Aber er ist da, er ist auf den Beinen, er geht hin und her und schaut immer wieder beunruhigt zur Tür. Natürlich hat er die Explosion gehört und gefühlt, wie sie das Gebäude erschüttert hat. Beim Geräusch der Schlüssel im Schloss weicht er an die gegenüberliegende Wand zurück. Angst steht ihm ins Gesicht geschrieben.

Ich entriegle die Tür und ziehe sie auf.

Er sieht nur meine schlammigen Kleider und die Kalaschnikow. Wie soll er mich auch erkennen: Das Mädchen, das er in New York gelassen hat, war lieb und fürchtete sich vor der Welt. Die Frau, die ich jetzt bin, ähnelt ihm kein bisschen.

Er hebt die Hände in der Erwartung, erschossen zu werden. Das ist das Erste, was die Wachen täten, wenn ihr Lager gestürmt werden würde. Aber die Kugeln kommen nicht. Also späht er zwischen seinen Fingern hindurch zu mir hin. Dann wird sein Gesicht weich – das sehe ich trotz seines Bartes –, und er neigt den Kopf etwas zur Seite. Er kneift die Augen zusammen, und dann höre ich ihn leise keuchen.

«Dad», sage ich.

Aber dieses Wort ist ihm ein Rätsel, wie ein Fremdwort, an das er sich irgendwie erinnert, dessen Bedeutung er aber nicht mehr kennt.

«Wer bist du?», sagt er leise.

«Dad, ich bin es», sage ich so sanft, wie ich kann. «Ich bin es, Gwendolyn.»

Seine Arme fallen kraftlos an ihm herab, als wäre das, was sie bis eben noch gehalten hat, plötzlich weggerissen worden. Er schüttelt den Kopf, weigert sich zu glauben, dass meine Anwesenheit hier irgendetwas anderes ist als eine Halluzination.

Ich mache einen Schritt vor, nur einen kleinen Schritt, und er weicht zurück. «Ich habe euch alles erzählt», fleht er. «Wo die Codes sind, ich habe es euch gesagt. Ich habe euch alles gesagt.»

«Ich bin es», wiederhole ich. «Ich bin es, Gwendolyn. Dad.»

Er dreht sich um und drückt sein Gesicht an die Wand. Ich höre ihn schluchzen. «Mehr habe ich nicht. Ihr habt alles.»

Ich hebe eine Hand und berühre vorsichtig seine Schulter,

aber er zuckt wieder zusammen. Ich berühre ihn noch einmal, etwas fester, lege eine Hand auf seine Schulter, die andere auf seinen Oberarm und drehe ihn vorsichtig um. Er macht sich frei, und ich spüre, wie die Überreste seiner Muskeln zittern.

«Dad. Dad, ich bin es. Hör auf meine Stimme, Dad.»

Seine Lippen – gesprungene, geschwollene Lippen – bewegen sich, als wolle er etwas sagen. Er schließt die Augen, dann öffnet er sie wieder, dann hebt er eine Hand und legt sie an meine Wange. Seine Handfläche und Finger sind nass vor Schweiß.

Jetzt muss ich die Augen schließen, muss sie zusammenkneifen, um nicht zu weinen. Er nimmt meinen Kopf in seine dünnen Arme, und ich fühle seinen Atem an meinem Kopf, als er sagt: «Gwen, du bist es. Gwen, mein Mädchen.»

«Ich bin gekommen, um dich zu holen, Dad.»

«Wie bist du – wie bist du hergekommen?»

«Ich habe schreckliche Dinge getan, Dad.»

Er hält mich fest, und ohne Zweifel erscheint alles, was ich tun musste, das gesamte Bild, in einer plötzlichen Explosion aus Hitze und Licht vor seinem inneren Auge.

27. KAPITEL

Wir haben ein unausgesprochenes Abkommen: Er stellt mir keine Fragen, und ich stelle ihm auch keine, bis wir weit genug von diesem Gefängnis weg sind. Die sechste Wache könnte immer noch irgendwo hier sein, und wir sind beide schlau genug zu wissen, dass es noch nicht vorbei ist.

Er ist zwar unterernährt, aber immer noch kräftig genug, um sich zu beeilen. Darum nimmt er mir wie ein guter Vater die Kalaschnikow aus der Hand, weil ihm irgendein Instinkt sagt, dass ich mir damit vielleicht weh tun könnte. Er überprüft sie, spannt sie und nickt mit dem stoischen Gesicht des erfahrenen Soldaten zur geöffneten Zellentür. Ich gehe dicht hinter ihm, meine geladene Pistole in der Hand, dann steigen wir die Treppe hinauf und gehen schnell durchs Erdgeschoss nach draußen.

Doch als wir aus dem Gebäude treten und er den immer noch brennenden Lastwagenhaufen sieht, fällt sein stoischer Gesichtsausdruck in sich zusammen. Er ist zutiefst erschüttert, das kann ich sehen. Töchter sollten ihre Väter nicht retten müssen, und sie sollten keine Mörderinnen werden, um das zu tun.

Drei von den Autos im Hof sind von der Explosion stark beschädigt worden, und für zwei weitere finden wir keine Schlüssel. Unter den zwei übrigen – einem kleineren Fiat und einem Toyota Land Cruiser – wählen wir den Toyota.

Als ich die Schlüssel suche, höre ich etwas wie eine wütende Hornisse hinter meinem Hals vorbeizischen. Ich drehe mich zu Dad um und sehe Überraschung in seinem Blick. Ein roter Kreis breitet sich auf seiner linken Schulter aus. Mein Kopf begreift zu langsam, was geschieht, aber seiner nicht. Er hebt die Kalaschnikow mit der rechten Hand und gibt Schüsse ab, die brüllend durch die Luft hämmern.

Mein Blick sucht nach seinem Ziel, und ich sehe den dicken Wachmann, diesen Jungen, der nach den Frauen gestoßen hat, als sie vom Laster getrieben wurden, der mir befohlen hat, ihnen nur einen Riegel zu geben, damit sie nicht fett werden. Ich erkenne ihn in dem Moment, als ihm die Waffe aus der Hand fällt. Er stolpert mit offenem Mund nach vorn, die Hand schlapp an der Seite. Dann bricht er im Schlamm zusammen.

Mein Vater lehnt mit bleichem Gesicht am Land Cruiser und presst die Hand auf die Wunde an seiner Schulter. Er stöhnt vor Schmerzen. Ich helfe ihm auf den Beifahrersitz.

«Bloß die Schulter, Gwen. Ich hab ja noch eine», sagt er zwischen zusammengebissenen Zähnen hindurch.

Ich wühle mich durch die Sachen, die im Auto liegen, und suche nach einem Erste-Hilfe-Kasten. Aber alles, was ich finde, ist ein sauberes oder immerhin sauber wirkendes weißes Unterhemd. Ich falte es zu einem festen Viereck, drücke es auf die Wunde und mache ihm mit einer Rolle Isolierband aus dem Handschuhfach eine Art Druckverband.

«Wir müssen los, Gwen», sagt er. «Es können noch mehr Leute hier sein.»

Und er hat recht. Der Verband ist sowieso alles, was ich momentan für ihn tun kann. Ich lege den Gang ein und fahre durch das Tor, wobei sich der Wagen wie ein Schwein durch den Schotterweg wälzt. Als wir die Straße erreichen, die zur Autobahn führt, sehe ich zu ihm herüber. Sein Gesicht ist ganz verzerrt.

«Wo fahren wir hin, Gwen?», fragt er.

«Zur Botschaft. Da können sie uns helfen.»

«Nein. Nicht die Botschaft.»

«Aber Kladivo – da kann er dich nicht kriegen.»

Er greift herüber und drückt meinen Arm. «Gwen, Bohdan Kladivo gehört zur CIA. Er ist einer der Ihren. Ihr Mann in Europa.»

Seine Worte treffen mich wie ein Hurrikan, und ich brauche einige Zeit, um eine Antwort zu stammeln. «Das kann nicht sein. Kladivo ist ein Monster, Dad. Er handelt mit Menschen – da waren Frauen, Mädchen ...»

Aber er weiß es längst. «Und der CIA ist das egal, Gwen.»

«Aber wenn er von der CIA ist, warum hat er dich dann gefangen gehalten?»

«Wegen Geld, Gwen. Es geht immer um Geld. So funktioniert die Welt. Sein alter Boss, Zorić – der hat anonyme Konten hinterlassen. Kladivo und ein paar von der CIA wollten sie stehlen. Ich habe das herausgefunden.» Sein Gesicht verzieht sich vor Schmerzen, und er fällt gegen die Lehne zurück. «*Herrgott,* tut das weh.»

«Ich habe die Konten, Dad», sage ich. «Sie standen in diesem Buch, *1984*. Du hast es Bela gegeben, und er hat es mir gegeben.»

Jetzt krümmt er sich unter einer anderen Art von Schmerz. «Sag mir, dass das nicht wahr ist, Gwen.»

«Ich habe den Lagerraum in Queens gefunden und die Chiffre decodiert. Alles.»

Sein Gesicht ist eine Maske aus Schweiß. «Dieser beschissene Bela», keucht er. «Die waren nicht für dich bestimmt. Ich wollte nie – Gwen, hast du ein Telefon?»

Ich ziehe es aus meiner Tasche und reiche es ihm.

Er wählt eine Nummer und hält sich das Telefon ans Ohr. «Ja, hier ist Mr. Angler», sagt er nach einer Weile. «Sagen Sie Mr. Martin, dass ich heute die Stadt verlasse, aber dass ich mir vorher sehr gern noch seine Wohnung ansehen würde.»

Er versucht, ganz normal zu klingen, aber man kann hören, welche Schmerzen er hat. Es folgt eine lange Pause, vielleicht eine halbe Minute.

«Genau. Seine Wohnung ansehen», sagt er. «Und ich bringe einen Gast mit. Meine Tochter.»

Er legt auf und lässt das Handy zu Boden fallen.

«Was war das?», frage ich. «Wer war das?»

«Freunde. Die einzigen Freunde, die ich noch habe», sagt er, legt den Kopf zurück und schließt die Augen. «Es tut mir leid, Schatz. Es tut mir leid, was gleich passieren wird.»

«Dad, wach auf. Was tut dir leid, Dad? Was wird gleich passieren?»

«Nicht die Botschaft, Gwen.» Seine Stimme ist leise, und er steht kurz davor, das Bewusstsein zu verlieren. Seine letzten Reserven sind verbraucht. «Fahr einfach nach Prag.»

—

Beim Fahren überprüfe ich alle zwei Minuten seinen Puls. Er fühlt sich schwach an und jedes Mal anders. Irgendwo in den Vororten der Stadt fahre ich an die Seite und prüfe den Druckverband. Er hält, aber es ist offensichtlich, dass er ins Krankenhaus muss. Alle Wachen vom *tábor* sind tot, und das Funkgerät ist kaputt, also kann Kladivo eigentlich nicht wissen, was passiert ist, aber ich werde Dad niemals in irgendein Krankenhaus fahren und ihn ohne Schutz dort lassen.

Ich hebe das Telefon vom Boden auf und drücke auf die Wahlwiederholung. Es klingelt dreimal, viermal, dann antwortet eine männliche Stimme: «Hallo noch mal, Mr. Angler», sagt er. Er hat einen unbestimmten Akzent – östlich von Frankreich, westlich von Russland.

«Ich bin der Gast von Mr. Angler, seine Tochter», sage ich. «Die er zur Besichtigung von – von jemandes Wohnung mitnehmen will.»

«Natürlich», sagt die Stimme. «Gibt es Schwierigkeiten?»

«Mr. Angler braucht einen Arzt. Er wurde in die Schulter geschossen.»

«Ist er bei Bewusstsein?»

«Nein.»

Einen Augenblick herrscht Schweigen. Im Hintergrund höre ich das Klicken von Computertasten. «Sind Sie momentan in Sicherheit?»

Ich blicke mich um. Wir sind in einer Gegend mit Lagerhäusern und gewerblichen Läden. «Ja. Nein. Jedenfalls schießt gerade keiner.»

«Bleiben Sie, wo Sie sind. Jemand wird in fünf Minuten bei Ihnen sein», sagt die Stimme.

«Brauchen Sie die Adresse?»

«Die haben wir. Auf Wiedersehen.»

Ich habe keine Ahnung, wer oder was kommen wird, aber mein Vater hat ihnen vertraut, also muss ich ihnen auch vertrauen. Trotzdem behalte ich meine Pistole auf dem Schoß und sehe ständig in alle Rückspiegel.

Es tut mir leid, hat er gesagt, was gleich passieren wird. Aber was immer mein Vater geplant hat, er muss es ohne mich tun. Ich habe meine eigenen Pläne für diesen Tag, und die sind noch nicht erledigt. Was ich als Nächstes tun werde, ist verrückt. Es ist der reine Selbstmord. Meine Vernunft sagt mir, dass ich es lassen und von diesem Ort verschwinden soll. Aber ich muss mit dem weiterleben, was mir meine Instinkte befehlen. Also werde ich es tun, und wenn ich dabei sterbe, sei es auch nur bei dem Versuch.

Ich bin nach Prag gekommen, weil ich die Pflicht hatte, meinen Dad zu retten, aber ich werde bleiben, um die Pflicht zu erfüllen, die ich in dem Moment übernommen habe, als ich Bohdan Kladivo diese Mädchen übergab. Die Pflicht, sie zu befreien, was es auch kosten mag.

Ein großer weißer Transporter kommt um die Kurve. Seine Fenster sind schwarz, und auf den Seiten steht CITY TOURS. In Prag 1 sind diese Transporter überall zu sehen, aber hier im Randbezirk wirkt er irgendwie fehl am Platz.

Er hält direkt hinter uns, und der Fahrer steigt aus und kommt auf mich zu. Er ist groß, vielleicht vierzig Jahre alt, hat braune, zum Teil ergraute Haare und trägt ein blaues Jackett mit dem Schriftzug City Tours. Ich fahre das Fenster herunter.

«Ist das da neben Ihnen Mr. Angler?», sagt der Mann lächelnd. Sein Atem riecht nach Pfefferminz, und er hat einen reinen amerikanischen Akzent.

«Er braucht einen Arzt», sage ich.

«Sieht ganz so aus», sagt er. «Wir werden ihn schon zusammenflicken, keine Sorge.» Er winkt zum Wagen, und ein Mann und eine Frau steigen aus. Sie tragen Jeans und Lederjacken und tragen eine große Leinentasche, auf der ein rotes Kreuz prangt. Sie öffnen die Beifahrertür und untersuchen meinen Dad. Während die Frau ihn mit einem Stethoskop abhört, betastet der Mann die Wunde mit seinen behandschuhten Händen.

«Wir tragen ihn rüber in den Wagen», sagt die Frau.

Ich will protestieren, aber der Fahrer legt mir beruhigend die Hand auf die Schulter. «Das sind Ärzte, und Ihrem Vater wird es schnell besser gehen», sagt er. «Wie heißen Sie eigentlich?»

«Sofija – äh, Gwendolyn.»

«Sie können mich Sam nennen», sagt er. «Also, hat Ihr Vater Ihnen erklärt, was das hier ist?»

«Nein.»

«Es ist eine Exfiltration – ein großes Wort, das bedeutet, dass wir Sie und Ihren Dad jetzt hier rausholen.»

«Ich kann nicht. Noch nicht», sage ich. «Ich muss noch was

erledigen. Es ist wichtig. Es – hören Sie, es hängen Menschenleben davon ab.»

«Wir fahren jetzt oder gar nicht, verstehen Sie? Stellen Sie jetzt den Motor ab.» Sein Lächeln ist verschwunden. Ich tue, was er sagt, und lege ihm die Schlüssel in die ausgestreckte Hand.

Er tritt zurück, als ich die Tür öffne und aus dem Land Cruiser steige.

«In acht Stunden», sage ich.

«Wie bitte?»

«In acht Stunden», wiederhole ich. «In acht Stunden bin ich wieder an genau dieser Stelle.»

Sam schüttelt den Kopf. «Dann sind wir nicht mehr hier, Gwendolyn.»

«Finden Sie einen Weg», sage ich.

—

Roman ist schon zu Hause gewesen, um sich für den Abend umzuziehen, und bereits wieder gegangen, als ich in die Wohnung komme. Auf diese Weise kann ich meine rituellen Waschungen – um meinen Körper von den hinter mir liegenden Aufgaben sowie denen, die noch vor mir liegen, zu reinigen – ungestört erledigen. Ich wasche den Schlamm und das Schießpulver mit Romans Lavendelseife ab, rasiere mir die Beine mit Romans Rasierer und frisiere mir die Haare mit Romans Pomade zur Seite.

Dann packe ich das smaragdgrüne Kleid aus der Pařížská Straße aus. Mein Gott, ist es schön. Ich schlüpfe hinein, schaffe es irgendwie, den Reißverschluss auf dem Rücken zu schließen, und gestatte mir einen Blick in den Spiegel. Ich sehe nicht, wie ich aussehe, nur mich selbst – mein Selbst. Eine Frau, die sich ihre smaragdgrüne Rüstung angezogen hat. Ein Drachen, dessen Schuppenhaut im Licht glitzert.

Als Nächstes kommen die Accessoires, die ich für diesen Kostümball benötige. Taubengraue, ellenbogenlange Handschuhe aus Paris. Eine schwarze, perlenbesetzte Clutch aus Mailand. Braun-gelbe Kapseln mit Rattengift aus Nordkorea.

Ich glaube nicht, dass ich es zu meiner Vielleicht-vielleicht-auch-nicht-Verabredung mit Sam schaffen werde. Nach reiflicher Abwägung aller Risiken halte ich es für zweifelhaft, dass ich so lange lebe. Aber ich habe Sünden begangen, die ich wettmachen muss. In was ich die Mädchen da hineingebracht habe, ist schlimm genug, aber was mit ihnen nach heute Nacht passieren wird, ist noch schlimmer. Ihr Schicksal liegt jetzt in meinen Händen – das ist die Bezahlung für die Sünden, die ich begangen habe. Wenn ich es schaffe und sie befreien kann, dann verdiene ich es weiterzuleben. Wenn ich versage oder bei meinem Versuch gefangen werde, dann verdiene ich keinen weiteren Atemzug. In diesem Fall werde ich mir eine der Kapseln in den Mund werfen und fest zubeißen. Der nächste Teil wird weh tun, aber es wird schnell gehen. Es wird schneller gehen und weniger schmerzvoll sein als das, was Bohdan Kladivo mit mir anstellen wird.

Es gibt noch einen Punkt auf der Tagesordnung, den ich absolvieren muss, bevor ich gehe. Ich setze mich auf das Sofa in Romans Wohnzimmer und kreuze die Knöchel. Im Fenster kann ich mein Spiegelbild erkennen, eine elegante, gesichtslose Silhouette. Ich brauche einen Augenblick, um allen Mut zusammenzunehmen, doch bevor ich meinen Beschluss noch mal überdenken kann, tippe ich die Zahlen in mein Handy.

Zwei Mal. Drei. Vier. Terrances Voicemail.

Ich schweige wie betäubt nach dem Piepton, weil ich auf die Möglichkeit, dass er nicht rangehen könnte, nicht vorbereitet war. Ich höre meinen Atem stocken, und das wird nun das erste sein, was er hört, meine panische Unsicherheit. «Hey», sage ich schließlich. Meine Stimme klingt flach, wie ein Geständnis. «Ich bin es. Ich – gehe gleich aus. Ich weiß nicht, wann ich zurückkomme. Vielleicht ist das das letzte Mal, dass ich reden kann, also – ich wollte dir danken, für alles.» Ich schweige und schäme mich aus irgendeinem Grund dafür, was ich sagen will. Wieder höre ich das statische Geräusch der Entfernung, der riesigen, unüberwindbaren Distanz zwischen ihm und mir. Ich schiebe meine Verlegenheit beiseite und rede weiter. «Ich wollte dir sagen – ich will dir sagen, dass – weißt du, ich war nie in dich verliebt. Nicht wirklich. Na ja, erst dachte ich, ich wäre es, aber – ich weiß, das klingt blöd, aber ...»

Doch dann gibt das Handy drei kaltherzige Pieptöne von sich. Anruf beendet, sagt das Display. Wann?, frage ich mich. Wann genau wurde das Gespräch beendet? Was werden die letzten Worte sein, die er von mir hört?

Ich werfe das Handy neben mich aufs Sofa. Vermutlich ist es besser so. Selbst wenn er es niemals hört, ich habe es gesagt, oder jedenfalls einen Teil. Welche Worte als Nächstes aus meinem Mund gekommen wären, weiß ich nicht. Ihm zu sagen, dass ich ihn geliebt hätte, wäre nicht wirklich ehrlich gewesen. Was ich liebe, ist die Welt, in der zwei Menschen sich ineinander verlieben dürfen, während sie auf einer Parkbank sitzen, in der sie sich vor nichts anderem fürchten als vor den Gefahren durch Betrunkene oder Regenwolken, in der sie über ihre Pläne für die Zukunft reden, die jetzt zumindest für einen von uns niemals eintreten werden.

Unten auf der Straße höre ich die Sirene eines Krankenwagens, der klagend einen Notfall bekannt gibt. Ich sehe auf die Uhr meines Handys und stecke es in meine Clutch. Mein Gott, ist es wirklich schon so spät?

Ich nehme ein Taxi zum Casino, das für das normale Geschäft bereits geschlossen hat. Heute geht es um die Milliardäre, die den Millionären ihre Schecks ausstellen und die nur so zum Spaß Fabergé-Eier und griechische Statuen und moldavische Teenagermädchen sammeln. Das Taxi passiert die Reihen geparkter Limousinen bis zum Eingang, wo mir ein Portier in Mantel und Hut die Tür aufhält und mich mit «Miss Sofija» begrüßt.

Ein Wachmann mit einem Magnetometer in der Hand weist mich an, die Hände zu heben. Dann führt er das Gerät über meinen Körper, während ein anderer Wachmann in meine Clutch schaut. Aber natürlich finden sie bloß mein Handy und eine kleine Flasche mit der Aufschrift Ibuprofen, die sie nicht öffnen.

«Werden Sie erwartet, Miss Sofija?», fragt ein Mann im Frack mit einem stählernen Lächeln.

«Ich bin Gast von Pan Kladivo», sage ich.

Aber er hält mich mit ausgestreckter Hand davon ab, die große Treppe hinaufzugehen. «Sind Sie sicher, dass das für heute Abend gilt? Veranstaltungen wie die heute Abend sind normalerweise nur für Männer.»

Ich bohre meine Augen in seine. «Dann rufen Sie doch Pan Kladivo herunter und fragen Sie ihn», sage ich. «Ich bin sicher, er freut sich darüber, wenn er von seinen Kunden weggerufen wird, nur um zu wiederholen, was ich Ihnen gerade gesagt habe.»

Die Hand verschwindet, und ich eile mit klappernden Absätzen über die Marmorstufen nach oben in den ersten Stock.

Ich betrete den Saal durch die riesigen vergoldeten Türen. Klassische Musik begleitet die Unterhaltung von etwa zwanzig Männern mit schwarzen Fliegen, die Cocktails trinken und reden und lachen und sich schon sehr auf das Extra auf ihrer heutigen Einkaufsliste freuen.

Ich bin die einzige Frau, und als ich durch die Menge gehe,

bricht die Unterhaltung ab, und die Blicke folgen mir. Ein paar scheinen zu glauben, dass ich zu den Verkaufsobjekten gehöre, berühren mich an der Schulter und beugen sich zu mir, um mein Parfüm aufzunehmen.

Roman sieht mich in dem Augenblick, als ich ihn sehe. Er löst sich von seinem Gesprächspartner und kommt direkt auf mich zu. «Sofija!», ruft er strahlend und im krassen Gegensatz zu dem mörderischen Ausdruck auf seinem Gesicht. Er packt mich hart an den Schultern.

«Guten Abend, Roman», sage ich und lasse mir nicht anmerken, dass er mir weh tut.

Er beugt sich zu mir und zischt: «Was zur Hölle tust du hier?»

«Du hast mich gefragt, ob ich hart genug bin für das, was nötig ist, Roman. Weißt du noch? Und genau das tue ich. Das, was nötig ist.»

«Das ist hier kein Ort für dich.»

Bohdan taucht hinter Roman auf und lächelt mich unbeeindruckt und ausgesprochen höflich an. «Sofija Timurovna, welche Freude, dich zu sehen. Und Roman, ich hatte ja keine Ahnung, dass du deine Freundin eingeladen hast.»

«Das habe ich auch nicht», sagt er. «Sie wollte gerade gehen.»

Ich befreie mich aus Romans Griff. «Sie wollten, dass ich das Geschäft lerne und Ihnen helfe, Pan Kladivo», sage ich. «Ich habe schon die eine Seite davon gesehen, und jetzt würde ich gern die andere sehen.»

«Du weißt, was hier heute Abend passiert, oder? Manche Frauen würden dieses Geschäft vielleicht *geschmacklos* finden, könnte man sagen. Aber du nicht, Sofija Timurovna?»

«Ich habe diese Frauen nach Praha gebracht, Pan Kladivo. Ich würde es gern zu Ende bringen», sage ich ruhig. «Außerdem hat mir ein weiser Mann einmal gesagt, dass Frauen, die in dieser Welt aufsteigen wollen, grausamer sein müssen als Männer.»

Als er mich seine Worte zitieren hört, lächelt Bohdan. Er wechselt ein paar Worte auf Tschechisch mit Roman und tätschelt mir leicht die Wange. «Dann kannst du gern bleiben», sagt er.

—

Die Frauen werden um genau acht Uhr dreißig von Miroslav Beran durch die Küchentür hereingeführt. Er reckt das Kinn in die Luft wie ein hochmütiger Kellner und führt die Parade an. Einige der Männer lachen und stoßen sich gegenseitig in die Rippen, während sie mit dem Kopf in Richtung von diesem oder jenem blonden oder schwarzhaarigen Kind deuten. Genauso wie Haie es tun würden, hätten sie Stimmbänder und Ellenbogen.

Bohdan Kladivos Klienten umringen die Frauen, unterhalten sich, betrachten sie und geben sich gar keine Mühe, ihre Menschenverachtung zu verbergen. Ein weißer Typ mit dünnen grauen Haaren fährt mit den Fingern über die Wange der Rothaarigen. Ein Araber befühlt die Haare einer Blonden.

Ich hatte dieselben verängstigten Mädchen erwartet, die vor Angst zitterten und vor Wut ausspuckten, als Emil und ich sie in den Laster trieben – doch diese Mädchen, die jetzt durch den Raum gehen, sind nicht dieselben. Sie sind Gummipuppen ihrer selbst, mit einem Gummilächeln, und sie zucken nicht einmal zusammen, als die Männer sie berühren. Nur wenn die Männer sich abwenden und sie sich unbeobachtet glauben, verwandelt sich ihr Gesichtsausdruck zurück in versteinertes Entsetzen.

Die Männer haben bereits vorbereitete Karten mit Fotos sowie einer kurzen Biographie der Frauen auf Englisch, Russisch, Arabisch, Französisch und Chinesisch bekommen. Ich finde einen Stapel dieser Karten auf einem Cocktailtisch.

Irina aus Vitebsk in Belaru. Irina ist fünfzehn Jahre alt, mag Sport und geht gern ins Kino. Sie sucht einen Mann, der sowohl körperlich als auch finanziell bei Kräften ist. Sie beschreibt sich selbst als romantisch und hat einen unstillbaren Appetit auf Liebe. Irina spricht drei Sprachen: Weißrussisch, Russisch und elementares Deutsch, doch sie ist mehr als willig, die Sprache zu lernen, die ihr Wohltäter bevorzugt.

Ich entdecke Irina unter den Frauen. Sie ist dünn und flachbrüstig und trägt heute Abend ein blaues Cocktailkleid. Der blaue Fleck, den ich über ihrem linken Auge erinnere, ist mit Make-up überdeckt worden.

Ich halte mich dicht an Bohdan und Roman und mache damit klar, dass ich zu ihnen gehöre. Bohdan bemerkt, dass ich mir Irinas Karte ansehe. «Siehst du den Mann, der gerade mit ihr redet? Er ist Saudi», sagt Bohdan. «Sie schlagen sich immer um die Blonden, bieten mindestens bis zu einer Million Euro, manchmal mehr. Pass auf.»

Und tatsächlich kommt der Saudi in seinem glänzenden, knöchellangen Thawb und mit einer rot karierten Kufiya auf dem Kopf einige Augenblicke später auf Bohdan zu. «Siebenhundert», sagt er und schwenkt ein Glas Scotch durch die Luft.

Bohdan lacht und legt dem Saudi eine Hand auf den Unterarm. «Ich habe schon ein Angebot für neun fünfzig», sagt er.

«Eine Million zweihundert», sagt der Saudi.

Bohdan notiert sich mit dem Stift, den ich meinem Vater geschenkt habe, etwas auf einen Zettel. «Ich lasse es Euch am Ende des Abends wissen, Eure Exzellenz», sagt Bohdan.

Als der Saudi sich abwendet, kommt ein bäriger Mann im Frack heran und packt Bohdans Schulter. Sein Gesicht ist gerötet, und er stinkt nach Alkohol. «Der schwarze Engel», sagt er auf Russisch. «Sagen Sie mir, dass sie noch zu haben ist.»

Ich folge dem ausgestreckten Finger des Russen, mit dem er auf eine Frau in etwa meinem Alter deutet. Ihre schwarzen Haare reichen ihr fast bis zur Hüfte. Auch ihre Augen sind dunkel wie zwei erloschene Kohlenstücke. Sie steht mit einem Glas Champagner in einer Ecke und versucht, in den hohen Schuhen, in die man sie gesteckt hat, nicht umzufallen. Ich blättere durch die Karten, bis ich ihr Bild gefunden habe.

Doina, siebzehn Jahre. In ihrer rumänischen Muttersprache bedeutet ihr Name «Volkslied». Sie stammt aus Konstanza am Schwarzen Meer, das viele Jahre von den ottomanischen Türken belagert wurde. In ihr fließt eine Menge würziges türkisches Blut!

«Seien Sie ganz beruhigt, Sergej Mihajlovič, sie kann Ihnen immer noch gehören», versichert ihm Bohdan.

«Ich biete einhundertfünfzig», sagt der Russe, als wäre es ein Schwur.

«Sie beleidigen mich, Sergej Mihajlovič.»

Der Russe tut so, als wäre er verzweifelt, und beißt sich in die geröteten Fingerknöchel. «Zweihundert, aber keinen Cent mehr, Sie alter Dieb.»

Bohdan lacht und klopft ihm auf die Schulter. «Ihr Gebot ist notiert.»

Doch sein Lächeln verschwindet, sobald der Russe außer Sicht ist. Bohdan beugt sich nah zu mir. «Dieser knickerige Bastard stand die letzten fünfzehn Jahre lang ganz oben auf jeder Forbes-Liste.» Er deutet mit dem Kopf zu Doina. «Und so eine Schönheit sieht man nicht alle Tage. Es schmerzt mich, sie so billig zu verkaufen.»

Die Bieterparade geht weiter. Auf Doina aus Konstanza folgt Olesja aus Čeljabinsk, gefolgt von Tamara aus Belgrad, gefolgt von Endrita aus einer Stadt in Albanien, die zu arm ist, um einen eigenen Namen zu tragen. Als Endrita verkauft ist, entschuldige ich mich und trete auf eine Terrasse neben der Bar hinaus. Die Luft ist kühl und beißt in meine nackten Schultern und Arme. Ich sehe hinaus auf die Stadt und frage mich, wie ich meinen Plan je umsetzen soll, wo ich doch weiß, dass er niemals funktionieren wird und diese Mädchen einfach nach Riad oder Moskau oder Macao gebracht werden und ich umsonst sterbe.

Die Sterne leuchten schön heute Nacht, immerhin. Ich sehe sie an, warte auf ein Zeichen, das nicht kommen wird, warte auf irgendetwas anderes als diese zärtliche Gleichgültigkeit. Das Schlimmste daran, nicht an Gott zu glauben, ist nicht, zu wissen, dass es keinen Himmel gibt. Sondern, dass es keine Hölle gibt. Leute wie Bohdan und Roman, die Frauen in die Sklaverei verkaufen, sterben genau wie alle anderen. Man kann nur hoffen, dass sie es fühlen, bevor sie gehen, all den Schmerz und all die Angst.

«Das ist nicht einfach», sagt Bohdan Kladivo, der sich hinter mich stellt. Er legt mir sein Dinnerjacket um die Schultern und zündet sich eine Zigarre an, pafft sie wie ein Fisch, der Luftblasen ausstößt. Der Rauch duftet und riecht teuer.

«Was ist nicht einfach?»

Er deutet mit dem Kopf zum Casino und der Auktion drinnen. «Beim dritten oder vierten Mal geht es dir besser damit.»

«Gewöhnt man sich daran?», frage ich.

«Man gewöhnt sich an das Geld.»

Ich könnte ihn jetzt sofort über das Geländer werfen. Er würde einfach auf den Parkplatz fallen oder auf das Dach einer der Limousinen.

«Das Leben ist nicht fair, Sofija Timurovna. Das weißt du.»

«Ja, Pan Kladivo.»

«Wenn wir es nicht tun, tut es jemand anderes. Er würde sie in

Frachtcontainer packen und sie sonst wohin schicken. Das wäre eine solche Verschwendung. Was wir tun, ist sicher, könnte man sagen, indem wir die Besonderen, die Besten *retten*. Wir retten sie davor, von zwanzig Männern pro Nacht in irgendeinem dreckigen Bordell gefickt zu werden. Die meisten dieser Mädchen, die du heute Abend siehst, werden besser essen, als sie je zuvor in ihrem Leben gegessen haben. Manche von ihnen haben zum ersten Mal fließendes Wasser. Sie werden nicht das Leben einer Straßenhure führen.»

«Sie *retten?*»

«Das ist nur ein Ausdruck. Vielleicht nicht der richtige.» Er pafft nachdenklich und betrachtet mich aus dem Augenwinkel. «Hast du Bedenken, Sofija Timurovna? Vielleicht bist du doch nicht die Teufelin, für die ich dich gehalten habe?»

Ich atme tief ein und drehe mich zu ihm um. «Ich bin mit jeder Zelle die Teufelin, für die Sie mich gehalten haben, Pan Kladivo», sage ich. «Und jetzt wollen wir reingehen.»

28. KAPITEL

Für die After-Party versammeln sich die zehn Gewinner im zweiten Stock des Casinos, dem Privatgeschoss, das ich als Croupière nie betreten durfte. Es ist ein luxuriöser Ort mit Ledersofas, die so weich sind wie Babyhaut. Die Köpfe toter Tiere hängen an den Wänden.

Heute ist dieses Stockwerk angefüllt mit dem tiefen Gelächter von Männern. Ihre Gesichter glühen im Licht des steinernen Kamins. Doch es ist auch ein Ort des Lernens für mich. Dies sind meine Lehrbeispiele für den Homo horribilis. Ich präge mir ihr Benehmen und ihre gesellschaftlichen Interaktionen ganz genau ein. Zum Beispiel lerne ich, dass der Verkäufer demjenigen, der etwas für Hunderttausende von Euro gekauft hat, eine gewisse Höflichkeit entgegenbringen muss, bis der Geldtransfer abgeschlossen ist. Ich lerne, dass selbst die so effizienten Schweizer zwei Stunden brauchen können, um Geld von einer Bank zur anderen zu transferieren, und wenn einer von ihnen zu den kleineren Millionären oder Scheichen gehört, die ihr Geld auf den Seychellen oder – wie die Russen – auf Zypern liegen haben, dann kann es sogar bis zu vier Stunden dauern.

Ich lerne auch, dass Männer, die Frauen kaufen, bei allen Unterschieden in Bezug auf Sprache und Nationalität und Kultur viele andere Interessen teilen. Der amerikanische Gas-Magnat, der antike Flugzeuge sammelt, findet einen neuen Freund in dem chinesischen Handy-König, und der Schwager des Cousins eines saudischen Königs verliebt sich geradezu in den

General aus Gambia. Der russische Nickel-Baron bringt dem indischen Vorstand einer Werbeagentur und dem britischen Reederei-Erben bei, wie man mit einer Flasche auf dem Kopf tanzt.

Doch reiche Männer sind auch ungeduldige Männer, und alle warten darauf, dass ihre Transaktionen abgeschlossen werden, damit sie sich in den anderen Flügel des zweiten Stocks zurückziehen können, wo ihre Einkäufe sie in opulenten Schlafzimmern erwarten, die ihnen ohne Zusatzkosten vom heutigen Gastgeber zur Verfügung gestellt wurden.

Während die Gelder von einem Konto zum anderen wandern und die Reisevisa durch Kontakte zu zehn unterschiedlichen Auslandsministerien bereitgestellt werden, servieren Bohdan und Roman Cocktails und bieten Zigarren an, die angeblich aus der persönlichen Sammlung des verstorbenen Saddam Hussein stammen, dessen Söhne vor diesem *unerfreulichen Vorfall*, wie man sagen könnte, hier Kunden waren.

Ich halte mich an ihrer Seite und spiele die Rolle der lernbegierigen Freundin. Der Amerikaner zeigt mir, wie man das Ende einer Zigarre abknipst, und zieht mich dabei auf seinen Schoß. Der Saudi hält ein Glas Scotch ins Licht und zeigt mir, wie man die Qualität an seiner Farbe erkennen kann. Der Russe macht mir einen Heiratsantrag, und ich antworte, dass ich darüber nachdenken werde, falls es mit Roman nicht so läuft.

Bohdan nimmt mich am Oberarm. «Du bist eine charmante Gastgeberin, Sofija Timurovna», sagt er leise. «Es ist gut, dass du heute Abend gekommen bist.» Sein Gesicht ist etwas geröteter als zuvor, und seine Worte klingen etwas undeutlicher.

«Ihre Kunden sehen durstig aus, Pan Kladivo. Erlauben Sie mir, ihnen neue Drinks zu bringen.»

«Gut», sagt er. «Aber für mich nichts mehr.»

«Ah, aber sie werden es unhöflich finden, wenn Sie nicht mittrinken, Pan Kladivo», lächle ich. «Nur noch einen Drink. Etwas Besonderes.»

Bohdan seufzt. «Nur noch einen, aber dann trinke ich nur noch Wasser.»

Sie sind allesamt betrunken und müde und glücklich. Als ich aus dem Zimmer gehe, klatscht mir der Amerikaner auf den Hintern. Alle lachen, sogar ich.

Ich schlüpfe durch die Tür und die Treppe hinunter zur Bar, wo Rozsa die Getränke für die Gewinner zubereitet. Die gelangweilten Bodyguards der Männer oben sind ebenfalls hier, trinken Mineralwasser und unterhalten sich. Sie sitzen überall an den Tischen, breite Männer in billigen schwarzen Anzügen. Rozsa ist vollkommen verängstigt, von ihnen und von den Männern oben. Auch wenn bei der Auktion noch nicht mal weibliche Kellner gestattet sind, weiß sie genau, warum sie auf dieser After-Party sind.

«Eine Flasche Tequila», sage ich leise und stelle mich neben sie hinter die Bar. «Hast du so was?»

«Oh ja», sagt sie. «Und sogar einen sehr guten.»

Das ist hier kein übliches Getränk und daher exotisch und besonders. Jeder wird davon trinken. Das gebietet die Höflichkeit.

«Gib mir die Flasche», sage ich. «Ich schenke ein.»

«Bist du sicher?»

«Rozsa, erinnerst du dich an meine Tarotkarten? Was du mir in deiner Wohnung erzählt hast?»

Sie holt eine schöne Kristallflasche vom höchsten Regal herunter und muss sich dafür auf die Zehenspitzen stellen. «Sechs Kelche, der Narr und der Tod», sagt sie.

«Weiß irgendwer, dass du hier arbeitest, Rozsa? Freunde in Praha? Oder hast du deiner Familie zu Hause davon erzählt?»

Sie schließt die Augen, weiß aus irgendeinem Grund genau,

was jetzt kommt. «Du bist meine einzige Freundin. Was meine Familie angeht, so bin ich allein, seit ich zwölf Jahre alt war.»

Ich stelle die Flasche auf die Bar und nehme ihre Hände. «Dann musst du jetzt zwei Dinge für mich tun.»

«Ja, Sofija.»

«Als Erstes: Geh. Verlass das Land. Jetzt. Und komm nicht wieder. Und das Zweite ist: Zwanzig Minuten, nachdem du aus der Tür bist, rufst du die Polizei.»

Sie umfasst meine Hände und schließt die Augen. «Ich habe eine andere Idee. Wir gehen beide. Du und ich. Nach Frankreich – oder England. Wir könnten es tun.»

Als sie die Augen öffnet, lächele ich sie an und schüttele den Kopf.

Rozsa atmet tief ein und blinzelt mich an. «Also ist es so, wie ich es geträumt habe, bevor du gekommen bist. Das ist das Geschenk.»

«Ich schätze schon.»

«Und was soll ich der Polizei sagen?»

«Sag ihnen – es hat ein Massaker gegeben.»

—

Im Raum oben ist die Unterhaltung vorangegangen. Irgendein Witz oder eine Anekdote hat die ganze Aufmerksamkeit der Männer. Ich komme mit einem schweren Silbertablett herein, auf dem dreizehn bis zum Rand gefüllte Gläser stehen, und balanciere es vor mir her, aber niemand scheint sich dafür zu interessieren.

Ich setze mich auf die Sessellehne des Russen, beuge mich vor und sage: «Sergej Mihajlovič, Sie sind doch ein Mann, der ein exotisches Vergnügen zu schätzen weiß, oder?» Damit gewinne ich seine Aufmerksamkeit, also mache ich weiter, spreche aber so leise, dass nur er es hören kann. «In diesen Gläsern ist Tequila, der besser ist als alle exotischen Vergnügen, die Sie jemals hatten.»

Er greift nach einem Glas, doch ich ziehe das Tablett fort. «Nicht so schnell, *gospodin.*» Mein Herr. «Er ist für alle. Wir müssen teilen. Werden Sie uns die Ehre geben und einen Toast aussprechen?»

Und das ist alles an Ansporn, was er braucht, denn in der nächsten Sekunde steht der aufgedunsene Sergej Mihajlovič schon auf und drückt jedem ein Glas in die Hand.

«Gentlemen!», ruft Sergej Mihajlovič über das Raunen der Unterhaltung hinweg. «Ich möchte einen Toast ausbringen auf unsere wunderbaren Freunde Bohdan und Roman Kladivo.»

Aber ich unterbreche ihn. «Sergej Mihajlovič, es muss ein richtiger russischer Toast sein. Auf ex. Kein Genippe.»

«Auf Russen-Art!», bellt er. «Auf ex!»

Alle heben die Gläser.

«Auf unsere Freunde Bohdan und Roman. Wir wünschen euch ein langes Leben!»

Und damit trinken alle. Alle außer mir. Nur Bohdan widersetzt sich Sergej Mihajlovičs Befehl und trinkt nur die Hälfte. Er starrt den restlichen Tequila in seinem Glas aus zusammengekniffenen Augen an, und auf seinem Gesicht liegt ein etwas säuerlicher Ausdruck.

Aber dann erschreckt Sergej Mihajlovič alle damit, dass er sein Glas in den Kamin wirft, wo es explodiert und Funken über die Boden sprüht. *«Na zdorovije!»*, bellt er. Prost!

Einen Augenblick herrscht unbehagliches Schweigen. Dann tritt Bohdan aus Solidarität mit seinem Gast vor und wirft sein eigenes Glas ins Feuer. Der Texaner folgt ihm, dann der gambische General, dann alle. Sie lachen eine gute Minute lang.

Ich weiß, ich sollte gehen. Aber irgendetwas zwingt mich zu bleiben. Wenn man den Mut hat, die Tat zu begehen, dann hat man auch den Mut, sich die Folgen anzusehen.

Und ich kann sie mir bereits wenige Sekunden später ansehen, als die große Dosis Cyanid im Rattengift seine Wirkung zeigt. Es beginnt bei dem chinesischen Handy-König. Er torkelt von den anderen weg, presst die Hände auf den Bauch, steht zitternd und breitbeinig da, als versuche er, das Gleichgewicht zu halten. Als er keuchend auf dem Boden zusammenbricht, mit offenem Mund und hervortretenden Augen, drehen sich alle zu ihm um – und dann spüren sie es auch.

Der Mann aus Gambia packt die Rückenlehne seines Stuhls und würgt. Der Amerikaner sinkt auf das Sofa und reißt an seiner Fliege. Selbst der bärige Sergej Mihajlovič schlägt sich mit der Faust gegen die Brust, stößt einen lauten Rülpser aus und fällt auf die Knie. Bohdan klammert sich an den Rand des Schreibtisches, ist aber ansonsten seltsam ruhig. Er sieht Roman an, sieht seinen Sohn mit aufgerissenem Mund, die Hände am Hals, vornüberkippen. Roman sieht seinen Vater an, dann fällt er zu Boden und zuckt wie unter Strom. Sein Gesicht ist kirschrot und wird immer dunkler.

Bohdan starrt mich an. Sein Körper stirbt vielleicht, doch sein Hirn ist noch nicht tot. Er versucht, das Problem zu verstehen – das Was und Wie und schließlich das Wer. Als ihm die Antwort dämmert, zwingt er sich, die Finger in den Mund zu stecken, und kotzt auf den Fußboden.

Ich trete über den fast reglosen Körper des gambischen Generals zu Bohdan. Er greift in sein Dinnerjacket, doch er schafft es nicht, die Pistole herauszuziehen. Also nehme ich sie für ihn heraus.

«Sofija Timurovna», sagt er. «Du enttäuschst mich.»

Ich lächle sanft. «Und Sie haben einen großen Fehler begangen, Pan Kladivo», sage ich. «Mein richtiger Name ist Gwendolyn Bloom.»

Selbst durch seinen Schmerz hindurch kann er die Verbindung herstellen. Ich greife noch einmal in sein Dinnerjacket, taste nach seiner Innentasche und finde den Füller. Er bringt kein Wort mehr heraus, weil sich das Gift jetzt durch seinen Körper arbeitet und die Sauerstoffversorgung jeder einzelnen Zelle ausschaltet. Ich halte den Füller hoch, damit er ihn sehen kann. Dann verkrampft und krümmt er sich. Ich nehme ihn in die Arme und halte ihn fest. Seine Spucke läuft warm und glitschig meine nackten Schultern herab.

«Ich habe ihn heute Nachmittag gefunden, Pan Kladivo», flüstere ich. «Ich habe meinen Vater gefunden. Er ist frei. Und die Frauen, die Sie verkauft haben, werden auch gleich frei sein.»

Ich lasse ihn los, und er fällt zu Boden. Ich höre ihn keuchen, und dann höre ich nichts mehr. Sein Körper windet sich einen Augenblick beinahe schlangenartig über den Boden, dann ist er still.

—

Elf Frauen steigen die Stufen ins Erdgeschoss hinab, dessen Lobby vom blinkenden Blaulicht erleuchtet wird wie eine Disco. Vor dem Casino stehen tausend Polizeiwagen und doppelt so viele Polizisten. Eine Achter-Schwadron in schwarzen Helmen und mit maskierten Gesichtern hinter einer Wand von Gewehrläufen marschiert in brillanter Koordination ihrer sechzehn Beine auf den Eingang zu.

Die Frauen drängen durch die Türen, heben die Hände, und ich folge ihnen als Letzte. Polizisten rennen auf uns zu und brüllen Kommandos auf Tschechisch. Ich knie mich mit den anderen hin und spüre harte Steine unter meinen Knien. Jemand packt mich von hinten. Jemand drückt mich zu Boden und legt mir Handschellen an.

Einen kurzen Augenblick lang bilde ich mir ein zu fliegen, als würde das Gesetz der Schwerkraft nicht mehr für mich gelten. Es ist dasselbe Gefühl, das ich auf dem Schwebebalken hatte, das beste aller Gefühle, das ich kenne. Es ist unvergleichlich. Doch ich fliege nicht, ich werde getragen. Rechts und links von mir sind Polizisten, die mich hochheben und hinten in einen Polizeiwagen befördern.

29. KAPITEL

Ich bin nackt und friere, also stütze ich die Hände auf den Boden, stemme meine Zehen gegen die Betonfläche, die mein Bett darstellt, und mache wieder Liegestütze. *Eins. Zwei. Drei. Vier.*

In der Zelle gibt es kein Fenster außer dem in der Tür, und das ist die ganze Zeit verdeckt und wurde seit meiner Ankunft nicht ein einziges Mal geöffnet. In der oberen Ecke der Zelle hängt eine Kamera unter einer kleinen schwarzen Glaskuppel. Ich weiß nicht, ob ich ständig überwacht werde, aber ich muss davon ausgehen.

Achtzehn. Neunzehn. Zwanzig. Einundzwanzig.

Ich schlafe immer nur ein paar Minuten am Stück. Das Licht wird nie ausgeschaltet, und da es keine Decken gibt, ist es sowieso zu kalt, um zu schlafen. Ich versuche, mich an den Mahlzeiten zu orientieren, die mir durch einen Schlitz unten in der Tür durchgeschoben haben, um mein Zeitgefühl nicht zu verlieren. Neun Mahlzeiten geteilt durch drei pro Tag bedeutet, dass ich schon drei Tage hier bin.

Seit dem Verhör in der ersten Nacht habe ich keinen Kontakt zu einem anderen Menschen gehabt. Ich glaube noch nicht mal, dass die Typen, die mich verhört haben, tschechische Polizisten waren. Ihr Englisch war zu gut und ihre Anzüge zu teuer. Das waren Regierungstypen, genauer: Leute vom Geheimdienst. Nicht, dass sie etwas davon gehabt hätten. Ich habe nichts zugegeben und ihnen bloß meinen Namen gesagt, meinen richtigen Namen, Gwendolyn Bloom. Was ist mit den Dutzend Leichen, die man gefunden hat und die offenbar vergiftet wurden? Was ist mit der verlassenen Polizeistation nördlich von Prag und dem ausgebrannten Laster? Keine Ahnung. Nicht die leiseste.

Zweiundsiebzig. Dreiundsiebzig. Vierundsiebzig. Fünfundsiebzig. Ich breche erschöpft, aber endlich warm auf dem Betonboden zusammen. An der Tür ist ein Geräusch zu vernehmen. Ist es schon wieder Zeit zu essen? Aber dann erkenne ich, dass das Geräusch anders ist. Es ist ein Schlüssel im Türschloss.

—

Auch im Polizeitransporter gibt es keine Fenster. Ich sitze allein im unbeheizten Hinterteil des Wagens, aber ich bin dankbar, dass man mir endlich Kleidung gegeben hat. Es sind zwar nur ein orangefarbener Gefängnis-Overall und billige Filzschuhe, aber immerhin hält beides die schlimmste Kälte ab. Hier hinten gibt es noch nicht einmal einen Wachmann. Die Wände zwischen mir und dem Vorderteil des Wagens sind aus festem weißen Metall.

Wir fahren nur etwa zwanzig Minuten lang, erst über glatte Asphaltstraßen, dann langsam über viel befahrenes Kopfsteinpflaster. Draußen höre ich Automotoren und wütendes Hupen und ferne Sirenen. Offenbar sind wir wieder in Prag. Der Wagen biegt scharf rechts ab und hält sofort danach an. Ich höre draußen Stimmen, zwei Frauen, die mit einem Mann sprechen, aber ich kann nicht verstehen, was sie sagen oder welche Sprache sie sprechen.

Die Tür öffnet sich, und ich blinzle in den bedeckten grauen Himmel, in das erste Tageslicht, das ich seit einer gefühlten Ewigkeit sehe. Eine Polizistin bedeutet mir herauszukommen.

Es riecht nach Regen, und es ist beißend kalt. Wir stehen in einer Gasse zwischen zwei sehr alten Gebäuden aus braunem Stein. Eine Bierflasche rollt über den Boden. Eine weitere Polizistin gesellt sich zu der ersten. Sie führen mich durch eine Stahltür und einen langen Flur hinunter zu einem geschlossenen Fahrstuhl.

Die Fahrstuhltüren sind ein Portal zu einer anderen, viel schöneren Welt. Ich stehe auf einem plüschigen roten Teppich, die Wände sind verspiegelt. Ein Messingschild, auf dem Rauchen verboten steht, befindet sich über den Knöpfen. Der zweite Stock ist mit der Aufschrift CLUB LEVEL versehen.

Ich nehme seltsame Gerüche wahr: Desinfektionsmittel, feine Seife, gegrilltes Hühnchen. Und auch seltsame Geräusche: die Unterhaltung einer Menschenmenge, eine emsige Restaurantküche, einen Staubsauger. Der Fahrstuhl fährt die Stockwerke hinauf, und dabei gibt er kein hässliches Piepen von sich, sondern einen melodischen Ton. Wir fahren bis ganz nach oben in den vierzehnten Stock, und als sich die Türen öffnen, wird mir klar, dass wir uns in einem Hotel befinden.

Die Polizistinnen führen mich einen Flur hinunter, durch die geöffneten Türen des Zimmers ganz am Ende. Es ist nicht bloß ein Zimmer, sondern eine große und schöne Suite; im Wohnzimmer steht sogar ein Flügel. Es gibt einen Kamin, vor dem zwei blauseidene Sofas stehen. Ein hübscher junger Mann in Portiersuniform trägt sogar Fliege und weiße Handschuhe. Er verbeugt sich und lächelt mich freundlich an, als ob er hier oben ständig Gäste in Ketten und orangefarbenen Overalls begrüßt.

Die Polizistinnen lösen meine Handschellen und schließen beim Hinausgehen die Tür. Ich bleibe mit dem immer noch lächelnden Portier allein und blinzle ihn verwirrt an.

«Willkommen im Eminenz Royal Hotel von Praha, Miss. Darf ich Sie mit den Räumlichkeiten bekannt machen?»

Ich stammele, dass er das darf, und er zeigt mir, wie man den Kamin anzündet, wie man die Wanne einlässt, und öffnet den Schrank im Schlafzimmer, um mir das Bügeleisen und das

Bügelbrett zu zeigen. Dabei sehe ich, dass all meine Kleider aus Romans Wohnung hier hängen – gereinigt und gebügelt.

«Wer – wer hat das alles arrangiert?», frage ich.

«Freunde von Ihnen, Miss. Mehr kann ich nicht sagen, denn mehr weiß ich nicht.»

«Gibt es hier ein Telefon? Ich muss jemanden anrufen.»

«Ah, leider wurden die Telefone entfernt. Aber wenn Sie irgendetwas wünschen: Draußen vor der Tür der Suite steht immer ein Diener.»

Ich sehe den «Diener» mit eigenen Augen, als der Portier geht – ein Mann Ende dreißig mit dem reglosen Gesichtsausdruck und dem kurzen Haarschnitt eines Soldaten. Er steht mit dem Rücken an der Wand und hält sich die Hände vors Geschlechtsteil, als müsse er sich bedecken. Ein zu großer schwarzer Anzug hängt an seinem Körper, und die kleine Kordel eines Kopfhörers verschwindet von seinem Ohr in seinem Jackett.

Mit anderen Worten: Das ist bloß eine andere Art von Wachmann, und dies ist bloß eine andere Art von Gefängnis. Ich schaue dem Portier nach, wie er den Flur heruntergeht, und warte, dass der Diener etwas sagt, aber er tut es nicht, also schließe ich die Tür. Ich suche nach der Türkette, aber natürlich wurde auch sie, ebenso wie das Telefon, entfernt.

Das Zimmer riecht angenehm nach Vanille und Blumen, ich dagegen merke, dass ich stinke. Ich habe seit der Auktion weder geduscht oder mir die Haare gekämmt noch mir auch nur die Zähne geputzt, und ein Blick in den vergoldeten Spiegel über der Vase mit den frischen Blumen bestätigt, dass ich grauenvoll aussehe. Ich gehe ins Badezimmer und stelle erleichtert fest, dass wenigstens die Verriegelung dieser Tür intakt ist.

Ich ziehe mich aus und steige in die Dusche. Selbst das Wasser fühlt sich luxuriös an, irgendwie weicher, heiß, aber nicht aggressiv. Das Shampoo bildet einen weichen Schaum. Als ich fertig bin, ziehe ich einen riesigen weißen Bademantel über, der so dick und weich ist wie ein Nerzmantel. Dann höre ich ein Geräusch vor der Badezimmertür. Nichts Geheimnisvolles, nur das Geräusch von Geschirr und Besteck, das aufgelegt wird, und eine leise Unterhaltung. Ich öffne die Badezimmertür. Am Esstisch legen drei Kellner ein einzelnes, aber sehr aufwendiges Gedeck auf.

Einer der Kellner füllt eine Matzeknödel-Suppe in eine Schüssel, ein zweiter lüftet den silbernen Deckel über dem Hauptgang. Darunter befindet sich ein riesiges und sehr appetitlich aussehendes Clubsandwich auf einem Nest von Pommes frites. Nach drei Tagen grau-rosa Irgendwas, das fades Gulasch oder würziges Weizenmehl gewesen sein kann, ist das ein herrlicher Anblick, aber ich weiß, dass es das Essen nicht umsonst gibt.

Ich esse trotzdem, verschlinge alles in wenigen Minuten und spüle es mit einer Flasche Cola runter, die die Kellner in einen Champagnerkühler gestellt haben. Ich esse zu schnell und bin zu satt, und gerade als ich fertig bin, kommt bereits die Rechnung: ein Klopfen an der Tür. Es ist keine Bitte um Einlass, denn die Tür öffnet sich schon eine Sekunde später, ohne dass ich etwas gesagt hätte.

—

Ich brauche eine Minute, um Chase Carlisle zu erkennen, aber als es bei mir klick macht, wallt die Panik wie kochendes Wasser in mir auf. Instinktiv ziehe ich meinen Bademantel fester zu. Er ist ein bisschen dicker und um einiges müder als damals in New York. Selbst seine perfekten braunen Haare sind nicht mehr ganz so perfekt und zeigen graue Ansätze an den Schläfen.

«Unten gibt es so eine blödsinnige kolumbianisch-asiatische Küche», sagt er mit der weichen Betonung eines Gentlemans aus Virginia. «Aber ich dachte, nach drei Tagen tschechischem Gefängnisessen hätte die junge Gwendolyn vielleicht gern etwas Ordentliches zwischen den Kiemen.»

«Es war sehr lecker, vielen Dank», sage ich wie ein braves kleines Mädchen mit guten Manieren.

Carlisle zieht sich einen Stuhl heran und lässt sich darauffallen. Er hat seine Krawatte am Hals gelockert, und sein Sportmantel aus Tweed sieht verknittert aus, als hätte er darin geschlafen. «Wo ist er, Gwendolyn?»

«Wer?»

«Dein Vater.»

Mein Blick wandert zu der Gabel neben meinem Teller, und ich überlege, wie schnell ich sie greifen kann. «Ich weiß es nicht», sage ich.

«Du hast ihn irgendwo abgesetzt, nachdem du ihn gerettet hast. Wo war das?»

«Irgendwo in den Randbezirken. Wir wurden erwartet – von *Freunden*, hat er gesagt.»

«Das waren wohl nicht zufällig Russen oder Chinesen, diese Freunde?»

«Sie haben auf mich nicht wie Russen oder Chinesen gewirkt.»

Carlisle stößt einen langen Seufzer aus, lässt den Kopf in die Hände sinken und massiert sich die Schläfen. «Es hätte nicht dazu kommen dürfen, weißt du. Wann immer wir an dich herangetreten sind, haben wir es zu deiner eigenen Sicherheit getan.»

Die Worte schießen mir ungewollt wütend aus dem Mund: «Wann zur Hölle sind Sie denn je an mich *herangetreten*? Als Sie in Washington auf Ihrem Hintern gesessen haben, während ich hier war und *Ihren* Job gemacht habe, um meinen Vater zu finden?»

Carlisle pickt einen übrig gebliebenen Pommes frites von

meinem Teller, als denke er noch darüber nach, ihn zu essen. «Wir sind in Berlin an dich herangetreten, Gwendolyn», sagt er müde. «Als du mit diesem Jungen zusammen warst, Christian, erinnerst du dich? Zwei Männer haben sich dir auf der Straße genähert. Aber du hast eine Waffe gezogen und alles versaut. Dann haben wir es noch einmal im Zug nach Prag versucht. Und da hast du es durchgezogen – und einem Mann direkt ins Herz gestochen.»

«Er hatte eine Pistole», sage ich.

«Kannst du ihm das verdenken, nach dem, was in Berlin passiert ist?» Er schüttelt den Kopf. «Wenn du es den Profis überlassen hättest, dann hätten wir all das vermeiden können.»

«Was denn, den Tod Ihres Kontaktmannes für Panzerfäuste und Teenager-Huren?»

Carlisle zieht leicht überrascht die Augenbrauen hoch. Dann steht er auf und tritt mit den Händen in den Taschen zum Fenster. «Ich werde dich nicht anlügen, Gwendolyn. Es ist ein dreckiges Geschäft in einer dreckigen Welt. Ja, Bohdan Kladivo gehörte uns. *Gehörte.*» Er dreht sich um und hält den Finger in die Luft, um seinen Punkt zu unterstreichen. «Aber als wir von dem Menschenhandel erfuhren, haben wir diese Zusammenarbeit beendet. Dein Vater, Gott segne ihn, hat sich dafür eingesetzt.»

«Wer hat meinen Dad in die Falle gelockt? Wer hat das arrangiert?»

Er fährt mit den Fingern über ein elegantes Schachspiel aus Leder, das auf einem Tisch neben dem Fenster steht, und nimmt die schwarze Königin in die Hand. «Spielst du?»

«Nicht wirklich.»

«Es ist schon komisch. Die Leute sagen immer, Politik sei wie ein Schachspiel. Aber so ist es nicht. In der Politik gibt es nur Bauern, und die Spieler sitzen noch nicht mal am Tisch.» Er kippt den schwarzen König um und sieht mich an. «Wir haben ihn übrigens in der Schweiz verhaftet. Als er in Zürich aus dem Flugzeug stieg.»

«Wen?»

«Joseph Diaz. Diaz und Kladivo wollten sich Viktor Zorićs Geld teilen. Dein Vater war der Einzige, der wusste, wo man die PIN-Nummern findet.» Er stößt einen erschöpften Seufzer aus. «Die Konten, zu denen diese Nummern den Zugang ermöglichen, sind so was wie das Ungeheuer von Loch Ness im Schweizer Bankensystem. Wir wissen immer noch nicht, ob sie überhaupt existieren.»

Ich senke den Blick, konzentriere mich auf das Tischtuch und die leere Colaflasche, nur nicht auf Carlisle. Joey Diaz war immer so was wie Familie für mich, als wir noch im Ausland wohnten. Wir verbrachten die Ferien zusammen, ich spielte mit seinen Kindern. Und Joey Diaz war es, der mir erzählte, dass Dad kein Sesselpupser im Auswärtigen Amt war, sondern Spion bei der CIA. «Warum sollte ich Ihnen das glauben?»

«Was?»

«Das mit Joey Diaz. Woher soll ich wissen, dass Sie nicht derjenige sind, der meinen Dad betrogen hat?»

Ein resigniertes Lachen und ein trauriges Kopfschütteln. «Ich weiß es nicht, Gwendolyn. Sieh dich doch um. Bist du in irgendeinem Keller? Hast du Ketten an den Handgelenken?»

Ich verstehe, was er meint, schweige.

Er dreht sich um, schiebt die Hände zurück in die Taschen. Er ist bloß ein weiterer zerzauster, dummer öffentlicher Angestellter, der in irgendeiner Scheiße sitzt, die sein Gehalt bei weitem nicht ausgleicht. «Würde es dir helfen, wenn ich dir den Haftbefehl für Joseph Diaz zeige? Oder die zehntausend Memos, die über meinen Schreibtisch gegangen sind, seit dein Dad verschwand und du beschlossen hast, ihn zu suchen?»

«Ja», sage ich. «Zeigen Sie sie mir.»

Carlisle zieht die Augenbrauen hoch. «Dann bekommst du sie heute Abend. Spätestens morgen früh.»

«Und was jetzt? Gehe ich jetzt wieder in ein tschechisches Gefängnis?»

Er legt mir die Hand auf die Schulter. Es überrascht mich, dass ich nicht zusammenzucke. «Nein, wir bringen dich nach Hause. Warten darauf, dass dein Vater Kontakt aufnimmt. Mit den Tschechen haben wir einen Deal gemacht. War nicht schwierig. Die halbe Regierung hätte dir gern eine Medaille dafür verliehen, dass du Kladivo umgebracht hast. Wir können morgen abreisen, sobald das Debriefing erledigt ist.»

«Das Debriefing?»

Carlisle zuckt die Schultern. «Wir fragen dich, was passiert ist, und du erzählst es uns. Nur eine Formalität. Bloß damit wir etwas in die Akte legen können.»

—

Sie ist schätzungsweise vierzig und trägt die glatten schwarzen Haare zum Pferdeschwanz gebunden. Sie hat einen marineblauen Hosenanzug an und hält eine Ledertasche in der Hand. Als sie die Suite betritt, sagt sie ein freundliches, sehr amerikanisches «Hallo», als wäre sie bloß die nette Nachbarin, die sich den Rasenmäher borgen möchte. Carlisle stellt sie mir als Dr. Dimon vor, eine Psychiaterin, die mir, wie er sagt, durch das Debriefing helfen wird.

«Das ist nur ein Beamtenausdruck für ein Gespräch», sagt sie und neigt den Kopf zur Seite. «Du hast in den letzten Tagen ganz schön was durchgemacht, was?»

So wie sie es sagt, klingt es sehr oberflächlich und passiv, als hätte ich einen Autounfall erlebt anstatt meinen selbst angezettelten Krieg durchstanden. Aber das ist vielleicht auch ihre Absicht.

«Mir geht es gut», sage ich.

«Gwendolyn, wann war deine letzte Tuberkuloseimpfung?»

«Keine Ahnung.»

Dr. Simon hebt ihre Ledertasche hoch. «Leider ist TB in tschechischen Gefängnissen sehr verbreitet, daher empfehlen wir jedem in deiner Situation eine Auffrischungsinjektion. Würde es dir was ausmachen? Es tut nur eine Sekunde weh.»

Ich will schon ablehnen, aber wenn es weiterhilft, dann meinetwegen. Ich setze mich auf das Sofa und schiebe den Ärmel meines Bademantels hoch.

Dr. Simon setzt sich neben mich, streift ein Paar durchsichtige Gummihandschuhe über und bereitet die Injektion vor. Ihre Finger sind kalt und klebrig, als sie das Fleisch an meinem Oberarm zusammendrückt.

Früher musste ich immer wegsehen, wenn ich geimpft wurde, aber aus irgendeinem Grund ist es mir diesmal egal. Ich sehe zu, wie sich die schlanke Nadel meinem Arm nähert, und blinzle noch nicht mal, als die Spitze einen Krater in meine Haut drückt und dann hindurchgeht. Während sie den Kolben der Spritze herunterdrückt, breitet sich das Gefühl, angenehm kühles Wasser gespritzt zu bekommen, von meinem Arm in meine Brust aus, dann in meine Beine und meinen Kopf. Die Ärztin drückt ein Wattepad über das Einstichloch, als sie die Nadel abzieht, und klebt ihn mit Pflaster fest.

«Gut gemacht», sagt Dr. Simon, als wäre sie Kinderärztin und ich vier Jahre alt.

Sie setzt sich in den Lehnstuhl, während Carlisle sich in der andere Ecke des gegenüberliegenden Sofas niederlässt. Ich kann ihn von meinem Platz aus kaum sehen.

«Hast du es bequem?», fragt Dr. Simon.

«Klar», sage ich.

«Dann wollen wir uns ein bisschen unterhalten.» Sie schlägt die Beine übereinander und beugt sich vor, so wie jeder Therapeut, den ich in meinem Leben gesehen habe. «Lass uns damit anfangen, wie du deinen Vater, deinen Dad, gerettet hast. Ich habe gehört, das war ein ganz schönes Abenteuer.»

Es nervt mich total, ihre Haltung und ihr Ton. Und die drei Tage, in denen ich nicht wusste, ob es Tag oder Nacht ist und in denen ich immer nur zehnminutenweise geschlafen habe, machen sich offenbar bemerkbar. Ich sehe hinüber zur Großvateruhr in der Ecke. Es ist Viertel nach eins. Ich nehme mir vor, ihre Fragen bis genau halb zwei zu beantworten und dann eine Pause zu verlangen.

Ich fange mit dem Morgen der Auktion an: mit dem Deal für die Panzerfäuste, wie ich Emil erschossen und den Laster in die Luft gejagt habe; dann die Rettung, der dicke Wachmann, die Wunde meines Vaters. Es erschreckt mich, wie gut ich mich erinnern kann. Ich erzähle ihr jedes Detail, weil alles mit unglaublicher Klarheit zurückkehrt, als wäre meine Erinnerung eine Ausstellung in einem Museum, durch die ich gehe und die ich einem blinden Begleiter beschreibe.

«Und nun erzähl mir, wo du ihn hingebracht hast. Wer hat ihn abgeholt, Gwendolyn?»

Ich beschreibe den City-Tours-Wagen, den Typ namens Sam und wie er ausgesehen hat, die beiden Sanitäterinnen und wie sie ausgesehen haben. Mein Gott, wieso kann ich mich so gut erinnern? Ich ziehe den Bademantel noch fester und sinke tiefer ins Sofa. Es ist wirklich sehr gemütlich hier, und vielleicht habe ich mich in dieser Dr. Simon geirrt. So langsam wird sie mir sympathisch. Sie ist freundlich, übertreibt es aber nicht.

«Dieser Sam», sagt sie jetzt, «was hat er gesagt, wo sie deinen Dad hinbringen?»

Ich schüttle den Kopf. «Gar nichts.»

«Nichts? Er hat doch bestimmt etwas gesagt.»

«Nein. Ich bin weggerannt, bevor er das konnte.»

«Hatte Sam irgendeinen Akzent?», fragt sie.

«Amerikanisch», sage ich.

«Interessant», sagt sie.

Dann stellt sie Fragen über die Vorkommnisse später am Abend. Über das Gift, das ich verwendet habe. Wie ich es den Männern verabreicht habe. Wie ich mich fühlte, als ich sah, wie sie alle vor meinen Augen zusammenbrachen und starben. Ich erzähle ihr alles ganz sachlich, als wäre ich wieder in diesem Zimmer im Casino und stiege über die Leichen zum Ausgang. Als ich aufsehe, lehnt sie sich mit besorgtem Gesicht vor und hält eine Schachtel mit Taschentüchern in der Hand.

Ich frage mich, warum sie das macht, bis ich spüre, wie sich meine eigenen Tränen auf meinen Wangen und meinem Hals abkühlen. Wie lange habe ich schon geweint? Ich schäme mich dafür, vor ihr geweint zu haben, aber nur etwas. Dr. Simon scheint das nicht zu stören. Sie kennt so was und versteht es, das sehe ich.

«Lass uns noch ein Stück zurückgehen, Gwendolyn. Nach New York.»

Ich bin so müde. Ich lege den Kopf zurück, rolle mich in der Sofaecke zusammen, schließe die Augen.

«Noch nicht, Gwendolyn», sagt Dr. Simon. «Nur noch ein paar Fragen, okay?»

«Okay, Dr. Simon.»

«Wir haben den Lagerraum in Queens gefunden. Du bist da eingebrochen, oder? Keine Sorge, du bist deswegen nicht angeklagt.»

«Ja. Ich habe ein Fenster eingeschlagen.»

«Und was hast du da gefunden? In dem Lagerraum?»

Meine Kehle fühlt sich rau an, als hätte ich sehr lange geredet. Zu viel. Die Buch-Chiffre. Terrance. «Eine Liste mit Kontonummern», sage ich. «Kann ich etwas Wasser bekommen?»

Es gibt eine Pause, eine Unterbrechung im Fragerhythmus, während Carlisle außer Sicht verschwindet. Einen Moment später kehrt er mit einem Glas Wasser zurück und stellt es vor mir ab.

«Und wo sind diese Kontonummern jetzt, Gwendolyn?», sagt sie, während ich trinke. Das Wasser ist köstlich, sauber und reinigend.

«Zerstört», sage ich. «Verbrannt.»

«Warum hast du sie zerstört, Gwendolyn?»

Yaels Worte, als wir in Paris dem Zettel beim Verbrennen im Mülleimer zusahen. *Denk immer daran: Jeder, der dich nach diesen Kontonummern fragt, ist dein Feind.*

«Ich – ich kann mich nicht erinnern. Tut mir leid.»

«Das ist okay, Gwendolyn», sagt sie. «Gab es noch eine Kopie?»

Ich öffne den Mund, um ihr die Antwort zu sagen, um die Geschichte ein bisschen auszuschmücken. Ihr von *1984* zu erzählen, von dem Code und dass es kein Problem wäre, die Kontonummern zurückzukriegen. Aber ich tue es nicht. Weil ich nicht kann. Irgendwas hindert mich daran, die Worte zu formen. Ich greife unter meinen Bademantel und kratze an der Wunde an meinem Arm, wo sie mir die Tuberkulosespritze gegeben hat. Durch das Zimmer sehe ich auf die Großvateruhr: Es ist zwei Minuten vor sechs.

Ich sehe runter und konzentriere mich auf den Stoff meines Bademantels. Was ist los mit mir? Warum kann ich ihr nicht antworten? Aber mein Gehirn kann an nichts anderes denken als an die Zeit auf der Uhr. Da war etwas, das ich zu einer bestimmten Uhrzeit tun wollte. Irgendeine Deadline, die ich mir gesetzt hatte. Und jetzt ist sie vorbei. Jetzt ist es zu spät.

Dann fällt es mir wieder ein. Ich wollte ihre Fragen schon vor viereinhalb Stunden nicht mehr beantworten. Viereinhalb Stunden? Meine Güte, wo ist die Zeit geblieben? Sie ist einfach verschwunden, als wäre ich eingeschlafen. Wieder kratze ich an meinem Arm.

Ich weiß, dass ich wütend auf Dr. Simon sein sollte, weil sie mich angelogen hat. Vom Kopf her würde ich gern aufstehen und ihr den Hals brechen. Aber wir wollen nicht übereifrig sein. Wir wollten keine voreiligen Schlüsse über ihre Absichten ziehen. Sie wird mir schon die Wahrheit sagen, diese Dr. Simon, ich brauche sie nur zu fragen. Sie ist cool. Sie hat das Gesicht von jemandem, dem man vertrauen kann.

«Dr. Simon?», frage ich. «Das war keine TB-Impfung, die Sie mir gegeben haben, oder?»

«Es war etwas, damit du besser entspannen kannst, Schatz», sagt sie. «Und damit du dich besser erinnerst.»

Ich ziehe mich in meinem Kopf zurück und frage mich, wo die Wut geblieben ist. «Mr. Carlisle?», sage ich ruhig, ohne die Wut gefunden zu haben. «Das mit Joey Diaz stimmt nicht, oder?»

Carlisle steht vom Sofa aus und zieht seine Hose zurecht. Dann tritt er um den Couchtisch herum, bis er direkt vor mir steht. «Noch mal?», fragt er.

«Es war nicht Joey Diaz, der meinen Dad betrogen hat», sage ich. «Sondern Sie.»

Carlisle packt meine Handgelenke, doch meine Sinne sind langsam und unbeholfen, und als ich begreife, was passiert, hat Dr. Simon schon eine neue Nadel in meinen Arm gestochen. Das Gefühl, kühles Wasser injiziert zu bekommen, breitet sich erneut in meinem Körper aus.

30. KAPITEL

Grobe Hände halten meine Arme, und ich fühle die kühle Nachtluft auf meiner Haut. Es riecht nach Leder und altem Kaffee. Ich höre ferne Stimmen und einen Motor, einen großen, amerikanischen Motor, der sich beim Anschalten räuspert. Irgendwer schnallt mir einen Gurt um, und wir fahren los.

Es scheint um einen Notfall zu gehen, jedenfalls schließt mein betäubter Geist das aus der vagen und formlosen Ansammlung von Hinweisen: die Art, wie man mit mir umgeht, der Klang der Männerstimmen, das Aufheulen des Motors. Alles wirkt hastig und dringend. Mein Transport muss offenbar schnell gehen, in diesem Moment, jetzt sofort. Ich versuche, mich zu fokussieren und die Hinweise zu sortieren, aber es ist so schön warm hier in meiner dämmrigen Welt, und etwas sagt mir, dass ich die Antworten sowieso nicht wissen will.

Ich merke, dass Carlisle neben mir sitzt. Ich erkenne ihn an seinem Geruch: Er riecht nach einem holzigen Eau de Cologne, wie Gentlemen mit viel Geld es tragen, und einer bestimmten Art von gierigem Schweiß, der Hunde zum Knurren bringt. Er unterhält sich mit jemand anderem, vielleicht dem Fahrer, und ich höre die Worte «Abflug in fünfundvierzig Minuten».

Abflug. Sie wollen zum Flughafen. *Wir* wollen zum Flughafen. Ich zwinge meine Augen, sich zu öffnen, und versuche, ein paar Daten aufzunehmen – wo bin ich, wer ist hier – und deren Bedeutung zu verstehen. Ich sitze hinten in einem großen SUV. Einem Chevy, jedenfalls steht das auf dem Steuerrad. Das Fahrzeug der Wahl für die amerikanische Botschaft überall auf der Welt. Und ich bin nicht mehr im Bademantel. Jemand hat mich angezogen. Gott, ich hoffe nur, es war nicht Carlisle.

Ich sehe nach draußen. Es ist schon dunkel. Wir fahren durch die Randbezirke von Prag, die sich bald in verunkrautete Felder und ein paar Birkenwäldchen verwandeln, wie man im Scheinwerferlicht sehen kann. Die Uhr auf dem Armaturenbrett zeigt 23.42.

Carlisle sitzt vorgebeugt neben mir. Er hat sich die Jacke ausgezogen und versucht gar nicht mehr, sein Schulterholster und seine Pistole zu verbergen. Er stützt den Arm auf das Kopfteil des Fahrers und sieht prüfend und suchend auf die Straße vor uns. Mit der anderen Hand drückt er sich ein Handy ans Ohr.

«Krieg General Alijev zu fassen!», brüllt er, als ob die Person, mit der er spricht, sehr weit weg wäre. «Sag ihm, wir sind auf dem Weg zur Startbahn. Voraussichtliche Ankunft in Aschgabat in sieben Stunden. Verstanden? Sieben Stunden. Enttäusch mich jetzt nicht.»

Ich versuche zu überlegen, wo Aschgabat ist. Kasachstan. Usbekistan. Jedenfalls *Irgendein-stan*. Was gibt es da? Öl. Diktatoren. Geheime Gefängnisse. Turkmenistan – das ist es. Geführt von einem Mann, der von den USA geliebt wird, aber von allen anderen gehasst, besonders von seinen eigenen Landsleuten. Ein Diktator, den die USA für die Aufgaben einsetzen, die sie selbst nicht gern erledigen.

Carlisle legt auf und schiebt das Handy in seine Hosentasche.

«Was gibt es in Aschgabat?», frage ich so deutlich, wie es mir die Drogen erlauben.

Er sieht mich an und scheint überrascht, dass ich überhaupt sprechen kann. «Ein hübsches Kaffeehaus. Wo man einen köstlichen Kuchen mit Mandeln und Honig bekommt», sagt er. «Nicht weit weg von einer besonderen Einrichtung, die uns gehört. Einem Ort, wo du dich ausruhen kannst, bis dein Vater beschließt, dass er dich zurückhaben will.»

«Ich habe Ihnen alles gesagt, was ich weiß», sage ich und bin sicher, dass er die Angst in meiner Stimme hört.

«Und was *weißt* du genau, Gwendolyn?», sagt Carlisle und wendet sich jetzt ganz zu mir um, mit der ganzen Breite seiner Brust und der noch größeren Breite seines Bauchs, der wütend gegen seine Hemdknöpfe drückt. «Dass dein Vater ein Held ist, der versucht hat, Bohdan Kladivo und einen korrupten Agenten daran zu hindern, eine große Summe Geld zu stehlen? Ist es das, was er dir erzählt hat?»

«So was in der Art», sage ich.

Carlisle schüttelt den Kopf, schaut wieder auf die Straße und seufzt. «Gibt es nicht vielleicht noch eine andere Deutung, Gwendolyn? Was außer einer solch absolut *unerhörten* Integrität bringt einen Mann sonst noch dazu, sein Leben in Gefahr zu bringen? Verdammt noch mal, das Leben seiner *Tochter* in Gefahr zu bringen?»

Er lässt die Fragen in der Luft hängen und gibt keine Antworten. Wir verlassen unterdessen die Autobahn und biegen nach links auf einen Schotterweg ein. Es ist sehr ländlich hier und sehr einsam. Stoppelfelder schimmern im Mondlicht.

Worauf Carlisle hinauswill, ist sonnenklar: Geld. Geld würde einen Mann dazu verleiten, sein Leben und das seiner Tochter in Gefahr zu bringen. Ich wende mich von dieser Vorstellung ab, drehe sogar den Kopf weg. Ich kenne meinen Vater als ehrlichen Mann, der mich niemals anlügen oder gar in Gefahr bringen würde. Aber sobald sich dieser Gedanke in meinem Kopf formt, widerspricht meine eigene Erinnerung. Die Lügen über seinen Job, die er mir siebzehn Jahre lang erzählt hat. Die Gefahr, in die er meine Mutter und mich gebracht hat, indem er einen Posten in Algerien annahm. Wenn er also ein Lügner und ein mieser

Ehemann und Vater ist, warum sollte er dann nicht auch noch ein Dieb sein?

«Das ist nicht wahr», sage ich laut. Aber es ist eine automatische Antwort, ein Reflex, so wie man die Augen beim Niesen zusammenkneift. Oder nach vorn kippt, wenn einem jemand in den Bauch tritt.

Carlisle lächelt. «Das glaubt jede Tochter», sagt er. «Aber er hat sich selbst betrogen, Gwendolyn. Er hat versucht, Zorićs Geld zu stehlen. Joseph Diaz und Bohdan Kladivo wollten es zurückstehlen. Diebe stehlen von Dieben, das ist aus der Welt geworden.»

«Hören Sie auf», sage ich barsch und konzentriere meinen Blick auf den Wald draußen vor dem Fenster, auf die unheimlichen nackten Äste. Fick dich, Carlisle. Fick dich doch, selbst wenn du recht hast.

«Das Traurige ist, Gwendolyn: Du hast ihn gerettet, und dann hat er dich *wieder* verlassen – zum zweiten Mal.» Carlisles Blick huscht zwischen mir und der Straße hin und her, aber ich sehe, dass er stolz auf den Zweifel ist, den er in mir sät. «Du musst mir natürlich nicht glauben. Aber irgendwann musst du dich für die Wahrheit entscheiden.»

Der SUV fährt um eine Kurve und wird plötzlich langsamer. Durch die Frontscheibe sehen Carlisle und ich den Grund dafür: Ein Lieferwagen mit der Aufschrift SKUPINA CEZ unter einem orangefarbenen Firmenlogo steht mitten auf der Straße. Absperrkegel stehen wie Wachposten auf dem Weg und versperren uns die Weiterfahrt. Ein Arbeiter in gelber Signalweste und Bauhelm steht mit einem Stoppschild vor uns.

«Was zum Teufel ist das?», sagt Carlisle.

«Keine Ahnung», sagt der Fahrer. «Sieht aus wie irgendeine Stromfirma.»

Auf dem Dach des Lieferwagens drehen sich gelbe Lichter, und zwei Scheinwerfer auf Ständern zielen weiter die Straße hinauf auf eine Stelle, wo zwei weitere Arbeiter mit Schaufeln in der Hand stehen. Irgendeine Maschine, vielleicht ein Luftdruckkompressor, brummt in der Nähe.

Der Fahrer fährt das Fenster herunter und schreit etwas, aber der Arbeiter mit dem Stoppschild deutet auf sein Ohr. Der Fahrer brüllt wieder, und diesmal kommt der Mann näher.

«Hören Sie, wir müssen da durch», sagt der Fahrer.

Der Arbeiter schüttelt den Kopf. «Alles ist ...», beginnt er in gebrochenem Englisch, «alles sehr schlecht hier. Nicht fahren. Nicht fahren.»

Carlisle lehnt sich vor und hält einen Ausweis hoch. «Dies hier ist ein Regierungsfahrzeug, verstehen Sie», sagt er. «Sie müssen uns von Gesetz wegen durchlassen.»

Aber der Mann lächelt bloß entschuldigend und geht wieder zurück auf seinen Posten, wo er uns das Stoppschild entgegenhält.

«Verflucht noch mal!», ruft Carlisle und schlägt mit der flachen Hand auf das Kopfteil des Fahrers. «Gehen Sie und sagen Sie denen, die sollen den Weg freimachen!»

Der Fahrer zögert, dann stellt er die Gangschaltung des SUV auf «Parken» und steigt aus. Ich sehe ihn im Scheinwerferlicht gestikulieren und mit dem Finger zeigen. Der Mann mit dem Stoppschild schüttelt bloß den Kopf.

In diesem Moment wird der Innenraum des SUV von Blaulicht erleuchtet. Carlisle und ich drehen uns um. Ein tschechisches Polizeiauto fährt heran.

«Scheiße», zischt Carlisle. «Scheiße.»

Irgendwas an diesen Vorgängen erkennt er, irgendein Muster, das er schon mal gesehen hat. Der Mann mit dem Stoppschild und die beiden anderen Arbeiter umringen den Fahrer.

Der Griff einer Taschenlampe klopft gegen Carlisles Fenster – nicht unhöflich, aber es stellt sich nicht mehr die Frage, wer hier jetzt das Sagen hat. Es ist eine Polizistin mit dunklen Locken, die unter ihrer Mütze hervorquellen; ihre Lederjacke ist neu und glänzend. Sie hält die Taschenlampe mit einer Hand, die andere liegt auf ihrer Waffe.

«Verdammt noch mal», sagt Carlisle und lässt das Fenster herunterfahren.

Die Polizistin sagt irgendwas auf Tschechisch, das definitiv ein Befehl ist, und leuchtet Carlisle mit der Taschenlampe ins Gesicht. Es besteht kein Zweifel, dass er aussteigen soll.

Wie aus dem Nichts fallen mir Carlisles Worte wieder ein. *Aber irgendwann musst du dich für die Wahrheit entscheiden.*

Bei dem Fahrer und den drei Arbeitern passiert etwas Seltsames. Der Arbeiter, der direkt hinter dem Fahrer steht, hält eine Pistole mit Schalldämpfer in der Hand.

Aber irgendwann

Carlisle sieht es ebenfalls und greift nach seinem Schulterhalfter. Der Arbeiter hinter dem Fahrer hebt die Pistole und hält sie dem Fahrer an den Hinterkopf. Der Fahrer ist völlig ahnungslos, er kann die Pistole nicht sehen. Der Arbeiter lässt sich Zeit damit, sie in Position zu bringen, um sicherzugehen, dass die Kugel auch genau dahin fliegt, wo er sie haben will, wenn er abdrückt.

musst du dich entscheiden

Die Pistole gleitet aus Carlisles Halfter, mit der eleganten Handbewegung eines Profis entsichert er sie und hebt sie. Ein Geräusch ertönt, wie ich es schon kenne, das Geräusch einer Pistole, die mit Schalldämpfer abgefeuert wird. Es ist nicht Carlisles, sondern die des Arbeiters. Ich begreife es in dem Moment, in dem ich den Fächer mit Blut sehe und wie der Körper des Fahrers umfällt.

was die

Carlisle hebt die Pistole und überrascht die Polizistin damit.

Aber sie ist schnell und hat ihre eigene Pistole herausgezogen, bevor Carlisle seine abfeuern kann. Ohne nachzudenken, zuckt meine Hand vor und packt Carlisles Pistole. Sein Handgelenk gibt nach wie Papier. Jetzt habe ich die Pistole in der Hand.

Wahrheit ist.

Ich schieße achtmal auf Carlisle. Ich schieße in Carlisles Körper, bis der Pistolenfang zurückfährt und alle Patronen verschossen sind. Ich bin taub von den Schüssen und höre weder das Fenster zerbrechen noch die Stimme der Polizistin, die mich aus dem Auto zieht.

Ich liege halb bewusstlos auf dem Boden und starre der Polizistin ins Gesicht. Sie betrachtet mich, sucht mich nach Wunden ab, und auch wenn ich ihre Worte nicht hören kann, erkenne ich jetzt Yaels Gesicht.

Die Arbeiter heben mich hoch, einer rechts, einer links von mir. Dann tragen sie mich zum Lieferwagen. Die Türen schließen sich. Die Räder rollen. Wir fahren.

—

Zwei Stunden später, direkt hinter der deutschen Grenze, stirbt Gwendolyn Bloom im Wohnzimmer eines kleinen Bauernhauses. Auf Befehl der Männer aus dem Wagen, die sich um mich herumstellen und meine Bewegungen überwachen, reiße ich meinen Pass in Stücke und lege jede Seite in das Feuer des steinernen Kamins. Ich sehe mich schweigend und ungerührt sterben, lasse erst eine Seite vollkommen verbrennen, bevor ich die nächste ins Feuer lege. Ich bewahre die Seite mit meinem Foto und meinem Namen bis zuletzt auf. Es dauert lange, bis sie brennt, doch schließlich wirft das Foto von Gwendolyn Bloom Blasen, rollt sich auf und wird zu schwarzer Asche.

Gerade als ich die Überreste des Passes mit dem geschwärzten

Ende eines Kaminbestecks verteile, kommt Yael – die Frau, die Yael genannt wird – zur Vordertür herein.

Sie ist mit dem Polizeiwagen ein paar Kilometer über die Grenze gefahren und hat ihn dort stehen lassen – um ihn loszuwerden, erklären mir die Männer. Yaels Uniform ist verschwunden, stattdessen trägt sie Jeans und einen engen Sweater.

Als sie hereinkommt, gehe ich zu ihr, nehme sie in die Arme und halte sie fest. Sie riecht nach Benzin und Feuer. Yael drückt mich kurz, dann macht sie sich los.

«Geht es ihm gut? Geht es meinem Vater gut?», keuche ich. «Verdammt, Yael, sag es mir.»

Sie sagt ein paar Worte auf Hebräisch zu den Männern, und sie verschwinden in der Küche und lassen uns allein. Yael setzt sich vor dem Kamin auf ein Sofa und klopft mit der Hand neben sich.

«Ihm wird es bald wieder gut gehen», sagt sie. «Körperlich wird es ihm gut gehen.»

Ich stoße einen Seufzer der Erleichterung aus. «Ist er – in Israel?»

«In einer Privatklinik in Europa. Unter einem anderen Namen. Das ist alles, was ich sagen kann.»

«Also kann ich ihn bald sehen.»

Yael zuckt die Schultern. «In ein paar Wochen, schätze ich mal. Die Wunde war schlimmer als gedacht, aber er ist auf dem Weg der Besserung.»

Einer der Männer kommt aus der Küche und bringt uns zwei Becher mit Tee. Er stellt sie vor uns auf den Tisch und geht dann wieder. Yael greift nach ihrem und nimmt einen Schluck. «Die Jungs, haben die dir deine Sachen aus Carlisles Wagen gegeben? Deinen Rucksack, deine Klamotten?»

«Haben sie.»

«Und hast du den Pass verbrannt, wie sie gesagt haben?»

«Ja», sage ich. «Aber der von Sofija war nicht dabei.»

Yael nickt. «Ist schon in Ordnung. Sie ist sowieso tot.»

Wir schauen eine Weile ins Feuer. Ich schaffe es sogar, etwas Tee zu trinken. So könnte ich sitzen bleiben, durchströmt von der Wärme des Feuers und von Dankbarkeit.

«Wir haben mal zusammengearbeitet, dein Vater und ich», sagt Yael plötzlich. «Er ist ein guter Mann.»

Ich schließe die Augen. Mir fällt ihre Geschichte wieder ein, die sie mir in dem Restaurant in Paris erzählt hat. Über den Mann, in den sie sich in Budapest verliebte. Er war verheiratet, hatte sie gesagt. Und vom Geheimdienst eines anderen Landes. Als ich meine Augen wieder öffne, sieht sie mich an, und ich frage mich, ob sie ahnt, was ich denke. «Aber das ist nicht der einzige Grund, weshalb du ihn gerettet hast», sage ich. «Es sind nicht nur eure gemeinsamen Interessen.»

«Er hat sich in Schwierigkeiten gebracht», sagt sie. «Also hat Tel Aviv ihm einen Handel angeboten.»

«Was für einen Handel?»

«Informationen gegen einen Weg nach draußen.» Sie zieht den Teebeutel aus dem Becher und wickelt das Band um ihren Finger. «Ein neues Leben im Ausland. Er braucht uns nur zu sagen, was er weiß.»

«Über die Konten?»

«Über alles.»

Sie meint, er soll ein Spion für Israel werden. Tja, die amerikanische Regierung hat ihn zuerst rausgekauft, also sollen die Fahnenschwenker ihn doch denunzieren, denn ich werde es ganz sicher nicht tun. Das kann doch nicht der einzige Weg sein. «Wir können zurückfahren», biete ich an. «Wir können der CIA erzählen, was passiert ist. Dass Carlisle hinter dem Geld her war, nicht mein Vater.»

Yael schweigt so lange, dass ich mich schon frage, ob sie mich überhaupt gehört hat. Aber dann legt sie mir eine Hand auf den Oberarm und lächelt mich sanft an. «Manchmal vergesse ich, dass du erst siebzehn bist», sagt sie.

«Achtzehn. Ich bin jetzt achtzehn.» Ich ziehe den Arm weg. «Du glaubst doch, dass es Carlisle war, der meinem Dad eine Falle gestellt hat, oder? Du glaubst doch, dass mein Dad niemals stehlen würde, oder?»

Der Blick ihrer Augen, dieser kalten Geheimagentenaugen, füllt sich mit Mitleid. Dann zuckt sie die Schulter. «Es ist nicht wirklich wichtig, was irgendwer von uns glaubt, oder?», sagt sie. «Die Wahrheit ist das, was der Mann mit der Waffe in der Hand sagt.»

Ich stehe so schnell auf, dass mir einen Moment lang schwarz vor Augen wird und ich schon befürchte, in Ohnmacht zu fallen. Yael springt auf und hält mich am Arm aufrecht.

«Ich muss zurück», sage ich. «Zu meiner Tante Georgina. Und Bela und Lili. Ich muss sie sehen. Und noch jemand anderen. Einen Freund.»

«Terrance?», sagt Yael.

Ich schließe beinahe beschämt die Augen. «Ja», flüstere ich.

Sie zieht mich in eine feste Umarmung. Wieder rieche ich Benzin und Feuer. «Das wird nicht gehen», sagt sie.

«Nur ein Anruf», sage ich.

«Nicht mal ein Anruf», sagt sie. «Nichts. Kein Kontakt.»

«Für wie lange?», frage ich.

«Für immer», sagt sie.

Zuerst denke ich, dass Yael zittert, aber dann merke ich, dass ich es bin.

Aus der Küche klopft es fragend an die Tür, und einer der Männer kommt rein. Er reicht Yael einen Umschlag, und sie reicht ihn an mich weiter.

Ich weiß schon, was es ist, bevor ich ihn geöffnet habe. Ich merke es am Gewicht. An der Form. Ich reiße den Umschlag auf, und ein neuer Pass gleitet in meine Hand. Er ist noch warm.

Weitere Titel von Scott Bergstrom

Gwendolyn Bloom

Ohne Gnade

Ohne Skrupel

MIX
Papier aus verantwortungsvollen Quellen
FSC® C083411
FSC
www.fsc.org

Das für dieses Buch verwendete Papier ist FSC®-zertifiziert.